华北电力大学
NORTH CHINA ELECTRIC POWER UNIVERSITY

主　编：卜春梅
副主编：马　冬

都是情话

三封书信言华电

都是情话只为你

时事出版社

编委会

主　编：卜春梅
副主编：马　冬
委　员：(按姓氏笔画排序)
　　　　丁　宁　卜叶蕾　马海红　王　悦　许云燕
　　　　任　华　汤明润　孙清磊　肖　妹　周　爽
　　　　崔　灿　戚坚军　靳　周　潘振东
参　编：(按姓氏笔画排序)
　　　　韦姿瑜　冯子阳　禾泽寰　任心怡　刘　霜
　　　　李　文　李梦瑶　张广军　金伟军　范雪峰
　　　　侯芳郁　崔潇轩　董华钰

序

说起情话，人们最容易想到的是恋人间的喁喁私语，你侬我侬，互诉衷情。但也有这样一种情话，简单质朴，心意拳拳，寄托了一种比相恋更深沉、更广博的爱，承载了人与人之间美好关系的建立和延展。

面向2015级新生及家长，学校借助网上迎新系统征集到新生开学典礼发言稿2653篇，新生家长致学校的一封信2564篇，新生辅导员或班主任工作感想近百篇。每一封新生发言都饱含学子对未来大学生活的希冀，每一封家长来信都浸润父母对儿女成才的期盼，每一篇工作感想都蕴含老师对学生成长发展的思考。三类书信汇聚了此情彼情，也启迪了大家对大学、对人生、对校园里到来的新的一群年轻人的认识与感悟。

莘莘学子，扬帆启航，憧憬未来，都是情话。从接到录取通知书的那刻起，新生们不禁开始描绘起自己的大学生活。他们向往大学自由的天空，意气风发，壮志凌云；他们渴望大学多彩的生活，结交知己，快意人生；他们期盼大学厚重的底蕴、丰富的内涵，启迪智慧，发展创新……一切的规划与期盼凝结为开学典礼发言稿中的一句句话语，美妙动听，宛如情话，讲给师长，讲给自己，讲给未来。谁的青春不奋斗，奋斗了，才叫青春！

慈母密缝，盼儿顺畅，家校协同，都是情话。大学生思想政治教育既有赖于学校的教育功能，也离不开家庭的教育和支持。学生来自天南海北，家长致学校的一封信成为沟通家校的桥梁。有的家长希望学校严格要求，督促孩子成长成才；有的家长希望学校组织各种活动，历练孩子多种素养；有的家长希望孩子在校期间谈场恋爱，过别样人生。有的信洋洋洒洒，下笔千言；有的寥寥数语，言简意赅；有的磕磕绊绊，不乏错字别字。无论长短，爱意深沉，宛如情话，连接家校。谁的父母不爱娃，真正的疼爱，是最长情的守望！

师生结缘，重在传道，耳濡目染，都是情话。完整而健全的教育不应当只是知识教育，而应当是一种包括知识在内的文化教育。大学，有大楼，更有大师。学校为2015级本科生选配了思想品德好、学术水平高、责任心强的教授、副教授等业务骨干教师担任班主任，重思想引领，重学业熏陶；90后的辅导员，带着更加年轻的学生，追寻梦想，把共同的青春绽放！春蚕丝尽，蜡炬成灰，宛如情话，精心育人。为人师者，谁不盼桃李天下，教育的至高追求，是青出于蓝而胜于蓝！

感谢一直战斗在华北电力大学学生工作第一线的同志们，感谢一直以来相信学校、支持学校的广大学生和家长。三封书信说成长，都是情话只为你，谨以此书纪念2015级新生的到来和因为你们的到来而更加精彩的年代！

目 录 contents

家长篇

电气与电子工程学院

路的方向永远是向前	电气 1501 刘东岭家长	3
既然学习飞翔，就注定属于天空	电气 1505 兰枫家长	5
树立目标，培养好习惯，为梦想而奋斗	电气 1507 张毅飞家长	7
在期望中前行	通信 1502 陈心怡家长	9
全面发展，做复合型人才	电气 1511 王浩意家长	10
承担责任，你的肩膀已经坚实了	电网 1503 仲潍家长	12
记住父母的良苦用心	电气 1507 李竹青家长	13
只要有梦想，哪里都是舞台	通信 1503 隆豪家长	15
用实践培养兴趣	电网 1503 王婧雯家长	16
有缺点才会有进步	电气 1505 廖轶杰家长	17
从失败中摄取营养	电气 1507 朱怡洁家长	19
独立发展，自我把关	电气 1506 王杨家长	20
别让期望变成压力	电气 1504 段丹阳家长	21
拼搏的人生不留遗憾	电子 1501 高怀玉家长	22
静下心来，你看到的世界更美丽	电气 1508 张一鸣家长	24

| 有方法，更容易 | 通信 1503 | 常雨晨家长·26 |
| 艰难困苦，玉汝于成 | 通信 1501 | 盛儒智家长·27 |

能源动力与机械工程学院

用目标来激励自己	能动 1507	唐鹤群家长·29
脚踏实地，仰望星空	能动 1508	周硕家长·30
活出自己的一片天	材料 1501	郭柳家长·31
做一个有理想、有道德、积极向上的		
普通人	材料 1501	时天元家长·32
该有的、应该会有的，总会有	机械 1501	杨余锋家长·33
吾辈当自强	建环 1501	熊丽姗家长·34
天行健，君子以自强不息	能动 1502	秦博家长·35
走出家门，走向独立	能动 1503	周港宝家长·36
孩子的成长、成才是家长最大的满足	能动 1504	马钰家长·37
拥有好的习惯	能动 1504	欧阳思琪家长·38
做一个幸福的人	能动 1505	龙安跃家长·39

控制与计算机工程学院

让优秀成为一种习惯	计算 1502	杨尚锦家长·41
全面发展　争做人才	计算 1502	单天宇家长·42
教育是最好的成长礼	软件 1501	常宇清家长·44
追求完美　奋斗不息	软件 1502	毛润菲家长·45
克己自律	测控 1503	方旭家长·47
做最好的自己	测控 1502	简睿妮家长·48
勇追大学梦	测控 1504	王粲家长·50
墙外的风景	计算 1501	张楚斌家长·52

做孩子永远的后盾	计算1501	张曼祺家长·53
心底向阳　走向成功	测控1503	赵英卓家长·54
信任的意义	自动1501	卓文琦家长·55
手心的蔷薇	自动1501	操菁瑜家长·56
你曾是少年	自动1502	杨凯峰家长·58
逆境出真才	自动1503	李广泽家长·60
保持微笑　永不放弃	自动1505	夏林路家长·61

经济与管理学院

王侯将相，宁有种乎	财务1501	高欣家长·63
你是我的未来	财务1502	吴雨家长·64
念念不忘，必有回响	工管1502	穆合塔尔江·克依木家长·65
共促成长	工管1502	周锰家长·67
走向明天	工商1501	刘瑶家长·68
你是我的骄傲	工商1501	努尔叶古丽·热吾甫家长·70
愿你如诗，美妙至极	工商1501	田竹肖家长·71
回忆与展望	经贸1501	韩煦家长·72
锤炼自我，全面发展	会计1501	王思慧家长·74
我的希望	会计1502	熊梓杉家长·76
精彩四年	金融1501	金芷葳家长·77
发扬优点，克服不足	经济1501	孙文博家长·79
成为"大写的人"	社保1501	金柳家长·80
成长与目标	营销1501	彭莎家长·82
不畏将来，不念过往	营销1502	余婧歆家长·83

可再生能源学院

| 珍惜来之不易的大学时光 | 水文1501 | 吴彬瑞家长·85 |

孩子需要理解与尊重	水电 1501	拉巴平措家长 · 86
寄予女儿的希望	水电 1501	马星辰家长 · 87
学校给予灿烂，孩子必将回馈以惊喜	水电 1502	戴冰清家长 · 88
从青涩走向成熟，从浮躁走向沉稳	水电 1502	李墨轩家长 · 89
大学，孩子青春的主旋律	能科 1502	陈添翼家长 · 91
望子成人	能科 1502	樊必冲家长 · 92
没有一蹴而就的捷径	能科 1501	王鼎家长 · 93
利用资源，把握机会	化学 1502	高天家长 · 94
对孩子大学生活的一些希冀	能材 1501	王冰馨家长 · 96
孩子的梦想，仍需鼓励	能材 1501	杨康宁家长 · 97
我对孩子的教育之道	能科 1501	成思凡家长 · 98
出身贫寒也能大展宏图	能科 1501	李征宇家长 · 100
脚踏实地于现实生活，不时张望高台上的理想	能科 1504	王梓家长 · 101

核科学与工程学院

| 求仁得仁，亦复何怨 | 核电 1503 | 陈子佳家长 · 104 |
| 玉不琢，不成器 | 核电 1504 | 李思宇家长 · 106 |

人文与社会科学学院

幸福是一种内心的平静	广告 1501	方萱家长 · 108
让书香伴随成长	广告 1501	虞心怡家长 · 110
殷殷所盼为子女	行管 1501	任心怡家长 · 112
超越自我，坚定向前	行管 1501	苏会超家长 · 114
要求与目标的鞭策	行管 1502	张萌家长 · 116
相信华电，相信子阳	公共 1501	冯子阳家长 · 118

选择远方，不顾风雨兼程　　　　　　　　　公共1501　马涛家长·120
追求远方与诗　　　　　　　　　　　　　　公共1501　马欢家长·122
有美玉于斯　　　　　　　　　　　　　　　公共1501　王瑛瑶家长·124

国际教育学院

汗水浇灌的青春叫长大　　　　　　　　　　电气GJ1502　孟柒柒家长·126
梦的方向一直在脚下　　　　　　　　　　　电气GJ1503　郭逸豪家长·128
独立面对，风雨兼程　　　　　　　　　　　电气GJ1501　陆州家长·130
兴趣是保持优秀的惯性　　　　　　　　　　电气GJ1502　袁笑寒家长·132
希望你快乐　　　　　　　　　　　　　　　电气GJ1502　孟洁家长·134

数理学院

望女千磨万击仍坚劲　　　　　　　　　　　计科1502　牛妍舒家长·136
正确的教育决定孩子的未来　　　　　　　　计科1501　鲁桦瑞家长·137

外国语学院

大学——新的起点，新的开始　　　　　　　英语1501　刘子衿家长·140
学会爱与思考，做那个最可爱的你　　　　　英语1501　冉维维家长·141
犬女，吾之明珠　　　　　　　　　　　　　英语1502　朱音家长·142

学生篇

电气与电子工程学院

鲜衣怒马　何惧天涯　　　　　　　　　　　电气1505　王若兰·145
青春飞扬　梦起华电　　　　　　　　　　　通信1501　赵颖·147
我的大学我做主　　　　　　　　　　　　　电气1505　许力·149

电力之光	电网 1503　王奕·151
青春不悔	电网 1503　王靖雯·153
钢铁青春	通信 1501　郭以重·155
追梦人	电气 1503　褚璐·157
生命不息，奋斗不止	电网 1503　韦丁瑜·159
对大学的思考	电网 1501　李思成·160
续·梦	电气 1506　戴雯菊·162
梦想启航	电气 1501　杨海潮·164
我的大学我做主	电气 1506　王杨·166
活着	电气 1509　蓝松阳·168
梦想	电气 1501　陈俊宏·169
成长人生	电气 1506　王树冬·171
放飞梦想	电气 1506　王晓凡·173
梦的开始	电气 1503　杨涛·174
以梦为帆，扬帆启航	通信 1502　宋羽·176

能源动力与机械工程学院

电力之光	能动 1501　罗玮·178
充实自我	能动 1503　周港宝·179

控制与计算机工程学院

美好的人生旅程	软件 1501　康海锋·181
现实与理想的差距	物网 1501　申马彦·183
抓住机遇　迎接挑战	信安 1501　黄惠娟·185
一路欢笑	信安 1502　李彤·187
绽放青春光华	测控 1502　张粹玲·189

奋斗之心　永不尘封	计算1501　娜菲莎·吾甫尔·191
坚持信仰	计算1502　董珈良·193
心底向阳　走向成功	自动化1501　操菁瑜·195
梦想飞扬	自动化1501　陈叶智·198
信念之路	自动化1504　唐瑜璐·200
因为梦想，所以精彩	自动化1504　冯士贤·202
人生不止	自动化1505　章郁桐·204
声如炸雷，震撼世界	自动化1505　周帅宇·206

经济与管理学院

坚定信念	经济1501　王明智·209
总结过去，开拓未来	物流1501　陈明·210
向理想出发	社保1501　佟佳颖·212
有价值的大学	工管1501　童子豪·213
忆·追	营销1501　杨婧怡·215
青春	财务1502　付梦瑶·216
充实自己	资源1501　高玉琦·218
荏苒时光，有梦有我	工管1501　席思雨·219
生活中的每一天都需要努力	商务1501　郭宇飞·220
迎接新起点	工商1501　努尔叶古丽·热吾甫·222
握住梦想，不忘初心	财务1502　杨瑞·224
懂得珍惜	社保1501　惠钰雯·225
梦想本有心，须有汗水折	工管1502　朱浩然·226
梦想与责任	工管1502　穆合塔尔江·克依木·228
拥抱青春，志存高远，胸怀天下	会计1501　曾菊·229

可再生能源学院

寻梦　　　　　　　　　　　　　　　　　　应化 1501　聂恒·232

筑梦　　　　　　　　　　　　　　　　　　应化 1501　张恩耀·234

活在当下　　　　　　　　　　　　　　　　应化 1501　李光涛·235

恰同学少年　　　　　　　　　　　　　　　能材 1501　王冰馨·237

用"电"闪耀璀璨人生　　　　　　　　　　能科 1501　成思凡·239

不负自己，努力拼搏　　　　　　　　　　　能科 1502　陈添翼·241

今夜的繁华　昨日的奋斗　　　　　　　　　能科 1502　樊必冲·243

不忘初心，方得始终　　　　　　　　　　　能科 1503　许可依·245

似阳光那般灿烂　　　　　　　　　　　　　能科 1504　杨阳·246

写给青春的赞歌　　　　　　　　　　　　　能科 1506　王鼎·248

青花长，时间短，让声音沸腾　　　　　　　水电 1502　刘梓蕤·250

爱与责任　　　　　　　　　　　　　　　　水文 1501　蔡斌·252

学会认知，学会做事，学会做人　　　　　　水文 1501　高艳宁·254

核科学与工程学院

学会珍惜　　　　　　　　　　　　　　　　核安 1501　曾茜蕾·256

为中华之崛起而读书　　　　　　　　　　　核电 1501　董源·258

脚踏实地，才能仰望星空　　　　　　　　　核电 1502　漆天·259

宝剑锋从磨砺出　　　　　　　　　　　　　核电 1503　海希龙·261

人文与社会科学学院

大学新旅　　　　　　　　　　　　　　　　广告 1501　方萱·263

大学，青春，梦想　　　　　　　　　　　　广告 1501　任德国·266

做自律之人，圆青春之梦　　　　　　　　　行管 1501　陈诗苗·269

寸草春晖　　　　　　　　　　　　　　　　行管 1501　赵璨·271

千里之行，始于足下	行管 1502	邬玲芳·273
无悔青春，多彩大学	法学 1501	路广鹏·276
汗水与欢笑	法学 1501	姚贝·278

国际教育学院

我的大学	电气 GJ1501	张家萁·280
心态决定未来	电气 GJ1502	田梦园·282
为梦想而活	电气 GJ1503	王傲阳·284
我心中的大学	电气 GJ1503	王佳伟·286
与君共勉	电气 GJ1503	王枢雨·288

数理学院

乘风破浪，扬帆远航	计科 1501	陆君洁·291
梦想，闪烁着最亮的光	物理 1501	姚珂·293
学生，当为中华之崛起而读书	物理 1501	晋一航·295

外国语学院

以梦为马，诗酒趁年华	翻译 1501	郭妍·298
我的青春，我做主	翻译 1501	田雨晨·299
大学，将你我变得更优秀	英语 1502	张义利·301
挥别过去，展望未来	英语 1502	许瀚文·302

辅导员、班主任篇

电气与电子工程学院

| 与彼共成长，花开得正好 | 2015 级辅导员 | 肖姝·307 |
| 大学是一次成长的选择 | 电气 1507 班主任 | 徐唐棠·309 |

能源动力与机械工程学院

大学的选择　　　　　　　　　　能动学院党委副书记　黄向军·312

最好是让人嫉妒　　　　　　　　　　2015 级辅导员　许云燕·314

世间的美好，来自于坚定不移　　　能动建环 1501 班主任　张金珊·317

超简短工作感悟与寄语　　　　　　　　能动 1506 班主任　李莉·319

控制与计算机工程学院

写给你们的话　　　　　　　　　　　2015 级辅导员　潘振东·320

螺旋式上升　　　　　　　　　　　测控 1503 班主任　胡阳·322

十年　　　　　　　　　　　　　　测控 1504 班主任　李健·324

华电：梦想放飞的地方　　　　　　信安 1501 班主任　祖向荣·326

我的华电，我的梦　　　　　　　　自动 1501 班主任　黄从智·329

漫谈班主任　　　　　　　　　　　自动 1505 班主任　王璐·331

经济与管理学院

以我之行，助你成人　　　　　　　　　2015 级辅导员　丁宁·333

闪亮的日子　　　　　　　　　　　金融 1501 班主任　沈巍·336

努力在当下　　　　　　　　营销 1501、1502 班主任　刘杰·337

可再生能源学院

用心铺建学生成长之路　　　　　　　　2015 级辅导员　靳周·338

信任、发现、专注、成长　　　　　化学 1502 班主任　侯静·340

尊重接纳，助力成长　　　　　　　水电 1502 班主任　张丹·343

核科学与工程学院

路漫漫其修远兮,吾将上下而求索　　　　　2015级辅导员　王悦·347

人文与社会科学学院

如果青春不散场　　　　　　　　　　　　　2015级辅导员　崔灿·351
为了随时的惊鸿一现　　　　　　　　　　　行管1502班主任　贾江华·357
自主　思辨　践行　共赢　　　　　　　　　法学1501班主任　陈波·359

国际教育学院

任重道远,不忘初心　　　　　　　　　　　2015级辅导员　周爽·363

数理学院

教育根植于爱　　　　　　　　　　　　　　计科1502班主任　何凤霞·367
放飞青春,成就自我　　　　　　　　　　　物理1501班主任　黄海·370
春风化雨,润物无声　　　　　　　　　　　　　任华　廖珩璐　张佳丽·373

外国语学院

关于2015级新生学业辅导的思考　　　　　　2015级辅导员　卜叶蕾·378
"党员导师制":党员发光,学生成长　　　　　　　　　　　　戴忠信·380
小荷才露尖尖角　　　　　　　　　　　　　翻译1501班主任　王海若·385

壹

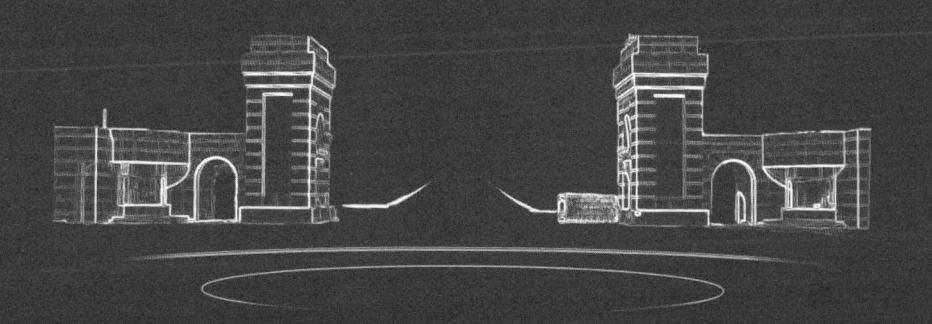

家长篇

·辛 路·
2015级学生家长留言

　　父母之爱是天地间最无私的爱。从一个小生命呱呱落地，到今天迈入大学的校门，为人父母者付出诸多艰辛。他们可能会忘记孕育生命时的辛苦，却不会忘记听到孩子第一句呼唤时的激动；可能会忘记养育孩子时的艰辛，却不会忘记看到孩子进步时的欣慰；可能会忘记在最艰难时刻废寝忘食的付出与牵挂，却永远不会忘记孩子金榜题名时内心的狂喜。从家长的来信中可以看出，为了孩子，他们从来只求奉献不问回报，虽然处处皆辛苦，但无时无刻不在牵挂着自己的宝贝。无论是平日里孩子成长的点点滴滴，还是这悠悠十二载求学路上的每一步，孩子前进身影的背后总是聚集着父母关切的目光。就让我们通过家长的来信，追随父母那温暖的目光，一起去感受新生通往华电路上的艰辛与成长。

电气与电子工程学院

路的方向永远是向前

尊敬的华北电力大学领导及老师：

你们好！

我叫刘达志，是电气1501班刘东岭的父亲，非常感谢贵校给了我儿子深造的机会，这是他走向电力行业的第一步。

当下工业面临第三次革命，石油、煤炭、天然气等化石能源正在逐渐枯竭，化石能源燃烧产生大量的碳排放已经改变了自然环境，太阳能、风电、水电等绿色可再生能源正在取代化石能源逐步成为今后能源的发展方向，电和储存电的氢燃料电池必将成为新能源的载体。精通相关专业知识定能使他充分发挥个人的聪明才智，更好地为社会服务，惠及更多世人。

刘东岭出生在一个警察家庭，受我职业的熏陶，他从小就有很强的社会责任意识，更养成了严谨细致、认真专研、爱憎分明、雷厉风行、对人友善、乐于合作和不怕挫折失败的性格。刘东岭从小喜欢读书，爱好自然科学知识，喜欢动手改造和设计一些坦克、舰船、飞机等玩具，有较强的动手动脑能力，相信这对他从事电力电气设备专业会有很大的帮助。

2003年初，为了让他接受较好的教育，我们到家乡最好的小学附近租房，开始十二年的陪读生活，孟母三迁为做人，我四次搬家为求学。在小学，他先后获得校园诵读大赛二等奖、黑龙江省小学生数学奥赛二等奖，以及优秀少先队员等荣誉称号。2008年，刘东岭从2000多名小学生中脱颖而出，考入只招收 100 名学生的大庆市外国语学校奥数班，外国语学校采用外教教学，因此他的英语口语和词汇量有了质的飞跃。他的数学成绩经过参加奥数训练，也明显提高。2011 年 7 月中考时，他又以全市前十名的优异成绩考入大庆中学最好的班级。初中期间，他特别爱好电器设计和自动化，每每有了新的想法就会想方设法设计制造，这也锻炼了他的动脑和动手能力。高中期间，他在各科学习成绩均衡发展的前提下，注重培养数学和物理学习兴趣，主动查阅高中阶段相关数学和物理知识，加强答题训练，积极参加校内的数学物理竞赛，并获得优异成绩，多次被推荐到省里参加数学和物理奥林匹克竞赛，先后获得 2013 年全国高中数学联合竞赛黑龙江省二等奖、2014 年全国高中数学联赛黑龙江省叁等奖、第 31 届全国中学生物理竞赛三等奖等奖项。

  习主席说，"你的责任就是你的方向，你的经历就是你的资本，你的性格就是你的命运"。刘东岭现在有献身祖国，为我国电力事业贡献一份力量的理想，研究更加智能化的电力设备惠及更多人是他的责任，是他走向电力行业源源不断的动力。他的世界是充满挑战的世界，因为他不断探索着新世界；他的世界是永不言败的世界，因为他在不停地挥动前进的翅膀。也许目标一时很难达到，但他知道每一步都在缩短和目标的距离，探索的每一块空间都是一次小小的成功，小小的成功是他坚持不懈的前进动力。从小的经历让他深知"失败是成功之母"，坚定的意志和不服输的精神是科学研究的制胜法宝。

  "大师铸大学，大器方乃成"，华电拥有众多名师、教授、学者，是他梦寐以求的天堂。他有明确的努力方向，决心在大学汲取更多的知识，同时积极创新实践，从事于现代电力技术研究和运用，参加各种创新竞赛活动，在毕业前把自己培养成一名品学兼优、专业成绩突出的华电学生。我恳请贵校领导和老师对刘东岭严格教育和严厉管理，使他成为一名品学兼优的华电毕业生。

  此致
敬礼！

电气 1501 刘东岭家长

2015 年 8 月 9 日

教师寄语

刘东岭的父亲用亲切的口吻寄语华北电力大学，用质朴的语言表达出他望子成龙的殷切希望。为了让孩子在成长的道路上走得更快，走得更远，他不惜到学校附近租房照顾孩子的日常起居，进行了长达12年的陪读生活。"孟母三迁为做人，他四次搬家只为孩子求学"的精神令人钦佩！

既然学习飞翔，就注定属于天空

尊敬的华北电力大学领导、老师：

你们好！

承蒙贵校抬爱，让我的孩子加入到华北电力大学这个大家庭中，成为贵校的一名大学生，我代表我们全家向你们表示衷心的感谢！我作为电力行业最基层的一名普通员工，对贵校向往已久，我自己无法圆的梦，终于在孩子身上实现了。

家庭是孩子的第一课堂，虽然在孩子的成长过程中，我们聚少离多（注：孩子从小学三年级开始住校当寄宿生），但作为家长，我们仍努力以身作则，重视自身示范作用，以自己的行动教育和感化孩子。但给予她更多知识和做人道理的还是学校和老师。孩子能有今天的成绩与她所就读过的小学、初中、高中的每一位老师严谨的治学态度、爱生如子的高尚情操与对孩子的精心培养和辅导是分不开的。

孩子固然是家里的宝贝，但终究要离开父母，走向社会，因此我们没有将孩子局限在家庭呵护之下成长。从小学开始，孩子便寄宿于学校，和其他同学一起住，一起吃，一起学习，促使她更早地溶入大集体。从小开始，她便自己整理内务和学习用品，自己安排作息时间，自己解决生活学习中遇到的问题。这样，孩子的沟通能力和团队协作能力慢慢提升了，也养成了自立、自强的品格，凡事不让父母操心。

在中学阶段，我们只是在大原则、大方向上关注、把握和引导她，至于怎么学习、怎么解决生活上遇到的问题，让孩子自己去摸索。因此，孩子的自主能力、团队合作能力和沟通能力较好。基于孩子有较强的独立自主能力，她在还未满14周岁时，就孤身到千里之外的中央民族大学附属中学高中部就读。首都三年的高中生活，让她不仅在学习成绩上得到提高，其他各方面的能力也上了一个台阶，个性好强，做事有自己的主见，并养成不以挫折而放弃、不以成功而自满的性格。

孩子迈入大学校门，标志着其人生开始了一段新的旅程，今后能否成材，能否成为社会有用的人，离不开贵校悉心的教导、优质的教育和科学的管理。作为孩子的家长，虽相距千里，但我们将积极配合贵校，共同促进孩子顺利完成学业。一是要求孩子勤奋学习，学好每一门功课，多动手实践，多参加各类竞赛，把学习当做第一要务，并鼓励孩子多参加集体活动，多与人交往，不要游离于班级之外，抓住各种机会锻炼自己，争取全面发展；二是教育孩子遵纪守法，注意安全，提醒孩子将自己的一切行为纳入到法律允许的范围之内，绝不做法律禁止的事，严守校规校纪，不迷恋网络游戏，高度重视人身与财产安全。

电气 1505　兰枫家长
2015 年 8 月 12 日

教师寄语

"孩子迈入大学校门，标志着其人生开始了一段新的旅程，今后能否成材，能否成为社会有用的人，离不开贵校悉心的教导、优质的教育和科学的管理。作为孩子的家长，虽相距千里，我们将积极配合贵校，共同促进孩子顺利完成学业。"兰枫父亲一番真挚的话，展现出父母对孩子深沉的爱，孩子是父母放走的一只断线的风筝，父母永远看着孩子飞去的方向，孩子却越飞越远，越飞越高。谁言寸草心，报得三春晖！

树立目标，培养好习惯，为梦想而奋斗

尊敬的各位领导、老师：

你们好！

我们是贵校 15 级电气工程及自动化专业学生张毅飞的家长。我们的孩子在人生第一个重大的转折点上坚定而正确地选择了贵校并被录取，我们深感幸运，心存感激。

作为父母，在孩子的成长过程中，应该尽到责任，教育好孩子。上了小学，孩子在老师、家长的配合下，慢慢喜欢上了学习，学习习惯逐渐养成，重要的是养成了动脑子的习惯，对所学知识喜欢刨根问底，不满足于现成答案，并养成了按照作息时间学习的习惯，因此各科成绩始终名列前茅，被学校评为"十佳少年"。

进入初中，孩子分到了重点班，周围同学都是上进心较强的人，班主任更是一位勤奋、责任心强、管理严格、富有经验的老师。在班主任的精心培养下，孩子受到了良好的学校教育：她每天严格的晨读、跑步要求磨炼出孩子坚韧的性格；她引导孩子多读书、读好书，以扩大视野，丰富见识；她指导孩子养成了一套适合自己的学习方法和习惯；她重视青春期教育，反复强调孩子应奋发向上、注意交友，对孩子的行为加以分析和引导，让孩子懂得该做什么，不该做什么。三年来，我们的孩子从初一的懵懵懂懂、自觉性和不自觉性同时存在到初三学会了交流、沟通及宽容待人，拥有了乐观、开朗、坚韧不拔的性格，养成了行之有效的学习习惯，连续五个学期被评为"三好学生"，中考成绩名列全市第 36 名。

高中三年是人生最重要的三年，中考时孩子凭借自己的努力以优异的成绩考入高中实验班。循循善诱的老师、良好的学习氛围加上小学初中养成的良好习惯，促使孩子每天都按时按点自觉上学，自觉和父母谈学习的感受，讲学校有趣的事。看得出来，孩子懂事了，完全意识到学习是自己的责任。到了高三，孩子凭借自己的实力被选拔到全年级最好的班。竞争让孩子看到了自己与同学的差距，也是对孩子最好的鞭策，整个班级氛围很好，有竞争，但更多的是友谊。虽然复习时间很紧张，但同学之间仍经常探讨交流，

这不仅开阔了孩子的思维，还使他学会了处理友谊与竞争、苦与乐、压力与动力之间的关系，收获了自信、自立、自强、开朗、感恩和包容的性格。

跨进华北电力大学的校门就意味着进入培养电力行业技术人才的最高学府，孩子翻开人生新的一页时应有新的成长目标，作为父母，我们有两点建议。一、确立明确、清晰、合理的大学目标。长远目标：四年之后继续攻读研究生；近期目标：基本素质优秀，按照大学素质培养课程体系，即思想道德素质、科学文化素质、专业技术素质、身体心理素质严格要求学习训练，为将来考研与职场工作奠定基础，尤其要学好高数、英语、电路、电力系统分析，为考研做好准备。二、改掉不良习惯。习惯问题从根本上来说就是思想问题、境界问题、潜移默化问题，我们希望孩子在华电好的环境中养成理性思维习惯、计划管理时间习惯、自主学习习惯、自我反省习惯、随时积累分类整理习惯、体育锻炼习惯、人际交往感恩宽容习惯、注重细节习惯、探索适合自己各科学习方法习惯以及独立面对生活习惯。

电气 1507　张毅飞家长
2015 年 8 月 15 日

教师寄语

　　张毅飞家长以孩子的求学历程为线索，依次叙述了孩子小学、初中、高中的成长历程。孩子在每个阶段的成长都让父母感到骄傲自豪，孩子从幼年时的稚气未脱，到上大学时的成熟稳健，一方面离不开父母的悉心照料，另一方面也离不开老师和同学的帮助和关心。孩子翻开人生新的一页时应有新的成长目标，作为父母，我们有两点建议：一、确立明确、清晰、合理的大学目标；二、改掉不良习惯。这些都展现了父母深沉的爱！

在期望中前行

尊敬的各位领导、老师：

你们好！

很荣幸我们的孩子可以就读于贵校。对此，我们深感欣慰。

记得孩子小时候性格有些内向，因此我们在考虑了她的意见后让其学习舞蹈，小学毕业时她过了舞蹈七级，也因此逐渐乐观开朗起来。她的童年时期很快就过去了，六年级时参加了一个全县的知识能力竞赛并取得了好成绩，因此与金石中学签订了初中三年费用全免的合约。

孩子在初中三年的学习中勤奋努力，名列前茅，并获得了奖学金。初中担任副班长的职务，平日里能协助老师，团结同学，交到了许多好朋友。在初三那年放弃了福建省莆田市初三毕业班教学质量检查考试，参加了厦门的四校联考，并顺利被厦门一中录取。

高中就读于厦门一中，开始了她离开父母独立生活的日子。记得，高一时她还不能适应新生活，常常对此感到苦恼。然而经过一段时间，在老师和同学们的帮助下，她最终适应了宿舍的集体生活，并让自己的学习步入了正轨。她能积极参与学校的许多活动，在运动会上与同学齐心协力取得了好成绩，为班级争光。对此，我们感到自豪。

时光荏苒，紧张的高中生活很快过去了，我们甚至未曾想过在我们心中仍然很小的孩子居然已经是大学生了。在未来的日子里，我们对她有如下几点期望。一是学"做人"，做诚信的人，做实干的人，做有责任感的人。大学不仅是传授知识和技能的场所，也是培养人的思想、情感、意志、品质之所在，更是铸造灵魂的地方。梁启超在清华大学的演讲中提到，"进学校实际上为的是学做人"。人类的心理有知、情、意三部分。教育有智育、情育、意育三方面，智育要教到人不惑，情育要教到人不忧，意育要教到人不惧。二是学会"独立"，能够独立生活，善于独立思考，养成独立人格。青年时代是最具有创造力的阶段。因此，孩子在未来的日子里应当激发自己的好奇心、想象力，养成批判性思维。三是学会"珍惜"，珍惜青春、珍惜健康、珍惜友谊。大学时期是人生道路上最重要的成长阶段，而只有珍惜时光，才能让每一天都过得有意义。

通信 1502　陈心怡家长
2015 年 8 月 11 日

教师寄语

  陈心怡家长以孩子求学的历程为线索讲述了孩子从小学到上大学之前的成长经历，在父母的呵护下，孩子由内向变得开朗，从依赖变得独立。在孩子即将背负行囊远离家乡到北京求学的时候，父母对孩子提出了三点期望：一期其学会"做人"；二期其学会"独立"；三期其学会"珍惜"。大学时期是人生道路上最重要的成长阶段，而只有珍惜时光，才能让每一天都过得有意义。父母的牵挂将伴随孩子在外求学多年，父母的深恩我们无法报答，唯有努力拼搏，让自己有一个美好的未来，才是对父母最好的报答！

全面发展，做复合型人才

尊敬的华电领导和老师：

  你们好！

  我是新生王浩意的家长，非常荣幸孩子能到贵校学习，开启人生的又一段旅程。当孩子马上要进入大学时，父母突然发现孩子一下子长大了，早上背着去上幼儿园，风雨中坐在自行车后面上小学，烈日下骑着单车上中学的生活仿佛都还在昨天。孩子从小就非常懂事，在家里总是喜欢主动做家务，老师布置的作业都能积极完成，绝不拖延。很小的时候，孩子的时间观念不是很强，于是我们就用许多名人珍惜时间从而走向成功的事例来教育他、鼓励他。孩子慢慢地意识到时间的宝贵，不论是在学习中还是生活中，总是非常看重时间。很多时候孩子相约出去玩时都会提前到达，不给别人添麻烦。

从小学一年级到高中毕业，孩子一直担任班长。也许是这个缘故，孩子不仅学习非常努力，而且总是主动为老师和同学排忧解难，在学习最紧张的时候仍然热心班级建设。最开始时我们家长比较担心，怕他耽误学习，影响考学，但是他很认真地说："我已经长大了，不能遇到压力和困难就退缩不前。"看到孩子有信心和毅力，我们发自内心地感到高兴。

每个孩子的成长都应该是五彩缤纷的，在他们的世界里一切总是纯真美好的，所以我们一直非常鼓励孩子接触多方面的事物，他学习英语、演讲、萨克斯，还有游泳。丰富多彩的生活是孩子全面发展的保障，在这样快乐的环境中孩子才有挖掘潜能的巨大空间。而且，我们每个假期都会给孩子一次旅行的机会，既让他懂得珍惜，又不会失去锻炼的机会。我相信华电的校训："自强不息，团结奋进，爱岗敬业，追求卓越"早已在孩子心中深深扎根。孩子通过自主招生和高考的途径成功获得贵校的认可，并即将开始新的学习生活，作为家长我们真是又开心又紧张。不知道孩子是不是能遇到自己喜欢的老师和同学？找到自己真正喜欢的知识领域？远离家乡的日子会不会感到孤独？但是我们逐渐消除了所有的担忧，不仅仅是因为孩子的综合素质很高，更是因为相信华电这样一所底蕴深厚、校风端正的高校一定会给家长一个满意的交代！对家长而言，除了要求孩子能学到更多有用的知识外，还希望学校能够注重对孩子综合素质的培养，如军训、演讲、科技创新比赛、英语户外交流等都是我们十分愿意见到的活动方式。诸如此类的比赛和交流，能极大限度地挖掘孩子的潜能，提高孩子的个性化发展水平，并且为孩子发挥各项特长搭建平台。我们还希望对大学生们多进行安全防范教育，让他们懂得如何与他人安全地相处，具有更强的自我保护意识。最后，孩子的未来取决于他们的选择，但是我们家长仍然希望学校尊重每一个孩子，爱护每一个孩子，并让他们真正拥有放飞梦想的能力。我相信，贵校一定会让我们看到一个更加优异的孩子！相信你们！

电气1511　王浩意家长

2015年8月18日

教师寄语

无论孩子变得多么成熟、稳重，也无论孩子的年龄大小，在父母的心中，他们永远都是自己疼爱的样子。王浩意同学是个懂事的孩子，安慰了家长原本存有顾虑的心；他的家长也是一位有心的家长，有着自己独到的教育方式。正是因为家长的信任和学生的支持，华电才有了今天的成就。在华电，您的孩子会有一个更加广阔的施展空间，这里也容得下他美丽的梦想。

承担责任，你的肩膀已经坚实了

尊敬的华电领导和老师：

你们好！

冬去春来，晃眼间十八年，时光在不经意间转瞬而过。儿子长大了，懂事了，儿子的成长经历又一幕一幕地在我脑子里上映。儿子的出生给我们一家带来了无比的快乐，也带来了不小的麻烦，从此家里是彩旗飘飘，我再也没睡过囫囵觉，床头上摆满了瓶瓶罐罐，预备着及时应战。转眼儿子五岁了，要上幼儿园了，面对陌生的老师和小朋友，儿子说什么也不愿在那儿待。老师说每个孩子都有这个过程，你必须狠下心放下他就走，是啊，儿子要接受教育，在老师的精心教育下，儿子学会了好多知识，也学会了礼貌待人。很快三年的幼儿园上完了，儿子要上小学了，我给他准备了新的学习用品，把儿子打扮得漂漂亮亮的，他要去接受新环境、新老师和新同学，还要接受全新的教育。在儿子读小学时，我们从来不向他要求什么，学习跟得上就行，小学好好玩，有个快乐的童年。同时我们经常教育儿子：你是男子汉，受到委屈，伤心难过的时候，要学会自己一个人去承受，去面对困难和挫折。在他读初中的时候，为了接受更好的教育，我们把儿子送到外地——淮安外国语学校学习。刚开始，他由于教学进度不一样，加之受同学的影响，变得贪玩起来，学习成绩滑了下来。在读初三的时候，他才开始觉悟，不能再玩了，并暗暗下定决心：一定要把成绩赶上来。"功夫不负有心人"，儿子终于把成绩赶了上来，并如愿考上淮阴中学教改实验班。如今的儿子即将是一名大一本科生，也长成一个英俊洒脱的小伙子，在他身上有过太多的故事和经历。以后的路还很长，儿子啊，一定要努力，做个对祖国有用的人才,再苦再难有妈妈陪着你,我会做你坚强的后盾。

在即将到来的四年大学生活中,妈妈希望你努力做到以下几点:1. 一定要相信自己,不管什么时候都要告诉自己是最棒的!跟自己比,超越自己;2. 一定要用心感受身边的幸福,幸福是一种生活态度,幸福在此刻,在此处,而不是在远方;3. 完善人格,保持积极乐观的心态,选择积极的人生态度,相信生命的无限可能;4. 坚持读书,读好书,多读书,与伟大的灵魂对话,从而使个人修养得到提高,确定自己终身学习的目标;5. 生活是计划和直觉结合的结果,首先用你的潜意识去选择,然后用大脑思考并筹划,做一件事情之前一定要考虑周全;6. 学会取舍,宽容待人,做一个有担当的人。

电网 1503　仲潍家长
2015 年 8 月 10 日

教师寄语

儿子从小到大的点点滴滴,这位母亲全都记在心里。孩子的进步拨动着她的心弦,孩子的苦恼同样困扰着她的心绪。最细腻的笔触、最朴实的语言、最真诚的告诫,诉出了她的欣慰、她的喜悦、她的期望。

记住父母的良苦用心

尊敬的华北电力大学老师:

　　你们好!

　　我是李竹青的爸爸,是国网山东省电力公司日照供电公司的一名员工。华北电力大学,这所位于首都、历史悠久的高等学府,是我们全家仰望并渴望的。希望李竹青在华电这个摇篮里,聆听各位老师的教诲,好好学习,加强修养,成长为国家的栋梁之才,为中国电力事业的发展贡献力量。李竹青的小学、初中是在日照新营小学、中学度过的,她养成了良好的学习做人习惯,历次期中、期末考试成绩都在年级中名列前茅,并担任班里的学习委员等职务。2012年,她考入日照第一中学。日照一中群英荟萃,李竹青是一名以学习为乐、不善张扬的学生。高一阶段,她虽然已经确定了高二后选择理科,但并没有放松对历史、政治等学科的学习,这几门课程在期中、期末考试中都位列班级前列,总成绩也位于整个年级前十名,我想这对她今后开展各种学习是有好处的。进入高二后,她保持了良好的学习习惯和旺盛的学习热情,集中精力学习理科课程,每次考试均成绩优异,并且稳中有升:在高二暑期期末考试中,总成绩在日照一中东西两校理科1400余名学生中名列第五名,在高三寒假结束东校举行的模拟考试中排名第一,进入了特别优导学生的行列。她高考成绩不是很理想,郁闷了几天,但在选定填报华电这个志愿并觉得有把握被录取后,她马上振作起来,决心到华电这一理想校园中继续拼搏,取得更加优异的成绩。李竹青注重学习,尊重老师和同学,听课时一丝不苟,认真完成老师布置的作业。在各门学科中,她没有比较明显的弱项,总体来说,语文成绩比较优秀,我想这对于一名理工科学生未来的发展应有很大的作用。她积极参加学校和社会组织的各种征文活动,并屡次获奖。她数学成绩优异,历次考试中成绩突出,并参加过奥林匹克竞赛学习。她团结同学,从来不会瞧不起学习成绩稍差的同学,他们有难题总是耐心解答。李竹青有责任心,担任班级学习共同体的体长,注重带领同学一起进步,在本共同体值日时,总是积极去做打扫卫生等班务。她对社会不同的群体都心存仁心,并乐意帮助。她尊重、孝顺长辈,体谅长辈的慈爱之心,从小难得空闲却总是愿意去看望长辈,让他们感受天伦之乐。希望李竹青在进入华电后,秉承华电宗旨,在各位老师的严格教导下,努力成为德、智、体全面发展的好学生,毕业后是理论与实践俱佳的好人才,与华电一起为中国电力发展贡献力量。

电气1507　李竹青家长

2015年8月12日

教师寄语

只要有梦想,哪里都是你的舞台。李竹青同学的爸爸关注着女儿成长过程中一丝一毫的动态，督促女儿逐步养成健全的性格、人格。李竹青同学学习成绩优异，乐于助人且有责任心，在父母的指引下，在华电的摇篮中，希望她秉承华电宗旨，成为理论与实践俱佳的人才，成为母校的骄傲。

只要有梦想，哪里都是舞台

华北电力大学的班主任和辅导员老师：

你们好！

我是即将到贵校就读的学生隆豪的家长。作为一名新生家长，我怀着欣喜之心写这封信。华电是我和孩子心中的神圣殿堂。我感谢你们的接纳，自接到录取通知书之日起，我就要孩子视"华电"为自己的家，视"华电"的师长为尊上亲人，视"华电"的同学为兄弟姐妹。我们从中国最"年轻"的直辖市重庆来到童年时就向往的祖国首都北京。我们家住在长江边上举世闻名的"鬼城"丰都，尽管家庭不富有，但是我的孩子从小懂事、勤奋好学、为人朴实、进取心强，难能可贵的是他从小就懂得节约，为家庭减少开支。我孩子自幼儿园起表现就很优秀；六年小学生活共五次被评为县级三好学生和优秀学生干部，并先后担任过班级体育委员、学习委员、班长；小学毕业后因成绩优秀被我们所在县办学质量最优秀的平都中学、丰都中学同时录取，但是孩子为了减轻家庭负担，最终主动选择了离家最近能每天走读回家的丰都滨江中学，并且成绩年年优秀，长期担任班级学习委员，初中三年被评为县级"三好学生"；初中毕业因为学习成绩十分优秀，重庆主城区的一所著名重点中学（该中学三次培养出重庆市高考状元）和重庆涪陵区第五中学（该中学一次培养出重庆市高考状元）同时来录取我的孩子，但是我的孩子最终选择了能够接纳他妈妈到学校食堂打零工的涪陵第五中学，孩子这样做是为了多给家庭一份收入。孩子在我们心中是最优秀的，他勤俭、踏实、爱家、好学，高中三年为了我们这个贫穷的家没少分心，高考成绩不是很理想，但是也没有辜负我们的期望！我们没给他创造一个安定平稳的家，可是他能自立自强、奋斗不息。我希望孩子在进入大学后找到前行的方向、奋进的目标。我也希望孩子在他乡异地求学而孤独无助时，华电是他的依靠。昔日看着孩子寒窗苦读，一夜夜台灯长照，试问天下哪一个父母不心疼。盼星星盼月亮盼着孩子长大，然而看到孩子即将离家，往日喧嚣的房间突然安静下来，心就像让人活脱脱地抓下了一块，空荡荡的没了依靠。自小怕他饿，怕他冷，怕他吃的不好，现在又怕他想家。听说大学里老师是看不到的，只有辅导员或者班主任管学生。我就写了今天这封信，希望你们可以给予他关怀与照顾，在他各方面有不足的时候给予严厉的批评，使他可以成为对社会有用的人。回报学校，回报父母，回报社会。致以最真诚的敬礼！

通信 1503　　隆豪家长
2015 年 8 月 18 日

教师寄语

"盼星星盼月亮盼着孩子长大，然而看到孩子即将离家……"用最朴实的语言表达出最动人的情感，隆豪同学的家长做到了，而这想必也是因为家长对孩子的感情之浓，孩子对家长的体贴之深。隆豪这位优秀的同学，自小就懂得体谅父母、为父母分担，是多么的难能可贵。现在你已经进入一个更高的学府，可以为自己的家庭、为父母、为社会贡献更大的力量。

用实践培养兴趣

小女婧雯，自幼生长于京。六岁抚琴至八级，八岁练舞海淀获奖；亦曾习画，虽未入科班，却也行云流水，留痕自己心境或视角，可谓多才多艺。二六年纪入十一学校，如鱼得水，六载风雨春秋，勤奋耕耘，全面发展：音乐阅读、网羽篮排、游泳田径……短跑曾垄断 200 米、400 米年级冠军；岁岁荣获卓越生或优秀学生，历练成长，落得十八花样年华、十八分米，亭亭玉立；科举得中，跨进华电殿堂。华电历史悠久，师资雄厚，名人辈出；京保两地互动，专业极具特色，国际交流常态，社会贡献巨大。华夏沃土，莘莘学子，慕名而来，收获不菲。小女自幼喜爱太阳，发光发热，无限滋生万物。华电研习电能，小女立志探究新型能源、清洁能源、再生能源，回报社会，奉献人类。小女常吟唱《夜空中最亮的星》，我坚信：在华电师生的培养和帮助下，小女会成为华电 15 级一颗耀眼的明星。

电网 1503　王婧雯家长
2015 年 8 月 15 日

教师寄语

王婧雯同学的家长别出心裁，用凝练的语句叙述出女儿的成长轨迹和对女儿的期望，字里行间透露出为女儿取得成绩的喜悦、骄傲和对女儿的呵护、疼爱。得此新生，华电之幸哉！

有缺点才会有进步

华北电力大学：

你好！

今年，儿子廖轶杰通过自己的努力，终于考取了自己心仪的大学和渴望的专业，我们为他的成功感到骄傲，为他的未来表示祝福。回想这十余年来，一路艰辛、一路欣喜，道路曲折回转却一同走了下来，学习、生活的点点滴滴仍历历在目。从小我们就很重视孩子的教育，对他严格要求，教会他做人的道理，带着他练习羽毛球，陪着他一起学英语。小学时他学习优秀，数学经常是年级第一，小学毕业通过十选一的入学考试，顺利考取了成都外国语学校；初中毕业参加直升考试成为 40% 的幸运儿，并一直读到了高中毕业。第一次参加高考，孩子成绩不是十分理想，仅仅上了一本线，虽然也被一所一本高校录取，但却并非他自己满意的学校，经过几天的思考，他决定重新读一年。说实在话，我们家长并不十分愿意他再读一年，也劝过他，但他既然决定了，我们也全力支持。终于，功夫不负有心人，经过近一年的拼搏，他取得了满意的成绩。我们觉得在这最后一年的学习中，廖轶杰成熟了许多，学习上更加刻苦，面对困难敢于拼搏，思想不再幼稚和虚幻，能够正确地认识自己的长处和不足，并能持续改进和弥补。就这样他不仅顺利完成了一次高考，也通过了人生的一次大考，对于他的成长，我们家长倍感欣慰。廖轶杰是一个懂事的孩子，为人善良，性格平和，处事大方，善于与同学相处，当同学有难时能主动帮助。今年在绵阳中学学习时，他就捐出了自己辛苦积攒的1000元给患白血病的同学。他从小就帮着我们做家务事，一直都是自己的事情自己做，几年的住校生活锻炼了他独立生活的能力，也培养了他敢于担当和负责任的性格。他是一个活泼阳光的孩子，热爱运动，尤其爱好羽毛球和足球，而且有一定的水平。他学过双簧管、素描，爱好广泛，当然也打电脑游戏（不过也能自我节制），基本能处理好爱好与学习之间的关系。廖轶杰思维较为活跃，有一定的创新能力。当然，他也和许多男孩子一样，心思不够缜密，较为粗心，还需要在生活和学习中慢慢克服和改正。我们希望廖轶杰在今后的人生中能抓住每一次机会，为实现自己的目标不懈努力，坚韧不拔，不为一时之利而惑。希望他的人生能过得精彩而充实，在大学学习中学会真本领，本科毕业后继续读研，为未来的生活和工作做更充分的准备。希望廖轶杰能在今后更加成熟，勇敢地追求自己的目标，做一个顶天立地的男子汉，勇于负责和担当，不仅要做好自己，更要帮助其他人，助力团队取得成功，成为团队核心。希望学校能多给予他锻炼的机会，帮助他更好地成长。

电气1505　廖轶杰家长
2015年8月19日

教师寄语

　　能够抽出时间，带着孩子练习羽毛球，陪着他一起学英语，对于家长来说本就实属难得，在面对是否复读这么重大的事件上还能够尊重孩子的意见，更是不易。相信有如此善解人意的家长，廖轶杰同学定能不辜负父母的期望，成为一个顶天立地的男子汉。

从失败中摄取营养

  从小学开始就成绩优异，团结同学。除了搞好课本知识的学习外，还注重加强自己综合素质和能力的提高。从小学到高中始终担任学生干部，组织、参与学校的各种课内外活动，无论是趣味运动会还是演讲比赛无一缺席。时政、音乐、文学作品都是她的生活内容，并获得了"三好学生"、"优秀团员"、"新乡市优秀学生干部"等奖励。朱怡洁知识面宽，思维灵活、缜密，效率高，爱钻研，善于表达，逻辑能力、综合能力强。在应试教育的环境中，她并没有把所有精力都用在书本上、分数上，从小就对事物有着强烈的好奇心。在六岁时自己学会查阅字典，在小学期间《上下五千年》《我们爱科学》《少儿科普知识问答》《少年百科全书》《博学天下》等系列丛书一直是她每天必看的床头书，上高中之前《新概念英语》已学至第三册。在初中时参加由教育部中学校长培训中心和河南省教育厅主办的"人民教育家论坛"，在会上作为母校唯一的学生代表发言，获得一致好评。她性格外向而不失稳重，有很强的团队协作能力和调控能力，老师对她的评价是："爱好广泛，善于总结，悟性超强，能够做到事半功倍。虽几经沉浮，但仍顽强拼搏，坚韧不拔。积极、乐观、向上，总能为全班带来正能量。"她是一个乐观随和的人，但敢于反驳质疑，而且谦虚礼让、信守诺言、意志力非常强。在华电这个"厚基础、重实践、强能力、求创新"的人才培养基地里，希望她达成如下目标：

  1. 通过英语六级考试和雅思考试；2. 在打好专业基础的前提下，还能够通过国际交流项目选拔，拓宽视野；3. 不仅要做专业型人才，还要将所学到的先进经验和知识学以致用，做一个复合型人才。

电气 1507 朱怡洁家长
2015 年 8 月 17 日

教师寄语

从简介中可以看出家长在有意识地引导孩子全面发展，而之后对孩子提出的要求更是由浅入深，目标明确，相信家长平时对孩子的教育十分细致。如今来到了大学，希望孩子们都能摆脱对家长的依赖，自己决定自己的人生。

独立发展，自我把关

老师，您好！

很高兴能够借此机会和您聊聊王杨的成长经历和我们对她大学生活的期望。上小学一年级之前，她是在农村度过的，也许当城里的小孩在学钢琴、舞蹈的时候，她正和伙伴们在村里嬉戏打闹、玩泥巴、在田间玩耍……但现在想来，也没有什么遗憾，玩本就是孩子的天性，让她在最该玩的年龄享受自然，不失为一件好事。但学习毕竟是她走向更广阔天地最直接的途径，不能疏忽。于是，在她该上一年级的时候，我们让她在城里上学，还不时地告诉她知识改变命运的道理，虽然不知她懂了多少，但她确实很乖，成绩总是第一，一些活动中也总是少不了她。但那个小学毕竟规模很小，于是在她该上四年级的时候我们托亲戚关系让她转了学。到了新环境，她很快适应了，并积极参与各项活动，是他们学校"有名的"主持人，六一主持、星期一升国旗主持等等。她还参加了合唱队，出去外面比赛。成绩总是保持在年级前十，也算"叱咤风云"地过完了她的小学生活。比起小学生活来说，初中就平淡了许多，但成绩也是年级前十，同学们也都说她容易相处。初二时我们搬家，离学校较远，就让她住在姑姑家，初三是在外面找了两间房子让爷爷、奶奶陪她住。虽然没有我们的看护，但她的成绩也没落下过。这样，最后在中招考试中她以优异成绩考上了安阳最好的中学——安阳一中，并在接下来的选拔考试中考入奥赛班，也就是所谓的好班。但人外有人，天外有天，在奥赛班她的成绩差不多为中等，偶尔考一次前十她便高兴得不得了。

在这里，她变成一个普通的学生。我们常常感觉到她的自信一点一点地丢失，变成一个不太自信的女孩。大学四年，我们只希望她成为一个健全的人，自立自强自尊自爱，有责任与担当意识，积极参加活动锻炼自己。至于成绩方面，只要她刻苦努力，尽力就好。

电气 1506　王杨家长
2015 年 8 月 16 日

教师寄语

在人人都说"不要让孩子输在起跑线上"的时代，能够拥有一位明白玩本就是孩子的天性，让孩子在最该玩的年龄享受自然的家长是多么幸运的事情。在之后的要求中，家长也没有给孩子过多的压力，只是希望孩子能够刻苦努力，尽力就好。有如此豁达的家长，相信王杨一定能在大学生活里做到最好，成为父母口中"自立自强、自尊自爱、有责任与担当意识"的人。

别让期望变成压力

丹阳从小就是一个很懂事、很坚强的孩子。五岁时因病输液，我们对她说咱们不哭要坚强，结果在护士扎针时，她一直都是紧抿着嘴唇不哭。一次因我们家长上班都忙，只能晚上带她去输液，灯光下护士看不清血管连扎了三针，女儿这才眼里含着泪说："我实在是太疼忍不住了。"丹阳从小学到中学一直在学习上认认真真、踏踏实实，有自己的奋斗目标并为之不断努力。在不懈努力下，她的成绩一贯优秀，顺利地考上了理想的初中和理想的高中。高一开学前丹阳因过敏身上起了很多疙瘩，参加军训时尽管当时身上的疙瘩很痒，她仍认真完成了军训，现在想起来还为孩子的坚强感到心疼和骄傲。在学霸云集的高中她不断调整心态和心理上的落差，通过认真踏实的学习在高考时取得了较好的成绩而考入了理想的大学。希望丹阳在走进大学后仍能保持高中时的学习状态，不放松，不虚度，充实地度过每一天，做到"当我们回首往事的时侯，不因虚度年华而悔恨，也不因碌碌无为而羞耻"，不断在各个方面提升自己的能力，为走入社会打下一个坚实的基础，因为"机会从来都青睐有准备的人"，最终长风破浪会有时，直挂云帆济苍海。

电气1504　段丹阳家长
2015年8月13日

教师寄语

　　开头的描写十分生动，看得出来这是孩子在父母脑海深处最珍贵的记忆之一。父母对孩子的要求也十分简单，他们更关注孩子精神层面的成长——只要孩子在将来"不因虚度年华而悔恨，也不因碌碌无为而羞耻"，那么我就为她而骄傲。我想这才是一位家长应该有的心态。

拼搏的人生不留遗憾

敬爱的各位老师：
　　你们好！
　　我是高怀玉的父亲，名叫高亮，在通威股份有限公司从事人力资源与行政管理工作。怀玉能被贵校录取，并将在各位导师的教导下度过人生中最重要的这段时光，我感到由衷地高兴，并在此向你们致以诚挚的谢意！为了让你们更多地了解怀玉的成长情况，便于以后给予他更好的教诲和引导，我将怀玉从2岁零3个月起到现在整整15年的学习成长情况简要汇报如下，以资参考。2000年9月—2002年7月，怀玉在眉山机关幼儿园上中班和大班，开始了他的学习生涯。每天接送他上下学的途中，我都会让他背诵古诗词以培养他的记忆力；回到家后进行半个小时左右的辅导，主要是学习语文和数学的基础知识。

2002年9月—2009年7月，怀玉在眉山苏南小学从学前班念到小学毕业，学习成绩一直名列前茅。中间发生了一个小插曲：因为年龄不足七岁，学前班后，学校拒绝录取他为一年级新生。我们找到校方沟通，以本校生已完成学前教育理应升入小学为由申诉，并建议暂时让怀玉入学，如发现其不能适应可按校方要求退学。所幸校方接受了我们的建议，怀玉得以顺利入学。2009年9月—2012年7月，怀玉在苏祠中学完成了初中阶段的学业，并以优异的成绩被眉山中学东坡班录取。2012年9月—2015年6月，怀玉在眉山中学度过了最为曲折的三年高中生活。在经历了青春期的迷茫、不安和焦虑后，他最终摆脱了困扰，性格日趋成熟，思想渐进沉稳，明确了方向和目标的他终于考入了自己理想中的贵校。

在文化学习方面，基于他从小养成的良好学习习惯，做家长的基本上没有操心太多。怀玉个人素养的教育和培养一直以我们做家长的两点期望为核心展开。在他小的时候，我们就明确地告诉他，对他的期望就是两点：一要快乐，二能独立。要想自己过得快乐，一定先让周围和自己有关的人快乐起来；让别人痛苦的结果，就是别人也会让你不自在。独立不仅是指具备独立生存的能力，还要具备独立生活的能力，更需要拥有独立的思考能力和独立的思想。所以，在亲朋、好友、邻居眼中聪明、乖巧的怀玉有时候在我们家长眼中也会显得固执、叛逆甚至是反动。但，这正是我希望看到的！

从2003年初，因为工作原因我离开家乡，常年驻守外地。每年暑假，怀玉会到我工作的驻地呆上一段时间，随着我驻地的变换，他到过大江南北很多地方。他在丰富经历、开阔眼界、增长知识的同时，也渐渐明确了自己的学习方向和目标，不论他未来的选择是什么，我都会一如既往地尽力去支持他！长期缺少父亲影响的怀玉，在我的心中就是腼腆的、文静的、瘦瘦的大男孩，可以再健壮些，可以再阳刚些，可以再豪爽些！这一直都是我心存歉疚的地方，希望怀玉在未来的高校生活中，能有这样的改变！再次感谢学校给了我这个沟通的平台！

敬祝：健康快乐！

电子1501　高怀玉家长
2015年8月

教师寄语

从高怀玉同学的经历可以看出来，从小父母就对他寄予厚望，而提早上学等等优秀的表现都是父亲的骄傲。也许父亲确实在成长的道路上对孩子的关注度不够，但我们还是能从最后几句话中感受到父亲深切的期望与深沉的爱。

静下心来，你看到的世界更美丽

尊敬的华北电力大学老师：

你们好！

我们是张一鸣同学的爸爸妈妈，很有幸我们的孩子能够考入贵校的电气工程及其自动化专业。他自幼是一个很有主见的男孩，爱思考，兴趣广泛，能担当。作为父母，我们也用自己的言传身教影响着孩子，让他秉承着"有境界者自成高格，每个人都应该成为最好的自己"这一人生信念，幸福而阳光地度过了童年和少年时代。丰富多彩的校园生活锻炼了他良好的思想品格、健康的体魄和心理素质，以及与人相处的能力。幼儿园时独自与园长侃侃而谈，小学时与小伙伴们独创舞蹈，初中激情演绎典范英语剧……相比较而言，高中更显得多姿多彩，英语剧上逗笑全场的改编版荆轲刺秦，12·9歌咏比赛惊艳全校的Idea，英语歌曲比赛上震惊四座的Rap都成为他向青春出发的生命中不可忽视的亮点，而经历了高三与高考，以及贵校自主招生的选拔之后，他更是习得了一种"每临大事有静气"的定力。他的reading不拘泥于形式，从最常见的reading，到用耳朵倾听各种各样来自"外面的世界"的故事；再到看一些被众人称道抑或是能带给人启示的影视作品；暑期还极力推荐我们看《大圣归来》，让我们为国产片多做宣传，理由是悟空终于可以在当代孩童中复活了。满18岁的他去驾校报了名；还约了几个靠谱的朋友做了两趟靠谱的旅行，去厦门，住青年旅社，围着鼓浪屿晨跑，在旅馆的楼顶上数星星，在厦大骑行；颠簸了两天去稻城亚丁，用最美的心情去走那和着马粪的原生态大道，和藏族人民一起跳歌桩，玩游戏。闲时学起了架子鼓，两天学会了自由泳，并且还能坚持，每次破上一次的速度与耐力记录，绝不在家"傻宅"。在假期的最后，他开始尝试预习高数和基础电路，和华电的学哥学姐（高中的校友）取得联系，了解北京，了解与"华电"、"电"的幸福生活，特爱看廖宇的文章，常常为文中他选择的这个专业的前辈们感动。他是一个绝不会放弃任何学习前进机会的男孩，相信有一天，他会是那些在电气工程及其自动化道路上充满自信与勇气、可以披荆斩棘的年轻人中的一员，一定会为我国发展这个蕴藏着潜力和前所未有的高要求的行业尽其智慧、尽其所能！永远记住，不骄不躁，带正知正见去生活，努力让自己内心强大，就无需在意众声喧哗。记住我们的约定：定能生慧，静纳百川，百静生定！

我们希望他今后努力的目标就是，成为祖国的综合性人才，懂专业技术，懂经济，还勿忘历史！我们相信，在华电的教育滋养下，今天一鸣是独立、上进的男孩，明天将是一个真正的中国好男儿！他定会在这里成就一个最好的自己！

电气 1508　张一鸣家长
2015 年 8 月 20 日

教师寄语

从这篇文章中，我们能看出父母对孩子满满的自豪。张一鸣同学做过的每一件小事，父母都铭记在心，在他们的内心，自己的孩子就是世界上最优秀的。而我们也相信，张一鸣同学能够成就最好的自己，成为一个真正的中国好男儿！

有方法，更容易

尊敬的校领导、老师们：

你们好！

我是常雨晨同学的家长。关心孩子的健康成长是一件很重要的事情，作为学生家长，想向校方简单介绍一下孩子的成长经历。

常雨晨出生于云南省玉溪市通海县的普通工人家庭，从三岁上幼儿园起，她便过着普普通通的生活，但普通之中也显现出其与众不同的一面。从小学三年级起，因工作关系，我们没有条件进行每天的接送事宜，因此都是她一个人上学、放学、做饭以及独立完成作业，小学、初中、高中均是如此，特别是在高中阶段，由于她进入了玉溪市第一中学，离家更远了，我们基本上对她也无法进行更好的帮助，孩子的学习我们从内心来说，真没操过多的心，也没像其他同学一样补课，都是顺其自然。对此，作为家长的我们也深感愧疚，但她能取得如此成绩，进入贵校，我们也是深感欣慰。从另一方面来说，这也未尝不是一件好事，从中培养了她的独立自主能力。孩子的学习我们也关心，但更关心她是否能健康快乐地成长，以后是否能更快更好地融入社会，适应社会。我们明白：孩子是有梦想、有追求的，她紧张而敏感，她想做个令父母满意的孩子，她梦想读好的学校，期望成功，从不无所事事，从不沉溺于网游，从不感到无聊。

小小年纪，她便一个人去书城，一去就是四五个小时。她很在乎别人的评价，表面上装作无所谓。在家里，父母几乎不辅导她的作业，甚至是强拉着她一起去郊外游玩，但她会一个人坚持将作业做完，不用大人操心。她性子很直，不会含蓄，不会掩饰。孩子的缺点是显而易见：过于急于求成，做事毅力不够，畏难，急躁，不经分析快速决断等等。期待她的早日改变，期待那些真正的惊喜。进入贵校，孩子将进入一个全新的学习阶段。在此，我们对她的大学生活寄予无限厚望：

一、身体是所有一切的前提，希望学校在繁重的学习任务下，多开展学生喜欢的、有利于学生身体健康的体育游戏活动。

二、德育不好是废品，学校是陶冶学生品行的加工厂，对孩子灵魂和品行产生作用的就是学校的德育之风,希望学校开展各种各样的德育教育活动,使良好的德育之风在贵校蔚然成风。

三、兴趣是启发学生自主学习能力的按钮,希望学校能够打破传统的教学模式,引用、借鉴新的教育理念,各学科的老师都能独辟蹊径,开辟全新的教学方法,把每个孩子都看成优秀生,多采取鼓励的教学方法,使学生产生学习兴趣,提高学生自主学习的积极性。

四、注重孩子综合素质的培养,挖掘学生的潜能,提倡学生的个性化发展,并且为学生发挥各项特长搭建平台。

五、能尽量提供勤工俭学机会,让他们尽快与社会接触。贫困学生问题是高校工作的重心,弱势群体需要社会和集体给予关爱和温暖。如果学校或社会能提供相关的勤工助学机会,那么学生可在工作中体验生活,同时为今后走入社会积累一定经验。

谢谢老师的关心!

通信1503　常雨晨家长
2015年8月19日

艰难困苦,玉汝于成

尊敬的华北电力大学领导和教职员工:
　　你们好!
　　感谢你们给予盛儒智继续学习深造的机会,当然这也是他和历任教师辛勤努力的结果。儒智出生于江苏省丰县范楼镇丁寨村的一个农民家庭。当年由于家庭经济困难,没能上大学成了我一辈子最大的遗憾。少不更事的他自幼受家庭熏陶,立下了到北京高等学府上学的愿望。然而,奶奶股骨头坏死动过大手术,妈妈胆囊炎不能干重活,高昂的医疗费和学费使原本就拮据的家庭雪上加霜。好在有党和政府九年制义务教育、农村学生扶贫政策的帮助,他和姐姐得以顺利地完成了学业,在这里我怀着无比崇敬的心情再次感谢党和国家对农村困难家庭无微不至的关怀。

　　光阴似箭,岁月如梭,时间过得真快,为了考上理想的大学,好强的儒智从小就付出了比优越家庭的孩子多倍的努力。功夫不负有心人,他终于考上了理想的大学，也圆了父辈梦寐以求的大学梦。忆往昔，生活清苦而充实；望今朝，前途光辉而灿烂。前途是光明的，道路是曲折的。在前进的道路上不光有鲜花和掌声，还有荆棘和汗水。儒智选择了贵校，我迫切地希望他在贵校的辛勤培育下，树立修身、齐家、治国、平天下的壮志，顺利地读完本科，进而考研乃至读博士，圆满地完成学业。当然，这和贵校的辛勤培育是密不可分的，也需要他加倍努力与家长和学校的多方沟通。

最后，再次感谢贵校对儒智的信任和栽培！

通信1501　盛儒智家长

2015年8月21日

能源动力与机械工程学院

用目标来激励自己

尊敬的华北电力大学领导和老师：

你们好！

我的儿子有幸被贵校录取，即将成为一名大一学生。我的儿子读书读得早，在同级的同学中年龄基本上是最小的，所以特别爱玩，比较调皮。但所幸他的头脑比较灵活，学东西较快，从小学到初中成绩虽然不是顶尖，但还算优异。到了高中阶段他对学习突然感觉毫无兴趣，上课不听讲，课后也不写作业，成绩下滑得特别厉害。后来才知道他迷上了一个网游，叫英雄联盟，脑子里天天就想这个东西。本人也是一名高中教师，见过许多这样的情况，于是就和儿子心贴心地交谈了一番，得知他是因为平时生活太无聊，也不想读书，只能借打游戏来消磨时间。我突然觉得这是我们做家长的悲哀，也是学校的悲哀。因为很多学生根本没有目标，也不知道自己到底要什么，只能盲目地去读书。正因为这样，我才决定对我的儿子采用"放养式"的培养，我先不要求他的成绩要多好多好，而是要让他找到学习的目标和动力，如果没有目标和动力谈什么自觉学习。所幸的是，他找到了他的目标。最开始的目标和动力就是和他喜欢的一个女孩子考入同一所大学。我不怕他早恋，怕的是他不知道如何看待和处理这件事。我感觉很欣慰，因为他知道和我交流这件事，从我这里听取一些建议，然后正确看待。最后他如愿以偿地和那个女孩子一起考入贵校，他们也在一起了。他高中成长了很多很多，我们为有这样一个儿子感到骄傲！他自己有很明确的目标而且热爱运动。他准备去参加马拉松运动，不是为了取得名次，而是为了完成心中的梦想。他在大学内会积极加入他喜欢的社团，广泛结交好友。他在课余时间还会通过做兼职工作来赚取生活费。当然，学业也不会落下，他会努力读好自己的专业，准备考研，甚至是考取公费出国留学。总而言之，他的大学四年生活不会在浑浑噩噩中度过，他会通过自己的努力，慢慢地融入社会。最后，我相信我的儿子在你们的带领下能够更加完善自己，成为一个对社会有用的人！

能动 1507　唐鹤群家长
2015 年 8 月 14 日

脚踏实地，仰望星空

华北电力大学：

　　我怀着无比激动的心情给贵校写这封信。说实话我很自豪有机会向你们说说我的心里话。填报高考志愿时我们全家斟酌再三，反复查看贵校历年来的录取分数，最终一致决定将第一志愿填报贵校。填报后我们每天不下于十次地查看录取结果，直到 7 月 18 日查到已被录取，7 月 26 日收到录取通知书，我们全家悬着的心才算放了下来。我儿子向往贵校已久，今天终于如愿以偿了。我儿子的上学之路可谓一帆风顺。小学就读于我们县城最好的小学，然后顺利地升入县城最好的公立初中和最好的省示范高中。经过高中三年的努力，她终于在今年的高考中崭露头角，取得班级第一名，年级 47 名，以 619 分考入贵校。我儿子周硕一直都是个诚实听话、孝顺的好孩子。他学习上积极主动，刻苦努力，上课时认真听讲，课余时间按时完成老师布置的作业，并且注重劳逸结合，学习时一丝不苟，全神贯注，玩时也尽情放松。总而言之，他在学习上基本没感到很吃力。生活上他也是个勤俭质朴、不攀比吃穿、不乱花钱、尊重师长、团结同学的人，从未与老师同学闹过矛盾，受到大家的一致好评。美中不足的是周硕性格内向，在与人交往的过程中主动性、灵活性不够，这也是他以后学习、生活中要克服的一个缺点。大学生活是孩子以后踏入社会、适应社会、造福社会的重要阶段。在贵校四年的培养过程中，我希望孩子做到以下几点：1. 出色完成学习任务，修完贵校所有课程及学分，争取各科成绩均为优秀，并且尽快通过计算机三级，英语四、六级的考试。2. 思想上进步，积极向党组织靠拢，并且争取加入党组织。3. 全面发展，积极参加学校组织的各种活动、社会实践及学术研究等，逐步提高自己的综合能力及素质，锻炼自己的沟通交流能力以及管理、领导能力；积极加入学生会及其他校组织、团体，在实践中不断提升自己。最后殷切希望贵校在四年的学习生活中，严格要求周硕，不断激励、鞭策、教导他，用严谨的校风指导他，用先进科学的知识武装他，用创新的理念激励他，使他不断成长进步，日后成为一个对国家、社会、人民有用的栋梁之才。

  此致
敬礼！

能动1508 周硕家长
2015年8月8日

活出自己的一片天

尊敬的老师：

  您好！

  我的孩子从小就非常懂事，可能是女孩子的缘故，她有些任性，但却懂得在合适的时间和地点任性。由于她小的时候一直和姥姥生活在一起，所以对老人特别的尊重，从小就会自己管好自己，无论是学习还是生活。我们做父母的因受教育的程度不高，所以对她的学习也是无能为力，她有不懂的地方就自己请教老师或是同学。我女儿的个性开朗活泼，熟悉了的人就会知道她有多可爱，但因为她是慢热型的人，一般比较难热场，只有在熟悉的人面前才会放得开，所以这也是她的一个缺点，我们也在努力帮她纠正，为的就是让她可以更好地去适应社会。大学的这四年对于孩子来说十分重要，所以我希望孩子可以更努力一点，不要把心思放在谈恋爱上，多专注学习和与人交往方面的技巧。大学是决定人一生的关键点，我不希望孩子将来后悔地说自己的大学荒废了，只希望她可以利用好在大学的每一天，活出自己的一片天。我们做大人的终将老去，无法陪伴她左右，所以只希望她可以多学一些技能，如果有时间和精力的话可以多修一门功课，多掌握一门技术，将来到社会中也会有大用处。希望学校可以公平地对待每一位学子，无论健康与否，无论贫富与否，她们的学习都是公平的，也希望学校可以多开展交流活动，让孩子可以结识到更多的朋友，可以了解到更多的知识，让以后要步入社会的她们有更多的经验和知识。学校是一个神圣的地方，在学校里孩子们可以有纯洁的友谊、甜美的爱情和对知识的渴望。感谢学校允许我的孩子进入贵校，也感谢学校给予我孩子四年的教育和关心。

材料1501　郭柳家长
2015年8月16日

做一个有理想、有道德、积极向上的普通人

尊敬的老师：

您好！

我们作为家长始终认为，一个人应该先学做人，后学做事。我们比较看不惯时下社会上的唯分数论，分数考得高只能代表学习这一方面，真正的学习应该是多方面的。我们从来不会将金钱和物质上的东西与分数挂钩，只要是有用的东西，父母能承受得起，就给孩子买，与成绩没关系。孩子从不缺零用钱，钱包里还有银行卡备用。我们希望孩子每一天都健康、快乐，做一个诚实、正直、有修养的人，能够踏踏实实做事，认认真真做人。我们一直是本着这一理念在教育孩子。作为父母我们从小就注重对孩子的教育和兴趣的培养，俗话说"兴趣是最好的老师"，由于生长在北京这个中国经济、文化中心，孩子有更多学习的机会，从幼儿园起我们就利用周末和假期带孩子转遍了北京的所有博物馆和公园，使孩子的视野很开阔。孩子从小就接受了良好的教育，小学读于北京第一实验小学这个成立于1912年的百年老校。我们比较反对死读书，注重对孩子多方面才能的培养。由于孩子生性比较内向、胆小，我们鼓励他参加学校的管乐团，成为一名萨克斯手，使他在集体活动中得到了锻炼。他作为北京市金帆管乐团的萨克斯演奏员参加了北京市艺术节，并多次获得一等奖。因孩子喜静不喜动，我们让他学习了软笔书法，他的书法作品也多次在学校展出。

通过对书法的学习，他对中国传统文化产生了兴趣，学习从来就是相通的，他的一篇关于《汉字结构比例研究》的数学建模论文还获得了北京市高中数学论文三等奖。孩子中学就读于北京师范大学附属中学这所成立于1901年的北京市示范高中，由于初中三年学习成绩优异，特别是在理科方面表现良好，他被保送进入本校钱学森理科实验班继续学习。在这个优秀的班集体里，他和同学们如鱼得水，除了完成高中阶段的规定课程外，在老师的带领下他们还进行了大量的自主学习，全班同学无一例外地获得了省级各类学科竞赛奖项。竞赛的结果固然重要，但是我们认为它的过程更加重要，孩子从中收获了满满的自信，极大地激发了他的学习兴趣和潜能，这一切一定会让他受益终身。因学习任务比较繁重，孩子没有精力参加一些社会活动，在团队组织协调方面比较欠缺；孩子的生活经历毕竟比较简单，他在为人处世上比较单纯幼稚。我们希望他在大学阶段能够把自己的这一短板补上，多参加一些社会实践活动，当然也希望学校多给孩子提供一些这样的机会。除了学习，我们也要求他有一定的自理能力，承担一定的家务劳动，例如自己的东西自己收拾、扫地、擦地等。我们要求他尽量自己的事情自己做，自己上下学，自己选择课外班，连这次假期旅行都是他联系安排的。孩子已经十八岁了，即将步入大学的殿堂，也面临着一种新的学习生活方式的转变，这标志着他人生中一个时期的结束和另一个时期的开始。他将作为一个独立的个体去面对纷繁复杂的世界，我们希望学校在这方面能够给孩子做好引导，引导他们在生活上自理，在学习上自主，在思想上自立，做一个善良、正直、诚实以及有理想、有道德、积极向上的人。

材料 1501　时天元家长
2015 年 8 月 17 日

该有的、应该会有的，总会有

尊敬的学校领导：
　　你们好！
　　我是杨余锋的母亲余玉珠。余锋出生于1997年，自幼生活在华安县罗溪村。他在村里的罗溪小学完成了六年的小学课程，以优异的成绩考入华安县第一中学，并在那里完成了三年的初中学业。中考结束后，他获得漳州立人学校的免费生资格，并在那里完成了高中学业。他一向学习认真努力但又不会死板，在保持优异成绩的同时，积极参加班级的各项活动，例如参加学校的运动会并维持秩序、在中秋晚会上自导节目等等。他不怕吃苦吃亏，同学们都嫌辛苦的劳动委员他能很好地承担起来，作为班干部很好地组织同学们完成任务。从小到大，他一直都很明理懂事，不管是老师同学还是邻里对他的评价都很好。应该说他有着自己的理想和目标，并怀着一颗昂扬向上的心，不断地努力奋斗着。然而，生活并不是一帆风顺的，就在他就读高一时，他的父亲意外逝世，这样的打击自然是无比巨大的，在老师同学的不断安慰下，懂事的他为了不再让他人过分担心，很快就回到学校重新投入到学习生活中去。正是这样一段艰苦悲痛的岁月历练了他的品格。或许最终的高考成绩对他来说并不如意，但他依然能够坦然面对，认真填报志愿，把最终的选择放在了贵校。尽管理想与现实或有偏差，但并没有夺走他的理想和目标，他依旧有着一颗年轻蓬勃、昂扬向上的心。他说："该有的应该会有，不是不会到，只是偶尔迟到一些。"高校生涯，他有着考研和创业的理想，但是那并不容易。我们这样的家庭条件除了鼓励什么也提供不了，只能依靠他自己的摸索和努力。但是，我相信他可以做到很好，他肯去付出、去实践。我也相信贵校是能帮助他完成理想和目标的优秀平台！

机械1501　杨余锋家长
2015年8月22日

吾辈当自强

尊敬的华北电力大学校领导、老师：
　　你们好！
　　十分感谢我的孩子为贵校所录取。我的孩子勤奋好学，从村小学考入县初中，再考入市高中，十分自觉，我感到很欣慰。也是因为从初中起就开始住校，她的独立意识很强，很少让我们操心。因为家里比较困难，每年暑假，孩子都会打工，赚取学费，给我们减轻负担。大学四年，我们希望孩子能学会做人，学到知识，思想更加成熟。感谢贵校未来对孩子的培养。

　　此致
敬礼！

建环1501　熊丽姗家长
2015年8月18日

天行健，君子以自强不息

华北电力大学的老师们：
　　你们好！
　　华北电力大学是我们向往已久的学校，秦博能顺利考入贵校就读，我们非常欣慰。能源是社会经济发展的基础，也是广大人民日常生活所必需。投身于国家电力事业，是一项利国利民利己的工作。为了帮助他规划好大学生活，先对他此前的学习生活略加介绍：秦博是一个善良正直而又不乏机智的孩子，对身边生活学习中遇到困难的同学、亲友甚至陌生人能伸出援助之手；处理事情不死板，在不违背原则的情况下能灵活变通。他从小热爱读书，小说、童话、科幻、历史等是他的最爱，高品位的阅读拓展了他的视野，激发了他科学探求的兴趣。随着我的工作变动，他从小就跟随我们游历四方——内蒙古、山东、天津、河南。不同环境的生活培养了他很强的适应能力。小学时担任卫生委员，打磨了他急躁的性情，使他变得稳重。初、高中担任学生干部的经历，使他能够与不同性格的人和谐相处。他自学能力强，数学、物理是他的强项，高考数学142分的成绩是他平时实力的反映。他热爱篮球运动，经常在课余约几个好友打球，既提高了身体素质，又提升了团队合作意识。但他做事的条理性一直不是太好，字迹不工整，英语口语需要加强。大学四年是一个人成长的关键期，也是一生职业生涯的奠基阶段，我们希望他在大学阶段能进一步丰富自己。第一，要热爱自己选准的方向。风能、太阳能等研究方向的选择要在大一适应一年后再决定。他最好能本、硕、博一路读下来，成为能源领域的专家，争取为能源事业发展做出自己的贡献。第二，在术业专攻的基础上，保持高品位的阅读习惯，博览群书，使自己成为一个博学的人。第三，能适当参加社会实践和学生会的工作，锻炼实践能力，为工作做准备。第四，身体永远是革命的本钱，希望他大学四年养成规律性锻炼身体的习惯，以强健的体魄迎接未来工作的挑战。第五，我们希望他遇良师引路，在学习生活、为人处事方方面面均能得到引领。总之，我们希望学校领导和老师能严格要求秦博，关心引领他成长，使他能自食其力，凭专业能力过上富足的生活，并成为一个为国为民做出贡献的人格健全、专业拔尖的人。

    此致
敬礼！

能动 1502　秦博家长
2015 年 8 月 19 日

走出家门，走向独立

尊敬的老师：
    您好！
    我是 15 级新生周港宝的父亲，他能进入贵校学习我们全家都很开心。现在他就要离开我们了，老实说有些舍不得，将近二十年了，在某些方面我还算是了解他的：他总是早起晚睡，生活用品摆放井然有序；为人处事态度温和，平稳端正，不爱与人争吵。但是在另外一些方面我就不太了解他了，例如他的理想追求、人生观、价值观，这些方面就需要学校和老师们正确引导，带领他走向正确的道路，这也是我们家长难以做到的。大学将是孩子一个新的开始，这里有来自五湖四海的人，即便他住校多年，但也是第一次出远门，也需要学习如何处理人际关系，如何换位思考，熟悉不同民族的风俗习惯。我希望学校能引导孩子，让他们了解更多为人处世的道理。他刚开始可能会不太适应北方的生活，希望老师能多多照顾。在学习方面，希望老师能激发他的潜能，让他学会独立思考，能够独自做出判断；在心理方面，希望老师能定期给他进行疏导；最后，也是每一位家长都担心的问题——孩子的安全，希望学校能尽量提高学校和宿舍的安全系数，降低他们发生安全事故的概率。以上就是一位父亲对学校和老师诚恳的请求，谢谢！

能动 1503　周港宝家长
2015 年 8 月 19 日

孩子的成长、成才是家长最大的满足

尊敬的校领导：

你们好！

我是学生马钰的家长，很高兴能给贵校写信，让我与贵校有一次交流的机会。首先，感谢贵校录取我的孩子，让他能在这么优秀的学校度过大学生活；其次，孩子能考上贵校，是他的荣幸，也是他的梦想。我们的家在农村，那里偏远、贫穷、落后，每年村里能考上大学的没有几个，今年我们村就我孩子考上了一本线。我文化水平不高，初中毕业，但在我们村却算是高的了，我们受够了没知识、没文化的苦，所以从小就教育孩子努力学习，走出大山，到外面的世界去游历，告诉他只有知识能改变命运。孩子很听话，从小学习就刻苦、认真、努力，学习成绩也很优秀。在我们村念完小学后，他便到镇上念初一，可我们那的教育条件实在有限，孩子念完初一那年，他二姐考上了高中，我和孩子的母亲便带着他们姐弟一起进城打工，顺便让他在城里读初二、初三。转到县城中学就读后，孩子依然很争气，成绩在班上一直名列前茅，中考考上地区一流的高中后，孩子便独自一人在那学习生活了三年，直到高中毕业。孩子没出过远门，最远就到过我们所在的地区，这次选择远去北京，是为了长见识，也了却家人的一番心愿。因为从小在农村长大，孩子有点内向，和陌生人没多少话，但只要熟了，话就很多。孩子从小除了成绩不错外，还酷爱读书，是个典型的"书呆子"，在他眼里，书还真能当饭吃。他读书兴趣很广，无论是自然科学还是人文科学都广泛涉猎。他四年级时就看完了四大名著。至今，《水浒》已经看了十几遍，可是却百看不厌。不过，他跟我说，他不喜欢外国名著，看了几遍都看不懂。除此之外，他的性格很倔强、固执，只要他认定的事，谁也拦不住。另外，他不太喜欢热闹，喜欢一个人呆呆地想问题。前不久他有个同学过生日，打电话让他去，天已经黑了，他回电话说天黑不去了，其中也不乏他不喜欢凑热闹的缘故。孩子还很勤奋，假期每天都要读点书，写点字，就怕手生，但他缺少社会经验，参加的社会实践活动很少。报考贵校是孩子的心愿，高考结束后问孩子想考哪里，他就翻开志愿书给我看了"华北电力大学"，他说他以后想做技术型人才——往大了说，可以为祖国建设、社会发展献力；往小了说，可以自谋生活，将来可以不为生计所迫。考上贵校，我们很满意，同时也支持孩子，无论他选择什么样的道路，都希望他可以在学校的悉心教导下，磨砺品格，增长才智，学得知识，将来能为祖国建设献一份力，过上好生活。

此致
敬礼！

能动 1504　马钰家长

2015 年 8 月 19 日

拥有好的习惯

尊敬的校领导、老师：

你们好！

很荣幸我的女儿欧阳思琪被贵校的能源与动力工程学院录取。望子成龙，望女成凤，是天下所有父母的心愿。当然，欧阳思琪作为我的独生女儿，也不例外，我们在学习和生活上对她要求比较严格。我对欧阳思琪学习上的管理是从小学一年级开始的，那时她只有五岁，由于在幼儿园时期由爷爷奶奶管，爷爷奶奶对她比较娇惯，当时她很难适应小学生活，为了让她尽快适应小学生活，我便作为她的家庭老师，每天了解她的学习内容，检查批改她的家庭作业，在完成学校布置的作业后，还要辅导她学习二十分钟的奥数，寒暑假也没有放弃过，这样一直坚持到她上完初中。我们在要求她努力学习的同时，每年暑假都会带她去外地旅游，让她在放松心情的同时感受祖国的大好河山，以激励她学习的热情。由于我长期做她的家庭老师，欧阳思琪只是在小学时上过几期的英语辅导班，学习了几年的少儿舞蹈，之后没有上过其他辅导班。她上高中后，我已经做不了她的家庭老师，但这时的她已经能自觉学习，知道了做事情要持之以恒，有了目标要努力去争取。华北电力大学是她一直向往的学校，她达到了目标，我们也很欣慰。除了在学习上对她管理比较严格外，在生活上我们对她也比较严格，因为是家中独生女，小时候的她养成了霸道、自私等坏习惯，在与她共同学习、生活的过程中，我们时刻教育她要有爱心、孝心，要助人为乐，好东西要与大家分享，不要怕吃亏等，并以自己的实际行动来影响她，现在的她已经知道体贴关心他人，与同学融洽相处。我们是普通的公务员家庭，从小我们对她的教育是该花的钱我们会花，不该浪费的钱不浪费，她在用钱方面不会大手大脚。但她养成了懒散的坏习惯，比如她比较喜欢玩游戏、看日本的动漫，希望她在大学里面能坚持好的习惯，改掉坏的习惯。现在欧阳思琪即将进入大学，我们对她的管教也将是鞭长莫及，只希望她在大学里面做到以下几个方面：一、安全、健康、快乐地生活四年；二、努力学习，圆满完成四年的学业，成为对国家有用的人才；三、在自愿的基础上争取出国留学或考研。

　　此致
敬礼！

能动1504　欧阳思琪家长
2015年8月17日

做一个幸福的人

尊敬的各位领导、老师：
　　你们好！
　　我是龙安跃同学的父亲。首先请允许我向你们表达我内心真挚的谢意，感谢你们将我儿子录取到贵校。为养家糊口，我早年外出打工，错过了儿子成长的关键时期，所以我很对不起他。从小学到高中，他都非常勤奋，虽然成绩不是特别突出，但他吃苦耐劳，有进取心。他也很孝顺，从小就跟年迈的奶奶一起生活，能做的家务都积极去做。这些都是令我满意的。如今他已被贵校录取，也算是成功地迈出了关键的一步。我是个初中毕业生，没什么文化，对孩子的要求不是很高，只希望他勤奋学习，将来能走出大山，下半辈子能过好一点的生活。孩子能进入大学学习，我很高兴，希望他能在大学里学到更多有用的知识。祝老师们身体健康、工作顺利！

能动 1505　龙安跃家长

2015 年 8 月 13 日

控制与计算机工程学院

让优秀成为一种习惯

尊敬的各位老师：

你们好！

首先对孩子考入华电这所全国重点大学感到非常欣慰，同时也对成就孩子梦想的地方充满了期待！

我们的孩子出生在黄河壶口岸边的一个小县城，在学前班毕业时他突然对我说："妈妈，我可不可以去临汾上学呀？"听了他的话我很奇怪，问："为什么要去临汾上学呢？"他说："我觉得临汾的小学比吉县好。"可见他从小就是一个有思想的小孩，于是为了孩子的成长，我们把他送到了二百公里之外全市最好的小学。当然他也没辜负我们的期望，从小就学习自觉，成绩优异，同时我们也不忘加强孩子的道德教育，使他逐步成长为一个诚实、守信、感恩、有责任心的孩子。但因孩子是独生子，我们对他的事情包办过多，使他独立生活能力较差，只能让他在大学的生活中慢慢地锻炼了。

对于他大学四年的成长目标，因为我们没有上过大学，对大学的生活不是很了解，所以只能根据自己的见解提一些建议：首先，上大学的目的并不仅仅是学习，更是为了锻炼孩子的各种生活和工作能力，比如在人际交往方面、组织领导方面等，我们觉得应该让孩子多参加学校的社团和校园活动，在这些活动中逐步提高应变能力，为日后步入社会增加砝码；其次，当然就是学习了，听说计算机专业难度挺高，希望孩子还能把高中时学习的劲头保持下来，在父母不在身边的日子里把持住自己，不要沉迷于网络和游戏，扎实学好专业知识，为自己下一步考研打好基础，翻开自己人生梦想的新篇章；最后一点就是不忘加强自身的思想修养，古人云"有才无德，其行不远"，所以要尽自己所能善待他人，热爱社会，积极进取。总之，希望孩子在未来的大学生活中能逐步成长为一名明礼守信、修身律己、本领过硬、适应新世纪电力事业发展的新型人才，成就自己精彩的人生。

最后，祝各位老师身体健康、万事顺意！

计算1502　杨尚锦家长
2015 年 8 月 15 日

教师寄语

父母的爱是世间最无私、最真挚的情感。儿行千里母担忧，您对孩子的关心和期望，也是我们最关注的。这些实实在在的期许，也是我们工作的目标。我相信，有您这样的父母，孩子也一定能够成长为一名优秀的人才！

全面发展　争做人才

尊敬的各位领导、老师：

你们好！

我作为单天宇的母亲，对于他能够考上华北电力大学感到欣慰，我的孩子对于能够考上贵校也十分兴奋。

作为一名家长，我见证了单天宇从小到大的成长，见证了这个少年从幼稚走向青春的青涩，再步入成年的成熟和稳重的过程。孩子的健康成长是一个家长最大的期望。初中三年是他的启蒙时期，和蔼的老师与亲切的同学是他每天回家和我津津乐道的事情。初中是他最为随性的时间，他和交心的同学"胡思乱想"，和平易近人的老师尽情交流与讨论。篮球、足球、网球各种运动，他在这短短的三年将青春的汗水尽情挥洒在运动场上和他喜欢的种种"旁门左道"上。作为一名母亲，我很欣喜地看着他在搞好学习的同时，能尽量在天真的岁月里做自己喜欢的事情，有自己的兴趣和想法。

高中三年是他由青涩转向成熟的时期，奋发向上的学习氛围、教学有方的老师使孩子最终圆了他的大学梦。诚然，在中国，高考是一个学生不可回避的一个挑战。没有经历的人，总是会认为这是一道不可逾越的沟壑；而对于已经成功经受了这个小小考验的人，回头看自己所走过的路，会发现也没有这么可怕。三年的高中，孩子接受到更加系统的教育，知识的艰难伴随着心智的成熟与自身的成长颇令他记忆深刻。各式各样的体育比赛常常让他在竞技场上挥汗如雨，数学物理的竞赛也时常让他苦不堪言。三年的时间颇为短暂，也充满了年轻的活力与兴奋。当然高中的三年也是"单调的三点一线"，这是孩子常常向我抱怨的，但是每每回到家除了疲惫与紧张，他对于高考的期待、对于大学的渴望，还是在不经意间流露出来。我想，大学对于他来说，是一个在高中时期就种下的梦。

现在这个梦想已经实现。孩子，大学不是你的终点而是你一生的一个新的起点。对于我们这一辈人，大学的梦想是很难实现的，而你们来说已经不是什么罕见的事情了，你是幸运的，能够完成自己的梦想，然而从某个角度上讲，在这个缤纷绚丽的年代，你们不可能认识社会的各个方面，面对各种诱惑，你们无法应对。有很多例子，让我们痛心疾首，本是奋斗的年龄，却用高昂的学费换取了人生中最"轻松"的四年。初入大学时激情的梦想被惰性消磨殆尽，高三磨炼的坚定意志化做好吃懒做的生活恶习，就连引以为傲的身体也在昏天黑地的生活中"报废"。

孩子，已经长大成人，我也无权对他的生活指指点点。有人说生活是最好的学校。而我想说，学校尤其是大学，是教会他生活的最好的地方。我没有为他做任何的计划，放手让他去选择，决定自己的路。我唯一的期望就是，在做学问前先做好一个人，做一个堂堂正正、顶天立地的男人！

计算 1502　单天宇家长
2015 年 7 月 19 日

教师寄语

您的话让我们看到的满满的都是爱,这个在您身边长大的男孩,一点一滴都在您心间。孩子长大了,离开父母,离开家,来到了陌生的环境。我们会像您一样爱他,他的成长也会一点一滴留在我们心间。四年后,您一定能够见到一个堂堂正正、顶天立地的男子汉!

教育是最好的成长礼

尊敬的校领导、老师:

你们好!

我孩子从小学开始就挺努力的,有了问题能及时与爸爸妈妈和老师沟通。到了初中他开始住校,这培养了他独立生活的能力,也为接下来的高中生活奠定了良好的基础。在初中时,受老师的影响,他对学习有一种严谨的态度。

高中阶段是他人生中一个重要的转折点,他从幼稚变得成熟,从矮小的树苗长成参天大树。他在高中学会了如何用理性的思维处理问题,同时在人际关系的处理上也有了很大的进步,能更好地与人相处,这让我们很欣慰。

孩子马上就要读大学了,我不知道他在大学中的表现将会怎样,但我期望他仍能像高中时一样努力,不要因考上大学而放纵自己。

对此,我要提出几点对孩子的期望:

1. 希望孩子在校能遵守学校的一切规章制度,能尊师爱友,虚心求进,不求最好,只求问心无愧。

2. 大学是踏入社会的第一步,希望孩子能尽快地融入其中,成为这个大家庭中的一员。

3. 在校期间,希望孩子能积极参加学校开展的各种活动,提高个人的修养。

我相信老师是影响孩子最大的人,所以我也斗胆提几点希望:

1. 现在的孩子有一股傲劲，希望老师严加管教，使他们走向社会时是一个有用的人材。

2. 希望老师能针对学生今后的就业实施各种内容的教学，使每个学生在校期间能学到一两门好本领、真功夫。

3. 希望老师多一点道德教育，只有思想高尚的人才是社会进步所需要的人。

4. 加强后勤管理工作，多关心学生的生活问题，为他们创造良好的环境，使学生全心全意地学习。

最后，衷心感谢各位辅导员老师对孩子各方面的关心与帮助。祝学校的教育事业蒸蒸日上！

软件 1501　常宇清家长
2015 年 8 月 23 日

教师寄语

感谢您对学校和老师的信任，您对孩子寄予了很高的期望，我们和您一样希望孩子能在华电度过快乐而又充实的四年。相信孩子看到您对他的期望也一定会感恩您的用心，努力去实现自己的梦想。希望通过我们共同努力，孩子能实现人生理想与远大目标。

追求完美　奋斗不息

尊敬的老师：

您好！

从你们学校的新生报到系统中看到"新生自我测评"、"家长给学校的一封信"等新颖、细致入微的信息采集工作，我们深深地感受到贵校是一所对学生和家长负责的好学校，老师们是一个认真负责的优秀团队。孩子进入贵校，我们家长十分放心和开心。这是我们在孩子的成长道路上所做的一次重要的、正确的选择。

我们的女儿毛润菲生于1996年10月18日。在我们家长的眼里，女儿是一个聪明、懂事、品学兼优的孩子。她学习认真刻苦，成绩优秀，爱好广泛，热爱各种体育运动，游泳、羽毛球、滑冰、轮滑等比较突出。她还喜欢摄影和生物，对各种动植物抱有极大的兴趣。在大家眼中，她是一个既会学习又会玩的孩子。

她以全校第四名的成绩开始兰州市第十一中学的学习，中考时以全校第四名的成绩毕业，进入心仪的西北师范大学附属中学。高中三年，西北师大附中良好的校风更是帮助她的成绩稳步上升，同时孩子的组织能力初步体现，得到老师的一致肯定和好评。她在小学、中学一直担任班长、团支部书记等，获得过"兰州市优秀学生干部"荣誉称号。她尊敬师长，团结和爱护同学，有较强的组织能力，是老师的得力帮手和同学们眼中的"好领导"。

她一直是一个非常懂事的孩子，知道关心父母，尊老爱幼，勤奋好学，积极上进，善于独立思考，能够与家长和老师进行有效的沟通，她阳光的性格得到老师和同学们的一致肯定。良好的综合素质让她一直健康并快乐地成长着。

在大学期间，我们希望在老师们的精心教导和培育下，她能够健康快乐地学习和成长，取得良好的成绩，不断提升综合素质，成为一个优秀的毕业生，一个对社会有用的一专多能的优秀人才。

根据我们家长和以前学校老师的反映，孩子没有太明显的缺点，我们衷心希望老师们能在以下几个方面给孩子更多更好的帮助。一是担心孩子进入大学放松自己，在学习方面请老师严格要求，并多予以鼓励。二是在英语学习方面加强监督，高标准严要求，最好能够提供出国交流、深造等机会，让孩子见见世面，激发更大的学习动力。三是在课余活动方面予以正确引导，以学为主，在精力和时间允许的情况下参与学校组织的各种有益的社团和社会活动，切不可主次颠倒，荒废了学业。四是在生活方面要严格要求，注重生活勤俭节约，不铺张浪费，妥善处理好同学之间的关系，严格遵守学校的各种规章制度。

尊敬的老师，我们衷心希望您能在百忙之中与我们加强联系沟通，及时反馈孩子的学习生活状况，共同把孩子培养好，我们期待并将不胜感激。

祝老师身体健康、生活幸福、工作顺利。

软件1502　毛润菲家长
2015年8月17日

教师寄语

拳拳之心，跃然纸上！毛润菲同学的家长对孩子的过去如数家珍，并结合孩子自身的情况，给学校和老师提出了具体的建议，表达了愿意和学校共同培养孩子成才的热切愿望，有这样关注孩子成长的父母，孩子怎么会不优秀？

克己自律

尊敬的老师：

您好！

今年我家孩子方旭被贵校录取，全家都很高兴。我们夫妻都在企业上班，方旭较早入学，从小活泼好动、天真烂漫，在企业子弟学校上小学，而后转入淮北市二中读初中。

在我们这个以煤炭为支柱产业的小城，小孩子的学习压力并不小。我们希望孩子能在宽松的环境中自主学习，小学时对孩子的要求不高。初中时孩子住在姑姑家，孩子姑姑是老师，要求非常严格，他得以较好的成绩升入高中。

因为我们单位离市区较远，上高中后方旭一直由爷爷奶奶带着，我们做父母的只是休班了才跟孩子见面。我们一直希望孩子能自觉主动地学习，但事与愿违，离开了严苛的监督，进入高中后孩子陷入了茫然状态，成绩渐渐下滑，高三时虽然也想努力，但散漫的习惯已然养成，最后他以几分之差未达一本线。

痛定思痛，孩子准备再来一年。考虑到孩子的基础较好，也为了换换环境，我们就选了一所私人创办的补习学校补习，希望能让他有所进步。

在补习学校的一年，他磕磕绊绊的，毕竟好的习惯并非一朝一夕能养成，好在孩子在这一年中渐渐静下心努力学习，最终幸运地被贵校录取。

回想这些年对孩子的教育，刚开始我们觉得最重要的是孩子应有健康的身体、健全的人格。方旭从小是很乖的孩子，很懂事，很听话，甚至在初中阶段大多数孩子的叛逆期，跟着严厉的姑姑，他都没怎么显得叛逆。带过方旭的老师都说他很聪明，思维敏捷，接受能力强。我们希望孩子能有兴趣地学习，小学时没有上过补习班，倒是上过不少兴趣班，可惜都没有坚持下去，现在想起来也后悔没让他坚持。

初中，在分数才是王道的氛围中，孩子做了无数的卷子，结果就是兴趣爱好没有什么发展，除了玩玩游戏，读书、看报、旅游等都跟他无缘。

我们知道学习是发掘孩子潜力和创造力的过程，是培养孩子探索兴趣的过程，但是我们能力有限、眼界有限，只能给孩子指引一个模糊的方向，方法上显得太过粗糙，可能起不到很好的效果。

北京，他要去北京。

在选专业方面，我们都没什么经验，只是翻着学校的介绍，再根据对专业的名称的想象选了专业。但是在选学校时我们研究了很久，因为我们觉得学校很重要，好的学校有好的氛围、好的平台，应力争进入一个学术氛围浓厚的学校，在学校的大环境中寻找以后发展的方向。很庆幸我们选对了学校。

这些年我们一直注重培养孩子的各种能力，如学习的能力、人际交往的能力、个人生活的能力，可能是方法上有欠缺，总觉得效果不太明显。

我们希望孩子在华北电力这所优秀的大学，能够学到我们没有能力教给他的东西。希望孩子在大学开阔眼界，拓宽思路，多看书，常思考；学好专业课，更重要是提高学习的能力；培养勤奋、吃苦耐劳的品质。

华北电力大学是孩子的向往，也是父母的希望。希望我们家孩子能够在贵校学业有成，也给贵校增光添彩。

测控 1503　方旭家长

2015 年 8 月 19 日

做最好的自己

尊敬的华北电力大学的老师们：

你们好！

作为一个新生家长，我很高兴，我的孩子在这个秋高气爽的金秋即将迎来一段全新的人生旅程。

进入华北电力大学，对女儿而言，是一个值得她欢呼雀跃的惊喜，也是给我这个单亲妈妈莫大的安慰。孩子十多年在我和丈夫的庇护下，认认真真地完成了学前及小学的课程，并且作为班级的佼佼者，一直活跃于校园里的很多竞赛和活动中，并取得了不错的成绩。在我们眼里，女儿是一个可爱懂事的宝贝。

最令我印象深刻的事是，小升初之期，女儿报考当地的民族中学，并以第七名的优异成绩进入该校学习，我十分为她自豪！好景不长，初二时丈夫病故，我作为一个妻子，经历了沉痛的打击；女儿，作为一个孩子，经受了失去父亲的痛苦。家里的情况一下子跌到了谷底。当时的女儿还不太懂事，却安慰我说"事已至此，好在天无绝人之路"。

时光飞逝，女儿到了上高中的年纪，考取了铜仁市第一中学，开始了一个人住寝室，独立生活的日子。我时时叮嘱女儿，用这三年拼尽全力去学习，为自己赢得一个更好的平台，为以后的日子打下基础。女儿也不负我的期望，在校成绩节节高，为此我十分欣慰。高二时，女儿还凭借高一在年级的优异成绩顺利进入理科实验班，由此开始了追寻大学梦的历程。然而，高三那年，因为学业压力太大，女儿不如往日勤奋，成绩一度大幅下降，我放心不下女儿，去陪同她一块备战高考。5月省模拟时，女儿发挥失常，考得一塌糊涂，有一天晚自习上到一半就自己回来了。看着她红着眼，我是急在眼里，疼在心里。幸好，她高考正常发挥，虽然有一点失误，但还是考取了心仪的华北电力大学，我心里压着的大石才算落地，多年的心理包袱才算放下一半。

正所谓："儿行千里母担忧。"她刚刚步入大学，处于人生的转折点，正如车辆在拐弯处，一定要站稳、扶好！所以，作为妈妈，我还是对孩子十分牵挂：在大学里，孩子过得开心且充实吗？对于大学里要做什么，有明确的目标或计划吗？是否对未来有困惑呢？

作为妈妈，我希望她不要去考虑家里有多大的责任需要她来承担，而是认认真真、踏踏实实地过好每一个在大学的日子。大学比高中朝九晚五的生活轻松许多，我希望她能花一半以上的精力去学习。同样，我也建议孩子参与学校的社团、公益活动，去丰富自己的课外经历。

孩子的学习一直不用我操太多心，我希望她能时刻记得"哈佛凌晨三点半"的故事；我希望在独立生活的日子里，她努力并且坚韧，学会一个人打理好自己。除这两点外，我也希望，在道德素质的培养过程中，孩子能在学校里接受良好的教育，成为一个品学兼优的好孩子。

我盼望，四年后，我可以见到一个比以前更加优秀的孩子。

祝愿学校越来越好！

测控1502　简睿妮家长
2015年8月19日

教师寄语

曾女士在家长的一封信中回顾了女儿中学期间的点点滴滴，饱含着家长对女儿殷切的希望。这又何尝不是每个家长对迈入大学的儿女的共同期望。每个同学在大学期间不仅要认真求学，也要注意培养独立生活能力和社会交往能力，全方位地锻炼自己。只有这样，在完成大学学业步入社会之时，才能更加顺利地转换角色，成为一名能为社会发展进步做出贡献的有用之才。

勇追大学梦

孩童王粲，喜欢读书。学前班时，拼音字母学得非常棒，发音清晰准确，笔试几乎一个不错。

王粲生长在一个非常普通的家庭。父亲下岗后，南下广东打工谋生。2003年初，王粲随父母来深圳读学前大班，半年后幸运地进入一家公立学校读小学。坑梓中心小学师资力量雄厚、设备齐全，校园环境十分优美，王粲像一只快乐的"小鸟"，在这片绿荫花丛中，一天天地成长。语、数、英三科，他都喜欢，且优秀，曾获得三十多张奖状及多枚奖章。六年后，他以学校最高荣誉"小博士、金兰章"优秀毕业生的称号毕业。

2009年，王粲直升入坑梓光祖中学读初中。除继续勤奋学习外，他还

"兼职"学校业余播音员,曾获得校"优秀播音员"荣誉证书。

因无当地户籍,他只能借读高中,并要回户籍地高考。于是,初二下学期,王粲遂转回家乡芜湖续读初中二年级。两地课本与教学方式迥异,回去之始,他跟不上课程。但他不气馁,刻苦学(有时做功课到深夜一、二点),殷勤问(逢师即问),成绩很快赶超上来,并一直保持在班级前几名。中考时,他以优异成绩考入芜湖市第一中学读高中,令父母喜出望外!

2012年,王粲信心倍增地进入芜湖市第一中学第22班学习。这孩子不偏科,各门功课均衡用力。除了刻苦学习外,他主动申请担任班干部,得到班主任与同学们的称赞。王粲不死读书,且积极参加校园多项活动。他所在的22班,连续三年获得校田径运动团体第一名。芜湖一中110周年校庆文艺晚会上,22班脱颖而出,取得文艺表演团体一等奖。

华北电力大学是王粲高考填报的第一志愿。华北电力大学在首都,又是重点大学,实在是王粲心中的理想大学!为此,我们感恩国家,感恩党和政府,也感恩华电给我们孩子一个更高的平台放飞梦想。

盼望王粲在华电,德、智、体全面均衡发展,被造就成国家有用之才。

盼望他继续保持喜欢学习、刻苦学习的劲头,锲而不舍。

90后的孩子,在父母呵护下,生长环境普遍过于平坦,易折、易骄是他们的弱项。盼望王粲在远离家乡,远离亲人,且在寒冷北风的吹动下,磨砺出坚强的意志和不向困难低头的品格。

盼望他在读大学时,诸事节制,生活规律。盼望他正确使用网络,不沉溺,不浪费光阴,励志进取。

盼望他在大学时,与异性朋友健康正确地交往,守住一份童贞。

盼望他在校园,尊敬老师,团结同学。

盼望他一如既往,以优异的成绩毕业于华北电力大学。

谢谢老师!非常感谢!

测控1504　王粲家长
2015年8月19日

教师寄语

看得出家长对孩子成长的点点滴滴依然记忆犹新,而他们突然离开家乡去更远的地方求学，家长的牵挂让人感同身受！

墙外的风景

张楚斌是一个热爱生活、做事认真的人。在初中、高中阶段的学习生活中，他待人诚恳，思想上进，尊敬老师，热爱同学，为人活泼开朗，助人为乐；有强烈的集体荣誉感，在学校组织的各项思想教育活动中表现积极；学习方面，勤奋刻苦，目标明确，意志坚定，为了自己的梦想不断拼搏；思维敏捷，接受能力较强，勤于动手，求知欲强，课堂上总是很快掌握新知，热爱学习，数学成绩较为突出；各次考试中都能取得比较理想的成绩，担任数学科代表，能协助老师做好作业的收发工作，起到了上传下达的作用；能严格遵守各项规章制度；积极参与班级社会实践活动，具有较强的团队精神；在运动会及年级的篮球比赛中奋勇拼搏，贡献自己的力量，为班级争光添彩。

大学的魅力，在于其独立之精神、自由之思想。在这里你要学会独立：生活独立、思想独立、人格独立；你要学会自主：自主学习、自主生活、自主管理；你还要学会选择：选择课程、选择专业、选择朋友；你更要学会规划：规划学业、规划职业、规划人生。

1. 学习目标

认真学习好专业课程；通过国家英语等级考试四级；毕业设计及毕业论文取得优秀的成绩。刻苦训练，开发潜能，积极参加各种竞赛，通过大赛展现实力，挖掘潜能，提高自信心，增强创造力和表达力。除课本知识外，拿到第二学位，为考研做好准备。博览群书，提高自己的学识，提高自己的素养。

2. 思想政治与道德素养目标

学习党的有关知识，积极向党组织靠拢，争取早日成为一名优秀的党员。参加各类思想政治、意识形态、道德修养领域的主题教育活动和各类爱国主义等具有积极意义的主题征文活动。培养和树立法律意识、诚信意识、创新意识和竞争意识，增强组织纪律性、社会责任感和集体荣誉感，注重基本道德素质的自我培养。

3. 生活目标

大学是一个"准社会"，社团为你提供了一个良好的实践平台。大学阶段参加几个学术类和实践团体，或自己创建一个组织，在活动的组织、策划、参与过程中，不断提高自己的领导能力、组织协调能力和社会交际能力，培养团队合作精神。

希望你在大学的四年中，从思考中确立自我，从学习中寻求真理，从独立中体验自主，从计划中把握时间，从交流中锻炼表达，从交友中品味成熟，从兴趣中获取快乐，从追求中获得力量，慢慢地成长为一个有潜力、有思想、有价值、有前途的青年，为国家、为社会贡献自己最大的力量。

计算 1501　张楚斌家长
2015 年 8 月 16 日

做孩子永远的后盾

小时候盼着你长大，今天你就要踏入大学的校门，心中满是不舍和牵挂。你成长的点点滴滴，除了给我们带来欢笑、喜悦，也让我们无所适从。

你从小在学习方面很少让我们操心，小学里成绩虽然不是最好的，但也不错。升入初中，你很上进、努力，成绩趋于优秀，尤其是你姐姐考入全市重点高中实验班后，你更自觉了，成绩也更突出了，最终以全市第二十名的成绩考入孝中实验班。高中第一学期，你也许是没有适应高中的教学方法，也许是没有找到自己的学习方法，成绩忽上忽下，考过全市第三名，也考过全市 138 名，慢慢地你又有了一套自己的学习方法，成绩趋于稳定。本来以为你会坚持下去，可临近高考的前两个月，你松懈了，经常偷偷上网，对我说的话置之不理。让我痛心的是，你故意和我作对，更加不学习，晚上早早睡觉，星期天一睡就是一整天，你的任性、自以为是、目空一切让我不敢给你施加太大的压力。我着急却又无能为力，直到现在也不知道临近高考前你放纵自己的原因，而我教育的失败也在这一点，母女本该无话不谈，可你始终把我拒之门外，更不会彼此交流，所幸的是你最终进入现在的大学。

大学是人生最美好的时光，也是以后人生赖以生存的起点，当然也是你离开父母第一次独立生活的开始，妈妈希望你把握现在，不要再任性，在学好自己专业的同时多看课外书籍，大二时再选修其他专业，力争拿到双学位，博览群书，不要浪费时间，更不要迷恋上网，曾记得你高中的课桌上写着："不拼搏哪知道自己多优秀。"而大学正是发奋的最好场所，当然你也要参加学校的社团活动，结交各地的同学，和同学们愉快相处，在相处中不断锻炼自己。另外，妈妈希望你在大学里抽空把字练好，无论你学历再高，起码该把母语学好、写好，不要让人耻笑自己拿不出手的字体。在生活中，你要自己照顾好自己，和同学互帮互助。当然妈妈更希望你成熟、理智。家永远是避风港，妈妈愿意和你一起分享快乐，也愿意倾听你的忧伤、不快。

计算 1501　张曼祺家长
2015 年 8 月 13 日

心底向阳　走向成功

　　祝贺赵英卓同学考入华北电力大学，有幸成为您的学生。

　　赵英卓性格活泼开朗，好学习，自理能力不错。我们希望她能学好专业知识，同时发展其他各方面的能力，健康成长，全面发展。我也相信，她能做到。

　　赵英卓在小县城成长，接触了最普通的农民，对一些事物能坦然面对，心底向阳，乐观向上。但人毕竟是社会的产物，适者生存，我希望她能保护自己，善恶分明。赵英卓从上学起学习优秀，团结同学，主动参加班级的一些活动。学校里大多是一些山区的孩子，比较朴素，这在今天是难能可贵的品质，因此她也养成了节约的习惯。

　　在家里，赵英卓能分担一些力所能及的家务活，扫地、擦桌子、做饭、洗衣服、买一些生活用品，都做得很好。一个人若连起码的生存能力都没有，何谈为社会做贡献。

　　今天，她迈入华北电力大学的校门，有了新的老师和同学，我们很放心。尽管我们对学校和专业不是十分了解，但我觉得她是很幸运的，一路遇见很多品德高尚且敬业的老师和阳光的同学。我们希望她能在学校学习专业知识，以后能在自己的工作岗位上独当一面，同时希望她全面发展。

一个孩子的成长，是社会、学校、家的共同作用。我们愿意和贵校一起努力培养孩子，让她健康成长，乐观向阳。

　　最后，祝愿华北电力大学今天更多彩，明天更美丽！

测控 1503　赵英卓家长
2015 年 8 月 18 日

信任的意义

尊敬的华北电力大学的老师们：

　　我是 2015 级自动化系新生卓文琦的家长。我的女儿能成为华电的一员，作为家长，我是自豪的。我相信我的孩子，也担忧我的孩子。

　　相信她，是因为她从小勤奋好学，不服输，有拼劲儿。我还记得，她小的时候由于是在乡下幼儿园读的学前班，没有接受过系统的拼音教育，刚到县城读小学的前一个月几乎没有回答过老师的问题，即使回答了，她蹩脚的普通话也总是被班上其他孩子嘲笑。我看得出来，孩子每天回家心情都很低落。出乎我意料的是，她并没有气馁，甚至还主动找到语文老师，向她保证一定会把普通话学好。孩子的语文老师告诉我，她很欣赏我的女儿，还称赞她是教书多年来遇见的最勤奋的小孩。在刻苦努力下，我女儿不仅讲了一口标准的普通话，学习成绩也是名列前茅。这样的事还有很多，比如她在写作、数学、物理等方面很下功夫，而且她从小热爱阅读，逢年过节，她别的礼物都不要，只要求我们给她买喜欢的书籍。

　　我女儿从小成绩优异，到十八岁之前几乎过得顺风顺水，没经历过什么大的挫折。她自尊心强，总是想在方方面面排在别人前面。读大学是她第一次单独离家，没有我们的保护，而大学生活远远不是她想象的那么简单美好。我不知道她能否承受得住，但我希望她学会自我调整、自我规划，更学会坚强勇敢。我希望四年后看到的是内心强大、更加优秀的我的女儿！

　　我相信她，因为她心地善良，富有爱心。好朋友有困难，她总是及时相助；各界举行的大大小小的爱心捐款活动，她总是捐出所有的零花钱；路上看到有人乞讨，即使知道是骗钱的，也忍不住要献出自己的爱心；看见流浪的小狗，常常伤心落泪。我的孩子待人真诚，我相信她一定会收获很多美好的友情。

我担忧她，却也正是因为这一点。她善良纯真、心思简单，从前的校园生活十分纯洁，我害怕她被欺骗，害怕她受到伤害。每个家长都害怕自己的孩子受到伤害，却又不能不放手让他们自己去经历，因为这是他们人生中必经的路程，没有人能代替。我希望四年的大学生活，教会她怎么样正确看待友情，怎样正确择友。

我相信她，是因为她接受能力强，学起知识来很快。我担忧她，却也是因为这一点。大学的学习模式毕竟和小学、初中、高中完全不同，强调的是自主与预习，我的孩子在这一方面还有所欠缺。离家这么远，缺少了我们的监督，如果她松懈了，那么很可能就会虚度大学四年的光阴。我希望她增强自主学习能力，增强自制力，抓紧学习。

我相信她，因为她阳光开朗。我担忧她，因为她涉世不深。

大学四年，我不要求她成为最突出的学子，能够学到有用的知识，尽了她最大的努力，活得充实，作为家长就已经很满足了。

自动 1501　卓文琦家长
2015 年 8 月 18 日

教师寄语

"宝剑锋从磨砺出，梅花香自苦寒来。"不经历风雨，如何见到彩虹。放手吧，让她在华电放飞梦想，才能独立翱翔，有朝一日才能展翅高飞。我们一起努力，让她在快乐中学习，在挫折中成长。

手心的蔷薇

华北电力大学：

为了更好地配合贵校做好我家孩子的教育，根据贵校要求，我们现将我家女儿以前的成长经历和将来大学学习的期望简单地向贵校报告一下。

吾家有女操菁瑜。其母怀胎十月余尚未有临盆迹象，到计生服务所检查后当即采取剖腹产，发现脐带已萎缩，婴儿营养严重不良。小女可谓出生坎坷，又逢阴雨连绵，但其确是我家天降瑰宝，因而便以天之甘霖"雨"、地之精华"玉"为旨取名为"菁瑜"。

小女出身体弱，又母乳匮乏，但却健康生活下来，可见其天生就有一股坚强的生存力，现在虽体质不够健壮，身材却很高挑。更为幸运的是，小女的智力很正常，幼小时记忆较快，表现欲也极强，常得到长辈、大人们的夸奖。两岁时便把她送到幼儿园。当年农村幼儿园只重视教授识字、算术，多少对小女活泼的性格和其他文艺之类的兴趣有所扼杀。考虑到女儿当时的文化知识接受情况，五岁时我便将她跳级送到当地中心小学上二年级。这可能是我一个错误的决定，让孩子此后的学习压力很大，也错过了不少其他方面学习的机会。单从文化课学习方面来讲，小女小学、初中直至高中成绩还是优秀的，各阶段老师都表扬她，聪明、学习态度好。为了不耽误学习，我家孩子可能是她高中同学中极少数没有手机的人之一，课余时间也几乎没玩过计算机。

吾家小女在同龄人中比较懂事。她懂得尊重长辈，孝敬老人，时常跟我们说不要大声跟爷爷、奶奶（因病去世）等长辈讲话。看到家庭并不富裕，她的生活品都以能将就为原则。

对于女儿的未来我没有过高的要求，只愿她能生活得健康、快乐。

我们首先希望在大学期间她能够培养出更坚强的和更多的生活能力。因为人生的路途难免有沟沟坎坎，长大成人后家中赡养老人的负担很重，快节奏的社会也会给生活带来更大的压力，她需要坚强地去面对生活。大学是学生走向社会的桥头堡，我们希望孩子在华电学习期间能够学到更多走向社会、适应社会、融入社会的能力，将来能在社会生活中游刃有余。当然孩子在大学期间的主要任务仍然是学习文化知识和专业技能，我们希望在华电严格科学的管理下，操菁瑜能学习到优秀的文化知识，同时学习到扎实的、理论与实践完美结合的专业技术能力。大学学习生活是丰富多彩的，我们也希望孩子在艺术、体育、美学等方面得到良好的发展，获得一些艺术欣赏的能力、审美的品质，未来成为一个积极追求生活品质的人。

人生很容易走偏方向，我们希望操菁瑜能在真、善、美的引领下，实现人生的梦想，走向人生的辉煌。人生是坎坷的，社会是复杂的，我们希望操菁瑜在意志力的支撑下，无论遇到怎样的困境都能够积极进取，战胜困难。

尽管不是每一天清晨都能见到光辉灿烂的太阳，但要信心满满地等着美好而温暖的阳光。

自动 1501　操菁瑜家长
2015 年 8 月

教师寄语

取名字就不同凡响，寓意深刻，足见家长望女成凤之心切，一代又一代的华电人肯定会不负众望的。希望我们共同努力，携起手来为您女儿在华电健康快乐地学习而努力，共同实现华电梦、中国梦！

你曾是少年

华北电力大学，我们来了：

时光飞逝如电……我觉得自己还年轻，但儿子已经上大学了。今夜我坐在办公室，听着四周虫声一片，往事又浮现在我的眼前。从懵懂少年，到初为人父，1997 年 12 月，一个冻得青紫的小生命来到人间。我是四川人，典型的粑耳朵，当儿子三岁时我看到他怯生生的眼神，才发现自己在子女性格教育上的缺失。我在国有企业干科技工作，为了培养儿子勇于拼搏的精神，我带着儿子打起了电脑游戏，从 CF 到 CS，直到儿子上高中玩起了 LOL，并教会了我，我才发现儿子已长大。从小陪伴到大，杨凯峰有很多优点，聪明善良，尊敬长辈，乐于助人，在不同学校有许多的朋友。但缺点也很明显：一是不能长时间专注于学习和阅读，这可能是我从小带领他打电子游戏的后遗症；二是没有清晰的生活目标和行为习惯。按他高中老师说的话"杨凯峰在绵阳中学小火箭班是班上前十名，到大火箭班还是班上前十名，在平行班也最多是班上前十名"，但这三种班级的年级名次相差 1000 名左右。这主要是因为我让儿子早上学，儿子高中毕业还不到十八岁，班上同学都是他的哥哥姐姐，容易受到周围人的影响，正所谓"近朱者赤，近墨者黑"。进入大学，我希望他"快乐学习，健康生活"，同时在各位老师的帮助和关心下达到两个目标：一是有明确的人生观和价值观，做一个对社会有益的人，对国家有用的人；二是有健全的品格，"不惟有经天纬地之才，但有坚韧不拔之志"。倘若再能在专业上有所得，为我国的绿色能源贡献一份力量，则此生无憾也。

自动1502　杨凯峰家长
2015年8月11日

教师寄语

  杨凯峰同学的父亲写给学校的一封信，也能勾起我们自己对很多往事的回忆，不由感叹时光荏苒。信中，杨凯峰父亲回忆自己从一件细致入微的小事上开始决心投入更多精力到孩子性格的培养上，孩子在不断地成长，正所谓任何事情都会有利有弊：电脑游戏一方面也许会加速孩子的思维，锻炼孩子的思考、反应等能力，但也可能会让孩子养成不能长时间专注等坏习惯，杨凯峰父亲在信中也提到了孩子在这方面的优缺点。我们作为教育者，应当去总结并掌握我们的教育方式可能带来的积极与消极影响，再对应到不同个性的孩子，尽量让孩子自己学会"择其善者而从之，其不善者而改之"，这才是教育的最大意义。杨凯峰父亲还谈到了孩子的"适应能力"，我们老师应该仔细思考如何解决这个问题，因为很多孩子都存在这个现象，我们应该欣喜这样的孩子绝对是可塑之才，因为他们具备这样的能力。而我们老师一方面要为孩子提供"赤"的好环境，另一方面也应该提高孩子适应"墨"的能力，这样孩子毕业后才能更好地适应社会。最后，信中还提到了对孩子的期望，"明确的人生观和价值观、健全的品格，并具备专业知识，做一个对国家、对社会有益的人"。我想，这也道出了我们为师者的期望，而且未来，我相信这不会只是一个期望。

逆境出真才

我是这位学生的父亲，见证了他从小至今的成长。

在他小的时候，家里非常贫穷，没能给他一个富足的童年，小时候他的身体非常瘦弱，和同龄孩子相比明显小许多，但他非常懂事，不会让我们给他买玩具、买零食，也非常体贴我们，知道钱来之不易，唯一的零食、玩具也是过年时亲朋好友送的。

小学几年，由于入学比较早，他的学习成绩不算好也不稳定，我们不想强求成绩，更不会去给他报辅导班，这也给了他一个自由的童年，现在想想，正因为那样，他学会了自己思考。现在他是一个很有想法的孩子，显得与众不同。

初中时，他的成绩一跃到了年级三四名，他有自己的学习方法，该学习时会非常刻苦，但并不会一味地死学，而是劳逸结合。他也热爱运动，篮球、乒乓球都很在行，在这些活动中，他结交了很多朋友，许多到现在还有联系，他结交朋友有自己的想法，不会去结交坏孩子，我们也非常放心。初中几年他的成绩比较稳定，能够维持在年级三四名，这更加坚定了我们培养孩子的决心——不管多穷也要让孩子走出去，不要再和我们一样走农民的道路。

高中几年，他在县城里上学，还是住校，平常很少回家，这也让他变得更加独立。宿舍里有许多一块生活的同学，他学会了沟通，也变得更加懂事。他的成绩很优异，在班级里常常是第一名，班主任老师非常看重他。

他也有过叛逆期，但不会做什么出格的事。有时他会埋怨他妈妈给他买太多东西，我们心里也明白，他觉得家里并不富裕，想为我们省一点钱。

高考前的一段时间，我们的心里都绷着一根弦，非常紧张。但他在那段时间里却显得非常平静，和平时几乎没有差异，该学的时候努力学，该玩的时候还是会去玩，平常心是他身上很大的优点。正是这样的平常心，让他高考能够稳定发挥，考出 657 分的成绩，我们从心里替他高兴，他也非常开心。凭借这样的成绩，他终于如愿以偿，考入贵校，成为一名准大学生。

他马上就要成年了，考入大学意味着新的生活、新的机遇与挑战。我们希望他在大学期间能做到知识与实践并重，学习与社会活动并重，努力学习的同时，在课余时间多参与社会实践、做志愿者等，体验社会，观察社会，为以后的工作打下基础。贵校在电力方面很有建树，希望他可以好好学习，成为一名合格的电力方面的精英，我们也会一直支持他并希望他可以有更好的明天。

自动 1503　李广泽家长
2015 年 8 月 17 日

教师寄语

　　您是一位内心很细腻的父亲，记录下了孩子无数的生活细节，使孩子能够拥有您所说的理解家庭、善于思考的优秀品质。孩子拥有今天的成绩，您的培养也起到了很大的作用，相信孩子会在大学收获更好的明天。

保持微笑　永不放弃

尊敬的领导和老师：

　　你们好！

　　作为一名家长，很高兴自己孩子可以进入华电学习，这是他努力争取到的，也是他理想的大学。

　　我们是农村家庭，经济条件不是很好，本人和妻子学历不够，不能给孩子更好的教育条件，他很小的时候我们就外出打工，在佛山大沥做小生意，孩子就交给爷爷奶奶照顾，在农村读小学。我们知道读书的重要性，又把孩子接到广东读小学，也许是我们太忙了，没时间管他，所以他在广东成绩不好而且一直上不去。后来家里出了点事，我们都回来了，因为我们才回邵阳，没有稳定的事做，所以又把孩子交给爷爷奶奶管。一年后，我们把孩子接到邵阳市华竹小学，为了让孩子去当地的好学校上初中，我们找了很多熟人，终于让孩子在邵阳市六中读初中。就是这三年，孩子好像变得懂事了，读书也很努力，但不知道是什么原因，我们也没去问他。

记得最清楚的是初三时，他每天晚上都必须完成任务找我签了字才去睡觉，经常深夜边钓鱼边背书，到深夜12点甚至1点才睡，早上6点多就起来了，因为离学校比较远，所以要坐公交得早起。初三这一年，我们既高兴也担心，怕他身体吃不消，尤其是他的眼睛，直升400度，我们担心，他也心烦眼睛的事。

他通过努力，考进了长沙市明德中学，去远方上高中，竞争力大，压力也大，不过我们很放心，让他寄宿。可是，人外有人，天外有天，高一的几次考试都很不好，当然我们理解，可由于考试的打击，他经常会失落流泪。可是高二分到黄兴班，他重新树起了自信，自然就稍有进步。不过在黄兴班，每个人的成绩都非常优秀，他还是有较大落差。高三陪读时，可以看出，他很努力，不过感觉方法不是很正确，吃了些苦，幸好过了心态这一关，没有发挥失常……

步入大学，第一，我还是希望他继续努力，不能放松；第二，我希望他坚持运动，多培养兴趣，学习放松两不误；第三，希望他多出去外面走走，增长社会经验。

自动1505　夏林路家长
2015年8月20日

经济与管理学院

王侯将相，宁有种乎

尊敬的领导、亲爱的老师：

你们好！

我是高欣的父亲，作为一名新生的家长，我怀着欣喜给你们写这封信。

孩子上大学前的经历是这样的：2002—2004年就读于杭锦后旗团结镇永丰小学；2005—2009年就读于杭锦后旗团结镇明德小学；2009—2012年就读于杭锦后旗第四中学；2012—2015年就读于杭锦后旗奋斗中学。

我们是农村家庭，经济并不富裕，但是孩子很懂事，这让我们倍感欣慰。从小到大，孩子只要有时间，就与我们到地里干活，从没有怨言。她知道家里的情况，所以从不主动伸手向家里要钱，除了必要的开支。在生活中，我们不能给她过人的知识，但我们教育孩子的原则是先做人后成才。在学习上，我们不给她施加太多的压力，尽力就好。从小学到高中，她一直是老师眼里品学兼优的好学生，这让我们很骄傲，她当了八年的班长，我们感觉她的责任心变强了许多。当然，孩子也有许多不足的地方：不爱与他人进行交流，遇事急躁、粗心，考虑事情不周全等，所以我希望孩子在学校里能够多与老师同学交流，在老师和同学的帮助下，取得更大的进步。

十年寒窗苦读，终于让孩子的辛苦没有白费，在孩子拿到录取通知书的那一刻，我的心终于落下，全家人的激动难以抑制，我们衷心地感谢学校能够给孩子这样一个学习、成长的机会。同时，我们希望孩子可以做到：首先，多与老师和同学进行交流，锻炼自己的口语能力，逐步具备一个社会人所具备的基本技能；其次，希望孩子能够在不误学业的前提下，把英语等级证书、普通话证书、会计师证书等考下来；最后，希望孩子能多参加学校举办的各种课外实践活动。

谢谢！

财务 1501　高欣家长
2015 年 8 月 19 日

教师寄语

家庭条件不富裕，却丝毫不影响对孩子的成功教育。父母懂得先做人后成才的道理，也十分清楚孩子的优势与不足。相信高欣同学能够不辜负父母的期望，在大学期间有丰富的经历和优异的表现。

你是我的未来

尊敬的华北电力大学领导、老师们：

你们好！

我的女儿——吴雨，在今年参加高考后有幸被贵校经济与管理学院的财务管理专业录取，即将成为一名大学生。

吴雨自读书开始，学习一直比较自觉。她在小学、初中、高中期间，都是刚进校时成绩平平，甚至偏差，但最终成绩还可以。因为她是一个进度虽慢却始终爬坡的、学习要强的学生，所以我们相信她在贵校领导和老师的教育下也肯定能很好地完成大学学业。

大学的学习不仅是知识上的学习，更重要的学习还有另外三个方面：一是在这一期间需要培养良好的自学能力，以利终生学习；二是要了解社会、学习社会知识（技能、礼仪、规则等等），为走入社会、适应社会、立于社会做好准备；三是要褪去稚气和青涩，走向成熟，学习担当。要从大学开始以一个成年人的标准要求自己，学习担当，勇于担当，胜任担当。

而这些学习不仅要靠她自己领悟，还需要贵校领导和老师的教育、引导、启发。

我是一名在电力生产企业工作了二十多年的职工。生产一线、机关科室、多种经营，无论在什么岗位，我都以饱满的热情投入工作，因为我对电力企业有着深厚的感情。华北电力大学坐落在首都北京，始建于20世纪50年代，培养出一代代的电力先锋，目前更是教育部直属的国家"211工程"重点建设大学。优越的地理环境、浓厚的文化氛围、深厚的教育积淀……这一切，让我相信我的女儿在华电不但可以成才，更能成人！

羡慕女儿，进了华电；感谢华电，培养女儿！

财务1502　吴雨家长
2015年8月

教师寄语

这位从事了二十多年电力生产的父亲，对电力企业有着深厚的感情，同时也相信自己的女儿进入华电后能够成才成人。希望孩子能够将父亲的嘱咐铭记在心，同时也享受珍贵的大学生活。

念念不忘，必有回响

尊敬的华北电力大学的老师：

你们好！

首先感谢贵校能够接纳我的儿子穆合塔尔江，并让他在贵校度过人生中最美的四年。选择贵校是因为相信贵校能够有足够好的环境及强大的师资将我儿子培养成为国家需要的人才，也相信我儿子的才华在贵校能够得到展示，各方面综合素质会有大力的提升。

穆合塔尔江和大部分90后的孩子一样，是独生子，从小在父母的身边长大，因为高中离家很近，所以连住校生活都没有尝试过，当然也从未离开过我们。2014年6月参加完高考，同年9月他在河南黄河科技学院读预科一年，那一年是他成长最快的一年，那一年他学会了离开父母也要照顾好自己，那一年他也学会了不在父母的督促下专心学习，那一年他还学会了如何和身边的小伙伴一起成长……经过一年的预科，我很开心，原本小孩子气的儿子，似乎明白了什么是责任，渐渐地知道了自己身上所担负的职责，这也让我感到骄傲和自豪。

大学是令人向往的，我知道在宽松自由的学习环境中，孩子们的个性会得到延展，创造力和个人能力会得到很大的提升。在这里，我希望他能明白大学是心情的放松而不是放纵，我希望我的孩子能在专业能力上有一定的提升。当然，我认为学习仅仅是一个方面，孩子一定要有自主学习的能力，但同时个人的综合素质是非常重要的，我希望我的孩子在大学能够积极参加学生会及学生社团，跟全国各地的孩子们一起奋斗，一起成长。

高中三年，孩子大部分精力都放在学习上，其实他在篮球和音乐方面是有一定特长的，高中压抑的生活让孩子不敢张扬个性，希望在这四年，孩子在这方面能获得一定进步，毕竟这是他非常喜欢的。

我们在离北京很远的新疆，我们新疆美丽富饶，但比起内地来，各方面还是比较落后，我之所以选择北京，就是想让儿子能够在北京学习更多的知识，使自己尽快成长，几年后能为我们新疆的发展做一定的贡献。

大学虽然离我已经有些年了，但是我仍然像一个孩子一样，期待及渴望大学生活，因为我知道那里有一些专业素养极高的老师，我的儿子一定会在一个自由又宽松的环境中，让各方面都得到大力发展。当然不论贵校做什么样的决定，我们作为家长都是鼎力支持的。

最后欢迎华北大力大学的老师们来我们新疆做客。

工管1502　穆合塔尔江·克依木家长

2015年8月18日

教师寄语

来自遥远的新疆的学子,跨越千山万水来到北京求学,想必经历了重重苦难。相信孩子能够收获自己想要的知识和生活,不辜负自己的付出和父母的期待。

共促成长

华北电力大学:

很荣幸我们的孩子周锰能到贵校学习。

周锰是一个身心健康、活泼可爱、善良大方、独立性强的孩子。他在学习方面偏重于理科,理解能力强,但不善于背诵和记忆,数学、物理相对突出;生活中和大多数同龄人一样,性格有点倔强,比较懒散,不太爱看书,喜欢上网和玩游戏。

虽然家长是孩子的第一任老师,但学校是孩子真正成长的摇篮,他们大部分时间是在学校。从出生到上大学,学生一直受到家长和老师的呵护,同学间的学习任务也没有多大区别,只需要努力去学就够了。而上大学的孩子,脱离父母和老师的监管后可能会变得懒散,一旦懒散惯了就会越来越没有精神,就会觉得大学生活很无聊,完全不像之前想象的那么有吸引力。因而,在大学同样不能放松对孩子的教育和引导,为了更好地教育孩子,实现学校和家庭共同教管的目的,我们希望和学校一起做到以下几点:

一是完善学校与家庭的沟通联络机制。校园环境对于孩子的健康成长就如同家庭环境一样重要,只有学校教育和家庭教育双管齐下才能将孩子培养成才。因此,我们希望能及时了解孩子在学校的学习、生活情况。

二是引导孩子树立正确的目标。我们认为大学时期必须树立目标,而这不是简单地选个特定的专业,而是根据学生的特点和兴趣调整并确定一个奋斗方向。刚入学的新生就像一张白纸，需要及时对大学时期以及未来的人生做好规划。我们希望学校在这方面能加以正确引导。

三是关注孩子心理，促进孩子成长。孩子在大学阶段的心理依然不够成熟，需要学校老师、辅导员及时发现问题，教育引导。

四是加强对孩子综合素质的教育。学校的责任和目的是为祖国和社会培养各种合格的人才，而人才的概念也并不是只具备较好的成绩和分数，而是需要更多的综合素质和能力。

我们相信在贵校和我们的共同努力下，一定能给孩子营造一个良好的学习、生活环境，让孩子更好、更快地发展。最后，祝贵校事业蒸蒸日上、蓬勃发展！

工管 1502　周锰家长
2015 年 8 月 16 日

教师寄语

家长希望同学校一道，加强沟通，帮助孩子在目标树立、心理成长和素质教育方面做出努力。老师和学校定全力以赴，帮助孩子实现自我价值和社会价值。

走向明天

尊敬的华电领导：

你们好！

我是 2015 级新生刘瑶的家长，感谢贵校给她一个深造的机会，圆她一个梦想，现在我简单介绍一下孩子的学习历程。

从孩子出生的那一天起，全家人就对她寄予厚望，她舅舅说将来一定要上北京的大学。孩子的学习也从来没有让我们费心，从小学到中学一直名列前茅，担任过班长和学习委员，在今年的高考模拟考试当中还取得过年级第一的好成绩。只是我总有那么一些不满足，可能是小学时期的应试教育造成的负面影响，我总觉得倘若孩子学习再主动一些，成绩会更好！

让我欣慰的是，孩子有一股拼劲，去年高考成绩不理想，周围人都说走吧！可她坚持复读，我支持，虽然有压力和风险，可总有机会实现自己的梦想，即使不理想，却无怨无悔！她赢了！

让我不满意的是她性格上的弱点，生性胆小，做事谨慎，性格不沉稳，希望她以后有些改变。

这就是孩子的学习成长历程，大学四年将是她人生的一个重要转折，我期望她能达到以下目标：

首先，利用丰富的学习资源，充实自己，不断提高，使自己能具备在某领域胜任工作需要的能力。其次，利用一切机会，参与社会实践，适应社会的发展和要求，将所学的知识应用于社会实践。最后，希望她在大学的四年时间，与人和谐相处，培养与人合作、沟通的能力，共同面对未来，提高解决问题的能力。

学生的成长离不开老师的指导帮助，希望贵校老师结合孩子的实际，结合未来社会的发展需要，针对性地予以指导培养，使孩子将来能顺利地融入社会，谢谢老师！

工商 1501　刘瑶家长
2015 年 8 月 15 日

教师寄语

孩子经历了复读最终能够进入我校，体现了孩子顽强的毅力和不轻言放弃的品格，如今实现了步入理想大学的第一愿望，还有更多的愿望等待着她去付诸实践，加油！

你是我的骄傲

尊敬的校领导：

你们好！

我是你们学校15级学生努尔叶古丽的父亲。首先我非常庆幸我女儿能以优秀的成绩考上华北电力大学，也非常感谢华北电力大学能给予我女儿在如此好的大学读书的机会。

高考之前，考入华北电力大学一直是我们全家人的希望，现在女儿已经如愿以偿地考入了自己梦寐以求的大学，而且还考入了自己喜欢的工商管理专业，作为家长，我除了感到高兴以外还有很多话想对学校说。

华北电力大学是一所在中国排名靠前的学校，拥有全国高校电力类专业最好的教学条件和教学环境，而且学生毕业后的就业率也非常高，孩子能在这所学校里读书，对于我们家长来说就是两个字——放心。即便如此，我还是希望孩子能珍惜大学四年的时光，在有限的时间内学习到更多的知识，最大程度来丰富和完善自己，以更好的综合素质去面对社会上和职场上的残酷竞争。

新疆托克逊县是一个非常可爱的地方，也是努尔叶出生的地方。故今日之责任，不在他人，而全在我少年中国，少年智则国智，少年强则国强……我们的女儿在北京，她不仅是在读书，还寄托着所有托克逊人的希望，所有新疆人的梦想，我们新疆今后的蓬勃发展需要像我女儿一样在高校奋笔疾书的孩子们，他们就是我们的未来。

在即将迎来的四年里，我们家长一定全力配合学校的一切教学工作，在假期里也严格督促孩子按时复习所学知识，和学校协力给孩子创建最好的学习环境，让孩子能度过一段充实美满的大学生活。

工商1501　努尔叶古丽·热吾甫家长
2015年8月16日

教师寄语

不难看出，孩子让这位父亲感到无比骄傲，父亲也对孩子充满了希望。相信在家长和学校的良好合作下，孩子能够在大学中更好地展现自我。

愿你如诗，美妙至极

丁丑牛年冬月，小女出生，取名竹肖，希冀"未出生时便有节，及凌云处尚虚心"。

三岁之前，寄养乡下。识五谷，辨六畜，接地气，爱自然。

三岁入幼儿园，唱歌跳舞，轻灵曼妙。偶尔生病，独在家中，守住寂寞，不怕孤单。

六岁入小学，边学边玩。课余学围棋，知进止，有大局观，懂得计白当黑以一当十。学书法，先楷后行又隶，清秀豪健，屡次获奖。学播音，音质甜美，吐字清脆。学钢琴，坚持数载，完成十级。

十一岁上初中，迷恋作文，投稿即中。入文学社，编校刊，任团支书，办黑板报，统筹设计，分派施行，图文并茂，为人称道。学校路远，单车骑行，霜雪磨砺意志，风雨锻炼体魄。

十五岁上高中，文理兼优，名列前茅，弃文学理，情非得已。青春期思想小有波动，成绩起伏不定，惘然中坚定方向，困惑中执着前行，终于战胜自己，成此一功。

未来四年，希望开阔胸襟，容人容事，与人为善，科学树立远大理想；希望不慕浮华，静心求学，勇猛精进，在专业领域能立一言；希望身体健美，乐观向上，进取不止，沿着正确的人生方向奋力前行。

工商 1501　田竹肖家长
2015 年 8 月 18 日

教师寄语

家长通过这封简练而不乏文采的信,生动地描述出孩子的成长经历,也表述了对孩子未来四年的希冀。愿孩子的大学生活犹如这封信一样,有着诗歌般的美妙韵味。

回忆与展望

尊敬的华电老师:

我们是经贸1501班韩煦的家长,能成为华电新生的家长,深感荣幸!为了让孩子尽快适应大学学习、生活环境,尽快找到前行的方向和目标,现把孩子的成长轨迹和大学四年的成长目标向老师做一汇报。

韩煦,和当今中国千千万万独生子女一样,是我们家中唯一的孩子。但她从牙牙学语开始,却不曾孤单,因为有小表姐的陪伴。我们家离幼儿园很近,小表姐到家里长住。一岁半的韩煦,便每天跟着奶奶一起接送小表姐上幼儿园,每天都玩得不亦乐乎。所以,两岁半入园的她,对幼儿园一点也不怯生,没有像其他孩子一样哭哭啼啼不肯进园。小小年纪的她,就这样开开心心、快快乐乐地开始了集体生活。

五岁那年,小表姐回到她自家附近的学校读小学了。这时,比韩煦大半岁的小哥哥正好到了读学前班的年龄,我们邀他到家里长住,以便来年和女儿一起上小学。故说,韩煦开朗的性格与她自幼一直有小玩伴牢不可分。

年满六岁,未读过学前班的她直接上了小学一年级。由于在幼儿园阶段主要是玩,老师几乎不教识字、写字,更不用说教汉语拼音了,刚开始时,韩煦在这几方面有些跟不上学习进度。为此,我们作为家长只能每天晚上多陪孩子听、读、写。经过一段时间的强化后,她各方面的学习渐渐地跟上了班上的小伙伴,自信心也在慢慢地养成。

小学一到三年级是孩子养成良好学习习惯的关键时期。在这个阶段,我们积极配合学校和老师的要求，督促孩子主动、自觉地完成布置的作业。所以，韩煦从小学到高中各个阶段，都能自觉地按时完成各科作业。

善良、阳光、自信是韩煦的优点，但在日常生活中缺少些耐心和责任心。每逢节假日，我们也会叮嘱她要做力所能及的家务，但往往收效甚微，这也许和平时都由爷爷奶奶代劳有关。由于从幼儿园到初中都是在家吃住，初中毕业，以总分A+考上南宁二中才离开家，她独立生活能力不强。

悠悠十八载，如今的她即将步入大学的殿堂，是她选择了华电，我们尊重她的选择！我们希望韩煦在华北电力大学四年的学习中达到以下目标：

1. 每个学期给自己制定目标，全面提高各方面素养，养成独立生活的能力、自主学习的习惯。

2. 多参加学校、学院的活动，培养各方面的能力。

3. 参加社团活动，争取担任班干部，竞选学院学生会干部，提高组织协调能力。

4. 以学习为主，学好专业课程、英语，选修有利于自身发展的课程，争取考上研究生，为就业打好坚实的基础。

5. 关心国家大事，思想进步，争取早日加入中国共产党，更加严格要求自己。

6. 多参加社会实践活动，及时了解社会发展动向，融入社会大家庭。

最后，希望学校的老师和同学关心照顾韩煦，她不管在哪个方面存在不足时，请给予严厉批评，使她成为对社会有用的人，回报学校，回报父母，回报社会。

此致
敬礼！

经贸1501　韩煦家长
2015年8月18日

教师寄语

家长详细地描述了孩子的成长历程，也正是这些经历使得孩子如今顺利步入我校。同时，家长对孩子提出了六点具体的希望和建议，每一点都可以成为孩子的成长指南。学校愿同家长一道，为孩子的成长和成才付出努力。

锤炼自我，全面发展

尊敬的校领导、老师：

你们好！

我是贵校 2015 级经济与管理学院会计学专业新生王思慧的家长。首先，很荣幸我的女儿能被贵校会计专业录取，在此，我提前向老师们表达内心真挚的谢意——感谢在未来的四年里，你们将给予我女儿辛勤栽培和悉心照料。

王思慧生于 1997 年 2 月 17 日，是典型的电厂子弟，打小耳濡目染了电厂员工的工作生活环境，父辈电业人特别能吃苦、特别能战斗的精神对她影响深远。小学在电厂子弟学校就读的王思慧，做事严谨专注，性格活泼可爱，为人诚恳善良，爱好十分广泛，尤其喜欢文学、英语和音乐，多次荣获地方作文竞赛、英语大赛金奖，取得了钢琴业余八级证书。在学习上，她更是踏实上进，勤奋刻苦，一直名列前茅，小升初时被选拔保送入陕西省五大名校之一的西安市高新一中，直至今年考入贵校。

步入大学，她将从父母的怀抱放飞，人生中最美好的青春年华即将启程，我们希望她能汲取更为丰富的养分，努力掌握专业基础知识，锤炼自我，全面发展，为将来更好地步入社会奠定基础。作为家长，我有几点殷切希望：

一、塑造阳光性格。健康、进取、向上的性格是拥有美好人生的基础，也是与人交往、事业成功的关键。希望学校能注重孩子健康心态的培养，让王思慧能平和、达观、朝气蓬勃，富有凝聚力和感召力。进入大学校园，希望她能努力去做以下事情：一是主动争取团委、学生会和班干部工作，积极加入自己感兴趣的社团，培养团队合作意识，激发做事热情，锻炼沟通能力和社交能力；二是有意识地选择一些兴趣爱好，陶冶情操，丰富知识，提高自身修养和人格魅力；三是持续培养阅读习惯，要有依偎在书卷旁边的行动，让广泛的阅读开拓思路，启迪智慧，涵养灵气，做一个灵魂中有书卷气的女孩。

二、培养良好习惯。包括良好的生活和做事习惯。要适当进行文体活动，根据兴趣选择并坚持喜欢的体育项目，积极参与文化娱乐活动。要懂得照顾自己的生活，学习科学常识，在日常中注重应用，努力培养规律的生活习惯，让做事高效，生活精致有品位。要注意自身素养建设，学会感恩，与人为善，具备良好的道德风尚和公民的责任感。还要掌握学习思考的方法，培养举一反三的能力，善于从不同思路或角度思考问题，真正激发思考能力、创造能力和学习能力。

三、提高综合能力。走进大学，才是人生学习的真正开始。一是学好基础知识（包括数学、英语、计算机和互联网的使用，以及专业要求的基础课程）。应用领域里很多看似高深的技术在几年后就会被新的技术或工具取代，只有不断学习基础知识，才可以惠及终生。二是扎实学习专业知识。积极去了解与专业有关的行业的发展情况和最新信息，不断拓宽知识面，确保顺利考取注册会计师及专业资格证等。三是考取硕士研究生。要锁定考研目标，并为之奋斗。进入大学不等于拥有工作，真正的竞争从毕业才开始，合理安排时间，认真学习复习，确保考取心目中理想的学校及专业。

最后，希望贵校越办越好，争取培养更多人才！

会计 1501　　王思慧家长

2015 年 8 月 12 日

教师寄语

在电力家族长大的孩子考入我校，是全家人也是我们的欣慰。家长希望孩子能塑造阳光性格，培养良好习惯，提高综合能力，并提出相应的具体要求。倘若孩子能做到，定会收获充实的四年。

我的希望

尊敬的各位领导、老师：

你们好！

我是华北电力大学 2015 级新生熊梓杉的父亲熊贵宝。

首先我在此向你们表达我内心真挚的敬意与期盼——希望我的孩子在贵校的学习与生活方面都取得较大的进步。在此向你们说声：你们辛苦了！

熊梓杉从小兴趣广泛，学习过绘画、跳舞、古筝等，且性格乖巧，从不惹是生非。在学业上较为刻苦努力，作为一名文科生，她喜好阅读，对名著多有涉猎。小学、初中、高中，成绩均优异。

作为家长，我对孩子的期望有三：

一是希望孩子在校能遵守学校一切规章制度，能尊师爱友，虚心求进，能以优秀的成绩回报老师，回报父母。希望女儿发扬自己的优点，努力学好知识，端正学习态度，积极参加学校各项公益活动，力争具有高尚的道德情操和良好的文化素养。

二是希望学校坚持全新的教育教学理念，全面培养孩子的综合能力。学校能从孩子的实际及未来社会对孩子的要求出发，注重学生的思想教育和能力培养。通过活动拓宽学生的视野，锻炼能力，增强孩子的自信心，为各种能力的孩子提供展现自我的舞台，为他们实现自我，进入社会奠定基础。

三是希望学校发现学生的闪光点，培养孩子的学习兴趣，因人施教，因材施教，为孩子成长点燃指明灯。作为家长，我相信学校的教育。我会尽力配合学校和老师的工作，使孩子成才。

最后，再次期望及感谢华北电力大学所有领导、老师对孩子辛勤的培养。

会计 1502　熊梓杉家长
2015 年 8 月 11 日

教师寄语

家长共提出了三点对孩子和学校的希望，愿家长和学校共同努力，能将孩子培养为具有综合能力的大学生。

精彩四年

尊敬的各位校领导、老师：

你们好！

很高兴我的孩子能进入华北电力大学（北京）学习深造，也很荣幸有这个机会向你们介绍我的女儿金芷葳。

我的女儿金芷葳从小就是一个活泼开朗、热情大方、诚挚善良的女孩，对新事物充满好奇心并且能很快学习接受新事物。从小我们就注意锻炼她的自主能力、自理能力以及动手能力，并有意识地在她成长过程中渗透一些做人的基本品质，如正直、善良、真诚、热情等，同时也要求她自尊自信、明辨是非。在家里她总是获得长辈、亲戚、邻居夸赞，而在学校也深受老师和同学喜欢。学习上，她一直学得比较轻松，从小学到高中成绩一直比较优秀，多次被评为校"三好学生"。她也是一个充满活力、爱好广泛的女孩子，喜欢运动，也喜欢音乐，业余时间学过钢琴、古筝、竖笛，还学过画画和书法。闲暇时她也喜欢看书，各种各样的书，只要不影响学习，一般我们不太干涉。假期我们经常鼓励她和同学出去参加社会实践活动，多接触社会，这也是对自己能力的锻炼。每年暑假我们都会带她出去旅游，让她看看祖国的大好河山，开阔眼界，陶冶情操。我们希望孩子能通过多种途径学习和汲取有用的知识，丰富自己的头脑，提升综合素质和人文素养，并逐步形成自己独立的世界观和人生观。

关于大学四年的成长目标，我们现在还没有非常明确具体的规划，大致的框架是：大一要脚踏实地学好基础课程，尤其是高数、英语和计算机。大二开始做好由基础课向专业课过渡的准备。在大一和大二期间除了课程学习之外，要拿到一些必备的证书，如英语四级、六级证书，计算机等级证书等，有必要的话还有银行从业资格证、会计资格证等。同时还要积极参加学校社团活动，锻炼能力，体验生活，培养吃苦精神和社会责任感。大三要主动加深专业课程的学习，同时要明确自己的最终目标，是求职、考研还是出国留学，并根据目标做好相关准备。大四是认真践行自己计划的时候。除了准备好毕业论文外，要按照自己的计划进行冲刺了。当然，这些计划可能在具体实施的过程中会有所调整。总之，我们希望孩子大学四年既不虚度年华，也不盲目忙碌，真正做到学有所成，为自己积累好最基本的人生资本。

　　华北电力大学是电力行业的最高学府，拥有雄厚的师资力量以及来自全国各地的优秀学子，虽然由于某些客观原因我的孩子只能录取到华电的金融学专业，但我相信我的孩子在华北电力大学的平台上，在这种良好的学习氛围中，能够成长为一个有责任心、懂担当、勤奋求学、积极进取的人，为社会做出自己应有的贡献，也为她自己未来的美好人生奠定坚实的基础。而同时，作为新生家长，我们也希望学校领导和老师能尽可能地改善和提升学校各方面的硬件设施和软环境设施，确保对学生学业有力的指导和应有的严格要求，让孩子们在专业课程上能学有所成，并能引导孩子们进行职业规划，争取早日成为国家栋梁之材。若能如此，则国家幸甚，华电大学幸甚，华电学子幸甚！

　　谢谢！

金融1501　金芷葳家长
2015年8月19日

教师寄语

　　孩子从小就是全面发展的好学生，关于大学四年的成长目标，家长和孩子心中也都有了大致的框架。机会大多青睐有准备的人，相信孩子在大学能够展现自我，完善自我，有更好的发展。

发扬优点，克服不足

尊敬的领导、老师：

你们好！

当接到贵校的录取通知书时，家人都沉浸在无比的兴奋和喜悦之中。孩子能进入自己心仪的学校，既是自己十载寒窗苦读的结果，更是对我们为人父母者对子女的希冀所带来的最幸福的回报。

孩子从小就懂得自律感恩，勤奋上进。由于我工作调动等种种原因，孩子曾多次转学。每当孩子离开他的学校时，我们都会对他心存愧疚，但是无论他在哪所学校，都勤奋好学，尊重老师，让我们省了不少心。

他喜读历史，胸怀古今，爱好广泛，兴趣多元。他对跆拳道、轮滑、篮球和钢琴的热爱，都记载着对其辛勤努力。我对孩子的成绩并没有很高的要求，因为我知道，每个人的禀赋不同，不能强求。但是我的孩子必须要有广泛的兴趣，去探索他自己所感兴趣的领域。他沉浸在自己的乐园中，这才是孩子应该获得的真正的快乐。

我不求孩子将来成为成功人士，我只希望他能成为一个心中有荣誉感、敢于表现、健康发展的人。在我们的引导下，孩子总是会积极参与学校和班级的各种活动，将自己的才华大胆地展现出来。孩子组织能力突出，小学时担任过学校大队长，高中时成为校长助理、学联会主席。更令我们骄傲的是，在众多优秀学生聚集的北京市青少年党校中，面对学长学姐们，他仍然能有充分的自信去表现自己，获选为主题活动部部长。

孩子身上有很多闪光点，但是人无完人，他也有自己的缺点——贪玩，面对游戏总是很难控制住自己。我希望在大学的这四年当中，在老师的教导和同学的帮助下，孩子能够有着更强的自我控制力，成为一个更优秀的人。

在父母的心中，孩子的未来高于一切，希望孩子在贵校的悉心培育下，发扬优点，克服不足，不仅学到知识，更多的是学会做人。顺祝校领导、老师工作顺利、健康幸福！

经济 1501　孙文博家长

2015 年 8 月 12 日

教师寄语

孩子有着广泛的兴趣爱好，想必会在大学生活中发挥特长，展现才华。同时，家长对孩子有着客观清晰的认识，学校会同家长一道，帮助孩子更好地成长。

成为"大写的人"

尊敬的华北电力大学老师：

您好！

金柳是一个很普通的学生，1998年6月出生在被誉为"秦巴深山中的明珠"的镇安县。读完小学后，她于2009年来到文化底蕴深厚的十三朝古都西安，在理念先进的高新一中读完初中和高中。因此，她既有山村人民朴实、勤劳、善良和憨厚的品格，又具备城市青年乐观、灵活、机智和开放的特点。

金柳酷爱阅读。在我的影响下，她自小就对中国古诗词产生了浓厚的兴趣。记忆犹新的是儿时我拉着她的手，在夕阳下散步，她和我背诵诗词的情景。刚学会拼音，我就引导她阅读少儿拼音版《红楼梦》。小学，《故事大王》《安徒生童话选》等是她最喜欢的；上中学后，她的阅读更加广泛，新课标推荐的书目她精读细读，做出详细的批注和摘抄。其他的书目她也广泛阅读，《哲学家的故事》《中国哲学简史》等哲学著作让她睿智；《生活中的经济学》《成语经济学》等经济著作使她聪慧；《明朝那些事儿》《历史是什么玩意儿》等历史著作让她厚重，《飘》《平凡的世界》等文学著作让她丰蕴；《傲慢与偏见》《暮光之城》等英文原著让她灵动。

读之余，她尝试着把思想诉诸笔端。自2012年暑假开始，她依据反复阅读《红楼梦》的心得体会开始创作《红楼清梦》一书，历时一年写就十一篇文章，一万余字，受到《商洛日报》主编的欣赏，2014年在《商洛日报》

上连载六篇，其中《探而不叹》被《写作》杂志转载。考场作文《淬吴钩》发表于 2014 年的《语文导报》。

她热爱生活，有一颗善良的心。很小的时候，我见到路边需要帮助的人，总要引导她捐钱捐物。2008 年汶川地震，不满十岁的她毫不犹豫地捐出仅有的一百元。升入高中后，每个寒暑假她都积极参加社会实践，感悟社会，帮助社会。无论是在餐厅打工还是参加拓展训练，无论是去公司实习还是为社区服务，她都以无比高昂的热情参与其中，乐在其中。

她兴趣广泛，敢于超越自己。2012 年参加第六届全国中学生语文能力竞赛，获得国家级二等奖。她多次参加课前演讲，《曾记否，那个英雄?》真实客观地评价项羽，被师生评为"接地气"；她担任校图书馆管理员，义务为同学服务达一年之久。

如今，孩子将来到贵校接受高等教育，我的内心几多欢喜几多忧愁。欢喜的是孩子长大了，有机会来到首都这个政治、经济、文化中心，必将让她的人生更上一层楼；忧的是面对外面广阔的世界，她是否做好了充足的思想准备。依照以往的惯例，我对她未来的大学生活提出六点要求，算是约法六章吧。1. 做一个身体健康的人，每天至少锻炼半小时。2. 做一个乐观坚韧的人，每天高高兴兴地学习、生活。3. 做一个井井有条的人，无论在任何地方生活学习，都要做到整洁整齐。4. 做一个博览群书的人，至少两周看一本名著，并写出五百字以上的书评。5. 做一个学业优秀的人，四年后的目标是保研或全额奖学金出国留学。6. 做一个善于写作的人，坚持每天写一点文字，自由地抒发自己的心灵。

以上六点过于笼统概括，还需要贵校的各位老师全方位地督促和管教。我们共同期待四年后的金柳，成为一个有知识、有理想、有能力、有担当的善良而大写的人。

社保 1501　金柳家长
2015 年 8 月 21 日

教师寄语

人如其名，酷爱读书、擅长写作的金柳想必是一个诗情画意的孩子。家长对孩子的大学生活在充满期望的同时也有着几分担忧，但这是每个孩子成长必经的过程，孩子终会长大。希望孩子能铭记家长的约法六章，把自己塑造成"大写的人"。

成长与目标

一、孩子的成长轨迹

宝贝是一个文静、漂亮的好孩子，虽然有时候比较任性，但是更多的时候还是非常关心家人的，很体贴父母，对长辈很有孝心。作业也能够按时完成，还主动要爸妈买书读，学习的积极性非常高，爸妈感到非常欣慰。在学校能做到上课认真听讲，积极回答老师的问题，从不迟到、早退，在老师眼里也是一个乖学生。和同学的关系非常友好，能和同学一起商讨学习，做一些与学习有关的实验，还能积极帮助有困难的同学。在班里并不显眼，却时刻有一颗关心集体的心。在妈妈眼里你文静、懂事、踏实、稳重。在家里，能帮父母做些力所能及的事情，打扫房间卫生、做饭、洗衣服样样都会。在公共场合，能做到讲文明、懂礼貌、遵守公共秩序，乘坐公共交通时能主动给老人让座。

二、孩子在高校四年的成长目标

孩子你很棒，你马上要步入大学了，但妈妈还是有几句话要告诉你，希望你能做到：

首先，做人很重要，应善良豁达，做人要坦荡，待人要坦诚。做到每个人都喜欢你不容易，至少要做到不让人讨厌。知识学得再多，但如果不懂得做人的道理，也很难在将来获得成功。

其次，在大学里，每个人都有值得学习的地方，同学之间要友爱相处。要尊敬老师，尊敬长辈。你聪明可爱，只要你用心去做，都会做得很好的。

再有，做事要冷静，不能急躁，有耐心才能做好任何事情，要勤于动脑，凡是都要有个计划，学习也一样，要学会科学地玩、有计划地学习。

最后，宝贝，你已经长大了，希望你遇到困难，勇往直前，沉着冷静，临危不惧，开动脑筋，善于思考，用智慧的头脑解决突发事件。妈妈相信你的能力,你很棒!我会永远支持你。

营销1501　彭莎家长
2015年8月18日

教师寄语

母亲写给孩子的这封信,诚恳而又充满了智慧,长辈的人生经验定能成为孩子成长道路上的珍贵宝典,辅助孩子更好地学习生活,更快地熟悉社会。

不畏将来,不念过往

我的女儿是个优秀的女孩。这个评价不仅是父母眼里的,而是很多人对她的赞赏。

我的女儿,小时候很苦,但她没有被生活之苦所困,仍然阳光地、坚强地去面对困难,总是微笑着……

我的女儿,是懂事的。当别的孩子过着饭来张口、衣来伸手的生活时,她知道自己的事情要自己干。虽然高中在外求学已很辛苦,但在家时她总是抢着去洗碗、洗衣,知道把好菜让长辈先尝。尽管这只是一些家务小事,但我很欣慰。

我的女儿,是努力的。她知道知识可以改变命运,所以她的学习成绩从小学到高中都很优秀。尽管她没有用足十分力,但我已知足。

我的女儿,是知道生活的人。她知道学习只是生活的一部分,但不是全部。打篮球、踢足球;陪奶奶、妈妈散散步;偶尔打打游戏、外出旅游、顾着自己的"弟弟妹妹"。尽管有些笨拙,但我已感到温暖和爱意。

高考取得不错成绩的她,还能被第一志愿华北电力大学录取,我在高兴当中又多了份惊喜。华北电力大学是一所有着五十多年建校史的国家能源电力系统最高学府,秉承着"学科兴校、人才强校、科研兴校、特色发展"的办学方针，形成了"厚基础、重实践、强能力、求创新"的人才培养特色，在考生、家长和社会之中都有很高的声誉。我为我的女儿能考入这样一所学校感到骄傲。

当我看到要写这封信时，想了很多很多。四年的大学生活，我对她的希望和要求到底是什么呢？

首先，不能忽视健康，拒绝运动。健康是1，如果它变成零，那它后面不管有多少个零，还有什么用呢？所以，我希望和要求她四年乃至一生都坚持运动，保持健康。

其次，要有所敬畏，做一个善良和感恩的人。曾国藩曾说过"敬则无骄气，无怠惰之气"。一个人可以不信神，但不可以不相信神圣。一个有着善良心理积淀的人，有所敬畏的人，才能活得快乐。懂得感恩的人，才有更多的爱。

第三，别拒绝读书，忽视灵魂。这里的读书是指多方面的。大学不同于高中，读书靠的是自觉自律。要珍惜四年的大学的生活，要懂得大学对一个人今后成长的重要性。

有人说："上大学后，就是玩乐，很轻松。"我相信华电不可能是这样一所学校，更何况，我很在乎女儿的"成绩"（做学问和做人）。希望当别人都在玩乐，都在挥霍时光的时候，你依旧坚持学习，收获你自己的丰硕"果实"。

最后用丰子恺先生的话与你共勉——不乱于心，不困于情。不畏将来，不念过往。如此，安好！善宽以怀，善感以恩，善博以浪，善精以世。这般，最佳！

让我们一起努力，不为换取成功，不为超越别人，是为了去体验一个更大更好的世界！

营销1502　余婧歆家长

2015年8月17日

教师寄语

家长深知孩子的今天来之不易，因此告诫孩子要继续充实完善自己，做一个有健康、善良、智慧和懂得感恩的人。愿孩子克己自律，不辜负父母的期望。

可再生能源学院

珍惜来之不易的大学时光

尊敬的学校领导：

　　我们的孩子吴彬瑞能够被华北电力大学这样的高等学府录取，我们打心底里感到高兴。

　　小学一二年级时，他和其他孩子一样很贪玩，但是总能考双百分，我们也就不是很担心他的学习。但是好景不长，到了三年级，学校开设了英语课，他几乎每次英语考试都在及格线边缘，这让我们很担心，于是为他买了很多教辅资料，但是起色不大，我们决定让他参加培训班，在此之后，他的英语成绩勉强能达到七八十分。

　　顺利进入初中后，让我们没想到的是，他的英语成绩名列前茅，成为他的优势科目，除英语之外，他的其他学科成绩也比较均衡，基本上不存在偏科的现象。上初中时，由于是住校，他担任寝室长，在学习方面则是担任数学课代表，这些职务一方面锻炼了他的管理能力，另一方面使他能约束自己，做好表率，毕竟他还是比较贪玩。基于初中阶段的刻苦学习，凭借不错的中考成绩，他如愿考入州内最好的高中，走出县城，我们坚信他会在州府实现巨大的飞跃。

　　说实话，在他读高中的阶段，我们与他的联系并不多，很多时候还是通过与班主任的交流，得知他最近的一些消息，因为高中学习实在是太紧张了，周末仅有半天的休息时间，刚吃完饭又赶着做作业，我们看着的确很心疼，但是仔细想想，所有的高中生都是如此，这是磨炼他们意志的最好时期,并且这将成为他们终身受益的财富,这些坚强的品质将深深烙在他们正处于可塑时期的人格中。

说起大学四年的目标,我们对他抱有很高的期望。虽然他不必像高中时那样拼命,但必须认真对待每一门学科,每一堂课,每一份作业。学知识就是登堂入室的过程,一定不能浅尝辄止,无论是对于什么专业,这一点都适用,因此我们希望孩子能在他选择的专业方面有一定的造诣,如果能有所创新,当然是更好的。总之,千万不能抱着无所谓的态度,而是要有舍我其谁的勇气。大学生活相比而言较为轻松,是孩子们全方面发展的一个难得的机会,孩子们应该抓住机会,根据自己的兴趣爱好,培养自己的特长。他从小就喜欢各种体育运动,这将会在他今后的人际交往中起到一定积极作用,但是应该特别注意的是,在参与社会实践和培养特长的过程中,千万注意不能沾染不良嗜好,如抽烟、酗酒,同时要避免沉迷于网络游戏,无法自拔,因为这些看似微不足道的小毛病很有可能会毁了人一辈子。

我们坚信吴彬瑞同学一定能在华北电力大学度过愉快、充实、有意义的大学时光,一切有关大学的记忆也将深深地烙在他的心里,让他去怀念,去感激。

水文 1501　吴彬瑞家长
2015 年 8 月 15 日

孩子需要理解与尊重

尊敬的老师们:

作为一名学生的家长,向你们表示最崇高的敬意,你们辛苦了,你们用辛勤的汗水浇灌着祖国的幼苗,培育着祖国的花朵,你们的默默无闻大家会都永远铭记!

作为家长,我对孩子有自己的教育想法,觉得孩子从中学到大学,在生理、心理、知识层面,都是一个新的变化和新的适应,他们就像刚出窝的小鸟,对外面的环境需要重新认识。这种情况下,对孩子们的教育更需要一种理解和心灵上的关爱。

90 后的孩子并不具备理解别人的能力,也不具备宽广的胸怀和远大的抱负,更不理解责任的概念。他们学习目的不明确,就像一棵棵小树苗,并不明白长成大树后的作用,只有学校认真地施肥、浇水、扶植,他们才能长成参天大树,成为栋梁之才。所以,我们家长希望学校正确引导和循循善诱,使孩子学习目的明确,确立正确的人生观、价值观。虽然孩子的第一任老师是家长,但学校是孩子们真正成长的摇篮,他们大部分时间都在学校,而学校的责任和目的就是为祖国和社会培养合格的人才,而人才的概念也并不是只具备较好的成绩。分数的高低也不代表孩子的优劣。每个孩子的天性禀赋不一样,个人的兴趣爱好不一样,因人施教,才能使其健康发展。

如果我们不去理解他们成长时期的个性特点,只一味地说好好学习,提高成绩,对有缺点的孩子讽刺挖苦,不去对他们加以引导、疏通,就会导致他们人格、心理扭曲,叛逆思想迸发,厌学、逃课、上网等等不良后果就会出现。如果真的是这样,那么就是我们家长和学校的教育失策、失职、失责。孩子成了家庭的罪人、社会的逃兵,是孩子之过?家长之过?学校之过?

孩子是不懂事的,在成长中是脆弱的、敏感的,在他们心中一切都是美好的,即使他们有些不良的行为,我们大人也应该理解、尊重、帮助他们。有时孩子的错误行为需要大人的理解、包容,并及时采取措施教育引导。孩子们的内心渴望着赞美。如果家长和老师动辄对他们的行为不加分析就下定论,会适得其反。因此,大学四年衷心期盼学校理解、尊重、包容孩子,采取有效方法,使其健康成长,成为国家的栋梁之材。

水电1501　拉巴平措家长
2015年8月13日

寄予女儿的希望

尊敬的华北电力大学(北京)全体教师:

你们好!

我是2015级新生马星辰的家长,很高兴有机会在这里认识你们。俗话说:人生最喜事之一莫过于金榜题名时。十二年的辛勤耕耘,十二年的寒窗苦读,2015年我们全家终于迎来了这一幸福时刻,女儿以优异的成绩被华北电力大学录取。回首女儿的成长轨迹,可以用一句话来概括:那就是女儿从小就乖巧、懂事，没让我们费什么心！

小学阶段，女儿就读于离家十几公里外的学校，每天可谓早出晚归，可小小年纪的她，从不迟到早退，每天都像只快乐的百灵鸟。她学习上也特别认真，但凡学校组织的各种考试、活动，她都积极参加，并且拿回奖状。

初中，我们选择了当地最好的学校，但离家更远，起初我们担心女儿缺乏独立生活能力，谁知在后来的日子里，女儿用她的言行证明了我们的担心完全是多余的。在住读的日子里，她不仅学习没有落下，而且把生活安排得井井有条。

高中，伴随着学习压力的增加，我们选择了陪读，在这紧张的三年里，我们更是亲眼见证了女儿的成长，她不仅学习努力，而且待人热情大方、乐于助人。

我们为有这样优秀的女儿感到骄傲！对于即将步入大学生活的她，我们更是寄予了无限的希望，希望她在大学里：

政治思想上，要坚决拥护中国共产党的领导，认真学习马列主义、毛泽东思想、邓小平理论和"三个代表"重要思想，要积极进取，立志成为一个有理想、有抱负、有责任、有时代使命感的青年。

学习方面，要热爱自己的专业，要严于律己，对待学习一丝不苟，力争用自己所学的知识回报社会、回报祖国。

生活中，要尊敬师长，团结同学，积极参加校、院组织的各项活动，为自己将来步入社会打下坚实的基础！

水电 1501　马星辰家长
2015 年 8 月 18 日

学校给予灿烂，孩子必将回馈以惊喜

尊敬的华电校方：

你们好！

作为一名学生家长，自己的孩子能就读于华北电力大学，我对她的未来充满期待，却也在担心她能否适应这所离家远、竞争激烈的大学，但人生的一切都需要她自己去书写。

作为一名教师，我深知对孩子进行正确教育的重要性。在她的启蒙时期，我便引导她阅读幼报及其他各类文学作品，练习写字，而她也在这一时期体现了巨大的进步。小学期间，孩子成绩优异，尤以语文见长，抛开书本，她在其他方面也异常活跃。但作为初中数学教师，我开始希望孩子能具有数学学科优势，直到上了初中，我渐渐发现，她越发勤奋地提高数学成绩，语文上的优势却丝毫未减。就这样，她在初中的成长一帆风顺，并以优异的成绩考入县内的最好高中最好的班级。但是高中的成长或许要用"跌跌撞撞"来形容了。首先是人格品质方面，小学、初中的她未遇到什么困难，有些骄矜傲慢，但高中的磨炼让她成长为思虑周全、知进知退的学生，却也变得有些听任摆布不愿奋起，这正是我所担心的。学习方面，她算不上出类拔萃，但也努力拼搏过，因为心态原因没有成为最优秀的学生，她说自己不后悔，要为自己的过去负责，我非常欣慰并支持着她。

孩子即将踏入华北电力大学的大门，我相信她可以蜕变成一个更加优秀的社会公民。首先也是人格品质方面，我认为她可以保持一直以来温和善良的品性，但更应该让自己的内心世界变得强大、有激情、有主见，而这些要通过长期的离家求学、参加班委和各类社团活动来锻炼，同时应积累良好的人脉关系。接着是学习方面，作为家长，我希望她能在继承高中学习方法的基础上，在大学逐渐形成一套最适合自己的学习方法，愉快而高效。希望她能够通过实践来提高个人能力，做一名对社会有用之才，能顺利结业并且积极参与竞赛，考取各类证书。最后是生活方面，必须自立自强，摆脱对家庭的依赖性，并能够明辨是非，同时发展个人兴趣爱好，以充实自我。

我相信，在这样一所精彩的学校里，学校带给她灿烂，她亦能够回馈学校以惊喜！在此真诚地感谢学校。

水电1502　戴冰清家长
2015年8月20日

从青涩走向成熟，从浮躁走向沉稳

尊敬的校领导：

你们好！

我是新生李墨轩的家长，得知李墨轩被贵校录取后，我非常高兴，因为这是我小孩心中向往的学校。为了让学校对小孩有所了解，特写此信，谈谈我对李墨轩的评价及对小孩未来四年的希望。

李墨轩的优点有：1. 自理能力强。因为工作的原因，我和爱人平时都很忙，加上双方父母的年龄都较大，谁都没有充足的时间及精力来照顾他，所以从小学开始他就独自一个人上学下学，到了中学一年级的时候就学会了自己烧饭。每当想起这些，作为家长，我们倍感内疚。2. 聪明、头脑灵活。孩子从小就头脑灵活，什么东西一学就会，记得他在小学的时候，家里第一次买来电脑，我们大人用起来都比较生疏，小小的他就能运用在学校学到的电脑知识，教我们使用，一直到现在，我们不懂的电脑操作都是他在旁指点。他的学习成绩从小学到高中一直都处于班上及年级的上游，但在学习的过程中，从未见他做过过多的家庭作业，问他为什么不做作业，他回答说在课堂上已经学懂了，不用再浪费时间。3. 善良、正直、勇敢。虽然在班上他的个头不算小，但每每都会被别的孩子欺负，受委屈次数多了，有时就问他为什么不反击，他回答说怕把别人打疼。虽然善良，但不懦弱：记得中学时在一次回家路上，他看见同校的学生正被几个社会上混的小年轻抢自行车，想都没想就冲过去，帮助同学把车子夺回来了。

李墨轩的缺点有：1. 有时特别扭。一件事即使是做错了，只要他能找出部分合理性，就很难让他自己主动承认错误。2. 有点浮躁。主要表现在学习时，自认为一学就会，但考试时往往出错，而且经常犯同样的错误——没看清题目的条件就下笔。成绩好了就自喜，成绩差了就萎靡，虽然能自我克服，但类似情况时有反复。

对他未来四年的希望：1. 能一直拥有一个健康的体魄。希望他在大学四年期间，能一如既往地坚持锻炼身体，养成良好的生活作息习惯。2. 能取得一个良好的成绩。李墨轩最想学的专业是贵校的电气工程及其自动化，希望他能认真学习，广泛摄取精神食粮，包括本专业的及非本专业的知识，不断地积累、沉淀，使自己过得充实。能取得一个良好的成绩，使自己调换到理想的专业，考取理想大学的研究生。3. 希望四年大学生活，能陶冶其情操，修其心性，使其从青涩走向成熟，从浮躁走向沉稳。

此致
敬礼！

水电 1502　李墨轩家长
2015 年 8 月 20 日

大学，孩子青春的主旋律

学生陈添翼，像大多数孩子一样，历经了六年小学、三年初中和三年高中，在 2015 年如愿考入低调而专业的高等学府华北电力大学。

小学六年，从大兴黄村六小到白纸坊小学，转学经历是他对新事物、新环境以及不同的人的认知、接受、融入的过程。转学后，他能够像在原小学一样获得同学和老师的喜爱，只一个学期就当选班干部，同时还对机器人学习产生兴趣，参加机器人兴趣小组学习，获得区级奖项。

初中三年，做为十四中重点班的班级干部，他一直致力于服务班级，受到老师和同学的好评。也就是在这个阶段，做为 90 后的独生子，他养成了服务大家的行为意识，做到了遇事先考虑大局。

高中三年，三十五中三年科技实验班的班长经历真正有效地锻炼了其组织、协调及领导能力。他不仅成为老师的得力助手，也获得了同学们的拥戴，有幸参与策划并主持学校在月坛体育馆的大型校庆活动。

所在的科技实验班，有机会师从北京大学博导朱怀球教授研究生物方向的课题。他与同学们先后到云南、长白山等地参加科考活动。

高中阶段的课程学习已告一段落，所有辉煌全部归于零。专业知识的学习，大家起点都一样，有明确的方向，集腋成裘才有意义，专而不窄，宽而不泛，一定要围绕专业轴线博览群书，夯实功底。也要积极参加学校组织的各项活动，在活动中积累全国各地的人脉资源，宽容、团结，用心构筑自己未来人生中最重要的平台。还要培养自己良好的行为习惯和良善的为人处事态度。以下是妈妈希望你在大学生涯中设定的成长目标。

1. 努力学习，不考虑成绩，试问自己是否尽力。
2. 博览群书，不考虑有用，试问自己是否成长。
3. 广交朋友，不考虑利益，试问自己是否知己。
4. 行为习惯，不考虑善小，试问自己是否坚持。

能科 1502　陈添翼家长
2015 年 8 月 20 日

望子成人

尊敬的华北电力大学的老师们：

你们好！

我是你校 2015 级新生樊必冲的家长。作为家长，我为孩子能够成为华北电力大学的一名学生而感到自豪。我的同事和周围的人得知孩子被贵校录取后，都对我投来了羡慕的目光。因为贵校一来是国家电力方面的最高学府，二来地处首都北京，所以将孩子交给你们培养，我是放心的。

我是一名基层公安民警，他母亲是一名教师。小学，他在母亲任教的县城重点小学读书，学习成绩一直都很优秀，而且长期担任班干部，在文体活动方面表现也不错，曾代表本县参加全市青少年乒乓球比赛，并取得双打第六名的成绩。初中，在我县一所重点中学就读，学习成绩一直很好，曾参加了全国中学生语文能力竞赛。经过三年的奋斗，2012 年考上陕西省级重点中学——丹凤中学。高一期间，成绩良好。高二时，由于贪玩和不适应紧张的节奏，成绩有所下滑。高三后，逐渐找到了适合自己的学习方法，学习成绩稳步提高。最终，经过高考，他有幸成为贵校的一名新生。

作为家长，我考虑更多的是孩子的前途和就业问题，希望学校在教学中能够从严要求孩子，让孩子能够学到扎实的基础知识、精湛的专业技能，将来最好能在电力方面有一定建树。

作为家长，除了学习之外，我还关心孩子的身心健康。希望学校在课余时间能安排丰富多彩的文体活动，让年轻人活泼好动的天性得到释放，让孩子的身体长得棒棒的。

作为家长，时时牵挂孩子的安全。希望学校肩负起监护人的责任，时时处处关注孩子的一举一动，避免发生一些事故。

作为家长，我不但希望孩子将来成才，更希望他成人，因此除了传授学业以外，更多地教育孩子学会做人。希望他在学校能够尊重老师，团结同学，和周围的人打成一片，能同五湖四海的同学共度四年快乐的大学时光。

最后，希望你们经过精雕细琢，将一个稚嫩、淳朴、无知的孩子打造成一个全面发展的合格人才。
　　此致
敬礼！

能科1502　樊必冲家长
2015年8月18日

没有一蹴而就的捷径

尊敬的校领导、老师们：
　　你们好！
　　随着高中生活的结束，孩子即将迈入大学校门。回想起十八年来孩子的成长经历，我真是感慨万千。这孩子从小就有着和别的孩子不一样的思维方式。他悟性高，有思想，有爱心，而且爱好广泛，围棋、象棋、游泳、滑雪、滑冰以及各种球类，他都有所涉猎。学习上，他从不是老师教一学一，而是触类旁通，喜欢钻研。除了英语，其他的课外班他都没上，也不搞什么题海战术，考试全凭的是能力。但由于思维是跳跃式的，他写的作文老师看不懂，但说来也怪，经常是作文成绩不高的他，却偏偏在冰心文学大赛上获得银奖，而且班级中只有他一个。而数学呢，他是数学课代表，老师解决不了的问题，通常都是他解决，可是却什么奖也没得过。数学通常是按步骤判卷的，他就会吃亏。对此，我作为母亲很苦恼，这次高考中，他就是吃了语文和数学的亏。依他的能力，数学应该将近满分，也许是过于追求完美，他有些紧张，将答题卡写错了，影响了数学成绩。
　　报考志愿时，我们选择的第一个志愿就是华北电力大学，我们看中的是这个大学朴实的校风和自强不息、追求卓越的精神。
　　望子成龙是每个家长的心愿。在父母的心中，孩子的未来高于一切。
　　九层之台，起于垒土，攀登理性之巅，没有一蹴而就的捷径。所以，我们把孩子送到大学，是对大学寄予了希望的。
　　1. 希望在大学的四年里，老师严加管教，多一点道德教育，不要让孩子觉得上了大学就如同进了天堂一样。
　　2. 希望孩子在学校能够遵守学校的规章制度，尊师爱友，虚心求进，以优异的成绩回报老师和父母。

3. 希望老师能够因人施教，因材施教，为孩子的成长点燃指明灯。愿学生在校能学到好本领、真功夫。

4. 要保障学校的后勤管理，我们寄希望于学校，是因为贵校的声誉和与时俱进的作风。

5. 希望贵校能多给孩子机会参加学校的各项公益活动，如勤工助学等，以增强孩子的社会实践能力。

6. 希望我儿在大学的四年里，能够改掉缺点，发挥长处，端正学习态度，努力学好专业课，具有良好的文化素养和高尚的道德情操，争取早日成为有用之才，为华电争光，为国家争光。

最后，祝校领导和老师身体健康、万事如意！学校事业蒸蒸日上！

能科 1506　王鼎家长
2015 年 8 月 21 日

利用资源，把握机会

华北电力大学的领导、敬爱的老师：

你们好！

随着金秋九月的来临，华北电力大学的大门已经敞开，我们的孩子经过十几年的寒窗苦读，带着对大学美好生活的憧憬，带着美好的梦想，即将投向你的怀抱，去感受大学生活，学习本领，完成学业，为将来立足社会、开创未来，做好了一切准备。

上大学是每个孩子的梦想，能够上一所好大学更是多数孩子的追求，而华北电力大学正是这样一所学校，拥有地理优势、资源优势、专业优势，在行业领先，希望孩子能够在贵校学有所长，学有所用，学以致用，成为所学领域的专业人才，为社会多做贡献。

希望他从进入学校的第一天开始，能很快融入到学校，融入到集体里，认真学习，积极参加各类活动，拓宽知识面，明确学习目标，并取得优异的成绩；也希望学校能创造更优越的环境，更大的发展空间，发掘和激励孩子的学习兴趣，利用学校优秀的资源和氛围，使其愉快地学习，快乐地成长！

在专业的选择上，他现在还处于一个模糊的阶段，希望通过基础学习以及专业学习和培养，他能够有一个更深刻的认识，喜欢上他的专业，同时能有更多的学习空间和发展空间。

我们相信他的学习能力，相信他有能力学好自己的专业，取得优异的成绩，获得更好的能力。我们愿意和学校有更多的交流和互动，有问题及时解决和沟通，相信在我们的共同努力下，孩子经过四年的大学学习，一定能从一个稚嫩的中学生蜕变成为一个优秀的人才，找到自己的位置，成为对社会、对国家的有用之才。

祝愿学校越办越好，成为众多优秀学子向往之地！成为国际名校！

此致

敬礼！

化学1502　高天家长

2015年8月17日

教师寄语

家长的期盼也是我们教师的期盼，更是为师者的奋斗目标。华北电力大学始终以学生为本，努力保持学校和家长之间的有效沟通，为学生健康发展指明方向。面对以创新能源和可再生能源为主导的世界能源发展趋势，学校抓住机遇，构建"以优势学科为基础，以新兴能源学科为重点，以文理学科为支撑"的"大电力"学科专业体系，使学校在能源电力领域始终保持优势。相信经过初期的通识教育，学生能够找到适合自己的专业方向，正如家长所说，能够更加喜欢上他们（她们）的专业，取得优异成绩。

对孩子大学生活的一些希冀

尊敬的校领导、老师：

你们好！

我是新能源材料与器件专业的王冰馨同学的家长，很高兴在开学伊始能与你们交流。我很高兴孩子进入了她梦寐以求的华北电力大学，我非常欣赏学校把人才培养作为根本任务，以及"厚基础、重实践、强能力、求创新"的人才培养特色。把孩子交给你们，我们非常放心。

我把孩子的情况简单介绍一下。她在校一直努力学习，担任班干部，在高中三年还担任了学生会副主席职务。她对生活充满热情，喜欢帮助别人，利用假期去敬老院看望孤寡老人，去社区宣传法制等。由于家庭经济条件不太好，她生活简朴，从不乱花钱。她的缺点就是有时候对某些事固执己见。希望孩子来到贵校，能在老师们的谆谆教诲下努力提升自己，在将来能够对国家、对社会贡献自己的一份力量。

在新的学期，新的学校，希望她有更大的进步。

1. 希望孩子在校能遵守学校的一切规章制度，能尊师爱友，虚心求进，能以优秀的成绩回报老师，回报父母，回报社会。

2. 希望老师对学生多一些思想道德教育，增加一点学习难度，不要让孩子认为上了大学就等于进了天堂。

3. 注重校园安全建设，创建平安校园、和谐校园。

望子成龙、望女成凤是每个家长的心愿。在父母的心中，孩子的未来高于一切，做家长的不惜一切地为孩子的成长做外围铺垫，这就好比一幢大楼装修成各种样式，或豪华，或简陋，但是再雄伟的大厦、再好的幼苗，如果没有辛勤的园丁以及适合幼苗成长的培植方式，也是枉然。

孩子的成长，需要社会、学校、家庭给予的多种养分，而老师是孩子成长的工程师。感谢辛勤耕耘的教师们，你们善于发现学生的闪光点，培养孩子的学习兴趣，因材施教，为孩子的成长点燃了指明灯。希望孩子发扬自己的优点，努力学好专业课，端正学习态度，积极参加学校各项公益活动，培养高尚的道德情操、良好的文化素养。同时希望校方多关心学生的生活问题，创造良好的学习环境，使其全心全意地学习。

最后，衷心希望老师给予孩子各方面的关心与帮助，严律该生。祝学校的事业蒸蒸日上！

此致

敬礼！

能材 1501　王冰馨家长
2015 年 8 月 20 日

教师寄语

家长客观地评价了自己的孩子，并对孩子的大学生涯提出了期望。家长的督促、学生的自律和上进以及学校和老师的共同努力一定会培育出更加优秀的人才。

孩子的梦想，仍需鼓励

华北电力大学：

你好！

我是杨康宁的家长，首先，对于我的孩子能来到贵校，我感到十分高兴。

我们的家庭是一个平凡的农民家庭，身为家长的我们都是平凡的农民，我们不能和其他家庭一般，给予孩子一些帮助，我们的孩子只有努力学习，才能有所作为。因此，从小时候我就告诉孩子："父母不能给你什么，如果你想拥有一个不平凡的人生，那么努力学习，这是你唯一的出路。"

孩子比较听话，在学习方面，我们基本没有操多少心；在做人方面，则由他的母亲来教育他。孩子的母亲是教师家庭出身，打小时候起，她就在孩子耳边谆谆教诲，教导孩子何为仁义理智信，何为做人之本。在母亲的教导下，孩子的品性不差，我们都很相信儿子。

孩子是一个很独立的人，高中三年，自己去市重点高中上学，三年的住宿生活早已将孩子磨炼得独立自主。这次去大学，我们本来是要陪孩子一起去的，但是孩子希望一个人去，不忍心再让我们增加负担，尽管有诸多的不舍，但我们终究还是同意了，因为孩子终究要一个人去生活。

十二年的寒窗苦读，换来了一日的金榜题名，孩子考上了心仪的大学，作为家长的我们，都十分高兴。孩子的理想是成为中国第二个马云，在我看来，孩子的理想有点太过于远大，在我们父母的心中，孩子平安长大，幸福生活，就已经足够了，但是孩子的梦想，我们仍需鼓励。孩子希望大学修双学士学位，将来考财经类研究生，我们都支持孩子，希望这四年的大学生活能够磨炼孩子，教育孩子，让孩子学会如何在这个社会上立足。

总而言之，大学是孩子一段新的人生，我相信我的孩子，他一定不会辜负他的十二年寒窗苦读，他懂得自己的责任，明白自己的道路该如何去走。

能材1501　杨康宁家长
2015年8月18日

教师寄语

家长用平实诚恳的语言对自己的孩子做出了评价，并提出了自己的期望和要求。

我对孩子的教育之道

各位老师：

你们好！

很荣幸我的孩子能够考入贵校，这也是他非常向往的大学，非常感谢可以借助这个平台与各位老师一起交流孩子的教育问题。孩子是祖国的未来，是我们家长的希望。把孩子送到大学，就是种下希望，让这希望生根、发芽、结果，成为祖国未来的栋梁之才。

我的孩子在从小学到高中的十二年学习中，成绩一直都非常优秀，孩子自己很认真、努力，我们作为家长也很注重孩子的学习。孩子小学毕业通过自身努力考入本市的重点中学学习，经过三年刻苦的初中学习，又以优异的成绩考入内地新疆班——珠海市试验中学，在那里受到了内地高质量的教育，这是许多孩子梦寐以求的学习天地。因为在那里受到了良好的教育，我的孩子在今年的高考中金榜题名，考入了全国重点大学华北电力大学，我们家长和家里的亲戚朋友及同事都为他感到高兴和自豪。在他的成长过程中，我不仅注重抓孩子的学习问题，对孩子为人处事的教育也不放松。

自从孩子上小学一年级起，我觉得一切都在变。孩子少了一份稚气，我们的肩上都多了一副沉甸甸的担子，孩子的成长教育也列入了我们的议事日程，这个日程是旷日持久的，非一朝一夕、一年两年。

在与其他家长的交流沟通中，我了解到一些孩子教育的经验，受益匪浅。在孩子的教育问题上，我赞同一位家长的一句话，"世界上没有两片相同的树叶。每个孩子的性格、特点、能力是不同的，应采取的教育方式也是不一样的"。在我孩子的成长历程中，我是从以下几方面来教育孩子的：

一、注重孩子的品德教育，把孩子培养成品行端正的有用之才。

现在的孩子大多是独生子女，由于娇生惯养，身上不同程度地存在一些不好的生活习惯，例如自私、娇气、不尊重长辈、排斥同辈、不合群、生活自理能力不够、贪玩等等。要想孩子健康成长，首先要帮孩子逐步改掉这些不好的习惯。中国有几句古话，"不识字要识事"，"要成功，先成人"，说的就是这个道理。

二、养成良好的生活习惯。

现在的孩子大多是独生子女，从小就娇生惯养，不会料理自己的生活。我觉得既然是为国家培养栋梁之才，就要培养他们独自生活的能力，让他们到为国家出力的那一天，能轻轻松松地走向社会，走入生活，料理好自己的生活，不觉得生活是一个负担。所以，孩子从小就要培养他们的独立生活能力，让他们做力所能及的家务事。

我的孩子马上就要进入到大学的学习生活中了，希望他珍惜大学四年的学习生活，不荒废光阴，在各位老师的关心、教育和指导下，不断地进步和成长，把所修专业知识学以致用，争取以优异的成绩考上研究生，继续攻读理想的专业。

最后，我向各位老师致谢，我的孩子就拜托给你们了！

能科 1501　成思凡家长
2015 年 8 月 19 日

教师寄语

匆匆数年，含辛茹苦，家长陪成思凡同学走过了从前，为其走入我校充满了自豪以及些许担忧。大学并不是一个人的路途，将同学、老师相伴，一起走完，在"我爱我校，我爱我家"的信念下，我们不会让任何一个同学掉队。风风雨雨来时路，相信成思凡同学能在合作中脱去稚气，与大家共同描绘未来蓝图！

出身贫寒也能大展宏图

尊敬的华北电力大学领导：

你们好！

由于出身贫寒，对于孩子的教育，我们无法提供优厚的条件。孩子在成长的过程中，从未像城市中的孩子一般娇生惯养。他从七岁起就学会了做饭，每当农务繁忙时，便为我们做饭，减轻我们的负担。十三岁时，他已经能够在秋收时干一些体力劳动。说实话，他并不像我们在电视中所看见的那些 90 后孩子，他甚至从未表现过叛逆。他的成长就如我们小时的成长一样，听话，认真学习。

他在小学时没有上过什么兴趣班，也并未表现出什么学习的天赋。小学的他尽管认真却从未得到过第一。初中他开始了住校生活，从衣服到被单都是自己清洗，无论学校的饭菜是否可口，他也从未向我们抱怨。也正是从初中开始，他的成绩有了起色，并在理化方面表现出一定的天赋。初中时，他还学会了绘画，也算是有了一个特长。到了高中，面对更加广阔的天地，他似乎有些迷茫，在这方天地有些找不到他的位置。但是经过老师的引导，他得到了成长，也变得更加积极，担任了班级学习委员和学生会宣传部部长的职务。而且，他的成绩自此开始突飞猛进，终于考取了华北电力大学。

对于他在大学的生活，我希望在学校氛围的影响下，他可以变得更加成熟稳重，变成一个能担当重任的栋梁。我的学历只有高中，对于他在大学的生活我无法预测，但我懂得学以致用的道理，希望他能有一技之长，能有自己的一番作为！

能科1501　李征宇家长
2015年8月13日

教师寄语

父母之爱是朱自清的父亲翻越月台为他买橘子的蹒跚背影，是曾子杀猪时的良苦用心，是李征宇同学的家长在信中书写的点点滴滴。我们会为学生提供平等而广阔的平台、自由活泼的氛围，积极引导同学扬其所长，在知识的海洋中乘风破浪！

脚踏实地于现实生活，不时张望高台上的理想

华北电力大学：

很高兴能有这样的机会和学校进行交流。能与华北电力大学结缘，是我们全家的幸福。

天高云淡的日子里，我的孩子就要成为这所学校的一员。从此，他就会在这样美丽的校园里进行四年的学习。作为家长，我很感激。

感谢这所校园即将见证我儿子四年的成长，我的儿子将会在这所校园里很开心地让自己年轻的脸庞绽放出奕奕神采，我的儿子将会在这里起程奔跑，仰望大师，点亮自己的心灯。

我儿子这些年的成长还算是顺利。他阳光、善良、乐观、勤奋。

小学阶段他一直是班级的佼佼者，在《东方少年》上发表过文章，获得过稿费，被评为三好学生。

初中阶段学习成绩一直稳居班级前三名，同时是老师的小助手，真心热爱他的老师，会在教师节用自己的真心给教师做卡片到深夜。乐于帮助所有能帮助的同学，把叛逆期的同班同学带回家里，一起吃喝休息。更难能可贵的是，他在大街上、小饭馆里几次见义勇为，使我深感我的儿子是富有正义感的孩子，人生之路不会走歪。

高中阶段，儿子被提前签约到重点班，所以升学一路顺利。儿子没有自满，一直勤奋学习各门课程，课内尊重所有的任课教师，感恩老师们的栽培，这样让他在学习上有了好的心态。课外热爱足球和篮球运动，活跃于操场，常年不辍，这样让他学习有了好的身体。业余参加学校学生会，组织策划了学校的一些活动，阳光快乐，重在参与，无论成败，我认为只要孩子能够勇敢地去尝试，就是最大的成就。

高考在即，儿子明显紧张，所以语文发挥失常。但是乐观的儿子同时很坚强，他很快给自己制定了新的目标，那就是以华北电力大学为起点，马上开始新的征程。

同时，我也谈谈自己的想法和对孩子的要求。

大学之道，在于明德。希望大学能让孩子重新审视自己，明德修身，提高自己的德行，成为一个有品之人，成为一个真正对社会有用的人。同时，从高中的学习状态进入大学的学习状态，具有不同的特点，希望这所美丽的学校能够让我的儿子很快适应，很快融入。

大学之理，在于自觉学习并自发努力成才。希望我的儿子能在这所给他机会的校园里，用感恩的情怀，汲汲于对知识的渴望，积极于对社团的贡献，能够不枉青春四年的大学时光。

大学之情，在于善待同学，珍惜友情。天南地北的同学，能够让我儿和同学们在不同的文化中，快乐合作而又融洽。希望我的儿子能够在这所美丽的校园里，相识一生难以忘怀的恩师，结交一生惦念不已的朋友，希望这些良师益友是华北电力大学带给他最美好的财富。

至于四年的规划，作为家长，我没有想太多，只希望孩子：

在学习上，尽自己的努力，大一能过四级，大二能过六级，大三能准备考研，大四能顺利考上。如果有机会出国深造，我们会全力支持。在社团工作中，努力锻炼自己，凡事精心，凡事尽心。在生活上，做善良的自己，做平凡的自己，如路遥说的那样"既要脚踏实地于现实生活，又要不时跳出现实到理想的高台上张望一眼"。

只要我的儿子在这所美丽的校园里，快乐而又充实地学习着、生活着，我就很满足。

能科 1504　王梓家长
2015 年 8 月 17 日

教师寄语

　　天下父母心皆在于望子成龙，字里行间流露着父母对王梓同学的骄傲与满意，更是督促我们的工作迈上一个更高的台阶。我们期待着能够发掘学生的潜质，各式各样的竞赛与班级活动更能锻炼学生的心理素质，让学生能够积极地调整心态。"既然选择了前方，便只顾风雨兼程"，相信王梓同学可以战胜风雨，迎接彩虹！

核科学与工程学院

求仁得仁，亦复何怨

华北电力大学的领导、老师：

你们好！

孩子被贵校录取，我们倍感荣幸。在过去的十八个春秋里，我们时时刻刻都在关注着她的进步，关心着她的成长。子佳一直都是我们的乖女儿，现在她就要离开我们远赴千里之外的北京步入大学校园，我们内心难免有些不舍。下面我简单介绍一下子佳的成长轨迹及高校四年的成长目标，希望对贵校以后对她的培养有所帮助。小学的子佳是幸福的，一师附小的办学理念使她在小学期间逃脱了各种各样补习班的困扰，让她有机会练练舞蹈、学学二胡、握握毛笔、做做建模；当别的小朋友身陷题海无法自拔时，她却有机会在龙亭广场千人泼墨，在翰园碑林表演二胡，到河南各地参与建模角逐，去北京参加舞蹈团演出。各项活动大多随团参加，所以子佳从小就具备了团队意识，学会了与别人合作，同时开阔了视野，陶冶了情操。小学的子佳是一个乐观幸福、善与人合作的女孩。初中的子佳是充实的，求实中学的教师是一支高素质又敬业的团队。他们每个人的课都在子佳面前打开了一扇窗，让她看到了与小学时期不一样的风景。所以课堂上她是最专注的一个，作业她是最认真的一个，各项活动她是最积极的一个，考试成绩她也是最靠前的一个。初中的子佳是一个勤奋、求实、兴趣广泛的女孩。高中的子佳是拼搏的。如果说高中之前子佳的路是一帆风顺的话，那么高中三年的路对她来说却是艰难曲折的。她就读的开封高中是开封市最好的高中，汇集了全开封地区的学霸。高一相对平静，高二紧张，高三拼了！高中的子佳是一个执着、永不言败的女孩。现在她就要离开我们的怀抱，进入高校的熔炉，我希望接下来的四年里贵校能把她培养成——性格上：不要嫉妒、不要猜疑、不要自卑、不要冷漠、不要逆反、不要抱怨、不要小气、不要贪图小便宜；生活上：要有热爱专业又不拘泥于专业的思想境界、要有广泛的兴趣爱好、要有目标感、要有条理性、要有自主性和自觉性、要有求知的心态和探索的欲望、要有创新的精神和坚强的毅力、要有积极参与的意识、要有较强的动手能力、要有持之以恒的行动。总之，希望她做一个开朗、积极、热情、诚信、大方、向上、自信、坚强、关心集体、心胸开阔、思维敏捷、有号召力、心态平和、语言幽默、善与人交往、有良好生活习惯、遵纪守法的优秀大学生。

核电 1503　陈子佳家长
2015 年 8 月 21 日

教师寄语

在您的精心培育下，孩子一直很优秀，让我们共同继续关爱孩子的成长，帮助她在大学里做一个合理的规划，学习更加进步，思想更加成熟，性格更加完美。

玉不琢，不成器

尊敬的各位领导、老师：

　　孩子是祖国的未来，是我们家长的希望，把孩子送到学校，就是种下希望，让这希望生根、发芽、结果，成为祖国未来的栋梁之才。我不否认我的孩子是个聪明活泼的孩子，也是一个调皮的孩子。其实，这所大学的孩子都是聪明的孩子。如何使这些健康的幼苗长成挺拔的参天大树，关键就在于育树的人和一个好的育树环境。根据我自己孩子的特点，我觉得应该做好以下几方面的工作：一、注重孩子的品德教育，把孩子培养成品行端正的有用之才。现在的孩子大多是独生子女，由于娇生惯养，身上不同程度地存在一些不好的生活习惯，例如自私、娇气、不尊重长辈、排斥同辈、不合群、生活自理能力不够、贪玩等等。要想孩子健康成长，首先要帮孩子逐步改掉这些不好的习惯。中国有几句古话，"不识字要识事"，"要成功，先成人"，说的就是这个道理。由于我的家庭格局不同，父母都在外地，少了老人的娇惯，这就给我们教育孩子创造了一个好的条件。虽然我们多吃了许多苦，但对孩子不良习惯的约束起到了好的效果。二、培养孩子的学习兴趣，帮助孩子寻找好的学习方法。现在的孩子很辛苦，小小年纪，肩上背着沉重的书包，还要上各种类型的兴趣班，成天除了学习还是学习，想玩只能在空余时间偷着玩。我认为，首先要培养孩子的学习耐力，坐得住，并保持充足的睡眠。如果每节课都能把老师教的吸收进去，这样的孩子就不会成绩不优秀。最后，我向各位老师致谢，谢谢你们的辛勤劳动，你们辛苦了。

核电 1504　李思宇家长
2015 年 8 月 19 日

教师寄语

　　孩子的健康成长是学校和家长共同教育的结果，学校会对孩子进行思想政治教育，帮助他们树立正确的人生观和价值观，同时需要家长积极配合，和学校共同监督，让孩子成为有理想、有信念的核电专业人才。

人文与社会科学学院

幸福是一种内心的平静

尊敬的华北电力大学（北京）老师：

你们好！

女儿方萱被贵校录取，我们全家上下都无比高兴。女儿生于1997年5月，今年刚满十八岁，正处于花样年华。在她的成长路上，至今让我不能忘怀的是她六岁踏进小学校门时的情景。离开了幼儿园，要进小学读书了，她很兴奋，进学校的头天，一直翻着新买的书包，还背着书包在家里走着向我和妈妈、妹妹炫耀。书包在六岁的女孩身上显得那么大，进小学校门时，背着大书包的女儿一下就淹没在众多小朋友中了，当时我就想，我的小萱萱什么时候才长大啊！而现在，她已踏进大学的校门了……

方萱选择贵校广告学专业学习，我想可能是从小受家庭的影响，特别是受我的影响较大。我在宣传部门长期从事宣传工作，她妈妈是一名医生。在读小学的时候，她曾向《小读者》投稿并被采用，《小读者》聘她为小记者。在初中和高中假期里，我还请中央人民广播电台的记者姐姐带着她去跑采访，她也写了许多文章，有些还在《贵州商报》等当地媒体上刊登，她的心中从小就种下了当记者的种子。这次高考，她填报的六个平行志愿全是与新闻宣传有关的专业，广告学作为新闻学的一个分支，也是她喜欢的，算是遂了她的愿！

方萱是一个独立意识、自理能力较强的女孩，更是一个拥有爱心、情商较高的女孩。她三岁进幼儿园时就是全托，初中和高中读的都是寄宿学校，周末才能回家。这样的经历让她一直很自立和自信。她知道去呵护妹妹，也知道对父母表达自己的关心，与同学相处也知道不能由着自己的性子，能多从别人的角度去考虑问题。

女儿就要独自远行到一个陌生的城市去读大学了，作为父母，我想对她说点知心话，也期盼华电的各位老师能从这些方面严格要求孩子，使孩子通过在华电四年的学习，成为对国家、对社会有用的人才：

方萱，大学仅仅是你人生的一个阶段。希望你在大学里一定要学好每门学科，打好基础，全面提升自己的情商和智商，毕业后才能适应社会，找准自己的角色定位。今后你在华电学习的日子里，还会遇到许多困难，父母相信你能解决好。外面的世界很大，外面的世界也很精彩，希望你在交朋结友上一定要慎重，要像古人"鱼逐水草而居，鸟择良木而栖"那样去结交自己的新朋友。你一直是一个比较敏感的女孩，很在乎自己在别人眼里是什么样的。别人怎么看是别人的事，重要的是要做好自己的事，做好自己，快乐才是最重要的。做父母的没有不希望自己儿女幸福的，但幸福是什么呢？我的理解是这样的：幸福是一种内心的平静。我们没有办法决定外面的所有事情，但是我们可以决定自己内心的状况。你在成长的路上，会遇到各种困惑乃至磨难，但你要明白所有的困惑和磨难都是我们生命过程中必然会遇到的。因此，从这个意义上来说，幸福也是要经过风雨才能获得的！

最后，作为方萱的家长，要感谢华电为孩子提供了一个深造的学习平台，我们相信孩子在华电各位老师的教诲下一定能够健康成长！

在 2015 年教师节到来之际，恭祝华电老师身体安康！

广告 1501　方萱家长
2015 年 8 月 17 日

教师寄语

父母对儿女的爱是毋庸置疑的。从女儿年幼时开始回忆，家长心中应该有很多情绪难以用语言文字来表达。女儿第一次背着比自己还大的书包进校园，淹没在人海中，父母应该很有感触。看着方萱父亲写的文字，我有一种熟悉感，一些文字都是我父亲对我说过的话。到现在，我父亲也经常会对我讲述我儿时的趣事。

儿女的成长与家庭整体的氛围是分不开的。由于父亲从事宣传方面的工作，女儿从小耳濡目染，对文字产生了兴趣，渐渐找到了自己的梦想。从方萱父亲的文字中，我们不难看出方萱从小就有文字天赋，进入了一个新闻学分支的专业，也算是实现了半个心愿。

　　从方萱父亲的文字中不难看出，他对女儿十分放心，说她从小就习惯了宿舍生活，也懂得与人沟通。但是总觉得他还是放不下心，毕竟女儿是一个人去一个陌生的城市开始新的学习生活，说不担心是不可能的。父母都是这样的，也总是这样的，这样为子女着想，这样为子女担心。

　　望子成龙、望女成凤是每一位家长共同的心愿，方萱父亲也希望女儿在华电的这四年能够好好地学习专业知识，以后成为一个对国家、对社会有贡献的人才。

让书香伴随成长

尊敬的老师：

　　你们好！

　　我是贵校新生虞心怡同学的父亲。

　　首先请允许我在此向你们表达我内心真挚的谢意，我的孩子被贵校录取了，在未来四年的大学生活中，定有很多让各位老师劳神费心之处，但我也相信四年后的今天，孩子将在各位老师的谆谆教导和辛勤培养下，成为一个对社会有用的人。在此再向你们道一声辛苦了！

　　我的女儿成长于一个温馨和睦的家庭，自小乖巧懂事，聪颖好学。作为家长，为了更好地锻炼孩子自主学习、独立生活的能力，我们选择了民主、平等的教育方式，并不过多操心孩子的具体学习情况，而是把大多数精力放在了对孩子的品德教育和兴趣培养方面。孩子也没有辜负我们的期望，在学校几乎年年获得"三好学生"称号，与同学的相处也十分融洽，在家里也会主动承担部分家务，不是衣来伸手、饭来张口的"小公主"。她平时兴趣广泛，特别喜欢读书、剪报、旅游、写作。随着年龄的增长，她在写作方面的特长越发明显，高中阶段有三个学期的语文成绩名列全校前五名，在我们当地最有影响力的报刊之一《京江晚报》上发表了短文《漫步漫步》《改变》，初中阶段获得江苏省第八届作文大赛镇江赛区二等奖、镇江市增华阁作文大赛一等奖的好成绩，去年又在江苏省第十四届中学生作文大赛（高中组）中荣获三等奖。作为家长，我们很支持她的写作兴趣，希望她在写作方面的天赋能结合她的努力达到新的高度，她能用文字去思考人生、书写人生，做一个有思想、有深度的年轻人。

现在孩子已经成人，即将踏入大学校门，大学是人一生中学习能力转变最大的时候，是把"基础学习"和"进入社会"这两个阶段衔接起来的重要时期。因此，在大学四年中，如何培养自己的学习能力，提高自己的学习境界，让自己成为一个擅长终身学习的人，就成了一个重要的课题。如果说大学是一个学习和进步的平台，那么这个平台的地基就是大学里的基础课程。在大学期间，希望老师们督促孩子一定要学好基础知识（数学、英语、计算机和互联网的使用，以及本专业要求的基础课程）。在科技发展日新月异的今天，应用领域里很多看似高深的技术在几年后就会被新的技术或工具取代，只有对基础知识的学习才可以受用终身。如果没有打下好的基础，大学生们也很难真正理解高深的应用技术。

希望经过大学四年，我的孩子能从一个青涩的、被家庭呵护着的中学毕业生，成长为一名能够从思考中确立自我、从学习中寻求真理、从独立中体验自主、从计划中把握时间、从表达中锻炼口才、从交友中品味成熟、从实践中赢得价值、从兴趣中攫取快乐、从追求中获得力量的阳光青年。

最后再次向各位老师的辛勤耕耘表示感谢。

祝老师们身体健康、工作顺利！

广告 1501　虞心怡家长
2015 年 8 月 19 日

教师寄语

从小在民主、平等的教育环境下成长，女儿具备了独立自主的能力。虞心怡父亲从字里行间中表达出对女儿的信心，对女儿的满意。女儿从小就获了许多奖项，而且还有文章登上了报纸。子女取得成绩，父母往往是最开心的那个人。

　　女儿步入大学，父母少不了担心。担心之外，虞心怡父亲更多地希望女儿能够在大学培养自己的学习能力，提高学习境界，做一个终身学习的人。从这点不难看出，虞心怡父亲就是女儿的榜样。此外，虞心怡父亲还有发展的眼光，他认识到，科技一直在进步，技术一直在被替代，所以基础十分重要。

　　从信中我们不难看出，虞心怡父亲希望女儿成为一个在生活上、思想上都能够独立思考的人才。他也希望她能够在学习中发现真理，懂得规划自己的人生，在不断锻炼中全面发展。父亲的要求虽然看起来有点严苛，但都是为了女儿能够成为一个真正的人才。说到底，还是为了女儿。

　　家长们都希望自己的孩子在华电的四年生活中能有所收获，自身能够有所提高。父母对子女的爱都是一样的。

殷殷所盼为子女

尊敬的校领导：

　　我们是行政管理专业 2015 级新生任心怡的家长，非常感谢您在百忙之中抽出时间来倾听我们家长的心声。

　　作为在机关工作的领导干部和在学校任教的高级讲师，我们非常重视孩子的教育，在孩子的成长过程中，付出了巨大心血，千方百计为孩子创造最好的条件和环境。孩子也很争气，没有辜负我们的殷切希望。她从小品学兼优，初中时担任校学生会主席，高中时担任班长和团支书。这些经历造就了她良好的环境适应能力和组织协调能力。孩子在课余还培养了一些兴趣爱好，比如钢琴、游泳、长跑等。最令我们欣慰的是，孩子能以优异的成绩被华电录取，这不仅是她一生的骄傲，也是我们全家人的骄傲。

　　在孩子即将升入大学之际，作为家长，我们希望孩子能很好地利用华电这个平台，提高自己，完善自己，砥砺自己。近些年，媒体频频曝出一些大学在校生的不良现象以及大学毕业生就业难等现状，确实值得我们反思。孩子如何从高中"两眼一睁，开始竞争"的高压环境向大学"在明明德，在亲民，在止于至善"的宽松环境过渡，而不至于放任自流，需要学校和家长共同努力。

在此，我们想向贵校提一些建议，也可以说是希望，希望在双方的合力下，孩子能够自己编织生活梦想，明确奋斗方向，奠定事业基础。一是引导学生合理利用时间。学校有关部门应及时帮助新生合理规划利用时间，督促新生充分利用时间，并引导其树立积极的人生态度和正确的价值观，强化新生的时间价值观念。二是引导学生利用学校的资源环境。要引导他们利用学校里的人才资源，从各种渠道吸收知识和方法。除了资深的教授以外，大学中的青年教师、博士生、硕士生乃至同班同学都是最好的知识来源和学习榜样；要引导他们充分利用图书馆和互联网，培养独立学习和研究的本领。三是培养他们的人际交往能力。学校应引导学生利用闲暇时间培养人际交往能力的意识，在理论教学与实践指导相结合的基础上，变被动学习为主动体验，着力为学生搭建提高沟通技能的有效平台，以培养适应时代及社会需求的创新型人才。四是加强学生安全管理。要强化安全教育，培养学生的安全意识和技能。通过广播、专栏等多种形式，结合典型案例，对学生开展防火、防盗、防人身伤害等方面的宣传教育。

以上就是我们作为家长的殷切期盼！

行管 1501　任心怡家长
2015 年 8 月 22 日

教师寄语

我们的父母都对我们寄予了殷切期盼，从时间规划到资源利用再到人际交往，方方面面都在提醒着我们，无不饱含深情。

因为我们还年轻，父母还有机会看到我们今后的人生发展，而我们要做的，正是证明给他们看，我们可以光溜溜地来到人世，决不能光溜溜地走完人生，总要做点什么，不辜负父母也许就是我们人生价值的最初体现。日后能给父母的回报，即使不是很伟大，也要去努力。"不辜负"这个词所能包含的太多了，古人说："事父母几谏，见志不从，又敬不违，劳而不怨。"用现在的话来说，父母与我们之间有代沟和年龄的差距，父母曾经不寻常的经历赶不上我们的脚步，跟不上时代的节奏，作为子女的我们，"包容"、"谦让"才是我们应该做的。步步相逼，与父母争执所谓"你想要的结果"，不是一个有学识的人所应该做出的举动，从这点来说，其实"包容"、"谦让"也可以说是一种"不辜负"的体现。

现在我们离开了父母的怀抱，让我们常怀感恩之心去努力实践，只为不负殷殷之情。

超越自我，坚定向前

一、文静有涵养，内向不失开朗，有爱心

会超从小就是个安静的小姑娘。记得八岁前，她体弱多病，用家乡的话说就是"打岁、扎根晚"，九岁以后算是扎根了，身体也健康了，性情也开朗了。那时还小，虽然活泼开朗但也不会像其他小姑娘一样上蹿下跳、顽皮捣蛋，总是较文静地玩游戏。升入初中、高中后也一样，表现得更加文静。与同学老师相处得很和谐，即使与同学之间出现一些误会或是摩擦，她都会用宽容理解之心对待，表现出一种涵养和大度。她平时发现身边或周围需要帮助的人时，总会义无反顾地提供帮助。

二、勤奋有韧性，攻坚克难而从不认输

从小学到初中，她一直是在父母的身边长大的，不论是做游戏还是做功课，都十分专注、认真，总有一股弄不明白绝不罢休的劲头。

因为我们是少数民族中的满族，按照政策可以生二胎，就在女儿中考那天，我们的生活中增添了一个小孩。高中时，她满怀对弟弟与父母的思念赴学。

九月份的军训是对女儿的又一次磨砺。暴晒、落雨，她也笑着体验。踢正步时，脚上起的大泡更泛出了点点的血，闺女没哭，只是给家里打电话时道出思念，泛出了泪花。

军训过后，稍做休整，正式上课的第一周，本以为经过艰苦卓绝的军训后，应该是平稳有序地上课了，但恰恰相反，更多更大的麻烦来了：同学来自全国各地，自己第一次背井离乡，离家千里，举目无亲，没熟人没朋友，孤独伴随恐惧感油然而生。后来我与爱人商定，把女儿接回来借读，当女儿得知情况后，一贯文静的她声色俱厉地说："不行，费尽周折才来这里的，我就在这读，我就不信我适应不了，我就不信我学不好……"就这样，女儿勤奋学习、努力拼搏，以一股不认输的劲头克服了种种困难，展现了三年异地求学的风采。

三、将来的目标

目前，他踏实完成了中学时代文化知识的学习，考取了自己比较心仪的大学，但这都是最基础的，现在他面临的是新的起点、新的挑战，真正的人生道路才刚刚开始。

首先，不能觉得辛辛苦苦奋战了十二个春秋，终于熬到头，可以轻轻松松地享受大学生活了。船到码头车到站的思想是没理想、没追求、很无能的表现。现实的大学生活中不会再有中学老师看、管、查的情形，完全靠自觉才能自立、自强。因此，必须要扎扎实实学好、做好每一门学科。开始就要做好考研的准备，为将来的实际工作打下坚实的理论基础。

其次，思想上坚决拥护共产党的领导，坚定为共产主义事业奋斗终生的信念。团结同学，尊敬师长，积极踊跃参加学校组织的各项有益活动、工作，加强自身听说读写做能力的培养和提升，为将来的电力事业奠定牢固的思想基础和文化基础。

总之，应坚定信念：做好学问，做好人，做好事业。

行管1501　苏会超家长
2015年8月20日

教师寄语

会超的家长写的"船到码头车到站的思想是没理想、没追求、很无能的表现。现实的大学生活中不会再有中学老师看、管、查的情形，完全靠自觉才能自立、自强"，引起了我的深刻反思，来到大学后，我们面临着更多的诱惑，这种情况下，更要做到自觉自立，不忘初心，方得始终。

我们要提高自身素质，树立自尊、自爱、自强的自律意识，对学校、班级和个人都要有强烈的责任感，并且能够正确处理日常学习生活中的人际关系和矛盾冲突。在学习方面，我们一要独立，独立思考、独立解题、独立完成作业；二要自觉，自觉做好自己该做的事情，包括做好预习复习工作、上课专心听讲和按时完成作业。

做一个生命自觉的人。我们最不了解的人是自己，最大的敌人也是自己，所以我们要认识自己、了解自己、超越自己，只有认识自己，知道自己的缺点与优点，才能有针对性地发展自己、提升自己，并战胜自己、超越自己。人贵有自知之明，我们每个人都是一首诗，都是一座金矿，只有生命自觉的人才能读懂这首诗，才能找到这座金矿，最终才能发展自己，实现自身的人生价值。

要求与目标的鞭策

尊敬的校领导、各位老师：

你们好！

首先请允许我在此向你们表达我内心诚挚的谢意，并为即将到来的开学做最充分的准备。在此再向你们说一声：为了我们的孩子，你们辛苦了！

首先我想谈谈女儿的成长。以下是我在她的成长过程中时刻不变的要求。

一、注重孩子的品德教育，把孩子培养成品行端正的有用之才。现在的孩子大多是独生子女，由于娇生惯养，身上不同程度地存在一些不好的生活习惯，例如自私、娇气、不尊重长辈、排斥同辈、不合群、生活自理能力不够、贪玩等等。要想孩子健康成长，首先要帮孩子逐步改掉这些不好的习惯。中国古话"要成功，先成人"说的就是这个道理。由于我的家庭格局不同，父母都在外地，少了老人的娇惯，这就给我们教育孩子创造了一个好的条件，虽然我们吃了许多苦，但对孩子不良习惯的约束起到了好的效果。

二、培养孩子的学习兴趣，帮助孩子寻找学习方法的优劣。现在的孩子很辛苦，小小年纪，肩上背着沉重的书包，休息日还要上各种类型的兴趣班，除了学习还是学习，只能在空余时间偷着玩。但他们很聪明，学习中吸收知识的多少快慢,不是决定于智商的高低,而是学习方法的优劣。所以我一直培养孩子的学习耐力,保持充足的睡眠,做到高效学习。其次,我从未给孩子加重学习负担和学习压力,而是让她自己制订学习计划,冷静面对现实。同时,我为孩子创造了一个安静的学习环境,让她从小就学会独立思考,独自解决问题。

三、注重孩子的情感交流,让孩子感到爱在身边。一个良好的家庭环境对孩子的健康成长尤为重要,孩子需要爱。由于生活和工作的双重压力,现在的年轻父母几乎每天都忙忙碌碌的,有的把孩子朝父母处一放,就忙自己的事。这样环境中成长的孩子缺乏感情沟通,容易任性、孤僻,对父母的教育有逆反心理,所以有了孩子后,爱人选择在家照顾孩子,让孩子感到爱无时不在身边。平时我们的家庭氛围很活跃,大家经常互相开玩笑,所以女儿的性格偏向于理性乐观、开朗豁达。

女儿虽然已经成人,但在很多问题上依然十分幼稚。希望女儿能够在各位领导和老师的培养教育下取得更大的进步,下面几条是我对女儿大学期间提出的目标:

一、希望孩子经过大学的独立生活与学习变得更加成熟,能独立思考问题,能剖析自己学习等各方面的不足;

二、希望孩子在校能遵守学校的一切规章制度,能尊师爱友,虚心求进,能以优秀的成绩回报老师,回报父母。

三、希望老师多一点道德教育,多一点学习难点,不要让孩子认为上了大学就等于进了天堂。

四、现在的孩子有一股傲劲,希望老师严加管教,使孩子走向社会时,是一个成功的人才。

最后,衷心感谢各位老师对孩子各方面的关心与帮助,严律该生。祝学校事业蒸蒸日上。

行管 1502　张萌家长
2015 年 8 月 19 日

教师寄语

家长首先表达了对学校的感谢,接着提出了在女儿成长过程中的几点要求，然后提出了女儿在大学期间的期望，最后再次对学校和老师表达了感谢。整篇文章都表达了家长对孩子的殷切期望，从家长所提的几点要求中可以看出，家长是非常懂得教育的。洋洋洒洒的文字中几乎全是家长对孩子的期望，我们可以感受到家长望女成凤的迫切期望。孩子是父母生命的延续，父母可以基于本能没有任何理由地爱孩子，所以能成为父母的孩子，我们是多么幸运啊！同学们，让我们感恩父母吧！用一颗感恩父母的心去对待父母，用一颗真诚的心去与父母交流，不要再认为父母是理所当然帮我们去做任何事的，他们把我们带入这个美丽的世界，已经足够伟大，且将我们养育成人，不求回报，默默地为我们付出，我们就别再一味地索求他们的付出，学会感恩，怀一颗感恩之心去感恩父母吧！世界上最大的恩情，莫过于父母的养育之恩，值得我们用生命去珍爱，用至诚的心去感激，用切实的行动去报恩。

相信华电，相信子阳

尊敬的华北电力大学：

　　我是一名华电公共管理专业的新生的家长，看着自己的孩子能通过高中三年的奋斗考入理想的华电，作为年过半百的父亲，我也是激动良久。作为家里的第二个大学生，冯子阳承载了太多家里的希望。当初给孩子起名字的时候，子取人民的儿子之意，阳就是太阳发散出的巍巍之光，寓意子阳作为人民的儿子散发出福泽众生的阳光，温暖大地。

　　孩子的成长经历都印在我们的心里，有时候一闭眼脑海里掠过的都是子阳小时候的事情。子阳天性活泼好动，经常和街坊邻居同龄小伙伴一起玩耍。晚上回家小脸脏不拉几，不是裤子扯了个洞，就是脑袋长了个包，让我们操碎了心。不过值得我们欣慰的是，从小与小伙伴的交往中，子阳不仅获得了深厚的友谊，而且锻炼了组织和领导能力。孩子上学后，学校替我们分担了一部分责任。子阳也在学校里健壮成长，除了成绩不能让我们满意外，生活方面还是能把自己照顾好的。也许是中考的失败唤醒了他的求知欲，上了高中的子阳和以前相比就像变了个人，我和他妈妈一下子感觉他长大了，懂得学习了。三年时间一晃眼就过去了。我们知道孩子一直在努力学习，所以也没给他太多压力，毕竟努力就好，奋斗过就不会后悔，果不其然，2015年高考儿子没让我们失望。看着华电的通知书，儿子落泪了，我们知道那是高兴的泪水，是奋斗的泪水。他没让我们失望，儿子是好样的。

  儿子是比较要强的人，进入自己理想的高校必然不会以为到了终点站而松懈颓废。他会抓紧在华电的每一分每一秒去学习，经历高校不一样的学习环境，经历高校不一样的朋友圈，或许，还会经历一场属于他的爱情。大学是培养多方面综合型人才的地方，所以考不考研究生看儿子自己的安排，我们相信他的选择。这不是妥协，而是信任。华北电力大学作为电力大学的领航者，我们相信华电的学术实力和硬件设施，在华电的校园里我们相信儿子会更加成熟。言已至此，无需多言。

  选择华电，选择未来。相信华电，相信子阳。

公共 1501 冯子阳家长
2015 年 8 月 19 日

教师寄语

  看了子阳同学的家长写的这封信，字里行间都可以感受到来自家庭细腻又无私的爱，从孩子儿时淘气活泼的样子到儿子接到大学录取通知书时流泪的情景，每一幕都深深刻在家长的脑海里。这一路，不仅孩子努力奋斗，更离不开家长无微不至的关怀，父母是很辛苦的。家长在信中说道："当初给孩子起名字的时候，子取人民的儿子之意，阳就是太阳发散出的巍巍之光。寓意子阳作为人民的儿子散发出福泽众生的阳光，温暖大地。"从孩子出生的那刻起，父母就灌注了全部的爱在孩子身上，也寄予了对孩子未来美好的期望，子阳同学没有辜负父母，通过自己坚持不懈的学习在高考中取得了好成绩，获得了自己和父母都很满意的结果。多么优秀的孩子，多么负责的家长，希望子阳同学在大学期间也一样优秀，学习认真努力，积极参与健康有益的活动，学会更好地自我管理，规划好大学生活的每一步，努力成为一个栋梁之材，成为父母一生的骄傲，就像父母期待的那样作为人民的儿子散发出福泽众生的阳光温暖大地。选择华电，选择未来。相信华电，相信子阳。

选择远方，不顾风雨兼程

孩子即将进入大学，作为家长，我们可以说是心里最大的石头落了地。我们要感谢马涛，他没有辜负我们的辛苦栽培与殷切期望，让我们的付出有了累累硕果。在这里也希望学校不要放松对学子们的鞭策与栽培，让我们把孩子放心地交给国家，交给大学，培养出为社会主义建设添砖加瓦的人才。

马涛上小学时就读于宁夏回族自治区吴忠市利通区罗渠小学，其间表现良好，品质端正，学习努力，成绩优异，与班主任及任课老师沟通紧密，与同学们打成一片。他曾获校级及区级奖项多次。小学毕业时成绩优异，顺利进入本市最优秀的初中吴忠三中就读。其间表现良好，品行端正，初一时因为贪玩成绩落下，后经老师与我们的劝导后努力学习，奋起直追，成绩快速进步并获校级奖多次，最终以优异的成绩考入本市最好的高中吴忠中学。高中期间，在师长的引导及自己的努力下，怀揣着大学梦想，鞭策自己努力学习，虽然也有过失意，有过颓丧，但始终坚持下来，最终以较好的成绩进入华北电力大学。暑假期间他严格要求自己，不浪费每一天的时间，锻炼身体为开学的军训做准备，学习英语为开学的英语分班考试做准备。总之马涛已经做好了大学生活的一切准备，我们相信我们孩子的大学生活一定会绚烂无比，前途一定会一片光明！

大学四年，我们与孩子见面的机会少之又少，对于亲人来说这是一种代价，我们既然肯付出这种代价，就希望它能换来好的结果。我们希望四年中学校要大力鞭策我们的孩子在学习上力争上游，给我们西北人争光；生活上要朴素节约，坚决抵制浪费行为。学校要加强社会主义价值观教育，引导孩子多多参加社会实践活动，要把认识回归到实践当中去，不做纸上谈兵的书呆子，不浪费大学四年的大好时光，一定要成为一个对社会有用，文化素质高，道德水平高，有理想、有纪律的优秀青年。这样才对得起国家，对得起党，对得起我们的竭力培养。

我告诉孩子，无论前方的路有多漫长，既然选择了它，就要风雨兼程。你的人生在华电的怀抱里已经翻开了新的一页！我希望你在离开父母的日子里，一如既往地优秀，一如既往地拼搏，一如既往地阳光、健康，在人才济济的华电中不断历练自己，丰富自己的知识，丰富自己的见识，提高自己战胜困难的信心。孩子从小没有离开过父母，没有离开过亲人，希望在学校这个大家庭里，他能结识更多的同学、朋友、老师，从他们的身上学到更多为人处世的方法，从他们身上学到更多待人接物的本领！不管孩子遇到什么困难，我都希望华电这个大家庭能包容他，帮助他，让他在以后的道路上多一份华电人的自信，多一份华电人的自强，多一份华电人的自爱！把孩子送到华电去读书是我们全家人梦寐以求的梦想，今天梦想成真，我希望华电犹如我们做父母的一样去爱孩子，严厉教育孩子，严格要求孩子，让他将来成为一个对社会有用的人才。

祝马涛大学生活安顺。

祝华电越办越好。

公共 1501　马涛家长
2015 年 8 月 20 日

教师寄语

马涛同学的父母写的这段话朴实又真挚，让我想起了自己的父母，正如马涛同学父母信中说的那样，大学四年家长与孩子见面的机会少之又少，这对父母来说是一种代价，我的家乡也远在祖国西北，每年只有寒暑假两个月的时间才能回家，深深体验过这种代价背后的想念，我也希望如家长所说的那样，付出这种代价就换来好的结果，相信马涛同学会努力的。从信中可以看出，家长对孩子的要求是很严格的，假期就要求孩子锻炼身体为开学的军训做好准备，并让孩子学好英语准备开学的分级考试。所有的努力都会有收获，希望马涛同学离开父母在学校生活时也能严格要求自己，利用好自己的时间，学习上力争上游，生活上朴素节约，多参加社会实践活动，利用各种机会多多锻炼自己，成为一个对华电有用的人。相信华电也不会让父母失望，不会放松对学子们的鞭策与栽培，犹如父母一样去爱孩子，严厉教育孩子，严格要求孩子，包容帮助孩子。相信马涛同学的大学四年一定是快乐充实的，而且会有很多收获，期待马涛同学成为家长、老师、学校以及西北人的骄傲。

追求远方与诗

尊敬的华电校领导、老师：

你们好！

很高兴我的女儿可以在这里度过她的大学四年生活。作为她的家长，我感到很幸福，可以参与孩子生活、学习中的点点滴滴，看着她一步步成长，从一个懵懵懂懂的小女孩成长为一个有活力且自信满满的姑娘。

我的女儿从小就是一个活泼并喜欢寻找新鲜感的孩子，喜爱冒险和挑战，还有些倔强，与人交流和表达能力较好，小学的时候担任过班级的班长、学习委员，是老师的得力小助手。她还参与班级管理，组织辩论会及古诗词背诵比赛。虽然她个子瘦小，但总是充满活力并且用乐观和开朗去感染身边的人。因为从小没有和父母住在一起，所以她自理能力很强，环境适应能力也很强，懂事听话，积累了许多生活经验，像个小大人般打理好自己的生活。

由于从小读了许多书，她对于文学艺术，尤其是中国古代史、中国古典文学、艺术、地域风情等具有很大的兴趣，初中时担任班长及语文科代表，有较好的文学素养，参加过许多作文比赛并获得了好成绩，多次被评为"优秀班干部"、"三好学生"。她热情助人，具有同情心，参加过志愿者活动，对于社会环境保护问题极其关注，平时勤俭节约，注意保护资源，善良地对待身边的人和事。

上了高中后，由于课业繁重，她只担任了语文科代表，作文的水平有了很大的提高，也曾得过国家级奖项，参加学校的硬笔书法比赛也获得了荣誉。由于就读的高中重理轻文，她选择了理科，但在去年的高考中因一本志愿被撞，不愿就读二本学校，经过再三考虑，她认为自己选择文科复读的提升空间较大，于是选择了复读文科，在近九个月的学习之后，考取了贵校的公共事业管理专业。

我希望在大学四年中,她可以充分利用贵校的雄厚资源,不断地提升自己,完善自己,逐渐成长,逐渐蜕变,能更加理性地思考问题。希望她去认识更多的朋友,开拓自己的眼界,积极参加学校的社会实践活动,加入学生会,进一步培养自己的组织能力和策划能力。当然如果有机会,我希望她可以作为对外交换生出国进行学习,认识更为广阔的世界。当然,她也希望通过努力能够加入中国作家爱好者协会。

我期待看到她未来的模样,期待她通过自己的努力逐渐地成长,蜕变成一个全新的自己。

我喜欢她的善良,欣赏她的勇敢,鼓励她去挑战,希望她学会克服恐惧,成就自己的精彩与不凡。

公共 1501　马欢家长
2015 年 8 月 21 日

教师寄语

从父母的信中看到马欢同学获得过很多荣誉,父母将这些荣誉都记在心里,也一定非常骄傲自己有一个如此优秀的女儿——很小开始就担任班长、学习委员,还组织班里同学参加活动,当过三好学生、优秀班干部,还有作文、书法特长。最让我佩服的是,马欢同学本是个理科学生,在决定复读之时却选择了文科,这并不是容易的事情,文科的内容很多,尤其是要背要记的东西很多,从高一开始积累三年,很多同学都觉得时间不够,而马欢同学用了九个月的时间,就在文科高考中取得如此优异的成绩,这肯定离不开马欢同学每天坚持不懈的努力。复读时期的心理压力本来就大,马欢同学能顶住压力,重新面对高考,真是好样的!相信热爱挑战并且自信满满的马欢同学一定能在华电这个舞台大放异彩。希望如父母所说的那样,马欢同学可以不断地提升自己,完善自己,逐渐成长,逐渐蜕变,开拓自己的眼界,积极参加学校的社会实践活动,借用社团平台提高组织和策划能力,蜕变成一个全新的自己。

有美玉于斯

敬爱的老师：

  你们好！

  我是王瑛瑶同学的母亲，非常感谢贵校能录取小女。取名时，我们认为瑛、瑶都是美玉的意思，也希望她能如玉一般，历经打磨而愈显光华。

  王瑛瑶同学从幼稚园开始在东海学校住宿读书，在小学期间曾多次参加学校组织的各类活动，包括朗诵比赛、主持人大赛、书法比赛等等。长时间的住宿培养出她坚强不服输的性格和较强的自理能力。在小学期间，秉承着"健康便是幸福"原则的我们并未对其学习成绩要求过多，她的成绩一直保持在中游水平。她从小学三年级开始学习绘画与书法，并获得书法七级证书。

  初中她考到烟台二中南校，从初一到初四一直担任副班长和课代表，能很好地处理职务与学习的关系。在学校举办的新年晚会上担任主持人，表现出色。其间性格开朗，有时脾气反复，但总体而言身体与心理健康成长。她从初二开始学习古筝，并考取十级证书。

  高中直升二中南校高中部，成为实验班的一员。在与我们认真讨论后，她决定将重心放到学习上。虽然课外活动有所减少，但听从她的意见，仍兼任班长和课代表职务。高二后她的成绩明显提升，一直保持在上游水平。其间性格成熟稳重少许，待人接物能力提升。

  孩子的成长需要社会、学校、家庭给予多种养分，而老师是孩子成长的工程师，孩子的每一点进步都有老师的付出，在此感谢老师。希望小女在新学期里保持良好成绩的同时取长补短，通过自己的努力和老师的教诲改掉自己的缺点，取得更大的进步；也希望她在修好学业的同时能够多承担集体责任，多关心别人，做一个有责任感、品学兼优的好学生。

  我曾对她说："人生不可能一帆风顺，有成功，也有失败；有开心，也有失落。如果我们把生活中的这些起起落落看得太重，那么生活对于我们来说永远都不会坦然，永远都没有欢笑。人生应该有所追求，但暂时得不到并不会阻碍日常生活的幸福。因此，拥有一颗平常心，是人生必不可少的润滑剂。"但同时，我也要求她要有进取心，希望小女在华北电力大学积极学习，成绩出色，有自己的人际圈和良好的人际交往能力，并能够自强自立，有真正的生活能力，在学生会、社团等组织大放异彩。希望她能不负学校的栽培，向着自己的目标和理想努力，促进贵校的建设与发展。

祝你们：身体健康、工作顺利！

公共 1501　王瑛瑶家长
2015 年 8 月 13 日

教师寄语

看了王瑛瑶同学妈妈的信，非常有感触，温柔的妈妈用了很多篇幅写了女儿的班干部经历、获荣誉的经历，夸女儿的特长，可以看出妈妈多么骄傲自己有这样一个优秀的女儿。其实最感触的是妈妈给女儿说过的这段话："人生不可能一帆风顺，有成功，也有失败；有开心，也有失落。如果我们把生活中的这些起起落落看得太重，那么生活对于我们来说永远都不会坦然，永远都没有欢笑。人生应该有所追求，但暂时得不到并不会阻碍日常生活的幸福。因此，拥有一颗平常心，是人生必不可少的润滑剂。"妈妈们都是过来人，分享给我们的人生经验对我们的成长有着重要的指导作用，大学有很多起起落落，在这个学校到社会的过渡环境里，我们会经历很多以前不曾面对的事情：可能是努力复习之后获得的成绩并不理想，可能是没有被心仪的社团录取，也可能会与舍友和同学闹不愉快……总之，独自到一个新的环境里面学习生活，都需要学会适应，保持妈妈说的那种平常心，遇到起起落落时才会比较容易渡过难关。希望王瑛瑶同学可以在大学生活中健康快乐地成长。

国际教育学院

汗水浇灌的青春叫长大

尊敬的校领导：

你们好！

女儿有幸就读于贵校，是女儿的梦想，也是家庭的荣耀。

时光荏苒，转眼女儿十八岁了。女儿从小就乖巧，喜欢一个人静静地看书，喜欢游泳，喜欢弹古筝，喜欢小动物。上小学时她是个活泼好动的小姑娘，到了四年级突然对奥数感兴趣，学习成绩也突飞猛进。小升初时女儿果不其然顺利考上了东北育才学校初中部。紧张的三年初中，我惊喜地发现女儿是个有韧劲不服输的孩子，从班级的中游到初三时已经名列前茅，又经过严酷的分流考试来到了梦寐以求的东北育才高中部，并且考上了优中选优的创新实验班。这个假期女儿前往美国进行了为期三周的学习交流，也从懵懂少年出落成踌躇满志的热血青年。

十八岁，意味着女儿已经成人，对社会已具备与其他大人一样的责任与义务，而高考是孩子们成人的第一次重要经历。经历过高考的人，克服困难的意志和斗志都得到了锻炼。女儿得偿所愿，顺利考入华北电力大学，带着无限憧憬，期待着丰富而又紧张的大学生活。和女儿几次交谈后，她制订了大学四年的总目标——要通过顽强努力，使自己成为专业成绩优秀、实践和组织能力超强、有较好体魄的大学毕业生，并能以优异成绩考取研究生，其间还制订了切实可行的学习计划。

大学一年级，要尽量多地参加各种班级、学院、学校活动。摸索出正确的学习方法、更合理的时间安排、更高效率的处事方法。要在大一打好基础，培养自学能力。各门课程争取好成绩，并能通过英语四级考试。要积极参加学校的活动，增强交流技巧，和老师同学以及学长学姐们进行交流，同时有意识地提高人际沟通能力。

大学二年级，要努力学习自己一无所知的专业课，做到从不知到认识、熟悉再到掌握，能灵活运用。力争通过英语六级考试，并通过计算机等级考试。可尝试兼职、参加社会实践活动，在课余时间从事与自己未来职业或本专业有关的工作。通过实践提高自己的责任感、主动性和受挫能力，并开始有选择地辅修其他专业的知识充实自己。

大学三、四年级，将全部心思放在学习上，脚踏实地为考研做准备。要认真学好每一门功课的每一个知识点。在大四的考研冲刺阶段，要吃透每一套专业的考研模拟试题，并从试卷中寻找不足以查漏补缺。而且保持健康也是一个不可忽视的任务，养成锻炼的好习惯。大学生涯设定的目标，只有落实在行动上才能够实现。因此，要牢牢记住自己的原则，按照自己的规划书，从现在做起，接受每分每秒的挑战，披荆斩棘，激流勇进，最终达到人生胜利的彼岸！

只想对女儿说，只有拼出来的美丽，没有等出来的辉煌。为未来打拼，为学校争光！

电气 GJ1502　孟柒柒家长
2015 年 8 月 13 日

教师寄语

在父母的眼中，十八岁的她是一个活泼可爱、德才兼备、兴趣广泛、聪明活泼的孩子。她从小乖巧懂事，到现在成长为一名落落大方的大学新生，字里行间，自然流露出父母对孩子的骄傲与自豪之情。笔者为女儿的大学四年制订了详尽的学习和生活计划，希望她打下夯实的基础，激流勇进，披荆斩棘，脚踏实地，克服困难，将目标落实到实践中去，实现自己的梦想。笔者还积极地为女儿创造学习和深造的机会，希望她能够为未来打拼，为学校争光，成长为一个有着独特思想和见解的女孩。本文行为流畅，逻辑清晰，朴实无华的语言中渗透了为人父母对孩子无法言表的爱。这种无言的大爱，不需要花哨的辞藻来衬托，就能变得亲切感人、深入人心。

梦的方向一直在脚下

尊敬的华北电力大学老师：

你们好！

首先，作为郭逸豪的家长，我很骄傲他能够被贵校录取。

郭逸豪高中三年在辽源市重点高中读书，在老师眼中，他是一个品学兼优、勤奋刻苦的好学生；在同学眼中，他是一个阳光淡定、乐于助人的好伙伴；在父母眼中，他是一个孝顺懂事、责任感强的好孩子。刚入高中时，郭逸豪被分在普通班学习，但好强的他暗暗下决心，要通过自己的拼搏和努力考进奥赛班，仅仅半年时间，他勇于克服自己在学习上的不足，自我加压，自我超越，最后以优异的成绩进入奥赛班学习。在拔尖人才众多的重点班，郭逸豪不但没有被压力压垮，反而更加自信。辩论会上，有他的真知灼见；实验室里，有他的细致严谨；竞赛场上，有他的才思敏捷。就在这点点滴滴的积累中，郭逸豪的心态越来越平稳，脚步越来越坚实，梦想越来越清晰。特别是在习近平总书记提出中华民族伟大复兴的中国梦之后，有着科学热情的他把自己的小梦想和民族的大梦想结合起来，想做一个像钱学森、邓稼先那样的人，为国家的科研领域尽自己的一份力量，找到一份担当。

这个夏天，郭逸豪如愿以偿被贵校录取，作为家长，在为他感到骄傲的同时，也在他的大学生活即将开始的时候，把祝福送给他，对他的大学生活充满了新的期待——

一是要从容打理日常生活。为了让大学生活不虚度，从一进大学校门，希望他要有意识地培养自我管理能力，学会管理自己的日常生活。打理日常生活的内容相当广泛，吃、穿、住、行等等都包括在内。学会"理财"，把钱要花在刀刃上，根据家庭和自己的能力进行日常消费，不可盲目攀比，避免完全不必要的开销。

二是要独立处理人际关系。大学阶段远离家人，与同学朝夕相处，这时宽容、理解、相互合作就显得非常重要。希望他有良好的合作意识，给自己营造更好的发展空间。

三是要平衡好学业和实践的关系。大学生活是非常丰富多彩的，大学里有许多社团、协会和社会实践的机会。希望他可以适当地参加一些实践活动，从而提高自己沟通、组织等各方面的能力，还可以学到许多书本上没有的知识。但是，在处理学业和社会活动二者之间的关系时，一定要懂得取舍。

四是要正视自己，摆正心态。进入大学首先要学会正确看待自己。强中自有强中手，一山还比一山高，大学里人才济济，高手如林，社会上更是优胜劣汰，竞争激烈，面对差距，我们既要有勇于较量、一搏高下的勇气，又要有见贤思齐的雅量和气度，保持一颗平常心，同时学会自我调整，不骄傲，不自卑，走好开学第一步。

希望郭逸豪在校能遵守学校的一切规章制度，能尊师爱友，虚心求进，能以优异的成绩回报老师，回报父母。

此致

敬礼！

电气 GJ1503　郭逸豪家长

2018 年 8 月年 14 日

教师寄语

在家长眼里，他是一个品学兼优、勤奋刻苦的好学生；一个阳光淡定、乐于助人的好伙伴；一个孝顺懂事、责任感强的好孩子。作为一名家长，笔者热情洋溢、满怀骄傲地叙述了孩子大学以前在学校的表现，如何从高中普通班通过自己的拼搏和努力考进奥赛班；如何在重点班没有被压力压垮，而是奋勇向前，实现梦想；各项活动中上，他如何积极参与，硕果累累。除了对孩子赞誉有加外，笔者还对孩子的大学生活做出四点规划，涵盖了生活、学习等各个方面：希望他从容打理日常生活；独立处理人际关系；平衡好学业和实践的关系；正视自己，摆正心态。家长的字字句句，都是对孩子的谆谆教导，让读者体会到家长对孩子的教育及将来的重视和期盼，更为家长的朴实与真诚而感动。

独立面对，风雨兼程

陆州幼时因为父母上班没人照顾，一周岁后就回到乡下和爷爷奶奶生活，也正是这段经历，让他比城里同龄的孩子要自立了许多。

一年级开始他就独自上学，小学的六年留给他最为欢乐的童年。小学的学习压力比较小，尽管不是很努力，他还是能排在班级前几名，学习之外他还参加了围棋、拉丁舞等课外兴趣班。

初中是孩子学习的关键时期，此时也正是孩子的青春期。他有点叛逆，甚至有些自负，初一时学习节节败退，一度落到了班级二十名后。在家长和老师的正确引导和教育下，初二开始后他的学习得到了大幅提高，基本能保持在班级前五名，中考最终被录取到全国重点中学南通中学。

由于工作需要，爸爸从陆州小学四年级时到南京交流工作，随后妈妈也调动到南京工作，陆州放弃了南通中学，选择到江苏如皋中学借读，并开始了真正的独立生活。好像总有一个不习惯的开始，高一一独立，他又忽然成为脱缰的野马，不能扎实地学习，总是考试前突击，学习起伏不定。二年级再次成为他学习的转折点，高二分班后，通过老师和家长的引导，学习方法和态度及时转变，从学习中找回了自信，他的学习成绩已经能保持在班级前五名，最终高考以363分总分及理化双A+的成绩成为华北电力大学的一员。

他对生活保持积极向上的态度。不管遇到失败或其他什么不愉快的事，他总能及时调整心态，积极地准备下一次或下一件事，并坚信自己能够获得成功。虽然他有些自负，但只有相信未来，未来才能成真，家长希望他始终保持一颗对生活充满希望的心。高二在学习特别紧张时，在全校不被看好的情况下，为了荣誉和兴趣，他带领班级取得了高二篮球联赛亚军。他为人和善并充满正义感，在学习和生活中，能与老师同学友好相处，能以一颗感恩的心对待师长，与同学诚恳相待，但有时也会因不甘做个"老好人"而仗义直言。

孩子在家长眼中总是有那么多优点，即使有些缺点还是会觉得有些小可爱，然而已成人的他不再是孩子，社会是现实的，社会对待他不可能像家长一样。在实践中，可能很多优点没有被发现，反而缺点会被放大，这时就需要以一颗进取心对待挫折，以一颗平淡心对待荣辱，这也许是成人后他在大学课堂里最应该学习的内容。除此之外，作为家长，对孩子大学四年的成长目标也是具体的，主要有以下几个方面：

1. 学习方面。他应该专注学业，扎实学好基础学科，专业方面突出，能够参加一些专业方面的科研项目，并取得较好的成绩。

2. 社交方面。积极参加公益事业和社团活动，组织或参加一些有益于学校发展和有益于社会进步的活动，从而不断提高自己的社会活动能力。

3. 个人发展方面。成人以后自己要有一个较为明确的中长期发展目标或人生规划，并逐步细化到实际行动，要有信仰和坚定的信念。

4. 综合素质方面。人是社会的人，人终究是要被社会认可，并服务于社会的，只有不断提高自己的综合能力才能有更好的机遇和服务能力。

电气 GJ1501　陆州家长
2015 年 8 月 21 日

教师寄语

这封家长的来信逻辑清晰，思维缜密，从回忆孩子的童年生活开始，向读者们叙述了儿子的成长经历。讲起孩子幼时因为家里没人照顾，一周岁后就回到乡下和爷爷奶奶生活，小小年纪便学会了独立；讲起初中时，孩子青春叛逆，作为家长的心中如何焦虑不安；讲起高中时，孩子如何迎头追赶，找回自信，成绩优异。笔者说："孩子在家长眼中总是有那么多优点，即使有些缺点还是会觉得有些小可爱。"娓娓道来的陈述中难掩对孩子的骄傲与自豪，言语中更是流露出对孩子异乡求学的不舍之情。作为一名家长，笔者对孩子的大学教育充满期待，对孩子的未来发展有要求也有规划，希望孩子学业有成，能够成为一个对社会有贡献的栋梁之才。

兴趣是保持优秀的惯性

尊敬的学校领导、各位老师：

大家好！

我是 2015 级新生袁笑寒同学的父亲，首先对孩子能够进入理想的大学表示衷心的祝贺，同时也对半个多世纪以来为国家能源电力事业培养高素质人才的各位老师表示深深的敬意。

袁笑寒同学四岁多时对数学表现出浓厚的兴趣，特别喜欢珠心算，小学一年级时主动要求参加奥数班学习，多次在省市组织的各类奥数竞赛中取得过一等奖的优异成绩，尤其是在小学四年级时获得了在香港举行的"亚太杯"奥林匹克奥数竞赛金奖，顺利地升入长沙市四大名校之一的雅礼中学，初中和高中学习都在那里度过。在初中阶段他学习了计算机 C 语言编程，并取得了优异的成绩，还顺利加入了中国共产主义青年团。在高中阶段，他的兴趣逐渐由数学转向物理与化学，课余时间经常会查阅一些相关的课外资料来开阔自己的视野。尤其是在高三，他坚定了自己要做一名光明使者——电力人的决心。

在课外生活方面，他积极加入学校的社团组织，参加学校组织的各类活动，喜欢爬山、羽毛球。

孩子很快就要离开父母独自去远行了，心底还是有些许的担心和不舍，以后一切都要靠他自己去面对，但这也是他成长所必须经历的过程，相信孩子会很快适应大学生活的。在未来的四年大学生活里，我有以下几点期望：

一、提高自己的综合素质。

加强政治理论学习。提高政治素养，树立正确的价值观、人生观、世界观。努力提高自己的身体素质、心理素质、科学素质、道德素质、审美素质、劳动素质和交往素质等。"低头拉车，更要抬头看路"，把握好前进的方向，成为一个爱国、敬业、自尊、自强的人。

二、掌握科学的学习方法，培养良好的学习习惯，让学习成为一种本能。

坚持学习，活到老学到老，才能与社会共同进步，才能提高自身的修养。不仅要在学校学好专业，更要为以后走向工作岗位培养学习的意识。一个人的成长、完善就是一个不断学习进步的过程。

三、逐步接触、了解社会，四年大学毕业后计划继续学习深造。

学法、知法、懂法，遵守国家的法律和法规，不违背约定俗成的道德观念和行为规范。让心智尽快成熟起来，做事有主见、有计划、有步骤、有条理。能分清轻重缓急，听得进不同意见，有责任感，敢担当，学会与人合作，懂得与人合作。积极参加学校社会实践活动，做一名合格的好学生、好公民。

巍巍学府，电力荣光，衷心祝福学校早日建设成一首具有鲜明特色的多科型、研究型、国际化高水平大学！衷心祝福孩子们学业有成，比父辈幸福快乐！

此致
敬礼！

电气 GJ1502　袁笑寒家长
2015 年 8 月 19 日

教师寄语

这是一封来自于新生父亲来信。来信开头，在祝贺儿子顺利进入梦想大学的同时，也流露出对孩子成长的无限期待。接着，从儿子的童年经历开始，叙述了儿子自幼学习成绩优异，聪明伶俐，兴趣广泛，在数学和计算机方面表现出极高天赋。特别是当儿子表达自己要做一名光明使者——电力人的决心时，父亲更是感到十分欣慰与骄傲。孩子很快就要离开父母独自远行了，字里行间流露出为人父心底里的些许担心和不舍，但是又渴望孩子磨炼意志，早日独立，期待孩子茁壮成长。文章最后对孩子的未来提出了三点规划——提升综合素质，培养学习习惯，深入了解社会，表达了对孩子学业有成的祝福和期望。本文逻辑清晰，行文流畅，语言简练，层层递进，深入人心。

希望你快乐

尊敬的校领导与老师：

我是学生孟洁的家长。首先对于孩子能够成为贵校学子并在这美丽的校园里度过珍贵的大学时光，我表示十分欣慰和荣幸。贵校的教育教学实力在国内有目共睹，因此我也相信，孟洁在贵校经历大学洗礼后，必能锻炼心智与能力，成长为一个优秀的人才，为社会和国家做出突出贡献！

回顾孟洁的成长轨迹，从一个蹒跚学步的幼儿到亭亭玉立的少女，孩子走过的每一步，成长中的每一丝变化，我们家长都看在眼里。孟洁同学始终是一个阳光、善良、听话的女孩，在校期间学习成绩优秀，沉稳踏实，在初中曾连续两年被评为优秀生，以市一百名的成绩被河北定州中学提前录取到奥赛班，并在三年里保持良好学习习惯，最终破茧成蝶！

钱学森远行时，其父曾塞给他一张纸条做礼物，上面写道："人，生当有品，如哲，如义，如智，如忠，如悌，如孝。吾儿此次西行，非其夙志，当青春然而归，灿烂然而返！"这句话我也想送给我的女儿，同时我想告诉她，大学以后的路要靠自己走，父母陪伴越来越少，但不论何时，家永远是你最大的依靠！当你学成之时，莫忘感恩，去回报社会，回报学校，回报每一个帮助过你的人。家长对其始终抱有期望，希望其在四年的大学生活中充实自己，"学为好人，要做最好"。

犹记得孩子说起自己的大学规划，梦想加入学生会，锻炼自己的综合能力，同时也要保持自己的优异成绩。我作为家长，很是希望她能够实现梦想，为自己的青春镶上一层无价的金边。

我们将女儿送往贵校，让其去走自己的人生路，尽管百般不舍，但这确实是其人生的必然经历。我相信我的女儿在学校的培养下能够成为一个优秀的人才、国家的栋梁！作为家长我希望她能够牢牢掌握专业知识，并能够在大学校园中结识各路豪杰，共同学习进步，同时掌握与人交往的技能，充实生活，做一个热爱生命的、完满的、幸福的人。

最后，祝愿我校蓬勃发展，成为闻名中外的一等学府，为祖国、为世界培养更多的人才!
　　此致
敬礼!

电气 GJ1502　孟洁家长
2015 年 8 月 20 日

教师寄语

　　她是家中的掌上明珠，从一个蹒跚学步的幼儿到亭亭玉立的少女，在父亲的眼中，她永远是那个最优秀的女孩。回顾女儿的成长轨迹，她阳光善良，成绩稳定优异，体育特长突出，是父母心中的骄傲。短短的一封信，有对女儿的赞赏，也有对女儿的期望，希望她在掌握专业知识的同时，广交朋友，充实生活，做一个幸福快乐的人。

数理学院

望女千磨万击仍坚劲

尊敬的华北电力大学：

　　我怀着激动和满足的心情给您致信，原因是我的家庭是电力世家，我和我的爱人现今服务于国家电网公司，我们深知华北电力大学在国家电力事业发展和电力人才培养中的重要地位，也热爱电力事业。更重要的原因是，我的女儿经过十二年的刻苦学习，经历了高考，终于完成了我们一家人的期盼和希望，考入了庄严的华北电力大学。

　　我的女儿自幼好学，具备主动学习的能力，有较强的理解和分析能力，义务教育期间，一直是学校和班上学习的佼佼者。她天性率真，举止规范，尊重师长，团结同学，没有不良嗜好。

　　她的缺点是，对所学知识精益求精的劲头不足，就知识的重点和难点问题与老师沟通不够，主动性差，缺乏吃苦意识。高考后，这也是我们对她将来大学学习生活告诫的重点。

　　我们为女儿选择华北电力大学，就是想让她学习电力科学知识，将来能从事与电力学科相关的行业，这也是她的梦想。

　　我们知道华北电力大学的校训——"团结、勤奋、求实、创新"。如果说创新是成就事业的基础和灵魂，那么团结、勤奋、求实就是培树一个人人格的重要内涵，而这正是我希望女儿能够塑造的。正如习近平总书记教导我们的，"做一个诚实的人，就是要对党、对组织、对人民、对同志忠诚老实，做老实人、说老实话、干老实事，襟怀坦白，公道正派"。

所以，我恳请华北电力大学严格学风，延续严谨的教学理念，能够使我的女儿在一个积极向上、努力拼搏的环境中成长，能够帮助她确立正确的人生观和价值观，将她锻造成一名学以致用的电力人才。

我将和你们一道，时刻关注我女儿的学习、生活状况，及时教导，训诫不缀，使她成为华北电力大学的优秀分子，成就我们家庭的美好愿望。

最后，向华北电力大学及教职员工致敬！

此致

敬礼！

计科 1502　牛妍舒家长

2015 年 8 月 17 日

教师寄语

文章完整，可读性强，措辞讲究，句子舒畅，有理有据地阐述了塑造内在人格的充要条件。家长对学校的满意和期望，母亲对女儿的期待和担忧，跃然纸上。

正确的教育决定孩子的未来

尊敬的老师们：

作为一名学生的家长，向你们表示最崇高的敬意，你们辛苦了，你们用辛勤的汗水浇灌着祖国的幼苗，培育着祖国的花朵，你们的默默无闻大家会永远铭记的。

我曾经也是一名教师，对自己的孩子有自己的教育想法，觉得孩子从小学一下子到初中，从生理到心理到知识层面，都将经历一个新的变化和新的适应，就像刚出窝的小鸟，对外面的环境需要重新认识。这种情况下，孩子们的教育更需要一种心灵上的关爱。

孩子此时还不懂得换位思考，也没有博大的胸怀和抱负，更不能理解责任的概念。此时的他们，学习目的多半不是很明确，就像一颗小树苗，并不明白长成大树后的作用，只有大家认真地施肥、浇水、扶植，他们才能长成参天大树，才能成为于社会有用的栋梁之才。所以我们家长以及学校的正确引导和循循善诱，才是能使孩子们学习目的明确，确立正确的人生观、价值观的关键所在。

虽然孩子的第一任老师是家长，但学校才是孩子们成长的真正摇篮，他们大部分时间在学校度过，而学校的责任和目的也是为祖国和社会、为这个世界培养合格的专业人才。但人才的概念难道就仅限于拥有较好的成绩分数吗？我想并不是这样的吧，因为分数的高低并不能代表孩子的优劣。每个孩子的天性禀赋是不一样的，个人的兴趣爱好是不一样的，自然各科成绩也就不尽相同了。如果我们不去理解他们成长时期的特有个性特点，只一味地说好好学习，强调成绩，对有缺点的孩子讽刺、挖苦，甚至去打击他们，而不去对他们加以留意并引导、疏通，只会导致他们人格、心理和个性的扭曲，这个时期叛逆思想就会迸发，加之社会的种种诱惑，厌学、逃课、沉迷网络等等的不良后果就会出现。这就是我们家长和学校教育的失策、失职、失责。孩子成了家庭的罪人、社会的逃兵，是孩子之过？家长之过？学校之过？

孩子是不懂事的，在成长中是脆弱的、敏感的。在他们心中一切都是美好的，即使有稍许无意的不良行为，我们大人也应该理解和加以尊重，要帮助和引导他们。或许有时他们任性自我的行动只是为了博取大人的关注呢？孩子们内心里渴望赞美，渴望被赏识。我认为对孩子要细心，耐心而不能妄下定论，比如告诉孩子：你不是学习的料、你没有志气、你将来没有用、你又在骗人、你学也学不好、混个毕业证算了等等。我们大人面对这样的言论尚不能自如处之，更何况是一个身心尚未发育健全的孩子呢？面对打击，孩子们往往会选择更消极的态度去面对，这都是我们家长和学校所不乐见的啊！

如今我的孩子已经从家庭这所学校毕业，交予贵校教育，我的内心是忐忑的，却也不乏期待，因为我信任这所学校，也相信自己的孩子。希望他能好好学习、成长，也希望你们能替我好好监督、爱护和引导他！我也会尽我所能地从旁协助！

计科 1501　鲁桦瑞家长

2015 年 8 月 19 日

教师寄语

　　深刻探讨孩子成长中的需要留意之处，指出学校和家庭教育常犯错误以及不足，发人深省。不过言词犀利，有指责之意，是否合用还需讨论。

外国语学院

大学——新的起点，新的开始

在大学期间，希望我的女儿知道大学是人生旅途中最美好的时光。在即将享受这十二年辛苦付出换来的短暂幸福时，期望我的女儿入校前能有一次深入的思考：是闲散快乐四年毕业两眼茫然，还是充实紧张四年迎接精彩人生？其实人生的路如同运动场，起点不同但距离一样，每个人最终的成绩取决于个人全程的付出。失败也好，失误也罢，从前的过往已离我们远去，既然选择了迈入新的校园，那就必须通过自己的付出重新找回自信，丰富经历，收获友情，感受爱情，学业成功，在华电这个起点跑出同样优秀的成绩。

大学不同于高中，那时家长、老师和你只有一个目标，生活的一切、所有的努力都是为了高考，而大学却是你从单纯的学生到迈入社会的必经过程。将来没有人会去为你安排好以后的路，父母也不可能事无巨细地伴你左右。因此，在大学里你要学习基础专业知识，获取各种职业能力证明，全面培养情商、财商，学会自强、自立、自警，丰富阅历，增强将来面对复杂社会的能力。

在大学里，你要对自己的人生有所规划，远景简单即可，知道自己该做什么、要做什么，近景就要细致，为了实现远景的目标，要规划好在校期间该怎样学习、怎样生活、收获什么，之后就要持之以恒地坚持下去，凡事切不可半途而废。最后要善于总结，不断调整自己、了解自己。

在大学你要努力学习，多多阅读，多面涉猎书籍拓展自己的知识面，多参加各种讲座，提升自己的品位和视野。让自己的专业课基础扎实，也要留出时间以优异的成绩收获必要的证书，这是你各种能力的证明，也是你将来的资本。

在大学里分配好时间，有计划地参加一些社会实践活动，培养自己的兴趣，加入自己喜欢的社团并任职，有机会做一次青年志愿者，多参加公益活动，提前关心社会、接触社会，储备将来需要用到的社会知识、社交能力、必要的软硬件条件。

在大学要加强锻炼，高中阶段锻炼是你的短板，在大学一定要选一样自己喜欢的体育项目，让自己身体健康、形体健美，让自己更加阳光、充满朝气。

在大学里你不必太节俭，正常就好。有机会在首都上大学，建议多去了解首都的历史、文化，提升自己的人文素养，和志同道合的朋友听音乐会，参观博物馆，去周边旅行，感受老北京文化，当然要有自我保护意识、注意安全。

英语 1501　刘子衿家长
2015 年 8 月 18 日

学会爱与思考，做那个最可爱的你

你即将展望你的未来，为自己立个目标吧，不要给自己压力，你想做什么就大胆地去做。你的目标里有你的童真，有你的希望，有我们共同的期盼，那是这个世界上最美妙的东西，我们将携手为之奋斗。

当然，有一样东西是你一定要学习的，也是你将来踏入社会所必须具备的，那就是爱，爱能使你内心温暖，爱能使你目光和谐。爱是生命的主题曲，爱是最好的调节剂，我想你一定懂得了爱，一定很想爱一个人或被别人爱。在你小的时候，正是爱你的心激动了我的成长，你的个头渐渐长高，我的个头慢慢低矮。

孩子，请记得学习思考。人之所以为万物之灵，就是因为人有思想、有灵性。在这个时期，你要确立自己的学习方法，有了它，你就能实现梦想，成为你想成为的人。

最后，希望你的一生充实可爱，像一部生动的电影那样精彩。

英语 1501　冉维维家长
2015 年 8 月 16 日

犬女，吾之明珠

小女朱音，新新常州人，祖籍河南鲁山。幼时喜动，尚未出世，即于胎腹展拳脚。及齿，椅背已不堪其刮啃，以致伤痕累累。及语，尝取一可乐送吾手，期期然复劝汝饮之，实乃己所欲也。至走跳自如，已精攀爬，虎跃、猿行皆无师自通。或缘于此，海拔狂飙，加之心计叠生，迥异于父母，以致常疑产房错抱而非己出。

幼托、小学皆龙城名校，启蒙师尊，倾囊相授，浸珠润玑，基础牢实。小升初，不适偏怪题目，择校不成，遂入家门前初中就读。一试，竟年级第一，傲视群雄，问其因，答曰无为而治，再试已不知排名几何，三甲不见其踪。及中考，师长皆以区内高中稳妥，不睬，自行选报龙城首府江苏名校省常中，竟中。经年寒窗，博览诗、书，苦习洋文，研考史政，几成书呆子矣。所幸小女乖巧伶俐，自立自强，活动、公益皆参与，伏案、嬉戏两不误，是谓身心无虞，健康阳光。

结业模考，均列前茅，终极一战，临门一脚。然则水准尽失，大出意料。纠其因，心智不熟，鲜遇挫折，重压之下，终致溃决，沉静未穷，尤浮躁耳。忧前途，虑未来，志愿选报痛苦而纠结。心仪海洋，差之毫厘兮失之交臂，逐流华电，收之桑榆兮心之稍慰。

念及离家远行精修，心虽不舍，亦相庆寄语：不忘祖上清苦，不入歪门邪途，不计个人荣辱，不负四载研读。

英语 1502　朱音家长
2015 年 8 月 15 日

学生篇

·新 路·
2015级新生留言

告别书山题海，跨过"黑色六月"，十二年的奋斗，终于结出了果实。无论是志得意满还是心有不甘，来到华电，同学们的生活又翻开了新的一页。

大学四年是一生中最美好的青春岁月，也是决定未来道路最关键的时期。因而，大家懂得感悟生活之美好，也拥有前进之动力。他们怀着满腔的热血想要见识更广阔的世界，想要拥有更自由的选择，想要改变自我，奋斗出一个锦绣前程，想要影响他人，共建一个公平世界！青春的岁月总伴随着梦想的光辉，在这里他们寻找着方向，努力着，希望着——希望打破陈规，拥有绽放的青春；希望遇到人生导师，遨游知识的海洋；希望结交志同道合之好友，邂逅纯洁真挚之爱情。每个机会他们都全力把握，每分每秒他们都不愿浪费。2015级的新生们揣着一颗火热的心，迈入华电校门。别样的青春即将展开，崭新的道路就在脚下，就让我们跟随着他们的来信，同他们一起想象，共同期待，畅想未来！

电气与电子工程学院

鲜衣怒马　何惧天涯

尊敬的各位领导、老师，亲爱的同学们：

大家好！

很荣幸今天能站在这里发表演讲。今天，我演讲的题目是"鲜衣怒马，何惧天涯"。为什么会选择这个题目呢？因为我觉得用这个短句来形容现在我们在座的大多数同学的心情再恰当不过了。

高考这场仗已经过去了三个月。此刻，我们每个人是在人生的一个全新阶段，鲜衣怒马，准备登上人生另一个崭新的舞台，准备用自己的实力演就一段戏，或平平淡淡，或跌宕起伏；此刻，我们大多数人都是在离故乡几百公里外的首都；但此刻，我们每一个人都无所畏惧。

是啊，何惧天涯！

"路漫漫其修远兮，吾将上下而求索。"求学的路自古就不是一条好走的路，但我们踏上这路，便只能"长风破浪会有时，直挂云帆济沧海"。我们为什么要鲜衣怒马，不惧天涯？在我看来不过是为了一个"梦"字。当我看到华电迎新系统中那句"梦想从华电起航"时，我便知道我又一次要背上行囊去远方为了一个"梦"字搏杀四年甚至七年。

我想在座的很多人跟我一样，但纸上谈兵是没有意义的，只有与现实挂钩的梦才有它存在的价值。此刻的我们，对自己的未来还怀着一腔热血，但请冷静下来细想，几个月后你还可以这样吗？还依然可以说是为了梦想离开家乡走进京城踏进华电的吗？在一部分人习惯的认识中，迈进大学的门，便可以放松自己，万事大吉，但在大多数人看来却并不是这样的。如果你是为了把梦变成现实而踏进华电，那么接下来的四年里你并不会轻松：你依然需要挑灯夜战温习功课；你需要更多地泡在图书馆、自习室，而不是网吧、商场；你应该更多地去操场跑两圈、打打球、散散步，而不是在寝室里对着手机、追剧、逛淘宝。

"业精于勤，荒于嬉"，如果你不想看见期末考场上一筹莫展的你，如果你不想看见每学期成绩出来时挂科警告频频的你，如果你不想看到四年之后在求职路上悔恨不已的你……那么，这四年你不会很轻松。

"古之立大事者，不惟有超世之才，亦必有坚韧不拔之志。"大学与高中不同，大学是我们每一个人渐渐社会化的过程，我们不可能像高中那样只埋头苦学而不问天下事，还应当积极地让自己融入这个集体，参加各种各样的活动来丰富我们的阅历，书写我们的青春。

"人才不能死读课本，还应读懂社会。"只有全面地发展自己，我们才可能走得更远，才会离梦想更近。另一个我想说的便是同学关系。我们这代人大多数都是独生子女，即将开始的集体生活也是我们无法避免的一个话题，大学里我们应该学会与人相处，而且是正确地相处，因为说不定你会在这里遇见相知恨晚的知己，甚至是陪你走完一生的另一半。只有真正学会与人相处，我们才算成熟，才算进入社会，才算完成大学的任务。

最后我想说的是，我们将生活四年甚至更长岁月的华电，面积没有清华北大那么大，历史攀不上中山南开悠久，然而华电的低调让我着实喜欢，华电是个学习的地方，正应了那句话："所谓大学者，非谓有大楼之谓也，有大师之谓也。"大学，对我们每一个人来说，是机遇，更是挑战。这是我们十八岁以后独自面对的一个重大挑战，最终成王还是为寇，看你自己；这也是我们第一次为了梦想独自出远门而不惧天涯，最终梦是泡沫还是珍珠，看你自己。希望每位同学在四年后的毕业典礼上回首往事时，不会因虚度年华而悔恨，也不会因碌碌无为而愧疚自责。

电气 1505　　王若兰

2015 年 8 月 13 日

教师寄语

作者以"鲜衣怒马,何惧天涯"为题,从大学生思想意识树立、目标设定、同学关系处理、梦想等方面对同龄的电院人发出"生于忧患,死于安乐"的忠告。文章条理清晰,字字发声,铿锵有力。作者虽然还未经历大学生活,但对大学的生活却有深刻的认识,思想之深远,意识之高,不禁令人佩服!

青春飞扬　梦起华电

尊敬的领导、老师,同学们:
　　大家好!
　　我是来自通信1501的赵颖,今天我演讲的题目是"青春飞扬　梦起华电"。2015年6月9日16点40那一刻,伴随着一声"考试结束,请考生立即停笔",我的高中生涯也画上了一个圆满的句号。今天我们带着青春的梦想,站在梦想起飞的地方——华北电力大学。
　　在踏进大学校门之前,我对大学生活有着无数的憧憬。面对着我们最宝贵的青春年华,我只想说一句:不忘初心,方得始终。不忘初心,就是不忘三年前有着稚气脸庞的我们的志存高远,不忘三个月前我们的日夜拼搏,不忘我们此刻迈进华电时的凌云壮志,制订好每一个计划,踏踏实实地去完成,不让大学对不起高中三年,一如华电精神中的自强不息、追求卓越。刚接到通知书的我在兴奋之余又有一丝茫然,我这只刚飞离家庭温暖巢穴的小鸟可以飞翔在那湛蓝广阔的天空吗?但是看到严厉不失亲切的领导、和蔼可亲的老师、踌躇满志的学长学姐们,我释然了。虽然离开了家乡,我们却并不孤单,因为有着最诚挚的关爱、最永久的友情,我们定可以在这里灌溉自己,为实现鸿鹄之志打下坚实的基础。
　　古书《大学》中曾言:"大学之道,在明明德,在亲民,在止于至善。"作为华电人的我们,肩负着增长知识和提升道德的双重使命。增长知识是大学生必须完成的任务之一。"恰同学少年，风华正茂"，我们正当青春年华，更应该抓紧时间用知识充实人生。然而知识又绝不仅限于书本内，除了课堂上的知识点外，我们更要学习日常生活中的百科知识。我们在努力学好知识的同时，更要学会慎思明辨，富于创新。大学生活是我们人生新的起点，我们就要以此为跳板，踏上社会的舞台。我们必须清醒地认识到，涉世之初，还有很多知识等待我们去发掘。

荣辱已成过去，未来仍是一片空白，让我们仔细聆听老师的教诲，努力培养自己的综合素质，提高实践能力和技能，熟练掌握外语和专业知识，做适应社会发展的复合型实用人才。世界上没有完全相同的两片叶子，恰恰是迥乎各异的个性构成了丰富多彩的世界，我们要学会尊重别人，同心同德，互爱互敬，同舟共济，共同铸就美好的明天。

青春正在飞扬的我们站在新的起跑线上又怎能落后，让我们告别盛夏的流火，应承金秋的丰硕，用青春诠释我们曾经的誓言，用汗水锻造我们明日的辉煌。四年后，当我们离开这片热土时，回望这个培养我们的地方，回眸这段难忘的岁月，我们能问心无愧地说："青春无悔！"让我们的青春在华电飞扬，让我们的梦想在华电起航！

通信 1501　赵颖
2015 年 8 月 16 日

教师寄语

　　"大学之道，在明明德，在亲民，在止于至善。"作者表达了自己的决心——不仅要学好大学的知识，还要在道德修养上有所提升，同时加强对创新能力、实践能力、语言表达能力的拓展。为了让自己对得起过去那么多年的执着追求，为了能在四年后给自己交上一份完美的答卷，作者以一句"不忘初心，方得始终"与大家共勉，充分展示了她坚定的决心。

我的大学我做主

尊敬的各位领导、老师，亲爱的同学们：

大家好！

我叫许力，来自电子与电气工程学院电气工程及其自动化1505班。今天注定是一个不平凡的日子，在经历了寒窗十二载的苦读后，我们终于踏进了这所梦寐以求的"电力黄埔"——华北电力大学。

"巍巍学府，电力之光，乘风破浪万里长"，我们的梦想终于在这一刻起航！乔布斯曾说过："你们的时间有限，不要将时间浪费在重复他人的生活上，不要被教条束缚，那意味着你活在其他人思考的结果中。"亲爱的同学们，我们的时间有限，处于人生最美阶段的我们要乐观开朗，张扬个性，不被旧俗束缚，富于创新，博学笃志，发奋图强。

新的生活已经开始，新的方向已经明确，让我们以华电为平台，以学长为榜样，牢记老师和父母的殷切期望，在接下来的大学生活中，我有几点想法，希望与各位同学共勉。

一、尽快适应新的大学生活，树立远大的奋斗目标。怀着夏日缤纷的梦想，迎着初秋宜人的清风，我们踏进了华电，进入了我们心中理想的求知殿堂。新的同学、新的校园，在这样一个全新的环境中，我们应该尽快适应，这样才不会把时间都花费在琐碎的生活中，才能在这里有更多收获。大学不是我们的终点，而是我们新的起点！在这新的征程中，我们要树立远大的目标，只有目标明确，我们才会有学习的动力，才会让青春大放光彩！

二、共同营造团结友爱的氛围。我们来自五湖四海，为了同一个目标共聚在华电，这又何尝不是一种缘分？森林中没有完全相同的两片叶子，恰恰是迥乎各异的个性构成了丰富多彩的世界。虽然我们个性迥异，但我们要学会尊重别人，同心同德，互爱互助，同舟共济，共同铸就美好和谐的华电校园！

三、尊师肯学，持之以恒。我们经过了残酷的高考，能够从那激烈的竞争中脱颖而出，欢聚在这么一个神圣的殿堂里，是何等的幸运。所以我们要一如既往地勤学善问，积极上进，学有所成。坐等天上的馅饼，只会将希望挥霍成绝望，远大的理想需要今朝勤奋刻苦的积累，"绳锯木断，水滴石穿",只要有恒心,就一定可以实现心中的梦想。古人云:天道酬勤。今日的拼搏定可换取明日的梦想成真!

四、努力提高自己的实践能力。大学生活是我们人生新的起点,我们会以此为跳板,踏上社会的舞台,但必须清醒地认识到涉世之初,我们还有很多知识要去发掘。荣辱已成过去,未来还是一片空白,让我们深刻领会老师的教诲,努力培养自己的综合素质,提高实践能力,熟练掌握外语和专业知识,做适应社会发展的复合型实用人才。

五、严于律己,树立规范意识。没有规则就没有秩序,没有秩序就没有长足发展。我们要谨记华电精神"自强不息、团结奋进、爱校敬业、追求卓越";我们要遵循华电校训"团结、勤奋、求实、创新";我们要从小事做起,从现在做起,遵守学校的各项规章制度,培养高尚的思想品德,共同营造一个文明优雅的华电校园!

同学们,幼小的百灵鸟并不因嘶哑的声音而放弃歌唱,沙漠的仙人掌并不因恶劣的环境而放弃生命中唯一一次开花。年轻的我们站在新的起跑线上又怎能落后?让我们告别盛夏的流火,应承金秋的丰硕,用青春诠释我们曾经的誓言,用汗水锻造我们明日的辉煌。四年后我们离开这片热土的时候,回望这个培养我们的地方,回眸这段难忘的岁月,我们能问心无愧地说:青春,无悔!

谢谢大家!

电气1505 许力
2015年8月20日

教师寄语

作者思想深刻,虽还没有真正体验过大学的生活,但思想上比同龄人超前,演讲内容层层递进,娓娓道来,给听众带来振奋人心的正能量。"巍巍学府,电力之光"的使命感已经根植于作者的内心,即将步入大学生活的他对自己和未来的同学提出的几点要求将是指引他未来前行的风向标,相信作者能够不忘初心,真正让自己的青春无悔!

电力之光

尊敬的老师，亲爱的同学们：

大家好！

寒窗苦读十二年，终换今朝喜笑颜。告别了中学的青涩，告别了严肃的高考，我们怀着青春特有的激情来到梦想中的大学校园，真正踏上追寻理想的征程。

小时候，只在心中有个模糊的影子，那就是努力读书。当有人问起有什么理想时，我总会说"考上理想的大学"，但到底理想中的大学长什么样我却不清楚。后来，父亲作为河北省第七批援疆医疗技术干部来到美丽的新疆，我也跟随着踏上了这一片西部沃土。坐在行驶的列车里，透过车窗，一会看到茫茫的沙漠、无边的戈壁，一会又惊喜地发现草原和树林。在光秃秃的山上随处可见高耸的风车，地上可见整齐排列的太阳能发电板，滚滚的河水中则不时出现拦河大坝。它们将大自然对新疆特殊的恩赐——翻腾的风、炙热的阳光和融化的天山雪水，转化成电能，供给工厂生产和人们生活。电能是一种无形的能源，它输送方便，安全又经济，生产使用方便清洁，应用广泛，大到国家小到个人都无时无刻不需要用电。从此我也在心中埋下了一颗种子，希望以后可以学习电力方面的知识，从事电力方面的工作，父母也非常赞同和支持我。从小就听说了华北电力大学具有高教学科研水平、素质优良的师资队伍，这使我对华北电力大学充满向往。学校作为教育部直属高校中唯一以电力为学科特色的大学，始终关注国际电力学科研究领域的前沿和我国电力工业发展的需要，不断推动电力及相关学科领域的建设，取得了丰硕的成果。从学校毕业的几万名大学生大多已经成为相应领域的优秀拔尖人才，成为我国电力行业的骨干力量。我也希望自己能成为华电学子之一，为国家电力工业和社会经济发展做出贡献。

现在，我终于能够走进理想的大学校园，但梦想并未结束。刚刚经历十二年寒窗苦读的我们，不能长时间沉醉于考上大学的喜悦中而停止追寻理想的脚步，真正的人生才刚刚开始。这样宽松而舒适的环境是懒人的坟墓，是勤奋者的天堂。离开家乡、亲人和故友来到新的学校，我们就要马上适应新的环境，告别对父母的依赖，开始独立自主地生活。脱离了各种束缚，我们也不能放纵自我，而更要严于律己，更好地规范自己的言与行。要学会安排自己的作息时间，清楚每天应该做什么有意义的事，决不能虚度青春这短暂而美好的时光。在大学里生活，我们不应以独立的个体存在，而要融入学校这个大家庭中，要共同营造团结友爱的氛围。华电学子来自全国各地，在这里汇聚成色彩纷呈的世界。就像森林中没有完全相同的叶子一样，恰恰是迥乎各异的个性构成了丰富多彩的世界，我们要学会尊重别人，学会互相包容，才能求同存异，同舟共济，共同铸就美好明天。大学是我们人生新的起点，我们要以此为跳板，踏上社会的舞台，但是现在还有很多知识等待我们去发掘。与此同时，更重要的是将理论运用到实际中去。学校为我们提供了一个提高自己、完善自己的平台。我们一定要摆正自己的心态，虚心学习，以一种进取、拼搏、奋斗的精神面貌迎接未来四年的学习与生活，提高自己为人处事的能力，为自己将来成为一个对社会有用的人打下坚实的基础。大学是一片任凭鱼跃的阔海，是一片鸟儿振翅的天堂。我们将用青春诠释我们曾经的誓言，用汗水锻造明日的辉煌。最后，祝愿大家学业有成，生活愉快！

谢谢大家！

电网 1503　王奕

2015 年 8 月 18 日

教师寄语

　　作者儿时起便发现电力是国家发展、人民生活所离不开的能源，从小的梦想是其一步步走向理想大学的动力，为了能为国家的电力事业尽自己的一份力，她严格要求自己，最终考上了理想的大学。她呼吁华电的学子们要抓紧时间学习，不要把美好的青春浪费在庸庸碌碌的生活中。

青春不悔

尊敬的各位老师、同学：

大家好！

很荣幸能在夏日繁华演尽，天空高远清淡，树叶随风作响，转念又秋日之际，作为2015级华电新生代表讲话。我一直在思考要以怎样的语气和口吻来讲述这一千五百字，最终我决定首先以我个人的故事引入。

从《那些年》《致青春》《匆匆那年》《栀子花开》到《左耳》《破风》，无数的青春题材电影投向荧屏。我便开始思考，什么才是青春？我想，这个问题，我早就想过，青春就是学习。可没过多久，我便发现仅有学习的时光不是我想要的青春，青春只有一次，怎能把这美好的时光用在枯燥的学习上呢？紧接着，我认为青春就是随心所欲地做事情，于是我开始疯玩。我曾逃出晚自习教室与好朋友在学校小花园里唱歌，跑到空无一人的音美楼琴房弹奏很久自己喜欢的乐曲，当时我想，可能这就是我想要的青春吧！可是直到好朋友出国交流，钢琴琴键上落满灰尘，试卷上的分数令人心寒，我似乎尝到了一丝后悔的味道。于是我又发觉，这根本不是我想要的青春。为什么《那些年》中柯景腾最后得知沈佳宜喜欢他时没有哪怕一丁点的遗憾？因为那段青春，他不曾后悔。无论时光怎样轮回，他还是会这样做，这段时光是他青春最亮丽的色彩。因而我想，青春就是那段不论经历过多少次还是会去重复第一次所做之事的时光。也只有这段无悔的时光，才配得上青春！我回头看看，似乎自己还没有经历过一段真正能够称得上青春的时光。我发奋学习、发奋疯玩的时光可能都会因时间的冲刷而遗忘，它们不算是真正意义上的青春。因而我想，从现在起创造一段仅属于我的青春记忆应该还不晚。何炅老师这不是刚刚让栀子花又开了一遍吗？对于每一个人来说，青春只有一次，人生也只有一次，如何让青春不悔？又如何让人生不悔？在谈论到这类问题时，我们往往会由个人联想到民族与国家，殊不知民族与国家的发展与进步同一代代青年的作为有着密不可分的关系。但倘若只是空谈，则只会贻笑大方。而我们青年人在现实中不懈努力才是推动整个社会发展的源动力。如今我们相聚华电，为了自己内心积蓄已久的冲动或梦想，开始了一段人生新征程。我们每一个人将会是这段新征程的主角。因而，我们要以怎样的心态去面对这段宝贵的时光呢？我不禁想起杰克·伦敦曾说过："人应该生活，而不仅仅是生存。"生存状态的人表面上看过得还不错，可直到他变老，回首往事时，才发现满是遗憾。至此，我想现在我们每个人心中都应有对华电生活的愿景。无论是发奋为学，还是努力投身社会活动，或者加紧锻炼身体增强体魄，这些都是我们今天许下的愿望。四年后，我们将亲手收割我们青春希望的种子所萌发出的果实。在这四年里，我们要不停地用自己的意志修剪梦想的小树苗。在此，我愿与大家分享三组词语：modest and confident、studious and active、dauntless and scrupulous。它们将会是小树苗的树枝剪刀、小锄头和喷壶，我们将用双手浇灌培育我们自己的青春树。我相信，在华北电力大学学习和成长的日子里，我们能充分体悟华电"自强不息、团结奋进、爱校敬业、追求卓越"的精神，将这些精神融入到我们的生活中。我们将会在华电积累宝贵的经验，学会思考，锻炼各种能力，为未来的发展而蕴积。我希望，在不久的将来，华电将以我们而骄傲；我希望，我们的青春将没有遗憾。

电网 1503　王靖雯
2015 年 8 月 20 日

教师寄语

　　什么是青春？"青春就是那段不论经历过多少次还是会去重复第一次所做之事的时光。"你们在如花一样的年龄，有着如朝阳一般的活力，构想着如梦似境的未来。你们还可以塑造、雕琢自己，在自己人生的白纸上随心挥洒。但是，无论结果好坏，你都必须一人承担，因为那是你青春的产物、十八九岁的印记。王靖雯同学是一个生活中的有心人，她善于思考，善于总结，善于积累，将自己的心得体会分享给大家。

钢铁青春

各位尊敬的领导、老师,亲爱的同学们:

大家好!

我非常荣幸能够站在这里代表15级的新生们发言。我是郭以重,来自电气与电子工程学院。我能够在华北电力大学认识来自五湖四海的各位,很荣幸。来到了华北电力大学,我充满了期待。当我踏进这美丽的校园,内心不免开始激动起来。能够考上华北电力大学,说明我们都是优秀的。这里是我们大家重要的转折点,是梦想启航的地方,是追逐梦想的地方,是实现梦想的地方。在这里拼搏,我们应当珍惜这机会。大学的生活很精彩,我们应去认真体会,如果整天都沉浸在游戏里,大学四年只能荒废,最后收获的只会是一个毫无意义的四年,这种结果谁也不想要。我们应该做的是让我们在华电的四年变得更有意义,让这四年成为我们人生中最美好的记忆之一。《钢铁是怎样炼成的》里有一句话相信大家都曾经听过:"人的一生应当这样度过:当他回首往事时,不会因碌碌无为、虚度年华而悔恨,也不会因为卑劣、生活庸俗而愧疚。"对我们来说大学生活也应当如此,当四年之后我们回首大学生活时,不会因荒废光阴、颓废堕落而悔恨,也不会因一事无成而愧疚。我们现在都还是一张白纸,未来的精彩还等着我们去描绘,最后的精彩就取决于我们在这四年该如何度过。华电给了我们一个很高的平台,基于这样的平台,相信我们的明天一定会很精彩!华电校训是"求实、创新、勤奋、团结"。这就是我们大学的行为准则。求实,实事求是,一切从实际出发,遵从客观的规律,脚踏实地地学习。学习没有捷径可走,只有靠自己的努力一点一点去做。学术知识都是实事求是的结果,我们也要用实事求是的态度去对待。这种实事求是的态度不仅是我们对待学术,也是我们对待人生中所有事物的一种态度。创新,我们对这个词语并不感到陌生,这几年国家一直都在强调创新,中国留给世界的印象也渐渐地从中国制造变成中国创造。这都是创新的结果。科技是第一生产力,而创新便是科技进步的源泉。两次工业革命都是创新的结果,现在世界发展日新月异,科学技术突飞猛进,我们只有向祖国的血脉之中注入具有创新能力的血液,中国才能继续发展下去，变得更加强大。勤奋，从小到大，我们的长辈就经常告诉我们得勤奋。大家都是经过高考的，高考的压力大家也都是体验过的。相信大家在高三的一年里都是勤奋的，也都明白再大的困难在勤奋面前都不值得一提。只要你足够勤奋，最后的结果总会令你满意。团结，我还记得以前军训时唱《团结就是力量》："团结就是力量，这力量是铁，这力量是钢，比铁还硬，比钢还强。"浅显的歌词诉说着最重要的道理：团结。没有一个人能够靠自己一个人的力量成就一番大事业，总是要与人打交道的。我们华北电力大学的学生不是简简单单地聚在一起，而是团结在了一起。每个班、每个学院都拧成一股绳，我们学校也拧成一股绳。希望我们大家能够铭记校训"求实、创新、勤奋、团结"，这校训就像是我们的指路明灯，指引着我们前行，让我们能够成为自强不息、团结奋进、爱校敬业、追求卓越的华电人。千里之行，始于足下。我们要走的路还很长，让我们秉承着"自强不息、团结奋进、爱校敬业、追求卓越"的华电精神，做到今天我以华电为荣，明天华电以我为傲。谢谢大家！

通信 1501　郭以重
2015 年 8 月 16 日

教师寄语

　　郭以重同学的这篇演讲立意高远，紧跟时代潮流，展现了一位当代大学生敢立潮头的霸气和积极进取的锐气。他借用《钢铁是怎样炼成的》里的名言表明了自己的决心，用华电"求实、创新、勤奋、团结"的校训作为规范自己行为的准则，用"自强不息、团结奋进、爱校敬业、追求卓越"的华电精神作为自己的奋斗目标，为自己大学生活之门的开启做好了充分的准备！

追梦人

敬爱的校领导、老师，亲爱的学长学姐、同学们：
大家好！

进入华北电力大学前，读书十二载，六年天真烂漫，三年青春洋溢，最后是三年寒窗苦读。小学养成了自己活泼却又略带羞涩的性格；初中收获了友情及为人的道理；而高中，最令人魂牵梦绕的时间里，我获得了眼泪、痛苦和欢笑，懂得了做事的要义，更重要的是学会了学习。可以说高中三年虽然成绩不如别人，但我确实尽了自己最大的努力，这是我第一次以我所能得我所获。身为班干部我完成过很多任务，作为学生我经历了无数次练习、考试的磨难，作为一个少女我也与友结伴，与老师交好，在青春荡漾的日子里，并未颓废了我的年华。但这些随夏日一并消散了，只存在于我的心底。暑假，肆意玩乐，与同学欢笑着告别，学游泳，游老家，看看书，等待着再次踏入校园，第一次脱离父母的荫庇，走出去，看看世界，看看我自己。

如今，能来到华北电力大学，是我的荣幸。以我的分数和水平，进入电气工程及其自动化这个好专业，也是一次挑战和机遇。不论从前如何，此刻我们都是全新的自己，应珍惜现在，把握现在，为了自己的梦想奋斗。进入华电学习，对于经历了三年重压的我们来说，确实有些新鲜和不适应。这个时候，就需要我们满怀激情地融入这个广大的世界。剧作家尼尔·西蒙曾说："激情是主宰和激励我一切才能的力量，如果没有激情，生命便会显得苍白和凄凉。"我没有特别远大的目标，但对于出现在眼前的事物，我不想毫不努力就轻言放弃，这是我激情存在的形式。我想，不论多么艰难，试试总是比逃避强。只要永怀激情，心怀梦想，总有一天我们会为自己一次次的坚持尝试而骄傲，因我们不断取得的点滴进步而欣喜。俗话说得好，no pains, no gains！说实话，我们在学校学知识，有的人认为学的东西没用，还不如学点技术，学点真本事。但鄙人认为，学习是活的，每个人学的内容、程度总有差别，但思考的方式方法才是最重要的。能把思想、思维用到平常的生活中、工作上，才是真正的学霸。刚进校的我们免不了对未来有些憧憬，但人生如何过要靠自己去把握。平庸的人，他的生活必定平庸，碌碌而不幸；优秀的人，即便选择了平凡的一生，那也是幸福的，他也必将大放光彩。所以成为一个优秀的人，才能选择自己最喜爱的生活方式。当然，一个人的优秀体现在方方面面：学习、交际、为人、做事等。我们要找准自己的定位，努力弥补自己的缺陷，但不可过度渴求，在发扬优势的地方，将优势转化为优秀。乔治·克拉森说，"成功就是比别人优秀一点点"。那我们优秀一点，则离成功就近一点。我是一个对于学习没什么天分的人，作为理科生的我就相当于先天发育不良的婴儿，但在压力之下，我依然没有放弃过学习。虽然我的成绩不优秀，但我的这份坚持让我受益匪浅。在我看来，学习是需要不断坚持的。不认真对待它，它也会对你不屑，故学必坚韧。我是一个活泼的人，但对于陌生人还是有些放不开。每当这个时候，我总会鼓足勇气去与人交谈，这样放松下来，朋友便会接踵而来。只要有第一次，接下来的一切就会不再烦扰。不过，选择你的朋友，不要以身份为条件，而是以性格、习惯为前提。真正的好朋友能相伴一生。我觉得做人要懂得忍让。泥人都有脾性，说不定哪天你的火气一下子就冒出来了，这个时候要学会忍让，退一步海阔天空。如果你对别人过分施加自己的怒火，要请求别人的原谅，不要与他人结怨。做事方面，我认为要看任务。合理的任务要任劳任怨，不合理的任务要委婉拒绝。让优秀成为习惯是挺难的，一起努力吧。不过要记住人无完人，我们每个人都有不足之处，拥有缺陷也是幸福的，总是有些地方想要改进，那么我们就总在进步。拥有缺陷，我们不会过分自大，能放低姿态。拥有缺陷，我们不会有"高处不胜寒"的感觉，不会放弃追求。有想得到的东西，活着才有意义。

电气1503　褚璐
2015年8月20日

教师寄语

优美的语言中透露出真情，平淡的叙述中体现出不凡的性格。也许我们不是上帝的宠儿，没有过人的资质，但是笨鸟先飞，勤能补拙，只要我们努力一点点，就离成功近了一点点。褚璐同学是一个生活上的有心人，她留心体会生活中的点点滴滴，也悟出了自己的人生哲理。

生命不息，奋斗不止

华北电力大学是一所学风严谨的大学，首先我很荣幸能在开学之际作为新生代表在此发言。我演讲的主题是"生命不息，奋斗不止"。高考结束后，无论是否知道成绩，大多数人都会迎来空前的解放感，但考上一个好大学并不意味着来到终点。大学不过是一个平台，让我们认识五湖四海的朋友，让我们学一门今后与我们密切相关且终生受用的技能，所以在座的每一位同学都不应该抱有企图安逸的念头，而应从入学的第一天起就明确百炼成钢的决心。英文谚语里有这么一句"action speaks louder than words"，在此我想举三类人物的例子激励各位在有限的生命里创造无限的价值。

一类是他们，那些我们早已听得滚瓜烂熟的故事，诸如匡衡凿壁、囊萤映雪、头悬梁锥刺骨里的主人公。他们生活在一个并不富裕的时代，却过着比任何一个时代的人都要富足的生活，因为不懈的奋斗给他们的青春张贴上了不一样的标签——热情。突然，我想到梁启超先生那段激情澎湃的文字"今日之责任，不在他人，而全在我少年。少年智则国智，少年富则国富，少年强则国强，少年独立则国独立，少年自由则国自由，少年进步则国进步，少年胜于欧洲则国胜于欧洲，少年雄于地球则国雄于地球"。而少年的崛起全得益于他们在年轻时自觉的认识、自觉的行为。

一类是他们，在我们这个年纪在追求梦想的道路上且跌且起、屡败屡战的自主创业者，诸如京东CEO刘强东、小米创始人雷军……还记得那句歌词"把握生命里的每一分钟，全力以赴我们心中的梦，不经历风雨怎么见彩虹，没有人能随随便便成功"。收获的滋味也是痛苦的滋味。俗话说苦尽甘来，大学生活不仅仅是在象牙塔里两耳不闻窗外事，一心只读圣贤书，我们应该对自己的人生有所规划，而不是只等毕业后拿着一纸简历在茫茫人海中寻找那一个伯乐，至少在现在我们就要抓住每一个展现自我的机会，无论是用智商还是情商，无论过程是一帆风顺还是千曲百折。

一类是他们，我们极少去关注的那些老一辈们，且不说"国父"季羡林和那些白发苍苍仍热心励志演讲的院士，只看看新闻里那些年老的背包客和我们身边爱好广场舞的大妈们。"老骥伏枥，志在千里，烈士暮年，壮心不已"，人的一生，没有寄托怎么会有快乐，没有忙碌怎么会有充实。想到一生都在奋斗，此时的奋斗便不在话下；想到一生都在收获，此时的付出便是快乐。

最后，送给大家爱因斯坦的一句话——生命会给你所需要的东西，只要你不断地向它要，只要你在要的时候讲得清楚。生命不息，奋斗不止，大学四年里，我们要奋斗，要追求，但这些都不是盲目的宣言，随便说说的，此刻让我们问问自己，我到底要向未来的自己索取些什么。谢谢大家！

电网 1503　韦丁瑜
2015 年 8 月 19 日

教师寄语

从入学的第一天起就明确百炼成钢的决心，要在有限的生命里创造无限的价值。韦丁瑜同学通过三类各具特点的人物故事，道出了自立自强、不言放弃、努力奋斗的道理，振聋发聩，振奋人心，展现出华电学子的雄心壮志。

对大学的思考

今天我站在这里是想和大家探讨一个问题：我们上大学是为了什么？我们究竟是来学些什么的？或许许多人和我一样想过这个问题，或许大家的见解比较深刻，我在这里献丑了。我们和那些没上过大学的人的差别在哪里，除了一纸毕业证，当然我不是极端地说毕业证没有用，它往往是最好使的敲门砖，但我想说的是如果只是为了学专业技术，或许技校会是更好的选择，毕竟有些技术是不需要太多理论的，完全是经验工种，就算是理论也可以自学，现在许多大学都可以旁听，办一些讲座便可以为他们解惑。倘若他们不继续学习，或许没考上大学的人会比我们多出四年工作经验，然而在 HR 眼中这或许更加有价值。照这么来说，读大学岂不是一点好处也没了，不不不，我们要理解去读大学究竟是去干什么，我们是为了更好地认识并完善自我：究竟适合些什么、对什么感兴趣、擅长些什么，从而塑造一个更加完善成熟的世界观、价值观、人生观。我们也可对这个社会有一些了解。大学四年是一个让我们接触社会的过渡过程，防止我们一接触社会就迷失方向，也防止我们求职顺利而飘飘然。大学是你少有的可以以旁观者身份不戴有色眼镜看待这个社会，清楚全面地认识这个社会的阶段，我们应该清楚地认识这些，珍惜这四年，也珍惜即将陪伴你四年的校园、同学、老师、导师、辅导员、寝室老师……说到这里，我还没说除了学专业我们在大学里还该读些什么，其实很简单——读大师、读图书馆、读同学。清华大学老校长梅贻琦当年曾说："大学者，非有大楼之谓也，有大师之谓也。"什么是大师？《资治通鉴》里有一句话："经师易遇，人师难遭。"也就是"道德文章堪为师表"。大师应是经诗合一的老师，有渊博的知识，有学术成就，还能做到文以载道、知行统一。我很骄傲我是华北电力的学生，有许多老师可以让我们当做榜样去学习，有虚怀若谷的老师可以让我们与其辩驳，让我们在思想碰撞中切实感受到老师的魅力。读大学，除了读大师，最重要的便是读图书馆，这里的图书馆并不是说它的建筑和硬件设施，而是说图书馆的藏书。在大学中多读一些书可以升华我们的人格，纠正我们对世界的错误认知，也可以让我们了解一下前沿科技、时事政治。在大学里，每个人可以按照自己的喜好进行专门的研究学习，所以每个人都有向身边同学学习的必要性。同时，不同的人会从不同的老师那里获得知识，同学之间的交流就相当于间接地从别的老师那里获得了知识。当然，这一切的一切都建立在你有自己独立思考的基础上。我很赞同覃彪喜的观点："一个经过独立思考而坚持错误观点的人比一个不假思索而接受正确观点的人更值得肯定。"

在我们踏入华北电力大学时便意味着我们必须在享受着它的光环的同时承担巨大的压力，我们需要不断地磨砺自身，使自己臻于完美，才能配得上华北电力大学的名称。困难并不可怕，有老师为我们指明方向，有同学为我们撑起疲惫的身躯，我相信我们一定能攀得巅峰。我们由不得半点犹豫，来不得半点松懈，除了奋斗，我们别无选择。再大的迷雾也无法阻挡我们求学的航船，再大的风浪也无法动摇我们求知的欲望。"自信人生二百年，会当击水三千里。"走进华北电力大学，我们敢于踏平坎坷，一路高歌；坚信风雨之后，彩虹依旧。在此，我谨代表大一全体同学向学校及老师承诺：在接下来的一千多个日日夜夜，我们一定牢记父母的热切期盼，听从老师的谆谆教诲，扬起自己的梦想之帆。做到：困难面前，决不低头；挫折面前，决不弯腰；成绩面前，决不骄傲。记得《铁屋中的呐喊》里有一篇叫做"那塔那湖"的文章，其中有一句话的大意是：我们皆非草木，草木可以在这片校园年复一年地生长，而我们注定很快被另外一群人替代。我们不必有余华毕业时的感慨，我坚信四年后我们的笑容一定会像今天一样灿烂！最后，真诚地祝愿：老师们身体健康、工作顺利！同学们学习进步、梦想成真！谢谢大家！

电网 1501　李思成
2015 年 8 月 21 日

教师寄语

"我们上大学是为了什么"，也许很少有人会去认真思考，而李思成同学指出上大学是为了更好地认识并完善自我，塑造一个更加成熟的世界观、价值观、人生观，这一点难能可贵。在过去的日子里你披荆斩棘，在未来的日子里你也定能不畏艰难险阻，踏平坎坷，一路高歌。

续·梦

尊敬的领导，敬爱的老师，亲爱的同学们：

　　大家好！

　　十分荣幸能拥有这次发言的机会，对此我表示衷心的感谢。

　　在这秋高气爽的日子里，我们背负远行的行囊，怀着万千的期待，不远万里，相聚于这个多年来不断培养着电力系统相关人才的优秀学府。大家都走过了高考这座独木桥，在高三奋斗的日子里，相信大家都与我一样，意志得到了磨炼，能力得到了提升，精神得到了升华。十二年的寒窗已成往昔，翻过这一页，迎接我们的将是与之前完全不同的大学生活。一下摆脱了悬在头上的名为"高考"的这把刀，相信大家都松了一口气，但这并不能成为我们放松的借口。大学是一个崭新的平台，大家正站在这平台的不同台阶上，也许起点各有不同，但只要努力，没有什么不可改变。现在，我国正处于电力体制改革的深化阶段，我们未来将会进入的电力行业，正处在机遇与挑战并存的关键时刻，而我们也正处于人生中机遇与挑战最多的几个时期之一。身处这样的关键时期，我们只有不断丰富知识，积累经验，勇敢创新，才能激流勇进，在电力发展中成为有力的发动机。在这样的时期，个人的力量终究有限，难以成为中流砥柱，我们要学会利用团体的力量，在学习中多向同学讨教，多参与学生活动，学会人际交流的基本技能，为未来的工作打好基础。

随着时代的发展，我们已拥有比祖辈好许多倍的学习工作条件，时代为我们提供了前所未有的优越条件，我们理应回报社会。身为这所"电力系统黄埔军校"的一员，我们应抓住这宝贵的机会，吸收、消化、再创新老师们所传授的涓涓知识，增强自身的能力，奠定未来为电力事业添砖加瓦的基础，以此向老一辈的电力人致敬！"献了青春，献终身；献了终身，献儿孙"——这是对我的祖辈最恰当的描述。作为第三代电力人，我的血液里自然流淌着电力魂。我的外公曾是一名输电战线上的员工，在我幼时，他便指着山上的铁塔教我认：猫型塔、羊角塔、门形塔、转角塔……；我的爷爷曾是一名电建职工，亲身参与了清镇电厂、索风营水电站和勾皮滩水电站的建设。这些长辈的故事，从我小时候便一直鼓舞着我前进，坚定着我投身电力事业的信念。可以说，进入华北电力大学，为电力献青春、献终身是我从小到大的梦想。我不知道是否其他同学也与电力系统有着这样的不解之缘，但我相信，既然我们已经进入这所学校，我们的内心必然沸腾着对电力的一腔热血。现在，我们拥有了华北电力大学这个平台，可以肆意地挥洒对于电力的热情。这样难得的机会，我们又有什么理由不好好抓住呢？让我们抓住机会，在课堂上认真听讲，在课堂下多与老师同学讨论，没准一个未来先进技术的雏形，就会跃然纸上；让我们抓住机会，在各种学生组织和社团中积极参与活动，锻炼自己办事的能力，磨炼自己处事的态度；让我们抓住机会，在他乡生活中增强自理能力，为走入社会做好准备……为成为卓越的电力人而奋发图强！机会太多，我们一定要学会把握。新校园，新起点，一切都是新的开始，让我们共同翻开大学这新的一页，在未来的日子里共同奋斗，书写出一份无悔的青春答卷。最后，祝愿所有同学学习进步，祝愿所有领导、老师身体健康、心想事成！我的演讲到此完毕，谢谢大家！

电气 1506　戴雯菊
2015 年 8 月 16 日

教师寄语

　　无论在哪个年代，无论在哪一领域，总有一批人，他们为了国家和民族的事业兢兢业业地奉献自己的血与汗，正是这种精神的传承，才铸就了中华民族一代代的传统美德，才让中国的建设一步步上了台阶。戴雯菊同学从小受外公和爷爷的影响，与电力事业有着不解之缘。此刻，祖辈父辈的接力棒已经交到了她的手中，她有决心、有信心、有毅力开拓创新，继往开来。

梦想启航

敬爱的老师，亲爱的同学们：

　　大家好！

　　此时此刻，我心中有一种莫名的兴奋，这种兴奋也许来自我内心深处十几年来对大学的向往，当然，也夹杂着可以与这么多来自全国各地的同学一起学习、一起生活的荣幸。所以在这里，我首先要感谢我们的学校提供了这么一个平台。相信大家和我一样，都对自己的大学生活充满了憧憬。印象中的大学是自由的，是欢乐的，是不拘教条的，是可以发展自我兴趣的。然而，就在今天，这个大学生涯刚刚开始的日子里，我需要先向大家提出三个问题：我们从哪里来？我们要到哪里去？我们应该怎么办？

　　我们从哪里来？对于这个问题，可能在场的不少同学都会感到可笑：我们从大江南北、祖国的各地而来。说得非常正确！但是，这并不是我想要的答案。我们从父母身边来，从生自己养育自己的家乡而来。我相信，能进入我们学校的同学成绩应该都相当不错，最起码在父母眼中我们已然是为他们争了光的，在邻居心里我们也是那种令人艳羡的好学生。正所谓十年寒窗苦，而我们无疑已经在前一阶段的战役中取得了胜利，所以我要祝贺包括我在内的大家！然而，我必须提醒各位，一个阶段的胜利不代表永久的胜利，更何况我们绝大多数人并没有离开自己的父母，离开自己的家乡，换句话说，我们占据了天时、地利、人和。但从今天开始，我们将在一片崭新的世界里开拓属于自己的天空。在这里，没有父母的护航，没有往日发小的陪伴，甚至说人生地不熟也不为过，可是我们要告诉自己，这里将是我们梦想启航的地方！

我们要到哪里去？这个问题无非就是一个方向认知的问题，而所谓的方向，是决定我们未来的重要因素。相信在座的同学都有自己的一个方向。方向无所谓对错，但你一定要沿着最初的方向走下去；也无所谓不切实际，因为只要有了方向，再遥远的地点也终有一天能到达。

那么问题来了，我们应该怎么办？当今社会出现了这样一种不和谐的音符，它叫读书无用论。我们暂且不问对错，只是简单地分析一下为何会出现这么一种声音。读书无用，我想是因为很多大学生忽略了课本理论与实际操作的区别，于是出现了说起来头头是道、干起来撒腿就跑的人。这是一个很值得重视的问题，因为我们学习就是为了掌握一技之长，倘若这种技能不能够服务于自身、服务于大众，那可就真的无用了。说到这，我想大家或多或少都明白了我想表达什么，没错，就是科学理论的实际应用。习主席也说了，空谈误国，实干兴邦。只有能将自己的知识真正应用于生活实际的人，才无愧于大学生这一称号，也才能真正是一个众人眼中的人才。时光转瞬即逝，四年的大学生涯也不过在眨眼之间。最后，希望大家可以在这决定一生命运的四年里学有所成！

电气 1501　杨海潮
2015 年 8 月 17 日

教师寄语

我们从哪里来？我们要到哪里去？我们应该怎么办？作者提出了三个带有哲学意味的问题，从更深的层面去思考大学生活的意义。作者警示大家，我们从离开父母身边来到了大学，一定要尽快适应独立自主的生活,摆脱对他人的依赖。同时作者还能明确自己的人生方向,以积极的态度看待大学对我们人生的意义,点出我们要将书本上的知识在实际生活中应用起来,方能学有所成,改变自己一生的命运。

我的大学我做主

敬爱的老师,亲爱的同学们:

大家好!

我这次演讲的题目是"我的大学我做主"。就在不远的前几月,我们刚刚结束了高考的"厮杀",结束了那段紧张而又难忘的高中生活,伴着迎新的节奏,我们踏进了华电的大门——一个崭新的世界。这是一个怎样的世界:一个个对知识充满激情的青年涌入,一个个高素质的电力人才从这里走出;一个承担新能源与梦想,承担为国家和社会培养高层次创新人才的世界。巍巍学府,电气之光。这是我们的世界。何谓"大学",蔡元培先生认为:"大学者,研究高深学问者也。""大学者,囊括大典网罗众家之学问也。"梅贻琦先生认为"大学者,非大楼之谓也,有大师之谓也"。大学是智慧的象征,是精神的家园,是令人向往和憧憬的圣地。这是属于我们的世界。在大学这块画板上着什么样的颜色由我们做主。如果可以,我希望它是红色的。如烈火般的颜色,热烈、激情。未来的大学四年,我希望它尽情地燃烧。因为它是我们握在手中唯一值得炫耀的资本。有聪明的哲人会用这个资本:牛顿用他二十三个年头,换了一个"万有引力";哥白尼垂危床头,还挣扎着用生命最后一个年头,换了一个崭新的日心说体系。而我们呢,用这四年换游戏的一级一级攀升,还是用这四年换韩剧的一部部更新?……时间不可留,但我们若能用这四年学会更多知识,明白更多道理,也不枉这青春的资本。切莫做些赔钱,不,赔生命的交易。扬起我们青年人的热血与激情,与时间赛跑,将日子压缩成海绵,浸在知识的长河里饱吸营养之液。如果可以,我希望它是绿色的,如抽芽般焕发着生机。在大学里沐浴阳光,仰起头,自信仰望天空。也许这个芽很自卑,看看身边的人,他唱歌好棒,她的舞姿真美，他的篮球打得真棒……但你同样有自己的闪光点。也许你觉得自己长得不太漂亮，但你的性格很好、朋友很多；也许你的成绩平平，但你在社团独当一面……有时候我们不妨来点阿Q精神，自我陶醉一番。抬起头来，享受大学带来的春风，用最自信的姿态走进这个校园，四年后，拿出最自信的实力走进社会。充满生机与活力，昂扬自信，我的大学，这样过。如果可以，我希望它是蓝色的，如天空般的水蓝。不带任何压力地享受，在一个晴朗的下午，骑着单车逛逛大街小巷，抚摸这个城市的纹理，凝视车窗外闪过的风景，抒发心中涌动的情感，和朋友徜徉林荫小道……如果可以，我还希望那画布上有一颗星，指引我向前的星。有人说："人生重要的不是你所站的位置，而是所朝的方向。"只要方向既定，便风雨兼程，把背影留给世界。也许，年轻是我们编织梦想的权利，但行动才是编织梦想的细纱。我希望在那星的指引下，我们通过自己的努力，脱胎换骨，由一只柔软的小青虫破茧而出，化为一只美丽的蝴蝶，于社会的花园里翩然起舞。

大学是每个学子心中的"象牙塔"，有人把大学幻想成阳光明媚、人才济济的天堂，也有人把大学想象成愁云密布、考试依旧不断的地狱，但我认为大学是你通往彼岸的一个摆渡，是人生中一段绚丽多彩的经历！我的大学，我做主！这个异彩纷呈的世界，等你来体味。

电气1506　王杨
2015年8月20日

教师寄语

"大学者，非大楼之谓也，有大师之谓也。"作者同梅贻琦老先生一样，视大学为学术的圣地，警示我们不忘初衷，不忘在大学努力学习，拼搏进取。然而除了这些宏伟的志向之外，作者又提到了"阿Q精神"，更加现实理性地点出，即使平凡的我们无法真正成为一个伟人，也还有自己的闪光点，同样可以通过努力创造属于我们自己的青葱岁月。即使不被人歌颂，也要让自己无悔，我想这就是作者"我的大学我做主"的真正内涵吧。

活着

尊敬的各位领导、老师，亲爱的同学们：

我演讲的主题内容为"活着"。为什么选这个主题呢？首先得从我自己说起。我觉得在这个高考假期里，之前按部就班的学习已不复存在，没有老师和家长再那么紧张地督促我们学习，有时甚至会连自己下一步的计划也模糊起来。自己闲暇起来发发呆，出于对未来的不清晰，便会对自己的生存意义进行沉思，傻想自己活着有什么追求，甚至是否还活着。对啊，活着是什么呢？仅仅是自己心脏在跳动着，血液在流淌着？抑或是建立了与他人、与世界的联系？或许再多再多答案只能由自己定义。活着，我们已经无法选择了，回想起我们的成长历程，回想起我们一次又一次的努力最终换来满意或恼人的结果，或许这便是活着，夹杂着上天要我们每个人在一生中应该体验的滋味。活着，可以说是我们最美好、最难得的事，即使我们被打击，会沮丧，但仍期待活着给我们带来的希望，这便是生存给我们带来的魅力，直到生命的最后一刻，我们都应该好好为自己活着而庆幸，但是我们又应该以什么样的姿态活着才不枉此生呢？有一天，我看着城市里的芸芸众生，觉得城市太辽阔、人力太渺小、科技太久远、人生太短暂，从而生出无尽的悲哀，觉得奋斗有什么用？百年之后，也只能是一抔黄土。一个人活着的力量太微薄了，就像太平洋不会因一杯沸水的倾倒而升温，但这杯水却永远地消失了。一切活着都显得荒凉和愚蠢，结局和发展都充满了不可言说的荒谬。一个人，和一只蚂蚁，一条蛆虫没有任何分别，活着如此轻渺如烟、不足挂齿。这看似无懈可击的逻辑，其实是很危险的。站在了这个高度，就会不由自主地灰心丧气，所有的努力与不努力混为一谈，失败顺理成章，清醒与昏迷并无分别。当我们成为"活着"的旁观者时，所有世俗的欢快和目标，就变得轻于鸿毛。这就要求我们学会活着，学会为自己而活，为他人而活。为自己活着，这是我们内在最基本的需求。因为若是活着不为自己，自己又有什么勇气活下去呢？为自己活着，要求我们成为一个有理想、有目标、有勇气、有坚持力的人，在人生历程中不断修炼自己，让未来的自己成为现在的自己的偶像，从而提供源源不断的动力，使自己成为一个对得起自己、不留遗憾的人。为他人而活，这是我们外在最应该表现出来的意义。因为若是活着不为他人，自己便会被世界孤立，陷入高处不胜寒的孤寂，就如羊水中的婴儿，有谁会喜欢寂寞呢？为他人而活，要求我们成为一个不墨守成规、不固步自封、对他人善良友好忠诚的人，在建立与他人联系的过程中，成为一个体谅别人的人，体谅别人的处境和习惯，这不与文化程度、经济水平挂钩，只是我们做人应有的道德规范和人格修养。人的一生中，一刻也不为自己而活，活着太可惜；一刻不为他人而活，活着太可悲。人生征途中就应该为自己，为他人而活，这样活着才会不自悯、不自怜。我们可以不美丽，但我们健康；我们可以不伟大，但我们庄严；我们可以不完满，但我们努力；我们可以不永恒，但我们真诚。当我们为自己、为他人活着的时候，所有的岁月和经验，所有的勇气和智慧，便都厉兵秣马集中于我们内心，情绪安然从容，勇气源源不断。即使不一定能骄傲地走到人生终点，也会竭尽全力去活着。

电气1509　蓝松阳
2015年8月18日

教师寄语

　　作者对大学生活的态度十分严肃，上升到了人生意义的高度。也许大学本身，就是我们人生独立的开始。"为什么而活着"这个话题，确实需要我们去思考。唯有明白了这个问题的答案，我们才能知道要做什么、要怎么做，也才能做到如作者说的那般，厉兵秣马于内心，情绪安然从容，勇气源源不断。

梦想

尊敬的各位领导、老师，亲爱的同学们：
　　大家好！
　　蜗牛没有立足仍执着地向金字塔的顶端爬行，因为它坚信毅力是最大的天赋；蜘蛛没有翅膀却可以把网结在空中，因为它坚信梦想是最好的翅膀；叶子在风雨中飘摇却依然坚守在枝头，因为它坚信执着的绿一定能换来金色的秋天。大自然的万物都在为自己的理想而执着奋斗，这就告诉我们：梦想是迈向成功的垫脚石。

因春晚一炮而红的刘谦，他的成功就是一个很好的例子。大家都知道魔术师的手法快，在你不经意的瞬间，他就已经把戒指变到鸡蛋里，殊不知，这成功的背后却隐含着巨大的艰辛。刘谦曾在自己名不见经传时在街头为各界人士表演魔术，众人的冷嘲热讽，他人的白眼，再多的苦刘谦只能独自默默忍受，因为他心中一直有一个心愿在背后默默支持着他，给他精神上的鼓舞，那就是有朝一日成为一名出色的魔术师。也正是因为怀揣着这样的心愿，他觉得付出再多的艰辛都是值得的。三年的街头魔术，为他打下了牢固的基础，让大家看到了他在舞台上见证奇迹的时刻，成就了如今三十万身价的他。今万家灯火时，昔谁人可知？伟大的发明家爱迪生使这一切成为现实。我们永远不会得知他曾多少次在失败中彷徨，在迷茫中惊醒，才创造出今日的光亮。使黑夜闪烁繁星，让光照俯射大地，成了爱迪生最重的外壳。他寻找黑暗中的光明，历经千百次失败，最终迎来万丈荣光。米奇米妮和唐老鸭的故事，红遍世界每个角落，而这部家喻户晓的动画片的原型却出自一个废弃的仓库。梦想成为漫画家的迪士尼因无人赏识而穷困潦倒，终日与仓库中的老鼠为伴。上天是公平的，他夺走你一样东西时，也必定会给予你其他，前提是你是否有资格得到它。他没日没夜虔心地绘画，一个标志着全新童话世界的路标终于问世了。他对于绘画的梦想就是他背负最重的外壳——在他自己小小的天空建立一座真正的童话世界，成为自己世界的梦想家。梦想，多么熟悉的字眼啊！你就像一座帆船，寄托着无数人的目标、汗水和泪水。梦想，就像一盏明亮的灯，照亮着我们的前方。梦想，就像一条艰苦的道路，只要你不怕一切困难，你就能走上一条闪耀的星光大道。梦想，就像那阶梯，只要你认真爬就能使你走得更高、望得更远。梦想，每个人都有，但不一定每个人都能实现自己的梦想。其实，追求梦想还能够锻炼你的意志力、磨炼你的耐心。

姚明说过："你努力不一定会成功，但你不尝试肯定会失败。"就拿梦想做你的目标，永不言弃地去追求它；就拿梦想当做你的敌人，用尽一切力量打败它；就拿梦想当你的使命，竭尽全力去完成它。

电气 1501　陈俊宏
2015 年 8 月 17 日

教师寄语

成功也许就是这么简单，永不言弃地去追求你的梦想。然而真正能够做到的人又能有几个？作者举的几个例子十分有说服力，告诉我们想要成功，就必须做好付出汗水的心理准备，正如文中提到的，你努力不一定会成功，但你不尝试肯定会失败。在这个人生最辉煌的岁月，不努力本身就是最大的失败。

成长人生

尊敬的各位领导、老师，亲爱的同学们：

大家好！

我叫王树冬，是电气与电子学院的一名新生，很荣幸能够站在这里代表全体大一新生发言。

度过彷徨、紧张的暑假，昨天的我们还在考场中为自己的理想而拼搏，为能否考上华电而紧张，今天的我们便为了心中相同的梦想相聚在一起，站在我们人生的又一驿站——华北电力大学这一崭新的舞台上。现在想想，梦想成真，如同南柯一梦。

大学是人生的重要阶段，丰富的校园生活将使我们从稚嫩走向成熟，从幻想走向理想。几周的军事训练帮助我们新生学会了团结，学会了勇敢，学会了坚强。面对大学的新生活，我们首先应该树立远大的理想、抱负以及正确的人生观、价值观，然后用我们年轻的智慧、勇气以及永不服输的心，不断向我们的理想前进。人无志不立，向着理想前进的路虽然艰难，但是到达之后会有难以想象的快乐。其次，要尊敬师长，友爱同学，热爱我们的集体。正因为森林中没有完全相同的两片叶子，所以森林才那么的诱人。同样，恰恰是迥乎各异的个性才使得这个世界变得更加丰富多彩。这就需要我们学会尊重别人，同心同德，互敬互爱，同舟共济，这样才能铸造我们美好的明天。最后，我们要博采众长，同时也要努力提高自己的实践能力。因为我们是即将步入社会的年轻人，会有许多知识等待着我们去发掘、去学习、去思考。同学们，"绳锯木断，水滴石穿"，只要我们有恒心，就一定能够实现心中的梦想，就一定能够成为适合社会发展的复合型人才。

  时间不等人，日历的厚度会慢慢变得不再丰满，现在我们的脚步又装裱在这个秋季的封面上。虽然时间飞速地从我们身边掠过，但是我们清楚地知道：学习是取得成功的基础，只有努力学习，积累丰富的知识，才能为将来的成功打下坚实的基础；实践是取得成功的源泉，在掌握知识的基础上，我们还必须到生活、工作中去汲取养料；奋斗是取得成功的关键，只有不断奋斗，努力进取，才能使学习和实践的成果得以充分展示。我希望在大学四年中，能够像水滴一样，先汇入大海，最后惠及田地时不是一滴而是海洋。所以在大学这个令人无限憧憬的地方，我们应稳得住自己的心神，努力提升自己的实力，完美地修完所有的功课，善于在集体中发挥自己的力量，把小我投身于大我，再从大我中得到滋润。这就是从生活中得到养料，也是我在大学中的简易计划。

  尊敬的领导老师，亲爱的学长学姐，请你们相信我们，相信我们这一张张朝气蓬勃的面孔，我们一定会以"团结、勤奋、求实、创新"的校训来鞭策自己，一定会在大学这个舞台上，展示出完美的自我，展现出我们多姿的风采。高考之前以为高考就是一座无法翻越的大山，是终点；高考后才发现高考只是起点；懂得人生有一座座大山，翻过一座还有一座；所以高考后我们会向着生命的每一座山峰，勇敢攀登，从幼稚走向成熟，从理性走向成功！我们将带着无限求知的赤诚之心去开拓进取，拿出初生牛犊不怕虎的勇气，去描绘我们无悔的青春，去书写学校的新辉煌！

  祝大家学业有成，谢谢大家！

电气 1506 王树冬
2015 年 8 月 18 日

教师寄语

  文章文笔优美，叙述条理清晰，说出了大一新生对自己的告诫，希望自己珍惜时间，努力上进，总体立体感强，可读性强！

放飞梦想

尊敬的领导、老师，亲爱的同学们：

　　大家好！

　　我是2015级电气工程及其自动化专业的王晓凡。今天，我非常荣幸能够代表2015级的全体学生在开学典礼上发言，同时十分感谢院领导给了我这项殊荣。

　　迎着清爽的秋风，吻着醉人的菊香，在这美丽的日子里，我从千里之外来到了华电，即将开始我的大学生活，开始我新的梦想旅程。踏进这美丽的校园，看见大家热情的笑容，听到各位温暖的问候，我的心也随着飞扬起来。领导、老师们的亲切关怀，学长们的热情帮助，都温暖地包围着我们。请允许我借此机会，向华北电力大学的院领导、老师及学长们表示我们最崇高的敬意和感谢！

　　经历高考的洗礼，我们终于走进了大学。这里将是我们人生的一个转折点，是一段崭新历程的开端，也是我们圆梦的起点。所以，我们不必比较条件的优劣、面积的大小，也无需在意过去的一切，既然来到了这群英荟萃的华北电力大学，就要珍惜这宝贵的机会去实现自己的梦想。大学生活是多姿多彩的，但也需要我们学会把握和深入体会。在这里，我们要开阔视野、更新知识、提高能力，将来更好地发展自己、服务社会。来到大学应不仅是为了学习知识技能，还应有一个更重要的目标，那就是提升境界——为学和为人的境界，这也是校园生活能够给予大家的最好回馈。

　　首先我们要克服简单冲动、意志不坚定、思想不成熟的弱点，充分挖掘自身的潜能，成为一个名副其实的华电人，成为一个完完全全的自己。其次是从第一件小事做起。勿以事小而不为，小事决定成败。要听好第一堂课，做好第一次作业，学好第一门课程，在小事中积累成长，从而在大学度过无悔的青春岁月。真正能解救你的人只有你自己，大学给你的价值是你自己创造的。为了早日实现我们的理想，我们决心从以下方面要求自己：

　　一、做好第一个自我设计。确定大学时代的目标，尽快调整心态，为自己的大学生活规划出完美的蓝图，瞄准目标锲而不舍地追求。

二、养成良好的习惯，从现在起步。习惯对于一个人有着至关重要的作用，大凡有为之士，皆有着良好的行为习惯。我们必须从现在开始，加强内在修养，不断战胜自我，而不要等到告别校园之后。

三、掌握方法，为终生学习做准备。我们要在老师的帮助下，学活书本知识，掌握正确有效的学习方法，学会自主学习、合作学习、探究学习。要把学习与我们的日常生活结合起来，在生活中学习，为更好地生活而学习。

四、培养能力，为终身理想积蓄力量。要努力提高素质，开拓创新；学会思考，学会实践；积极参加各类社会实践活动，积极参与学院组织的各类文化、艺术、体育、教育活动。在实践、工作的过程中，培养自己的创新、协作、沟通、管理等多方面的能力。

学习，归根结底还是培养多种能力。只要我们敢于尝试，善于实践，就能在无限广阔的空间，看到一个全新的自己。新的学期开启新的希望，新的空白承载新的梦想。知识改变命运，态度决定未来。同学们，让我们牢记师友的热切期盼，扬起理想之帆，趁着美好时光，播种新希望，放飞新梦想，踏上新征程，创造新成绩，在华北电力大学的这片热土上，同心、同德、同行，共同铸造新的辉煌！

最后，祝校领导、老师身体健康、工作顺利！祝各位同学学业有成！

电气 1506　王晓凡
2015 年 8 月 18 日

梦的开始

尊敬的各位领导、老师，亲爱的同学们：

大家好！

我叫杨涛，来自四川宜宾。我十分荣幸代表全体大一新生在这里发言。时间转瞬即逝，仿佛昨日还在考场为自己的理想挑灯夜战，今日我却已经站在这里，与全国各地为梦想而来的同学们共聚一堂。曾记否，三年前面带稚气的我们志存高远，为实现大学梦而拼搏；而如今，我们已踏上新的舞台——华北电力大学。我们见证了高中的落幕，拉开了大学的帷幕，曾经做飞鹏做鸿鹄的愿望仍将展翅。站在这里，我开始体会到江山无限宽的意境、万里风举的壮阔，而我们的大学必定是波澜壮阔的。

也许许多同学一上大学就如释重负，抱着好好放松的心态四处混迹。大学是终点，但也是起点，所以不可以在起点上懈怠。悟以往之不谏实在是一种残酷的自省。古人云"行百里者半九十"。更何况，若把人生进程比做一百里路，上大学还没走九十里。波澜壮阔的大学，不应该迷醉在灯红酒绿里，不应该沉溺在虚拟世界中，应想想丰富的社团活动，看看四处的季节变幻。风乎舞雩咏而歌，这样的情调如何不浪漫？同学为朋同志为友，这样的学习交流如何不痛快？

因此，说放纵实在是辜负了自己，如此大好年华而不珍惜，只能说，天予不取，必将遭之。我一直用"于人有利，于己有为"来要求自己。正所谓"诚意，正心，修身，齐家，治国，平天下"。人立于天地之间，必当有所作为。我想大家都应该听过这句话"大学者，非为有大楼之谓，而是有大师之谓也"。大师林立的大学带给我们的应该是大情怀、大胸襟。投我以木瓜，报之以桃李。今日大学培育人杰，明日的青年才俊自当反哺。因此，我希望和在场的各位，一起携手为学校、为国家、为社会贡献出自己的一份力量。也许大家还在迷茫如何对待大学的学习生活。我觉得，要想在大学学有所成，不仅要有周密的计划，还要有强大的执行力。《孙子兵法》中把"五事"、"七计"放于卷首。可见，凡事预则立，不欲则废，计划定好，便成功了一半。

此外，执行计划的力度也是很重要的，再好的计划，若不执行，就如同废纸一般。大学不像高中，高中以学习成绩为主，而大学的舞台更宽广。孔子曾说，"过犹不及"，所以大学期间，社团交流与学习之间的平衡尤为重要。学习和活动，偏袒哪一方都是不行的。学历和能力，必须兼顾培养，才不枉大学四年的光阴。我发现一个现象，幸运的人大部分都是那些喜欢笑的人，而自己越不开心，就会越倒霉。为什么，我也不明白，也许这就是天意。所以说，让自己开心起来，绝对有好事发生。而且，也没必要愁眉苦脸，让自己不愉快，伤身体，又伤心情。人生之事，不如意的占十之八九，并且几乎无法改变这一事实。不过，既然无法改变外界，就改变自己的内心，穿上一双鞋比给全世界铺上地毯容易。始终让自己积极乐观，便不惧怕外界的负面影响。

我们这里，有家境殷实的，有出身贫寒的，天南海北因缘分而走在一起，这里面一定有情谊，一定有竞争。欢乐和痛苦必将铭记，汗水和泪水永远不竭。所以，你且当它是山雨欲来风满楼，你且当它是好风一场助你上青云，你且当它是黄粱一梦，你且当它是烈火熔炉。我们的大学，它既然来，来得如此精彩，就不能让它离开得无比落寞。

我的演讲完毕，谢谢！

电气 1503　杨涛
2015 年 8 月 16 日

以梦为帆，扬帆启航

亲爱的老师们、同学们：

我们相聚在这里，经过高三成套的试卷和一本本的练习题，几百个挑灯夜战和课桌上的奋笔疾书；我们相聚在这里，又一次为梦想起航。在这里我们将以全新的姿态，迎来这个学校乃至全社会的考验，过去的我们抑或辉煌过，抑或失意过，但那些已成为我们记忆的一部分。

现在我们面对全新的校园、陌生的面孔，以及那个应该重新审视的自己，更要不为生活所惧，以梦为帆，扬帆启航。十二年时光飞逝，四年亦不是斗转星移，在匆忙学习中会逝去，在宿舍游戏中亦会失去。大学有学到真本领，出来即可一步步朝理想中的自己迈进的；也有无所事事，出来找不到工作，继而当啃老族的。如何选择，在我们自己。

未来的我们，收到更多的是来自社会各界对我们的考验和历练，而非家长老师絮叨的大道理。我们的青春经过了高三，也要经过大学。把最美的时光留给梦想，最珍贵的时光留在校园，这是若干年后忆起，足以让我们落泪、让我们感动的回忆。这些回忆，在于图书馆的一个不眠夜，在于讲台上老师一场别开生面的讲座。我们要为自己和家人，以及自己未来家人的未来负责。作为将来的大学生，我们要成为勇于担当的人，担起属于自己的责任，担起属于家国的责任，这些责任构成了我们活在世上的价值与意义，这些责任让我们在诱惑面前克制，在岔路口做出正确的选择。

我们需要有责任的心，社会需要有责任的人。当然，我们需要爱与怜悯，在一次次天灾人祸中成长，看到灾难中的爱，看到灾难的残酷和人们的抗争，正如天津爆炸事件中来自四面八方的爱，来自四面八方的救援。我们的未来需要爱的包裹。在这四年里，我们可以读一些以前被认为是"闲书"

的经典；在这四年里，我们可以在自习室守着孤单，一个人学习一整天；在这四年里，如果条件允许，我们甚至可以谈一场一生难忘的恋爱。

总之，这四年，我们的生活不应该像白开水一样平淡无奇，而应该活出自我，活出一个难忘的青春。四年时光，说长不长，说短不短，我们要做的就是珍惜在华电的每一分每一秒，珍惜在大学的每一次与知识的碰撞，每一次与同学或老师的交流。你说，我们的过去有太多遗憾，我说，遗憾多，那就从现在开始，改变自己，做好能够做好的每一件事，做好能力范围内的每一件事。我们是一群有志青年，我们相聚在这里，只为梦想的绚烂。新的起点，在这里，崭新的青春，从这里起航，我们的梦想，因在这宝贵的四年时光中奋进而变得弥足珍贵，成为一生值得珍藏的回忆！以梦为帆，扬帆起航，让我们用汗水浇灌出幸福之花，用双手缔造出美好的未来。谢谢大家！

通信1502　宋羽
2015年8月17日

能源动力与机械工程学院

电力之光

亲爱的华电全体师生：

你们好！

经过十二年的辛苦付出，今天我们终于在这里相聚！我真的非常激动能进入这所莘莘学子渴盼的高校，而今天站在这里，我更是深深地感受到华电对我们这些求学路上的苦行僧的关怀与热情，这让我更有理由相信，未来在华电的四年，我在学业上会得到更专业的指导，在人生之路上会得到更多的启示。从小到大，高考始终伴随着我们长大，有的人觉得高考是一种束缚、一种羁绊，但在我看来，它更是一盏明灯。在我们还对这个五彩斑斓而又变幻莫测的世界感到未知与迷茫时，它会给我们一个非常清晰明确的目标，告诉我们，你需要努力地往前走，在接受文明教化的同时，逐渐形成独立于他人、独立于这个世界的性格与三观。高考不是要把人往一个固定的、机械的模式里带，而是引导我们走到无数先人摸索出来的最有利于个人发展与文明进步的路上。当然，我们也不能否认，这个延续千年堪为国家机密的大型人力资源选拔考试，给我们带来了精神与肉体上的困扰。对于我本身而言，从小学以后，就再也没有所谓的周末，没有课外活动，也没有同学聚会，不管是起晚了还是在外面呆的时间有点长，都会觉得愧疚与自责，觉得自己在虚度时光。高三那一年，其实过得也很普通，因为以往多少个日日夜夜都是这样度过的，并无二样，脑子里已经固定形成了一个模式，每天自动启动，好像从未关闭。那些长辈总是摆着一副亲切的面容对我说，这些苦是一定要吃的，吃得苦中苦，方为人上人，不去努力，怎么能过上你想要的生活？我不是愤青，也不偏激，没有那么多自由不羁的想法，所以始终按照一条最安稳的路线慢慢走着。但令人苦恼的事情在于，离你越近的地方，越难以到达。当人心开始浮躁，如何找到自己灵魂的支撑点？高考后期我也有睡不着的深夜，觉得走完这一程，人生仿佛就失去了一个支柱，生活好像又陷入一个困境。再想想，就知道，上天是在给我们一个选择自己人生的机会。因为以前我们不够成熟、不够理智，而现在，也许我们依然青涩、依然会犯错，但我们应该有权利去把握自己的人生，这是生命的必经之路。人们常说高考是人生的分水岭，其实它只是一个有着无限可能的岔路，我们有无限选择，没有对错。很多时候我也有想过，我的人生应该是什么样子的，十年、二十年以后，我过得或光鲜亮丽，或穷困潦倒，抑或是像橄榄最中间的那部分，过得不好不坏，同情着一端，羡慕着另一端。不管怎样，有些事情都是无法抗拒的，比如成长与青春的失去，比如在社会的磨砺下逐渐失去了最初的棱角。王安忆说，生活和人生本来是弥漫的氤氲的形状，质地也具有弹性，如今越来越被过滤干净，因而变得光滑、坚硬并且单一。我们没有愤世嫉俗，而是在阐述一个众所周知而又没人愿意承认的事实：我们在成长，在变化。"林花谢了春红，太匆匆。"多情的诗人嗟叹春光易逝。一生何尝不似一花，开落有数，盛景不长。不同的是，我们是自己的耕耘者，这一生的光阴我们可以用双手盈握，使之盛放。要相信含泪播种的人一定能含笑收获，"千淘万漉虽辛苦，吹尽黄沙始到金"，把生命释放于大地长天、远山沧海，将是我们在华电最大的收获。巍巍华夏，电力之光，愿诸位都能以青春之我，创建青春之人类！

能动 1501　罗玮
2015 年 8 月 16 日

充实自我

尊敬的校领导、老师，亲爱的同学：

　　大家好！

　　我是来自能源动力与机械工程学院的学生周港宝，很高兴能在这里发言。时间总是转瞬即逝，昨天的我们还在为了自己梦想的大学挑灯奋战，今日我们就来到了这梦想的殿堂。还记得，三年前有着稚气脸庞的我们曾经志存高远，实现人生的跨越；三个月前，我们为应战高考，共同经历了黑色的六月。我们曾在课桌前努力拼搏，不放过一分一秒，那段时间是我们珍惜的回忆，希望我们能将这份努力带到大学。现在我们站在了人生新的起点，华电会是我们新的舞台，我们将在这里演绎四年精彩的人生。大学是很多学生追求的阶段，因为在这里我们将有大把的时间，倘若还未确立新的学习目标，你将会荒废很多时间，你的大学生活也会缺乏驱动力。高尔基曾说过："一个人追求的目标越高，他的才能就能发展得越快，对社会就越有益。"目标能激发人的积极性，能让人产生自觉行为的动力。大家记得马尔克斯吗？想想他创作《百年孤独》时生活多么窘迫，家里的生活物资都是赊来的，他要求自己像木匠一样工作，尽管创作的道路很艰苦，但是他还始终坚持着，最终才诞生出不朽的巨作。生活中的坎坷避免不了，但这不能成为阻碍我们追逐目标的理由，现在的我们正处于富有理想、憧憬未来的年纪，有目标后我们的生活会变得快乐、振奋起来。千里之行，始于足下，要让我们的理想成为现实，积累是必不可少的，要一步一个脚印地向前走。同学们，让我们一起努力，一起加油吧。泰戈尔曾经说过："果的事业是尊贵的，花的事业是甜美的，但是让我做叶的事业吧，叶是谦逊的，专心地垂着绿荫。"是的，我们要做一名谦逊的学生，认真地听老师的教诲，虚心地接受同学们的意见，如孔子说："知之为知之，不知为不知，是知也。"谦逊的学习态度是一种智慧，拥有求知的精神，即便是出来工作，学习新的技术也能得心应手。大学期间还应该多参加集体活动，去感受集体的力量，体会集体的精神。集体能引导你走向团结，走向友好；集体会带领你去感悟社会，体验人生。有那么一句话是这样说的："天空没有翅膀的痕迹，而我已经飞过，思念是翅膀飞过的痕迹。人生的意义不在于留下什么，只要你经历过，就是最大的美好，这不是不能，而是一种超然。"大学要学会去经历，多出去走走看看，多参加活动，这些将是最美好的回忆。外面的世界总会有些荆棘，但成功的道路往往是需要汗水来铺垫的，征途绝非一帆风顺，经历也是一种磨砺。茶余饭后，学还要有所思，曾子曰："吾日三省吾身"，看看自己有没有做错什么。马尔克斯说："如果上帝赏我一段生命，我会简单地装束，伏在阳光下，袒露的不仅是自己的身体，还有我的魂灵。"我们需要常常拷问自己内心的灵魂，生命其实没有那么繁琐，只是思想复杂了，路才会走错。我们还要学会感恩，父母养育我们，老师给予我们知识，他们关心帮助我们，这个世界是一个充满爱的世界，我们要感谢他们，同时要将这份爱传递下去，这是中华民族的传统美德。

能动 1503　周港宝
2015 年 8 月 19 日

控制与计算机工程学院

美好的人生旅程

各位同学，各位老师：

大家好！

我很高兴能在这里发言，虽然我并不是个会演讲的人，但依然感谢学校给我这个机会。因此，我要在这向你们述说我对过去的总结和对未来的期望。

首先，我要祝贺自己和在场的所有新生，祝贺我们来到华电这所充满机遇和无限前途的大学。

在这个空间中，我们将脱离家长的贴身呵护，投入到丰富多彩的大学生活中。也许你对这个空间曾有过一串美妙的联想：幽静的林荫道，一眼望不到尽头的阶梯教室，笑声琅琅的宿舍……然而，对于涉世未深的我们来说，要在短时间里适应既新鲜又陌生的大学生活，无疑是对自己心理素质和能力的考验。

中学时期，学习目标非常明确，主要是熟练掌握指定的学习内容。我们曾为了高考那个战场而努力拼搏过，为高考挥洒了汗水和青春。今天我们能站在这里就证明我们的努力得到了回报。因此，我们要为未来的大学生活做好准备。

学习上我有三个建议：一是尽早确定自己的人生目标。从职业生涯的角度来看，大学生的人生方向通常有三种情况，为"科学研究"、"社会实践"和"学科交叉"。所谓"科学研究"就是将来打算在本专业方面进行深造，应该注意在专业知识方面求深、求透；所谓"社会实践"就是将来打算尽早工作，在社会中运用本专业知识；所谓"学科交叉"就是将来打算有更广博的知识，广泛猎取学科交叉方面的知识。二是要尽早确定自己的学习目标。大学专业调整不易，既然缺乏专业的广泛调整空间，那就需要大家花精力来了解自己所学专业的全面情况是什么，要做到既来之，则安之，在学习实践中培养专业兴趣。三是积极参与各种创新活动、学科竞赛活动。要掌握收集、选择、管理信息的能力，并使之在创新与学科竞赛中发挥作用。

  大学生活涉及到环境的改变，我们只能先适应，然后更加努力地去调整。如果你适应不了，如何谈得上调整？对此我也有三个建议：一是要正确地认识自己，重新定位角色。我们要修炼一双懂得欣赏的眼睛。各位在来华电之前，都是当地的佼佼者，有一种心理上的优越感。自己固然有自己的优势，他人亦有他人的特长。我们要修炼一颗自信的心，哪怕优越感被洗刷殆尽，哪怕你变得很普通，也要接受这一角色。二是要建立良好的人际关系。人际适应贵在体现一种宽容的心理品质，能宽恕别人犯错误，能接受不同观点的存在，能包容他人的生活方式。同学之间，因城乡间成长环境不同，在生活方式与生活细节上差别很大，不能拿自己做镜子来要求别人。我们既要学会站在对方角度去理解他人的行为习惯，也要注意不要将自己与环境相隔离，成为"大学生活里孤独的个体"。三是要养成良好的生活习惯。我们正处于身体机能的巅峰，要养成良好的生理和心理习惯。只有心胸豁达，情绪乐观，才能放松情绪，缓解压力；只有劳逸结合，坚持锻炼，才能身体健康，精力充沛。

  最后，我要告诉你们的是，大学的生活精彩而生动，我们需要亲自去探索、去总结。我期待我们在这未来的四年里，能扎扎实实地走出一串无悔的青春足印！

软件 1501 康海峰
2015 年 8 月 16 日

教师寄语

  大学是人生成才、成就事业的新起点。学习、工作、生活、社交等各方面都需要从这里开始去摸索、去思考、去实践。希望你怀有梦想，坚定追求，在华电开启一段美好的人生旅程。

现实与理想的差距

尊敬的老师，亲爱的同学们：

大家好！

我是来自甘肃省西和县的申马彦，很荣能被华北电力大学录取，很荣幸能认识大家。今天我的演讲主题是现实与理想的差距。

人们常说，理想是美好的，现实是残酷的。

大家都知道，现实是客观存在的事物，符合客观情况；而理想是对未来事物的想象或希望。我们总幻想着现实与理想同步，我们心怀美好的理想出发，但却被现实打击得遍体鳞伤。

在世界各地不少国家都能看到和买到这样一个知名品牌的服装——皮尔·卡丹，然而你知道它是如何成为世界知名品牌的吗？

皮尔·卡丹出生在法国，他从小的梦想并非制作服装，而是当一名出色的舞蹈演员。由于家境贫寒，父母把他送到一家缝纫店当学徒，希望能减轻家庭负担，可是无法实现自己人生理想的他极度苦闷。在现实与理想脱节造成的极度痛苦中，他想到了跳河自杀。可是，他突然想起了偶像"芭蕾音乐之父"布德里。他想，或许只有布德里才能明白这种为艺术而献身的精神。他给布德里写信并希望对方能接受自己做学生。然而，布德里在信中既没有提及收他做学生，也没有被他要为艺术献身所感动，而是讲了自己从小想当科学家，却最终因家庭贫困，搞了舞蹈音乐的不平凡的人生经历。布德里用自己的亲身经历启发皮尔·卡丹说："人生在世，现实与理想总是有一定差距的。在理想与现实中，首先要选择生存。只有好好地活下来，才能让理想之星闪闪发光。一个连自己的生命都不珍惜的人，是不配谈艺术的。"布德里的严厉批评和身世经历，激起了皮尔·卡丹的认同感，由此改变了他的人生命运。皮尔·卡丹不再想自杀了，而是思考如何从现实出发，从当下做起，不辜负父母的希望，努力学习缝纫技术。从二十三岁起，他就在巴黎开始了自己时装创业之路。不久，他便成立了以自己的名字命名的公司和服装品牌——皮尔·卡丹，而且大获成功，享誉世界。

现实与理想总是有差距的。人生在世，有理想是极为正常的，但必须从实际出发。如果脱离现实，理想就很难实现，不但不能实现，搞不好还会使自己走上歧途，甚至像皮尔·卡丹开始的时候一样会有断送自己生命的危险。这是不少青年人在不能实现理想时一种较为普遍的做法。还有的就是，当自己的理想不能实现时，虽然不会采取自杀行为，但是很快便沾染一些坏的习惯，如酗酒、吸毒、赌博、流浪甚至抢劫等。所以，实现人生的理想，既要考虑自己的爱好，又应当考虑家庭的实际情况以及社会外部环境条件，决不能不问青红皂白地盲目行事。

　　我们的生活不能只追求理想，也不能只注重现实，要明确理想与现实的区别和差距。你抛弃理想而只要现实时，一定会走向一个死胡同。从来没有一种现实能够满足人类，人类不是完全活在现实中，但是当你为了理想而抛弃现实时，你会变成一个空中楼阁的英雄。在人生的道路上，你既要有理想，又要看到现实，用现实的方式去实现理想，你才可以做自己要做的事，走出自己要走的路。或许是因为家乡人烟稀少，父母又忙于农活，我经常一个人玩，从小就喜欢安静的环境，喜欢一个人静静沉思，不喜欢与人交流，不喜欢参与别人的游戏，这使我在上学之前觉得无聊。但上学之后，这种情绪便消失了，我全身心地投入学习，外界的一切与我无关。一天到晚，不管干什么我都在思考问题，不懂就去问老师，经常弄得老师满头大汗也不一定能解决，所以老师们就再三开导我，让我别弄那些没用的，把考的东西弄懂就行了，弄那么多太累人了，可我觉得不弄深点实在是无聊，大脑闲着没事干，于是继续坚持。可是，我把所有的时间都投入到沉思，却将社交扔到黑洞里，于是慢慢地感觉社交太麻烦，越是这样，越不爱社交，社交就出了问题，但我也没怎么在意，因为这样的我很适合做科研，我也比较喜欢做科研。但一句话点醒了我，"你用七分的社交，三分的知识，可以玩出十二分的人生；但若你用三分的社交，七分的知识，只能玩出五分的人生"，虽然我不尽信，但我忽然意识到，这是人与人的社会，我不可能不与人交往，即使整天待在研究室也不行，因为一个研究成果的出世，往往是很多人共同努力的结果。所以，我在大学里，必须改变以往的生活方式，不能再继续这样的生活，我不但要做学习上的学霸，也要做社交上的学霸，这样才可在社会上立足，才能做人生的赢家。

物网 1501　申马彦
2015 年 8 月 16 日

教师寄语

对理想进行了阐述，结合自己的现实，给出了实现人生理想的路线图。看得出笔者善于思考，对自己的人生规划有清晰的认识和想法。

抓住机遇　迎接挑战

尊敬的领导，敬爱的老师，亲爱的同学们：

大家好！

我叫黄惠娟，来自福建的一个小县城，从小对北京这个大都市充满幻想。填报志愿时，我说服父母让我走出福建省，一个人出去走一走、闯一闯，见见首都的风光。当我踏进这所高等学府的大门时，我周身的血液开始沸腾，心跳也开始加速。

华北电力大学之所以成为我的选择，是因为它的王牌专业——电气和能动。只可惜，我的成绩上不了。即便如此，信息安全也是我自己的选择，我对自己的未来仍然充满希冀。

有梦想固然是件好事，可是实现梦想的路途上有太多的阻碍，我们如何才能一步一步靠近自己期待的未来。可以大胆地说，我很独立，懂得什么叫责任，然而我不够成熟、不够有担当。因此，勤奋二字在我身上体现得仍然不足，所以为实现梦想，我在大学生活中必须勤奋。

不过，惰性是人人都有的，但是我们每个人都不能放弃自己的梦想。毕竟，如马云所言，"梦想是一定要有的，万一实现了呢？"所以，克服惰性，心怀梦想，争干实事，刻苦学习，才是我们的选择。

那么如何让自己成为一名优秀的大学生呢？人生如白驹过隙，要把握自己，也要能帮助别人，你解决别人的问题，别人才会解决你的问题。所谓的优秀并非自己一个人优秀，而是要在团体中生存，不仅生存，还要活得精彩。这样的优秀生，往往可以得到舍友的尊重，得到他人的认可。大学生活是团体生活，适应团体是我们应做的最基础的事情。众人拾柴火焰高，集体力量是我们所无法忽略的。

常言道，"愚者错失机会，智者善抓住机会，成功者创造机会"，机会只是给有准备的人的。机遇真是"神奇"，它能给"山穷水尽疑无路"的人带来"柳暗花明又一村"的喜悦；它能让商人散尽千金"还复来"……"机遇"说起来很神奇，其实它经常出现在我们的身边，智者能发现它，利用它走向成功，而愚人往往错过它却抱怨命运不公平。其原因就在于，机遇只偏爱有准备的头脑，有准备的头脑才能辨识和把握机遇。

当然，除了社交生活及善于抓住机遇外，我们最需要发展自己的大脑，努力形成新的神经元，扩宽自己的知识面，拿下专业知识，提高自学能力，激发自己内在的潜能。不过，话不是说说而已，更重要的是实践，用自己的行动证明自己。纵使成功路上荆棘丛生，也不要忘记自己最初的梦想，不要忘记家中父母对自己的希冀。虽然自己的身上有很多缺点，然而青春的我们有的是精力，缺点再多又何妨？

大学生活是多姿多彩的，但也需要我们把握和深入体会。开朗却不失内涵，野性却不失优雅，自信却不自负，张扬却不狂妄，是我追求的性格；简单冲动，意志不坚定，思想不成熟，是我要克服的弱点。"人生豪迈，年轻没有失败"是我对青春的誓言。青春是我们最宝贵的财富，是我们胆大妄为的资本，是我们异想天开的来源。要想充分挖掘青春的宝藏，那就要好好学习，充实自己。在工作中学习，在教室里学习，在失败中学习，在别人身上学习。

高考已走过，过去的路走得成功或失败已无意义，现在的我们站在同一起点，我们青春，我们热血沸腾，我们还惧怕什么？既然走出来了，就勇往直前，向前冲！

正所谓，行行出状元，四年后的我们又是一条条好汉！四年＝泪水＋汗水＋经验。向前冲吧，亲爱的同学们，没有什么是我们做不到的，加油！我入读的信息安全专业虽然不是我校的热门专业，但却有它自己的优势。据我了解，信息安全这个专业比较前卫高深，中国目前很缺这方面的人才，然而这个领域中国还没发展起来，在国外却已经比较成熟，所以中国需要这方面人才来发展这个领域。信息是社会发展的重要战略资源。在网络信息技术高速发展的今天，信息安全专业可谓是最受人重视的。当然这个专业也并不好学，尤其对女性来说更是个挑战。信息安全是国家重点发展的新兴交叉学科，它和政府、国防、金融、制造、商业等部门和行业密切相关，具有广阔的发展前景。不过，学习后，我们将具备信息安全防护与保密等方面的理论知识和综合技术。我们未来能在科研单位、高等学校、政府机关（部队）、金融行业、信息产业及其使用管理部门从事系统设计和管理工作，特别是从事信息安全防护工作。不过，好未来的前提是好的大学成绩和好的社交能力。这些，我仍有所欠缺，我的发展空间还很大。大学四年将是确定人生方向的一个真正的转折点，我将在华北电力大学完成我的梦想，让自己成为一个有能力、独立的人。我相信，努力后，彩虹总会出现，未来不再是梦想！

信安1501 黄惠娟
2015年8月16日

教师寄语

"开朗却不失内涵，野性却不失优雅，自信却不自负，张扬却不狂妄，是我追求的性格"。性格决定人生，但只有本性没有修炼同样不能特别成功。学习，学习，再学习，使本性得以升华，性格＋力量＋能力，带领我们追求更高、更精致的生活与事业。

一路欢笑

尊敬的老师、同学们：

大家好！

我叫李彤，毕业于珠海市第二中学，高中期间，曾在班级担任班长和语文课代表，尽职尽责，老师对此称赞有加。我曾参与校园圣诞晚会的筹划布置，加入了学校的青年志愿者协会，在学校内带领高一新生熟悉校园，并帮助布置高考考场；在学校外跟随团队前往敬老院与福利院陪伴老人和小孩，每年暑假会在市图书馆义务整理图书若干天。我想，对于一个学生，学习成绩固然重要，但增强自己的社会实践能力更为宝贵。北京一直是象牙塔的聚集之地，虽然北京的空气质量令南方人嗤之以鼻，但正所谓，世界那么大，我想来看看，华电也算是圆了我一个梦想。

时光似水，日月如梭，昨天我们还在高考考场为自己的理想拼搏，今天来自各地的我们就为了心中的梦想聚集在一起。曾记否，三年前有着稚气脸庞的我们曾志存高远，实现人生跨越；一年前的高三，高考成了我们拼搏的力量源泉，我们共同经历了黑色六月；而今天，我们站在人生的又一驿站——华电。

当我踏进这优美的校园，看到老师、学长学姐们热情的手臂，温暖的笑容，周身的血液开始沸腾，心也跟着飞扬。大学生活是多姿多彩的，但也需要我们把握和深入体会。开朗却不失内涵，野性却不失优雅，自信却不自负，张扬却不狂妄，是我们大家追求的性格。

也许高考后大家都松了一口气，认为以后的大学就是天堂，但是你错了，大学是联系学校与社会的桥梁，它不允许你在其中挥霍无度、惹是生非、攀比炫富、碌碌无为。所以，首先我们不能抱着享乐主义生活在这里，而应有危机意识以及劳逸结合的生活方式。正如古语所说："文王拘而演周易，仲尼厄而作春秋，屈原放逐，乃赋离骚，左丘失明，厥有国语，孙子膑脚，兵法修列，不韦迁蜀，世传吕览，韩非囚秦，说难孤愤。"

狂风袭来时，你不肯倒下；大雪压顶的日子，你不肯折腰；洪水肆虐的瞬间，你不肯俯首。一棵树，在岁月的长河中，书写一段英雄的人生。茫茫大漠，一棵树站起来，是一座丰碑；巍巍青山，千万棵树站起来，是一座长城；悠悠河岸，所有的树站起来，是一条蛟龙；青春的树，在时代的浪潮里，歌唱着永恒的真诚。树如此，人亦然，我们也应有不肯屈服、坚定的信念和不服输的人生态度。

森林中没有两片完全相同的叶子，恰恰是迥乎各异的性格构成了丰富多彩的世界，大学中更是如此，我们应学会熟悉自己，发现他人，包容他人，理解不同的民族、不同的地域、不同的风俗习惯。

大浪淘沙，方显真金本色；暴雨冲刷，更见青松巍峨。经过考验磨炼的我们，经过军训磨炼的我们，应更加成熟、稳重、自信。如今站在新的起跑线上，让我们告别盛夏的流火，应承金秋的丰硕，用青春诠释我们曾经的誓言，用汗水锻造明日的辉煌。正如《满江红》里所说："莫等闲，白了少年头，空悲切。"

我曾看到过这样一句话："为什么圆规可以画圆，因为脚在走，心不变；为什么我们不能圆梦，因为心不定，脚不动。"努力吧，成为圆规，四年后，无论你是考研还是工作，请活出自己的伟大！

谢谢大家！未来，就是你站在茫茫大海的这一边，遥望着海的那一边，充满好奇心，憧憬着对海那边的向往，正是对未知的不了解与向往，才有了去追逐未来的勇气。

在大学四年，我给自己设定了几个目标：1. 通过开学的四级考试，减轻日后的学习压力；2. 通过几年系统的学习，增强自己独立思考及解决问题的能力；3. 多加入社团组织，积极融入集体，锻炼自己的组织领导能力以及人际交往能力；4. 假期期间勤工俭学，磨炼自己勤劳坚毅的品质；5. 利用大学这个平台，涉猎其他领域的知识，拓宽自己的兴趣爱好。

王勃曾说："老当益壮，宁移白首之心；穷且益坚，不坠青云之志。"这正是对我们最好的诠释。回首过去，我思绪纷飞，感慨万千；立足今日，我胸有成竹，信心百倍；展望未来，我引吭高歌，一路欢笑。

信安 1502　李彤
2015 年 8 月 17 日

绽放青春光华

不算平坦，但也不算坎坷，就这样一路从容成长起来，很庆幸，最终以这样的成绩踏入华电。

对我而言，最大的标签便是学习成绩优异的乖乖女。家境平平的我，从小就很努力地一步步实现自己的梦想，努力去做一个品学兼优的学生。学习上，一直以来的自觉性让父母从未多操过心；高中三年的住校生活也让我学会了自己照顾自己，学会了关心别人；那些年曾担任的团支书等职务给了我很多锻炼的机会，能力也渐渐提升。

从小，宽松的家教给了我自由发展的空间，我可以做很多自己想做的事。热爱音乐的我学了四年从未厌烦过；同样，对音乐的投入也为我赢得荣誉。此外，旅行、学习语言也是我的爱好。

没有过多令人惊叹的经历，但我会一直朝自己想去的方向努力前进，让优秀继续下去。

经历了十二年寒窗苦读，跨过了高考这座独木桥，今天，在这个秋高气爽的日子里，我们站在了人生新的驿站——华北电力大学这一崭新的舞台上。带着新的憧憬与自信，背负着重重的背囊，我们开始了期盼已久的大学生活。在此之前，我们一直都处于对象牙塔自由自在生活的想象之中，现在真正接触了华电，也许我们该去思考，四年的时间，我们要如何度过？

或许高考前我们奋斗的动力是老师描述的大学里轻松的生活，然而我想说的是：第一，如果你的大学生活过得很安逸，那是因为你没有规划好；第二，没有了曾经那么明确的目标，当大把大把的时间摆在我们面前时，我们又怎能忘记当初的志存高远呢？那么，该如何让优秀继续下去呢？我的答案是学会认知、学会做人、学会做事。

学会认知。不同于高中单调紧张的学习生活，大学里我们有了更多可自由支配的时间，但却不会有人再去耐心地提醒你什么时间该去做什么事情了。我们在拿几年看似自由的时间跟未来换一个美满的结局，而知识仍是开启这扇门的钥匙。我曾将这句话作为座右铭——"没有没有用的知识。"于我们而言，为了奠定坚实的基础，专业课的知识是必须掌握的，当然，只有这些也是远远不够的。哈佛的图书馆通常是彻夜灯火通明，"一站到底"中各高校真正的大神都是360度全方位无死角的。曹雪芹说："处处留心皆学问。"教室、图书馆，哪怕是操场、大街上，都有我们留心就可以记住的东西。大学里学到的，会让我们受益终生。我们不能沉浸在像高中那样封闭的小世界里，也不能固执地静守自己的一隅天地。世界那么大，我们该去看看。

学会做事。可能对有的同学来说，这是第一次离开家去过自己的生活。抑或是地方不熟悉，抑或是天气不适应，会让你有些忐忑不安。但是，大学是一个学习知识的地方，更是一个教会我们怎么做事的地方。在这个小型社会里，我们会遇到怎样令人措手不及的挫折，又会收到怎样令人意想不到的惊喜，每一个情景都需要我们去思考与应对，也许这将会成为我们今后生活的再现。已经成人的我们，该学着用成人的态度和方法解决问题了。抛去曾经稚嫩的想法，成熟稳重、宠辱不惊地思考；学会顾全大局，而不是意气用事；主动关注、参与那些有意义的事情，而不是坐等机遇的到来。能力总是练会的。"但求耕耘，何问收获。"一次次的历练，可能结果会不尽如人意，但这个过程却会成为我们最宝贵的财富，为以后的人生奠定基础。

学会做人。学会做人，就是要使个人素质日臻完善，让品格丰富多彩，使自己无论是在社会上还是学校里，都成为优秀的一员，以承担各种责任。学会做人，就是要深入了解人类的多样性，学会认识自己，发现他人。四年的时间并不长，但只要你想，足以将你锤炼成你自己想成为的人。我们即将经历的这些，会在不知不觉中塑造我们的性格，决定我们的人格。

测控 1502　张粹玲
2015 年 8 月 17 日

教师寄语

张粹玲同学在新生发言稿中有这样一句话——"如果你的大学生活过得很安逸的话，那是因为你没有规划好。"这其实点出了大学学习和以往学习最大的不同：在小学和中学，每个同学都在老师和家长的督促下努力学习；而大学给予每个同学更多的是自主学习、自主发展的空间。这就要求每个同学开始思考自己的人生，对自己以后的发展进行规划。为了四年后能从一个更高的起点步入社会，希望每个同学都能珍惜这四年时间，努力奋斗！

奋斗之心　永不尘封

尊敬的各位领导、老师，亲爱的同学们：

大家好！

我是 2015 级计算机科学与技术系新生娜菲莎·吾甫尔。今天，我很高兴能够站在这里，代表全体大一新生发言。

经过高考磨砺的我们，披荆斩棘，在收获成长的历练后重新起航，奔赴另一个圆梦的地方——大学。这一路上，我们磕磕绊绊，流过不少泪与汗。但此刻，我们站在一起，即将共度四年大学生涯，为华北电力大学注入新的活力。我们携梦想，从五洲四海汇聚于此，这既是起点，又是终点。起于梦想，终于回忆。我们扔下过去的包袱，满血复活，又处于这条更广阔的梦想起点上。在这里，我们携梦想起航。

我们以优异的成绩考入华电。这一刻,将是我们人生中最重要的时刻之一。华北电力大学师资雄厚、学风优良,是我们每一位学子读书成长的理想之地。在这里,我们将眺望世界。校区怡人的景色使我们内心舒爽,教师们的优秀素质让我们安心,学长学姐们的热情让我们犹如在家般温暖。也许离开家庭的港湾来这里学习生活,对于我们新生将是一个莫大的挑战,但是我相信,在今后的生活中,在老师、同伴们的帮助下,我们将很快融入到这个温暖而又富有生机的大家庭中,离家的顾虑将一扫而光。我们2015级新生将有可能由路人转为挚友,可能由不熟悉到熟悉,可能由朋友转为恋人,也有可能由平凡转为不平凡。一日为友,终生为师。在大学生涯中,朋友将教会我们许多,我们也需铭记,且行且珍惜。于此种种,我们华丽相遇,再将携手齐行。

　　大学生活中总少不了摩擦与争吵,同窗四年,谁没有个口误错解?但是一路同行中,最少不了的便是宽容与感恩。宽容对方的过错,检讨自己的过失,感恩他人的帮助。正如古人言:宰相肚里能撑船,以宽容之心待人,得饶人处且饶人,便会避免一系列更深的误解。说不定,一宽心交上个挚友呢!感恩他人对自己的关怀与帮助,是大学生涯中最能给他人留下好印象的方法。每天以微笑待人,我们将收获的不仅是他人的微笑,更有他人的心。收获友谊,同赴梦,不后悔。

　　最后,希望各位新生能够在大学中不断勉励自己,制定明确的目标,认真、踏实地学习生活。我相信,通过老师们的悉心教导,同伴们的呵护照顾,我们能从稚嫩中蜕变,创造未来的奇迹!

　　谢谢大家!

计算1501　娜菲莎·吾甫尔
2015 年 8 月 18 日

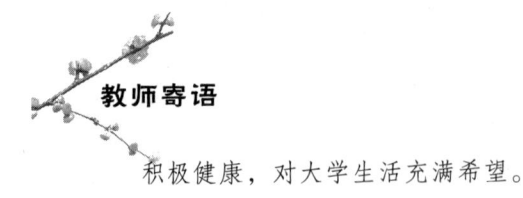

教师寄语

积极健康,对大学生活充满希望。

坚持信仰

怀着无比激动的心情，踏着凉爽的清风，我来到了祖国的心脏——北京，来到了憧憬已久的华北电力大学，开始了这段新的旅程！

回想过去，儿时的我便有了读大学的梦想，那时的我不知道什么是梦想、未来，但这份对上大学的渴望却一天比一天强烈。那时的我羡慕作家，羡慕科学家，羡慕那些在人类历史上千古留名的伟人。直到我真正开始上小学、初中、高中，直至一步步走到今天，才明白上大学不只是理想，更是一份奉献精神的延续，与一份责任和担当。作为大一新生，我们都经历了紧张的高三生活和难忘的高考，高中生活看似简单、乏味，但一路走来，辛勤的汗水换来了今天的硕果累累，昨日的付出换来了今日的大学生活。大学不是终点，而是人生旅途的一个新阶段。"雄关漫道真如铁，而今迈步从头越。"迈进了大学校园，我们便不再是孩子，而是能够顶住天塌、扛住江山的人。

世上从不缺少机遇，在大学生活中我们要抓住各种机遇，努力增强自身能力。机遇可以为迷茫之人带来"柳暗花明又一村"的明朗，可以让失意之人得到"千金散尽还复来"的喜悦。世上从不缺少机遇，只是缺少发现机遇的眼睛和抓住机遇的果断。而更重要的是，机遇从来只是留给有准备的人。俗话说"台上一分钟，台下十年功"。没有十年磨一剑的积淀，就算有再多的机遇，也只会与成功擦肩而过。

所以，步入大学，我们依旧要努力学习，增强自己的科学文化知识，提高自身能力，只有这样，才能在机会来临时，一飞冲天，一鸣惊人。

从高三走来，相信大家都知道有付出才有回报。在大学，我们更要时刻记住这一点，"宝剑锋从磨砺出，梅花香自苦寒来"，没有耕耘何来收获？没有上千次的实验，何来爱迪生的灯泡？没有一生的不懈钻研，何来爱因斯坦的相对论？有人说发明只是一次偶然的机会，但如果没有不懈的努力和惊人的毅力，爱迪生怎么可能想到用钨丝做灯丝？爱因斯坦又如何超越时代？有志者，事竟成，破釜沉舟，百二秦关终属楚；苦心人，天不负，卧薪尝胆，三千越甲可吞吴！

步入校园，我们要珍惜每天的时间，当日事当日毕，不要将任务留到明天。明日复明日，明日何其多！我生待明日，万事成蹉跎！把握今天，把握当下,充分利用好每一天,让自己的每一天变得充实、有意义,才能不负自己的青春,不负自己的人生!

未来,将有这样一些人,他们在你无助时为你指引方向,在你孤单时给你心灵上的慰藉,在你失意时为你加油打气,在你成功时与你分享成功的喜悦。他们就是我们的老师们、同学们!成长的道路上,因为有他们,我们不孤单;因为有他们,我们更坚强。温暖的师生之情和炽热的同窗之情将在未来帮助你乘风破浪、笑傲人生!

大学里我们要继续学习,但同样,大学也是一个多姿多彩的新阶段。在这里,我们会参加各种各样的活动,对此我们要把握和深入体会。开朗却不失内涵,野性却不失优雅,自信却不自负,张扬却不狂妄,张弛有度,展现自己的个性。曾经的我们简单冲动,意志不坚定,思想不成熟,在大学这一殿堂里我们要积淀自己,将昨日的稚嫩化为明天的沉稳,充实自己,勇往直前!

生活不是一帆风顺的,在大学的学习生活中我们难免会遇到困难和挫折。"天将降大任于斯人也,必先苦其心志,劳其筋骨,饿其体肤,空乏其身,行拂乱其所为,所以动心忍性,曾益其所不能。"困难不过是走向成功的基石,"宝剑锋从磨砺出,梅花香自苦寒来",脚踏实地,以积极、饱满的心态笑对挫折,有了好的品质和良好的心理素质,我们在逆境面前,才会有坦然、淡定的心态以及理性、坚韧的心智。只有这样,我们才会做出正确的抉择,从而引发潜力,化逆境为顺境!同学们,既然我们选择成为一名大学生,就要肩负起自己应有的责任,"书山有路勤为径,学海无涯苦作舟"。未来的四年里,要时刻以学习科学文化知识为目标,增强自身水平。同时,要积极参与校园活动,让自己尽快融入华北电力大学这个大家庭。

同时,还要加强体育锻炼,"身体是革命的本钱",有了好身体才能在未来的拼搏中以最佳状态漫步人生。除此之外,还要积极参加社团活动,积极与老师同学沟通、交流,使自己的课余生活充实起来。当有目标时,不要将目标推到明天,当日事当日毕,"时间就像海绵里的水,只要你愿意挤,总还是有的",有了目标更要坚持不懈,努力去实现它,"努力了不一定会成功,但不努力就一点机会都没有了"。

青春是用来拼搏而不是后悔的,人生是用来奋斗而不是荒废的。崭新的大学之旅即将开启,未来是未知的,但当下是可以把握的,我们不能预测未来,但却可以用自己的汗水让未来充满希望,让未来掌握在自己的手中,让明天灿烂辉煌！

计算 1502　董珈良
2015 年 8 月 18 日

教师寄语

  我们听过太多成功人士的励志故事，也对已经发生过的奇迹唏嘘不已。似乎都发生过了，那留给我们的是什么？是更大的世界，还是更多的挑战和机遇。机遇无处不在，但是永远留给有准备的人。当我们不认识机遇的时候，我们要做什么？成长，充实，奋斗！当我们吸取了足够的养分，自然能够成长；当我们学习了足够的知识，自然拥有智慧；当我们走过了足够的地方，自然会拥有眼界；当我们思考了足够多的问题，自然会知道自己要的是什么。然而，这一切都需要我们去做，从现在做起，从一点一滴做起。这世上最公平的就是时间，最诚实的就是你的成就。努力吧，少年，未来就在你们手中！

心底向阳　走向成功

  我是华北电力大学 2015 级控制与计算机工程学院自动化专业的新生，今天很荣幸能在这样隆重的、洋溢着青春活力的场合做题为"让我们从这里再次扬帆起航"的演讲。

  我来自安徽省六安市霍邱县。我的家乡在皖西革命老区，虽然不是很发达富裕，但却是光荣的红色土地，还有美丽的大别山。我今年十六岁，怀着梦想不远千里来到华北电力大学求学。报考时我就被"自强不息、团结奋进、爱校敬业、追求卓越"的华电精神所感染。接到录取通知书后，我为即将成为华电的学生而兴奋不已。报到时迎接我们的是美丽的、令人陶醉的校园，这里的一切似乎都在热情地向我们挥手。还有迎新老师与学长的关怀和热情也深深地感染了我们。如今我们已成为华电的一员，今天我们为华电而自豪，但愿明天华电能为我们而骄傲。读大学，这是我们人生中一个新的里程碑，让我们从这里再次扬帆起航。

大学是一个充满希望的地方。上大学承载了我们自己的人生梦想，同时也承载着父母、长辈和曾经教育过我们的老师的梦想和期盼。我们希望在大学里能够学习到更多的知识，明白更多的道理，学会更高的技能。在这里我们总会留下一些热泪盈眶的日子，也会留下一串串飞跃般进步的脚印。当我们从这里毕业时，一定已经脱胎换骨，知识、能力、素质都会得到极大的提升。我们也一定会找到可心的工作，为我们的国家和社会进步做出自己的贡献。

大学是一个充满竞争的地方。上大学意味着我们承担了更大的责任和使命，因此上了大学不代表你拥有了什么，校园里仍然充满着竞争。我们在欣赏大学鲜花满地的同时，也要做好被花刺扎伤的准备。竞争和合作并存，唯有竞争才能给我们更多前行的动力，唯有竞争才能让我们更好地生存和发展。这里的竞争虽然没有血雨腥风，没有你死我活，但是优胜劣汰、强者生存的情况时有发生。因此我们要做好竞争的准备，努力奋斗，让自己在竞争中不断进步、不断强大、不断成熟。愿我们在竞争中合作，实现我们的互利双赢。

大学是一个充满激情的地方。大学里的学习生活自然不同于中小学，它会更加丰富。大学的生活有苦有乐，重要的是要自己亲自品尝，才能更真实地体验其中的酸甜苦辣。这一切，都需要拿出激情去面对。我们需要用激情去完成艰苦的学业，需要用激情去完成学校和老师交给我们的各项任务，需要用激情去应对青春的躁动。在激情碰撞中，我们的华电生活必将充满刺激、快乐和幸福。

既然已经起航，我们就要向着既定目标前行，调整好心态，不懈追求，脚踏实地地奋斗。在华电的每一天，我们都要一步一个脚印，从小事做起，学好每一门课程，上好每一堂课，完成每一次作业。我们要养成良好的习惯，要树立终身学习的理念并为此做好准备，要培养能力，为实现理想积蓄力量！只要我们敢于尝试，善于实践，我们就能成功。

同学们，让我们承载众多的梦想和希望，在竞争中不断使自己的羽翼丰满起来，拿出火一般的青春激情去面对未来的大学生活。巍巍学府，电力之光华北电力大学一定会给我们意想不到的丰厚收获。让我们从这里扬起理想之帆，挥洒青春的汗水，创造灿烂辉煌的明天！

我梦想着有一种令我完善的教育。人是需要不断进步的，我希望未来我会获得一种不断完善的教育，在我的人生道路上为我充电。我愿意终身学习。

我梦想着有一份令我骄傲的工作。这份工作不管是高贵还是平凡，只要它能让我在艰苦的付出后收获一点点成就，能让我在奉献青春和美好日子的同时获得一份可以提高生活质量的收入。当然最好能充分发挥我在华北电力大学学得的知识、技能和素养，使我能够为国家能源领域建设做出一点贡献。我也希望获得晋升的机会，因为平台越高，绽放的光芒传播得越远，我就有创造更多工作成就的可能。

我梦想着有一个令我幸福的家庭。建立一个美好的家庭非常重要，我希望我的父母和未来的公婆及其他长辈能健康、快乐生活，都能在家人的关爱下安享岁月。我希望我的爱人是一个善解人意、勤俭持家、爱岗敬业、坦率诚信的人，不求他拥有高官厚禄，只愿他能对国家、社会、家庭负起自己的责任，是个敢于担当的人。

我梦想着有一群令我自豪的孩子。孩子是未来的希望。我希望我的孩子们拥有活泼快乐的童年、健康成长的少年、完善自我的青年，个个都能事业有成、幸福生活，能够让我们安享晚年。

愿我梦想成真！

自动化1501　操菁瑜
2015 年 8 月 16 日

教师寄语

从大别山脚下走来，为梦想走进美丽的中国电力黄埔军校，在华电知识的海洋遨游。今朝为梦想扬帆起航，在华电充实自我，未来为国家电力事业贡献力量，让自己和家人的梦梦想成真！

梦想飞扬

　　三年的高中生活转瞬即逝，忙碌而又充实。如今梦圆大学踏入了华电的殿堂……我叫陈叶智，一名大一新生，我来自江南——安徽池州，这里是秋浦河畔，是杏花村落……生于斯，我从小便对知识文化追求不已，十二载与书为伴，十二载勤奋执着……知识的海洋里，我并未枯燥地漫步，充满阳光的我总是快乐地学习生活着！日复一日，年复一年，日出终于来到，彩虹即将绽放！

　　高中时代，欢笑与泪水，歌声与汗水，我乐享这生活！与同学讨论，与老师交流，与高中教材辩论，与竞赛知识过招！累了，倦了，我会去放歌，奔跑在球场上，努力铸就一个阳光少年！我的字典里总有阳光与微笑，我的生活里总有乐观与积极。韶华不为少年留，接下来，奋斗吧，少年！不是终点，而是另一个起点！

　　历经十二载的春秋冬夏，岁月流逝，祝贺我们终于踏进了大学的殿堂。

　　时针一直不停地向前转动，而我们走到这里，也不应止步不前，前方等待我们的是机遇，也是挑战，要想抓住梦想，我们必须继续奋斗！奔跑吧，兄弟！

　　我们拼过一个个秋冬春夏，终于赢得六月欢颜。也许我们一生都不会忘记这十二年里的点点滴滴，从第一次拿起铅笔开始，到第一次使用圆规，再到第一次戴起眼镜，直到最终稳重地放下高考答卷，我们一直不离不弃地执着前行。

　　学习的时光永远不会被忘却。还记得我们曾为汉语拼音努力练习，还记得我们曾为乘法口诀表绞尽脑汁，还记得我们曾为英语音标勤奋练习……还记得我们曾生动背诵的那一首首诗，还记得我们曾熟练画下的一个个圆，还记得我们曾听写过的一个个单词……我们也不会忘记曾许下的"学好数理化，走遍天下都不怕"的诺言，也不会忘记我们曾仰望过的一个个风雨之后的彩虹。我们都是一个个相信拼搏与奋斗的人，我们也必定相信，迈进大学的校门，我们不是到达终点，而是走向了另一个起点！

　　畅想未来，有着无数未知等待我们去发掘，有着无数挑战等待我们去接受，同样也有着无数机遇等待我们去寻找……

未来，掌握在我们自己手上。

学习知识，培养技能，完善心智，这也许就是我们接下来几年里的目标。

首先，我想不会有人否认，这个世界的整体趋势是朝着尊重知识的方向发展的，没有知识，社会前进的脚步总会搁浅。现代社会，繁荣是它的外表，而知识的进步是它的内在。我们十二年里一直努力奋斗获取的都只是大厦的基础，而在大学，我们将会接触到更多的事物与更多的知识，我们渴望知识，接下来我们就会继续努力攀登了，大厦已现雏形，为何不更上一层楼呢，朋友？

然后便是培养技能了，在飞速发展的现代化社会里，想要站稳我们的脚跟，没有技能是不行的，我想技能并不只是课本上所学的专业知识，更多的是创新思维方式。所谓技能，即指技术加能力。学习与生活中到处都有值得我们去培养的技能，拼装结构、组织团队、与人交往、办事效率等等一系列让你更加完美的技能都是我们无法拒绝的！

完善心智也是大学里值得我们用心追求的一点，我们刚刚经历成人礼的喜悦，但是法定上的成年并不意味着心理上的成熟，我们必须在实践中不断提高情商与心智，以后我们将会有更多的视野去了解社会，更多的机会去接触认识社会，我们需要完善的价值观、理性的头脑与感性的心灵……

憧憬已久的大学生活即将到来，亲爱的同学们，等待着我们的是人生中最开阔的视野与最纯净自由的学习时光，只要我们坚守探索与渴望进步的信念，最好的平台就在眼前，我们就能尽情地升华自己！我们将在书香四溢的校园里，聆听清晨悦耳的鸟鸣，沐浴着温暖的晨辉，翻起书本，伴着亲爱的同学，一起朝着未来进发！

这里不是终点，这里是另一个起点。

奔跑吧，兄弟，我们相伴进入人生课堂；

奔跑吧，兄弟，我们携手谱写青春之歌；

奔跑吧，兄弟，我们一起朝着未来进发！一直以来从未停止过对未来的畅想，那些埋藏在心中的牵挂早已如潮水般涌来…….

首先，在接下的几年大学生活中，我将会好好利用广阔的学习视野、更高的学习平台和丰富的学习资源，继续努力拼搏！

学习中不可懈怠，态度上端正向前，精神上阳光积极。面向未来，自信有准备的人才有机会！面对成功，积极不懈怠的人才能触碰到。梦想已经起航，等待我的力量为它助力！我也早已准备好，奔跑吧，兄弟！

学习生活早已令我憧憬不已，能够在思想与精神上接受大学的陶冶与教育，能够使自己更加完美，韶华不为少年留，流光容易把人抛，怎能负了大好青春？所以我必将全身心地投入到学习与实践中，一个阳光少年会努力地成为一个新时代的华电人！

至于更加遥远的未来，或许我会深造学习，或许我会进入社会服务国家，但是我相信华电人不管走到哪儿，都会意气风发、昂首阔步地一路向前！未来，我们用心铸就，掌握在我们手中！人生价值也是我们走过的旅程所映刻下的痕迹，取决于我们的方向！有梦想，有汗水，有毅力，就会有希望！

既然选择了远方，便只顾风雨兼程！

自动化 1501　陈叶智
2015 年 8 月 20 日

教师寄语

高中为了理想不懈奋斗，大学为了梦想继续努力。希望你不忘初心，持之以恒，成为一个乐观向上、积极进取的好学生，为提升自己的综合素质，实现自己的人生价值坚持奋斗！

信念之路

今天，能站在这个演讲台上是我的荣幸，能与在座同学、老师分享我的经历更是令我兴奋不已。所以，朋友们，接下来的时间，不为别的，只为能轻叩你的心房。

孝涯

自古便有了《孝经》做着稳妥的榜样，更有筷子兄弟那首"谢谢你做的一切，双手撑起我们的家，总是竭尽所有，把最好的给我……"在这里，我并不是想向大家说教，我不是什么超级演说家，更不是什么大学生，此时的我只是个被父母呵护的女儿。

小学日记中，爸爸雨中送伞的场景再熟悉不过；初中作文里，与妈妈大吵一架，看见受伤流泪的她，又忍不住妥协的事情亦是常有。至于高中，似乎全被议论文霸占了，没有时间去酝酿朴实纯真之作。可恰恰是高中，我才得以深切体味父母隐忍却又浓烈的爱。

高三时期的父母谨小慎微，生怕多说一句就会让我紧张的神经分崩离析；父母无微不至，每次回家饭桌上总能看到香喷喷、用鱼骨熬制的汤汁，白色的雾气氤氲了整个房间；父母同样担心害怕，却强撑着每天23点的时候，发来一条短信，或安慰，或鼓励。每当这时，心中总是有难言的感动。然而，哽咽后的泪水只有自己去细细品尝，那苦涩之后的甘甜溢满心间。其实我现在最想做的，就是让父母开开心心。

学海

我不是学霸，甚至起初用心学习并不是兴趣使然，只是为可笑的好胜心。想必在座的很多同学从小都有个潜在的"敌人"——隔壁家的孩子。当然，有些同学可能就是那位"隔壁家的孩子"。记得罗素曾经说过："乞丐不会羡慕百万富翁，但他肯定会嫉妒比他收入更高的乞丐。"天才盖茨、鬼才乔布斯、英才霍金我只能望其项背，可同班同校之间便会去竞争、去比较。

于是我埋头苦干，每天三点一线，久而久之竟习惯了这忙碌、枯燥的生活。由好胜心引发的一系列行为转变为苦行僧的修行。心渐渐平息宁静，潜沉独行，寂寞随行，无关乎他人，只通晓自己。

但到了高三，自己的抗压模式还没有练到炉火纯青的地步，我的成绩起起伏伏，很不稳定。我想如果让每一位同学去评说高三，你们大多会说："高三，真心累！

无数次希望在失望面前撞得粉身碎骨，无数次激扬在颓丧面前闯得头破血流。

但我们都没有放弃！为了千军万马过独木桥的背水一战；为了那一张梦寐以求的通知书；为了父母想与你交谈，又害怕打搅你学习时的小心翼翼；为了自己眸子里盈满了疲惫但却渗透着希冀的泪水。一切的一切，都是我们不曾放弃的理由！

而今再回望，这艰难的一战赋予我们以勇气、智慧、信心，感谢这段时间所赐予我们的财富，让我们从此得以在学海中扬帆远航，意气风发，挥斥方遒！季羡林先生说："一个人的生命只有一次，我从不相信有轮回转世。既然如此，一个人就应该踏实做好对别人有益，也无愧于自己的事，用一句文绉绉的话说，就是实现自己人生价值。"我一直很喜欢这句话。

我也一直努力在向它靠拢，不为别的，只为了给自己一个交代。说实话，当我拿到通知书时，会有兴奋与欢喜，但很快这些快乐就被迷惘与惶惑所湮没。大学，一个完全陌生的环境，一种完全不同于中学的开放式教育，甚而，还有一场与梦中人浪漫的恋爱。这些东西萦绕在脑海中，挥散不去。为了让暗波汹涌的心澄净，我便投身到黄金屋中，渐渐有了晓畅的情怀与意念。都说生活是种律动，须有光有影，有左有右，有晴有雨，滋味就含在这变而不猛的曲折里，学会体味大学生活。我明白，它会带给我别样的收获。

借用北大校长王恩哥的话，我想要在大学结交两位朋友：运动场和图书馆。因为我想给自己不断地充电，蓄电，放电。

当然了，我还要当一位吃货，吃透两样东西：吃苦和吃亏。因为"天将降大任于斯人也，必先苦其心志，劳其筋骨，饿其体肤，空乏其身，行拂乱其所为"。而且吃亏也是福嘛！如果说高中塑造了一个有知识的人，那么我相信大学肯定铸就出一个既有知识，又有人格的人。最后我只想说：尽最大的努力去展现自己吧，因为只要世界上还有重力，就一定不要把自己想得太轻！

自动化1504　唐瑜璐
2015年8月19日

因为梦想，所以精彩

时光荏苒，弹指一挥间，我已步入大学的殿堂。曾几何时，我还是那个伏在案前奋笔疾书、挑灯夜战的高中生。"不拼不搏高三无味"，为了心中的梦想，为了步入理想的大学，为了让自己十二年的寒窗苦读落下完美的帷幕，我拼了。可以说，那段时光，枯燥无味，因为只有无尽的考试与模拟；亦可以说，那段时光，激情昂扬，因为挥洒着青春与梦想。

记得孩提时的梦想是当上中国第一位女国家主席，现在想想自己是多么的年少轻狂，但我却十分羡慕那时的我，因为有梦，因为敢梦。我的求学之路亦从乡下到县城乃至首府，因为我不屈于命运，执着坚持只为寻求更好的明天。我离开父母独自在外求学，因此更加独立坚韧。这个假期为了更好地融入社会，我与同学更是在社区担任了临时负责人。因为勇于挑战，敢于梦想，青春之路方才无悔！大风起兮云飞扬，汪洋恣肆乃百川。寄身于浩浩乎天地之间，自可任意东西，挥洒人生。古有云："海阔凭鱼跃，天高任鸟飞。"还记得六月的你我在考场上挥洒着青春，只为一份无愧于自己的满意答卷。仍念那些挑灯夜战的艰苦岁月，纵使试卷堆叠如山，苦又何妨，累又何妨？最初的梦想紧握在手，如今我们已踏进大学的殿堂，是时候让自己大放光彩，通往梦想之程即将在这里延展。王国维曾在《人间词话》里谈到三大境界，并言"古今之成大事业、大学问者，必经过此三种之境界"。

理想乃第一层境界。"昨夜西风凋碧树。独上高楼，望尽天涯路。"为登高远，"望尽天涯路"，把握全局，明确自己所追寻的目标与方向，乃最初的求学与立志之境。理想点燃星星之火，理想洗去茫茫尘埃，理想让我们一眼望断天涯，开始追寻之旅。唯心有理想，才不会迷茫。要想让自己的大学生活充实美满，首先要树立一个理想并为之努力。大学四年不是用来挥霍的，我们要一直秉持最初的理想走下去，拼下去！扬理想之帆起航，冲得一番辉煌。

奋斗是第二层境界。"衣带渐宽终不悔，为伊消得人憔悴。"不经一番寒彻骨，怎得梅花扑鼻香，为了实现远大理想，应坚忍不拔，不轻言放弃。生活得最好的人不是活得最长的人，而是生命不息、奋斗不止的人。最欣赏三毛的一句话：即使不成功，也不至于成为空白。成功女神并不垂青所有的人，但所有尝试并为之奋斗过的人，都会有所收获。世上不过只有一个天才贝多芬，更多的人是通过奋斗化平淡为辉煌的。奋斗在效果上有时能同天才相比。能登上金字塔的生物只有两种：鹰和蜗牛。虽然我们不能人人都像雄鹰一样一飞冲天，但至少可以像蜗牛那样凭着自己的耐力默默前行。是奋斗让理想熠熠生辉，让人生之路越走越宽。

收获是第三层境界。"众里寻他千百度，蓦然回首，那人却在灯火阑珊处。"此为得之境界，当奋斗之泉浇灌理想之田，秋天便是收获的季节。这一片金黄的麦田，折射出的是一段闪亮的人生之路，且不论这麦田是大是小，也不说这收获是否等值于付出，只要是收获，便已是一种结果。成功了，便收获鲜花与掌声；若失败，便收获一段经验、几多教训，然后从头再来。就像季羡林先生所说："人活一世，就像做一首诗，你的成功与失败都是那片片诗情。"收获，是收获理想，收获奋斗，收获一段成功的人生。大学的生活即将拉开帷幕，描绘未来的蓝图需经自己之手。人生价值的有与无，从不拘泥于你是谁，从不在于你干什么，而在于你如何干，成功从来只会垂青有准备的人。

在我们求学的日子里，家人默默地支持我们，他们唯一的希望就是我们能走自己的人生路。我们付出金色年华，挥洒青春，都只为自己的梦想，只为了一份坚守，不是吗？我们的生活虽不似李白"人生得意须尽欢，千金散尽还复来"般豪迈，但理想将会使它明亮，奋斗令它真实，收获让它大放异彩。路是走出来的，而精彩是创造出来的。其实只要坚定信念，态度决定成败，行动主宰未来；只要心怀凌云壮志，踏实肯干，自会有海阔凭鱼跃，天高任鸟飞。同学们，请拿出我们无畏的勇气，拿出我们青春的热情，让我们扬帆起航，让我们青春飞扬！很荣幸自己能够成为华北电力大学自动化专业的一名学生。既来之，则安之，既安之，则为之奋斗。大学四年的生活充满着未知，期待着我们自己来描画。命运掌握在自己的手中，属于我们的未来应当丰富多彩。在大学的学习生涯里，我将秉持最初的梦想，努力学习专业课知识，提升自我能力。积极参加社团及班级活动，丰富业余生活。与老师、同学打成一片，共同探讨学术问题，共同进步，共同发展。我相信大学是提升自我的平台，天道酬勤，只要自己努力钻研学习，卯足劲头，定会收获颇丰。

既然选择了远方，便只顾风雨兼程；既然选择了学习，便无怨无悔。没有人会希望自己的一生碌碌无为，于我而言亦是如此，既然选择了自动化这个专业，我便希望自己能在此专业上有所作为，做一个有用之人，于他人，于社会，于国家。

空谈抱负非好汉，为了实现自我价值，为了更好的未来，我将在大学时期努力奋斗，以实现自己的理想，创造无悔的未来！

自动化1504　冯士贤
2015年8月19日

人生不止

坎坎十八年，我们迎面走来。你曾来自何方，经历过多少沧桑；你曾向往何处，展望过多少梦想；你想要多少，付出多少，得到多少。所有这些疑问，都已被画上过去时的标号。

你来自过去，经历了高考，向往未来，展望着名校。你想要成绩，付出了青春，得到了回报。这是坐在这里的我们共同的答案，如此简单，如此平凡。

然而我只想说，既然过去都已过去，我们互不相识，互不了解，我们以同等的荣誉站在这里——华北电力大学的校园之内，我们就应忘记过去的身份，我们人生不止。

朋友、师兄、老师，我们的人生何尝不是同一个道理，漫漫征途无止境，无法停止是它的属性。

人类的历史长河之所以奔腾不休、亘古无垠，正在于总有波涛不满于身下的海域，总有鱼豚不拘于礁石的栖息，总有泥沙不停于海底的安稳，总有人类不容于现实的已知。

历史总有变数，未来难以预知，也正是这种未知性的扑朔迷离，使得人们像翱翔在变化无端海上的海燕，为求海岸线的尽头而执着飞行。闪电，雷鸣，日丽，风吹，我们在探知之中不断历练，时代一次次淬骨式的更新，脚步一次次无谓的迈开，未知数一次次被揭开面目，一个个里程式的人物在万物之中突出，被造物主创造出来，为的就是创造未来。

从多少年前开始，我们就已像飞蛾般不停地去寻找未知的光与热。是第一次看到火光从木与木的摩擦之中产生的那一刻，还是指南针带着几千战士踏上大西洋的征途的那一刻，历史上为之而前行的时刻太多太多，已无暇去数，却深知它的力度。推着历史的车轮在日月中缓缓前行，我们似乎已无数次越过地平线，抬头却发现，远方还是一片伸手触不到的天际。

可是没有人沮丧，因为还有着对光与热的向往，就是那令人遐想的未知所散发出来的光与热，支撑着多少人为此付出毕生的精力。哥白尼为了维护宇宙的真理，在太阳的注视下燃烧了自己的躯体；居里夫人为了找到那深藏在肉眼所不及的空间之中散发能量的粒子，在疾病的逼迫下结束自己的生命。医学者、政治家、科学家……多少各色行业的人，以无限热情和精力的投入奉献找到了未知的大门，又有多少年轻人为此放弃了自己的生命。人生应该无止境，我们又该如何去把握？

我们是年轻一代，有着梦想和朝气；我们是大学生，是国家选拔出来的人才。我们不能因为这而沾沾自喜，放弃追求。停止了探索，时间会怎样？就如光与火熄灭，飞蛾凄惨死亡。无须有谁从未来穿越到现在，告诉我们未来如何，也无须恐惧对未知数的无法掌握和迷茫。短短的一生，与其蓦然消失在无尽的长夜之中，不如投身于那光与热，让它燃烧得更旺，高悬成一轮永日，照亮那阴沉的前路，留给后代坚定的信仰与期望。

也许你是我的舍友，我们会睡在同一个房间，呼吸同一片空气，我们一起出入，一起生活，一起建造温馨的寝室。我们互相包容着对方的缺点，互相谅解对方的脾气，深知对方的喜好，品味对方的酸甜生活。我们会相处四年，甚至了解对方的一举一动所蕴含的意思。我希望这一片空间里，有我们共同的欢笑，一起挑灯奋斗，一起把酒言欢，一起走向人生的舞台。待回首，尽青春无限不言愁。

也许你是我的同学，我们会一起学习，一起预习新的知识，一起为即将来临的大考小考而摩拳擦掌。我们会躺在一片绿茵草地之上，抬眼望向辽阔的天空，将是无尽美好的青春，在你我之间飞腾。图书馆有你看书挺直的背脊，咖啡厅有你放松懒散的腰身，体育场有你汗水挥霍的奔跑。待回首，尽青春无限不言愁。

自动化1505　章郁桐
2015年8月18日

声如炸雷，震撼世界

雷声在秋分的接口收敛起往日的放浪形骸，在夏末里慢慢变得沉寂、温顺。这样的雷声我们听过几次了呢？我们还能再听几次呢？人生百年就像一次跳远，前三十年冲刺加速，中间二十年在空中留下最成熟的弧线，剩下的年月就是从沙地中怀念我们在赛场上留下的足迹。青春的速度便是人生高度的保障，那青春到底该怎样度过？

1. 接受平凡，人生不会处处闪耀

处于信息爆炸的时代，娱乐的洪流泛滥，我们看着电影中完美的命运、完美的事业、完美的爱情，所以潜意识中相信我们的人生也会顺利地登上巅峰。我们都想把自己的生命活成电影、世界名流的模样。但，电影是人拍的，名流们只是将自己的伟业讲给大家听，而把那些成就伟业的艰难困苦一笔带过。他们也曾平凡，也曾一文不值。我们被成功的假象包裹着，不了解所有的不凡都崛起于平凡。《百年孤独》中写道："只有平庸将你的心灵烘干到没有一丝水分，而后的荣光才会拨动你心灵深处的弦。"我们只有接受自己的平凡，才会踏实地一点点积累，一点点成就不凡。

即使平凡也不自卑，顾城说："人生如蚁美如神。"说的便是平凡而弱小的我们也可抓住自己生命的星光，绽放恒久的灿烂。平凡却不平庸，微小却又有高贵的价值，关键在于我们能有一颗追寻生命价值的心。

2. 我们要理智地接受平凡，认识到踏实的重要性

但我们是青年，冲动总是多于理智，所以我们在理智的认识中，更重要的是怀有青春精神！

毛姆在《月亮与六便士》中写道："我满心承认常规生活的社会价值，也看到它井然有序的幸福，但我的血液中却有着一种强烈的愿望，渴望人生是更为狂放不羁的旅途，我的心渴望更加惊险的生活。"

青年的我们也该如此，对未知的未来怀有无限的探索之情，渴望刺激与活力，充满信心，义无反顾。这就是青春精神的魅力吧。

何为青春精神？我们的青春该有怎样的精神？

正如北岛在那首《回答》中呐喊的那般："告诉你世界，我不相信！"青春精神是一种蓬勃的力量，一种打破旧事物坚冰的能量。如同那摧枯拉朽的西风吹散腐败而凝涩的空气，为社会带来初升旭日的温暖与明亮。是的，青春精神没有妥协和退却，只有抗争。

诗人马雅可夫斯基为所有怀着青春精神的人向世界宣告：

> 我的灵魂没有一丝白发，
> 没有老头的温情和想入非非。
> 声如炸雷，震撼世界，
> 我来了，挺拔而俊美！

以上便是我对自己和大家的期待，即要从经历中成熟，又要踏实地从平凡中努力，更重要的是满怀青春精神去抗争命运。

而华北电力大学——我们未来的母校为我们实现这个期待提供了得天独厚的条件，她是走在科学与教育前沿的大学，是秉承"自强不息、团结奋进、爱校敬业、追求卓越"的大学。

我们，同样也会通过自己的努力，为社会助力，为母校添彩！

最后希望同学们珍惜在大学的时间，活在当下，将自己眼前的事做好。

《纽约客》上曾有一篇文章在讲到 20 世纪 60 年代美国艺术家的生活方式时总结道："他们或许活得不长，但都活得浓烈。"浓烈，或许是活在当下之人的真实写照吧！在大学中，刚刚入学时要积极团结同学，将自己介绍给大家，多结识新朋友。积极配合辅导员和学校的工作，了解学校的历史和荣誉。在课余时间积极参加社团活动，通过社团活动来了解学校，了解同学，拓宽自己的兴趣面，获得特殊技能，尽快融入华北电力大学这个大家庭之中。

在完成学业的过程中，我要认真学习专业知识，真正将自己的专业领悟透。若有多余精力可以去旁听其他感兴趣的专业课，利用大学时间丰富专业知识。同时要经常读书，加深自我文化修养。

日常生活中，要有规律地进行体育锻炼，积极参加体育比赛，每天有规律地作息生活。晚上少熬夜，早上早起床。

步入工作岗位后，我要认真踏实做好分内的事，积极为集体负责，积极向上司提建议，乐于阐述自己的观点，将自己的才能展现出来，为组织，为国家的发展贡献力量。

自动化 1505　周帅宇

2015 年 8 月 20 日

经济与管理学院

坚定信念

今天,我们作为大学生走入了大学校园,也走入了这个纷繁复杂的社会。在这里,没有人会把我们当成孩子去督促我们,所以我们需要自我监督。实际上,我们要在心中保有一种坚定的信念:在自我监督的内在条件下,实现自己的人生价值。

寒窗苦读十二载,我们终于在今日经过重重筛选进入大学校园,然而我们都明白这只是踏入社会的开始,要想实现理想,还有很长的路要走。可是因为大学对我们的管理宽松,有些同学难免会慢慢迷失方向,就像夜间在海上行驶的船只,没有灯塔的指引就会有触礁的危险。大学时期的我们若失去了坚定的信念,就会碌碌无为。法国文学家罗曼·罗兰曾教育人们"最危险的敌人,便是没有坚定的信念";印度诗人泰戈尔也曾高声吟诵"信念是鸟,它在黎明仍然黑暗之际,感觉到了光明,唱出了歌";我国著名的思想家荀子也曾用"锲而舍之,朽木不折;锲而不舍,金石可镂"来劝导弟子们。由此可见,从古至今,坚定的信息无论是对于哪一民族都有着积极而深远的意义。当然,信念也有正确和错误、伟大和渺小之分。身为祖国未来建设者的我们应以全人类的发展进步、祖国的繁荣昌盛为信念,认真刻苦地学习,掌握科学文化知识,促使信念变为现实。

也许有些同学还没有什么坚定的信念,对未来也没有明确的规划,但是在这个时候,我认为我们应该做的是尽快树立一份目标并为之努力奋斗,而不是漫无目的地随波逐流。也许这样的话过于苍白无力,那让我们来假想一下,如果我们享受这四年的生活，上课能逃就逃，考试临阵磨枪，参加各种社团忙碌得一团糟等等，也许当我们走进不惑之年回想起自己这段本该充实而精彩的大好年华时，心中难免会出现一片混沌，因为你不知道在这段岁月里到底想做什么，而你真正又做了什么。很多过来人告诉我刚上大学时总会有一段难以适应的日子，因为太过轻松了，所以我们也许会过浑浑噩噩，慢慢地心中也对这种轻松而愉快的生活形成了习惯，对于付出辛苦的劳动再也用不上劲，这种感觉叫做麻木。当一个人对安逸形成了依赖感，便再也不会有追逐理想的热血。然而这世间绝大多数成功人士都是在不懈的努力中不断前行的，他们有坚定的信念，并为了实现自己心中的愿望而自我要求、自我监督，从而让自己达到梦想的彼岸。在整个过程中，他们一定付出许多不为人知的努力。成功人士的普遍特点是目标明确、立场坚定、自我要求严格、坚持时间很长。我不期待成为一名众人眼中的明星，但我应该为了我的目标而奋斗。

相比于人生的长度，更值得我们关注与在乎的是人生的广度。同样是四年，有的人可以过得浑浑噩噩，有的人可以过得轰轰烈烈，有的人可以过得简简单单。当然不同的选择会造就不同的人生，但在相同的年华里实现不同的追求也是世间一幅精彩的画卷。希望大家都能在之后的岁月里坚定自己的信念，努力地去追逐自己的人生理想，让自己的人生价值得以实现。

经济1501　王明智
2015年8月16日

总结过去，开拓未来

年年岁岁花相似，岁岁年年人不同。人生如梦，岁月如歌。

我们无时无刻不在承受着自己的选择所带来的结果，我只能说这是多么痛的领悟。我用整个高中亲身体会了这个定律。我选择了开小差，得到了知识学不扎实；我选择了玩乐，得到了对自己未来毫无益处的快感……

然而已经告别高中时代的我，带着这条定律开启了下一道大门：大学！

当我跳下昌25，踏进华北电力大学的大门时，看到老师们不辞辛苦地引导我们，听到学长学姐们如兄弟姐妹般的问候，我不由得心跳加速、血液沸腾。可能你在想，为什么要这样激动呢？因为这里可以让我的人生转折，可以让我的理想实现！我出生在一个普通的家庭，最最亲爱的、辛勤的父母在我心中刻下了"读大学"三个字。那时候懵懂的我，还不明白什么是梦想，什么是愿望，什么是对未来的期望，什么是共产主义，什么是抛头颅洒热血，什么是无私奉献，只知道羡慕宇航员，羡慕飞行员，羡慕电视上的大明星，羡慕电视上被表彰的他们……渴望自己将来也能够像他们一样，成为他们其中的一员，为伟大祖国的建设事业做出自己的贡献。历经十二年的学习修炼，我慢慢懂得一个道理，那就是：要想成功，一要头脑聪明睿智，道德品质优良；二要知识渊博，学识丰富；三是要身体强健，胸怀宽广；最后就是要有上天赐予的机遇。当然机遇永远只会降临于有准备的人，前面提到的第一、第二和第三的内容就是准备的内容。毫无疑问，大学就是准备好这三点的最佳之地。为了不让自己在将来错失机遇，我们必须做好以上三点，这样才无愧于自己十二载寒窗苦读，无愧于自己的梦想，无愧于自己的家乡父老。

今天我们踏进华北电力大学的门槛，就得开始准备。我想我一定要克服中学时的懒惰，克服自己的任性，克服不爱惜时间的毛病。有句古诗写得好：

> 明日复明日，明日何其多。我生待明日，万事成蹉跎。
> 世人若被明日累，春去秋来老将至。
> 朝看水东流，暮看日西坠。百年明日能几何？请君听我明日歌！

我们要铭记这首《明日歌》，认真理解它的深刻含义，紧紧把握住今天，珍惜当下的大学学习机会，对老师教授的知识如饥似渴，对每一次练习都认认真真。

"少年智则国智，少年富则国富，少年强则国强，少年独立则国独立，少年自由则国自由，少年进步则国进步，少年胜于欧洲，则国胜于欧洲，少年雄于地球，则国雄于地球。"在大学时光中，若没有经过艰苦的奋斗，没有经过辛勤的付出，我们的人生将毫无意义，就如同茧没有经过痛苦的挣扎永远不会变成美丽的蝴蝶，河蚌没有经过沙砾一次次的磨炼永远不会孕育成晶莹的珍珠一样。最后再和大家分享一句：以好逸恶劳为耻，以艰苦奋斗为荣。

天高任鸟飞，海阔凭鱼跃！华电天地宽，拼搏，探索，无止境！

物流 1501　陈明

2015 年 8 月 19 日

向理想出发

尊敬的各位师长，亲爱的同学们：

大家好！

我叫佟佳颖，来自辽宁省盘锦市，一座美丽的滨海小城。此时此刻，我的心情非常激动、十分忐忑，但最多的是高兴，因为我发自内心地感受到能够代表 2015 级全体新生发言的荣耀。

时光荏苒，岁月留痕，曾经的我们，一面奋笔疾书于题海，一面展望未来的大学生活，渴望着，努力着……曾经有过苦闷，曾经有过迷惘，也曾经有过彷徨，可是当华北电力大学的字眼在脑海中闪现，便会有曙光出现在前方，我的小宇宙就会迸发出属于青春的无限力量。终于，十二年寒窗苦读，换来我们期许已久的收获，曾经的梦想如今沉甸甸地在我们身旁。

带着父母的期望，带着同学的祝愿，带着自己的理想，我们欢欣鼓舞地走进大学的校园，而就在步入校园的那一刻，我的心豁然开朗。虽然我是一名新生，但没有陌生的感觉，和蔼可亲的师长、关爱有加的学长仿佛相识已久，又像是久别重逢的故友。也就在踏入校园的那一刻，我知道，从现在起，我们将踏上新的人生旅程，奏响属于我们自己的青春乐章。

未来充满挑战，大学生活也会充满阳光，明天也许坎坷，但大学生活里必将留下我们铿锵的足印。未来的大学生活该是怎样的？我思索过，我探寻过，我幻想过，我憧憬过，不同的答案没有动摇我的信念，对理想的追求告诉我，未来的日子应当这样度过：

我珍惜大学生活。这一张录取通知书的含义，我们都能懂得，也知道其中的苦辣酸甜、来之不易，所以才会百般珍惜。在未来的岁月里，我会树立自己的目标，把握好自己迈出的每一步，也许遥不可及，但我坚信一分耕耘，一分收获，唯有努力才会让我们的梦想越来越近。

我时刻催促自己。为了梦想，我们在路上，为了实现梦想，我们在奋斗的路上。高中三年，我们默默地前行着，为今天奠定了基石；大学四年，将会有 1460 个日日夜夜考验着我们，我将时刻准备着，朝气蓬勃地、阳光灿烂地、斗志昂扬地迎接每一天，用智慧和汗水创造一个又一个人生的新起点。

勤奋当持之以恒。人贵有志，人贵有恒，对于我们八九点钟的太阳来说，尤为可贵。古人云，天道酬勤，勤能补拙。我们当勤思考，立长志，树恒心。知识浩如烟海，无边无尽，我会一往无前地追求，勤学善问，四年的坚持过后，自会脱胎换骨，再造重生，自能用广博的知识、丰富的实践体会"会当凌绝顶，一览众山小"的伟岸。

热爱当以集体为荣。离开了爸爸妈妈，离开了家，来到了新的集体，来到了新的家，可无论是哪个家，都是我们深深依赖的，都是我们热爱并呵护着的。我会带着我的热爱到每个家中，和我的同学们一起创造和谐向上的集体，为我们的经济管理学院、为我们的华北电力大学奉献青春。

我尊敬的师长、亲爱的同学们，共同的理想让我们今天相聚，共同的心愿让我们的理想在这里放飞。今天站在这里，我带着感悟、带着憧憬和大家分享，希望能在这四年的大学生活中，和大家一起见证内心深处那份对大学的感情，以及那份执着与追求。"宝剑锋从磨砺出，梅花香自苦寒来"、"书山有路勤为径，学海无涯苦作舟"，让我们从走入华北电力大学，走入大学神圣殿堂的这一刻起，满怀信心，满怀期待，为着自己的理想而努力，享受未来道路上的喜悦，直面未来道路上的挫折，带着我们的青春和活力，向着我们的理想出发。

谢谢大家！

社保 1501　佟佳颖
2015 年 8 月 16 日

有价值的大学

尊敬的各位老师，亲爱的同学们：

我的名字叫童子豪，能作为新生代表发言，我感到十分荣幸与自豪。

栀子花落，凤凰花开。送走了奋斗的六月，迎来了崭新的九月。昨天，我们还在考场里奋笔疾书，今天，我们已经站在大学生活的舞台上。多彩而神秘的帷幕已经拉开，我们即将上演更绚丽的青春乐章。

从中学时代走来，每一个大学新生所面临的都是一个全新的世界，无论是自然环境还是学习方法，无论是个人目标还是社会期望，都发生了很大的变化。

提醒同学们的是，大学阶段是人生的又一个阶段性起点。人，一生下来就开始了漫长而短暂的旅程。鲁迅说过，"世上本没有路，走的人多了，也便成了路"。但是，走的人多了的路，也就不好走了，所以人生的路是难走的。有人说人生如一场戏，大学是人一生中最为关键的阶段。从入学的第一天起，你就应当对大学有一个正确的认识和规划。为了在学习中享受最大的快乐，为了在毕业时找到自己最喜爱的工作，每一个刚进入大学校园的人都应当把握和规划这几年。这是你离开家庭走向社会的起点：第一次开始追逐自己的理想、兴趣；第一次独立参与团体和社会生活；第一次有机会在学习理论的同时亲身实践；第一次不再由父母安排生活和学习中的一切；第一次有足够的自由处置生活和学习中遇到的各类问题，支配所有属于自己的时间……总之，这是个体的人成为社会的人的重要转折，是完成人的社会化的标志。

"让大学生活对自己有价值"是你的责任。在这个阶段，除了学习文化知识，学会必要的实践技能，保证能毕业之外，最主要的是确保自己今后能够很好地融入社会。我所强调的是，希望大家保持健康向上的常态，这样才能更好地体验大学生活。

一、从"尊重"开始做人

上大学后，在这个新的团队里，实际上是大家的智慧、勇气、人格、意志、友情的重新组合。在与人的交往中，最重要的是学会尊重人。尊重人既包括尊重自己，也包括尊重别人。在一个文化厚实和深沉的社会里，人们懂得尊重自己，尊重自己而认真和执着，不苟且，所以有品味；同时也懂得尊重别人，尊重别人而善良和宽容，不霸道，所以高雅。只有对"尊重"有深刻的理解，才能建立和谐的人际关系，并将终身受益。

二、希望同学们自觉确立发奋成才的奋斗目标

大学阶段是学生成长、成才的关键阶段。要想获得新的成长，必须要有新的目标。从往年的情况来看，部分同学跨入新的校门后，因缺乏新的目标而学习懒散，生活无聊，业余活动泛滥，心理迷茫，整日虚度光阴。因此，同学们入学后应该深入思考新目标的确立。大学阶段的目标，不应该是简单地掌握某一门知识与技能，而应该是更高层次的人生目标。英国哲学家怀特海说过："在中学阶段，学生伏案学习；在大学里，他需要站起来，四面观望。"高尔基说："一个人追求的目标越高，他的才能就发展得越快。"

飞速发展的社会在期待我们，日新月异的社会在呼唤我们。在这千帆竞

发、百舸争流的时代，我们以中流击水、浪遏飞舟的气概去迎接新的挑战！相信，数风流人物，还看今朝！"

工管 1501　童子豪

2015 年 8 月 19 日

忆·追

学途之中奔波十余载，在收到华电录取通知书的一刹那，内心是难以平静的。回想一步一步累积的坚持，需感激自己的不放弃。

在学习生涯中，我并没有什么确切的大目标，要多努力，要多优秀，要去哪所学校，要考多少分……迷茫得没有一点方向。如果学习需要一片学海，那我的海上应该是时时刻刻笼着迷雾，连灯塔都看不见。没有目的的旅途是难以坚持下去的。我深刻体会到，每一次对自己的放任，都是因为没有目标的鞭策，只有一再对自己虚无的定位，从而止步不前。

意识到事实的时候，不早不迟，但毕竟目标遥远，难免心生畏惧。那遥远的一束星火，飘渺得像抓不住的鬼火，越努力前行，它却像在躲避一般逃得更远。

畏惧的时候，我也会停住，放弃的念头并非没有，只是感到一停下来，万籁俱静，看着身边之人全抹干眼泪，带着伤痕继续往前，我明白了应继续坚持。

早在小学学钢琴的时候，便初尝到什么是坚持。一天十多个小时在钢琴前重复同一条曲目。我想，我必然不是冲着一个奖状而去，只是不愿意辜负自己。这一点，也成功映射到了学海之中。

离高考还有一百天的宣示，我没有参加，因为开学第一天早上上学的途中，我出了车祸，卧在病床上焦急地看着资料，看着课本。那时很痛苦，想着自己完蛋了，完蛋了，时间不多了……出院后成绩一落千丈，更加着急，却似乎无济于事。失落，放弃，是我所想的；而一次次不服输地以卵击石，是我所做的。也正是这样的坚持，让我不只上了重本线，还拿到了华电的录取通知书。感激这一切都是最好的安排。

如今，我已经是华北电力大学 2015 级的正式新生了。我想，我自是不能像以前那样后知后觉地明白来学校的目的。大学不比中学，它不仅是学府级别的跨越，更是踏上社会的提前试炼。

我深深明白在大学中保持优秀有多么不易，也深知在大学中保持优秀的重要性。我有执念——要努力，要坚持，要心无旁骛，要没有遗憾。我有目标，尽管小，尽管遥远，但我会在大学中努力达成，我不会轻言放弃。既然有了目标，便有了指路灯；不再迷茫，不再彷徨。

我不想在十七八岁时做着二三十岁时的梦，不想在年轻时狂妄地想要改变身边、周围、世界。我不想在七八十岁时，发现我的梦全都还是梦。我不想在我老去时发现，身边的一切都没有被我改变，而我却被世界和时间改变得没了以前的样子。

我不想丢弃了自己的目标，再在迷茫中挣扎。我更不想丢了一直以来伴随我的自尊心和好胜心，再自我放任、自甘堕落。

我相信我有着小小的梦想，有着大大的坚持，我能够在华电有所获并完成我的目标，我父母的期待。

相信自己能够坚持自己的目标，去完成自己的梦想。

营销1501　杨婧怡
2015年8月17日

青春

亲爱的老师们、同学们：

大家好！

我是经济与管理学院财管1502班的付梦瑶。曾经很多次在众人面前演讲，但这是第一次在自己名字前加上这么多的前缀。这一刻我想，当我不再仅仅说自己是几年几班的谁谁谁时，我便真正开始了我的大学。

还记得高三的第一学期是我上过的最长的一个学期，那时候我觉得星期几对于我来说只是一个模糊的概念，因为周末被做题占据，没有放松的一席之地，日复一日地继续着同样的生活。有人说："没有高三炼狱的人生是不完整的。"我想他说的是对的，一生中我们能有几次那样为了一个目标日夜不停地奋斗着呢？而当墙上的倒计时最后变成一位数时，终于，我们带着或许忐忑、或许自信的心情上了考场。发卷，答题，收卷，最后英语考完，并没有像我想象的那样一起欢呼着一切结束，我有些迷茫，好像一直塞得满满的包忽然空了，一瞬间还僵硬地保持着塞满的模样。毕业典礼时所有人都哭红了眼，高中三年就么过去了，一场考试让一群人聚在了一起，又是一场考试让我们各奔东西。

  经过一个假期的调整，大学生活即将开始。我再一次站到人生的转折点上，一如十二年前小学开学的第一天，带着未知和好奇，走入新的群体。一个人总是要成长的，不断地认识纷繁复杂的世界，认识一群又一群不同性格的人。交往的圈子越来越大，学会的知识越来越多，但这并不是成长，或者说并不是成长的全部。我还记得高中的班主任这样和我们说："今天应试时能做对题，将来有可能做对事。"成长在大学，是一个学会改变自己，更加会去面对不同的人，做对生活中的事的过程吧。我们不能再肆意地因为你碰到了我而涨红了脸，不能再看着某一位老师一中午坐在班级的后面等待同学们去提问，也不会再看到试卷上不停地写着"主动找我"的字眼……

  不过，当这些熟悉的高中生活离我们远去时，那曾经的青春是否也同样说了再见呢？我想并不是这样的。我记得两年前送学长学姐们离开高中时那一场毕业典礼：遇见青春。校长在毕业讲话中这样说："其实青春不是指生理年龄，而是人的精神状态，都从年少走来，但不是所有的人都遇到过它，虽然现在致青春已经成为一个标志性的时髦词语，但无论是致敬还是怀念，其实都不是最重要的，没有纯真与正直的遇见，青春就只是一个好看的标签而已。"而现在的我们，不管过去怎样，来到这里，都可以带着真诚、正直去开始一段新的生活，我坚信在这里不会有人去逼迫着你怀念曾经发生了什么，因为过去已成历史，好抑或是坏都无法影响未来光芒四射的你。你可以认识和你一样怀揣着青春梦想的大学同学，他们有着更加成熟的内心，会更加宽容待人，犹如冬日的阳光一样温暖。再遇青春，是一次崭新的旅程，它将会成为四年后无比珍贵的回忆，而我们现在是多么感恩一切才刚刚开始。

  最近我一直在循环播放一首歌："何必去怀念犯过的错，何必去遗憾那些如果，若从头来过，我也会依然做同样的选择。"无论是带着激动还是遗憾的心情站在这里，我都希望所有人可以在四年后笑着说：若回到2015年，我依然会做同样的选择来到这里。再遇青春，我心怀感恩，谢谢遇到最好的你们。

财务1502 付梦瑶
2015年8月16日

充实自己

尊敬的各位领导、老师，亲爱的同学们：

大家好！

我是 2015 级人力资源管理 1501 班的高玉琦，很荣幸能够站在这里代表全体新生发言。

光阴荏苒，走出考场那一刻的放松仿佛还在昨天，十二年的寒窗苦读就在三个月前画上了句点，我们每个人在度过了一个或悠闲或充实的假期之后，重整行囊，踏入大学的校门。对于已经过去的高考，或许有人欢喜有人忧，但是我们来到了这里，便是一个新的开始。今天的华电，汇聚着来自五湖四海的年轻人的梦想。在这里，我们播种下希望的种子，在未来的日子里，我们将用汗水灌溉，用知识耕耘，期待丰收的季节。

走进大学，我们每个人的心中都充满着激动与喜悦，同时也会有一些困惑。在这里，我也有一些疑惑与思考，希望可以和大家共勉。

首先，上了大学，我们要做些什么呢？想必曾经的我们对大学有着各式的想象和规划，然而真的要踏入大学，我们却迷茫了：我们要做些什么呢？是沉迷于游戏还是翻阅几本书籍，是睡到自然醒还是早起散散步、背几个单词，是宅在宿舍还是去外面约二三好友打打球……每个人或许会有自己不同的选择，然而我想说的是，不要忘记自己最初的梦想，机会总是眷顾有准备的人。所以，我想加入几个感兴趣的社团，积极参加学校的活动，合理规划自己的学习，我们的大学生活一定会多姿多彩。

其次，我们真的像之前听说的那样，拥有绝对的自由了吗？到了大学，再也没有老师追在身后要作业，也不会有每晚回家后父母的唠叨和叮嘱，我们看上去更加自由，而事实上却有了更多的约束。这些约束，来自于我们的责任，作为一个大学生、一个成年人的责任。我们做的每一件事、每一个决定都要对自己的未来负责。因此，我们不能再像之前一样无忧无虑、开心就好，我们要为自己的目标规划，为今后做准备。

从收到录取通知书的那一刻开始，我们便成为华电的一员，我们要更加积极和努力，早日融入这个大家庭。华电有着"团结、勤奋、求实、创新"

的校训，四个词语看起来简单，可这将是我们在今后四年甚至更久的日子里，要用心去感受和践行的。"自强不息、团结奋进、爱校敬业、追求卓越"是华电精神，是华电人的精神，虽然我们才刚刚进入华电，但是我相信，在校领导、老师的教诲下，在学长学姐的帮助下，今天还是新生的我们，在未来定会用行动，向我们的学弟学妹们展示着属于华电人的风采！

最后，我想引用奥斯特洛夫斯基的一句话与大家共勉："我们的一生应当这样度过，当我们回首往事的时候，不会因虚度光阴而悔恨，也不会因碌碌无为而羞耻。"希望我们的大学生活如这句话所说，不会白白度过。祝校领导、老师工作顺利、身体健康；也祝福包括我在内的每一位新生学业有成，尽情享受这一段青春的时光！

谢谢大家！

资源1501　高玉琦
2015年8月20日

荏苒时光，有梦有我

梦想如诗，高亢低沉，聆听，动听悦耳；
未来似花，光彩夺目，乍看，心旷神怡；
大学如画，艳彩浓淡，感触，耀眼辉煌。

今天站在这里，我带着感悟，带着憧憬，希望能和你们一起见证我的勇气，见证我的梦想，以此表达我内心深处那份对大学的感情、那份执着与追求。

荏苒时光，岁月留痕。不知道走过了多少个春秋，也不知道徜徉了多少个冬夏。曾经的我，一面奋笔疾书于题海，一面展望未来大学的生活方向；也曾幻想考上理想大学的场景，也曾奢望美好大学里澎湃而来的生活。

"大学生活"几个字眼，总会在懈怠的一瞬间充斥着我的大脑。有人说大学生活是绚丽多彩的，也有人说大学生活是无聊孤寂、浪费时光的。但是，我希望我的大学是充实的，是缤纷多姿的。我相信我会眷恋这一首唯美的诗歌，这一部一辈子都无法重新书写的潇洒小说。

过去的路途中，无论你是否拥有过欢歌笑语或是幸福快乐，这都已成为永远逝去的记忆，何不抛开过往？摆在我们面前的有新的老师、新的同学，还有新的梦想。面对这一切，我时刻准备着，我会整装待发，迎接新的学期，感受新的开始！

在座的同学们，请大声地告诉我，曾经的你们也是否幻想过自己的大学？我以为，大学是一幅书卷般空白的画面，而大学生活便是你手中的彩色笔和调色盘，你可以播种希望，点缀梦想，也可以信手涂鸦，用智慧和热情描绘出你自己的七彩未来。无论这幅画卷是青春激扬，抑或提笔书写的是自信刚强，当四年时光飞逝而去时，我们每一个新生会是教育家、艺术家，都将收获各自的风采，拥有属于自己的最美丽的画卷。

我赞叹"吹尽狂沙始到金"的不屈毅力，我深信"直挂云帆济沧海"的傲然勇气，迎接人生中的风风雨雨，感受人生中的花花世界，只为"宝剑锋从磨砺出，梅花香自苦寒来"。我坚信一份耕耘，一份收获，只为"天行健，君子以自强不息"。我会奋发努力，勇往直前，直到迎来收获的那一天。

如今，我成长在这片肥沃的土地上，尽情用我的生命书写属于我的梦想旅途。我会在路旁留下微笑，留下歌唱，为每一个努力追求的人呐喊助威！我会跟着飞奔的时间老人，等待和蔼可亲的他，在回眸的一瞬间赐予我成长的诗篇！

美好的未来，没有理由不走下去，我希望我的大学，有一个动人的开场、充实的过程、完美的谢幕！我始终相信梦的远方就是天堂！

工管1501　席思雨
2015年8月18日

生活中的每一天都需要努力

十二载风雨兼程，十二年寒窗苦读，今朝，我为我能成为华北电力大学的一名学子而感到无比荣耀。

经历高考的洗礼，换来了与自己的努力相匹配的分数，终于有资格步入华电的大门。怀着满腔热情与沉甸甸的期待，来到了这个崭新的人生舞台，我的内心紧张又喜悦。

大学是一个全新的环境，这里更需要自强和努力。高考使我们更深刻地体会到：只有自己不懈地努力，换回的成就才是真正甘甜的果实。"吾生也有涯，吾学也无涯"，"人生在勤，不索何获"。天道酬勤，厚德载物，我们会一如既往地勤学善问，积极上进，学有所成。

面对中国一流的大学，我不禁有些惶惑：我这只刚飞离家庭温暖巢穴的小鸟可以飞翔在那湛蓝广阔的天空吗？也许这是每一个人在这个阶段都会忧虑的，我们从离开家人的怀抱的那一刻起，我们从走进大学校园的那一刻起，就必须要学会对自己负责，这注定是一场艰辛而又重大的转变。如何顺利地实现由中学生到大学生的转变，顺利完成四年的学业，这是我们每一位新生都要去认真思考的。当大把大把的时间摆在面前时，生活的茫然、空虚、枯燥、乏味使刚刚开始的大学生活缺乏驱动力。所以，我们要尽快确立新的学习生活目标。高尔基说过："一个人追求的目标越高，他的才能就发展得越快，对社会就越有益。"目标能激发人的积极性，能产生自觉行为的动力。人一旦没有生活目标，就会意志消沉、浑浑噩噩。我们正处于富有理想、憧憬未来的青年中期，生活的挫折不可避免，但在某些情况下，失望和忧虑的磨炼只会使生活变得快乐和振奋。因此，不惧困难与挑战，勇敢前行，是迎接新生活最为正确的姿态。

生活中的每一天都要努力，这句话我要与所有华电学子共勉。大学不是做梦的地方，而是助你圆梦的地方。我相信，选择了这所大学，便离自己优秀的人生更近了一步。

选择努力的方向，再去努力，不要让努力徒劳无功。

永远不要活在别人的光环下，你羡慕别人，看到别人的成就时要知道：成功的人，比你努力。

做到与别人不一样。每个人都是独立的个体，你所流过的汗水不必让别人知道，做最好的自己，要与众不同。

大学生活是块崭新的画布，选择不同的底色能描绘出不同的生活，一切都只看你个人的选择。要真正体会大学的味道，学习要放在首位，因为校园中若没有学习，一切将无从谈起。让自己用充满新知的头脑去感受世界，让自己时刻不忘来时的憧憬。

打开心胸融入集体吧，积极参加和尝试各种活动，即便刚开始时有些胆怯，但请告诉自己，在这里没有人会嘲笑你，你有勇气去展示自己，你才会有所收获，你的光芒也会因此而愈发耀眼！请记住，机会总是留给有准备的人，明媚的人才更有可能抓住机会！

在大学繁忙的课业与精彩的生活之余，记得有空多联系家人，说说近况让他们放心，因为有些父母尽管牵挂却很含蓄，多让他们暖心幸福。父母尽管付出了一切，却要求的并不多，请用心珍惜！

每个人都能通过大学四年的历练成长很多，相信你们都可以做得更好，让自己的四年黄金年华成为最美的回忆！走好脚下的路，不忘来时的梦！让我们一起畅快淋漓地挥洒汗水，朝气蓬勃地投入到眼前的活动或学习中去吧！"

商务 1501　郭宇飞

2015 年 8 月 17 日

迎接新起点

尊敬的老师，亲爱的同学们：

大家好！

我是毕业于东莞高级中学，来自环境美丽、人民热情的新疆维吾尔自治区的努尔叶古丽·热吾甫。我代表全新疆人向大家表示最衷心的问候！我也带来了新疆人对大家的真诚祝福！我可爱的同学们，假期的放松还没有完全褪去，伴随着清脆而熟悉的铃声，一个崭新学期又来到了我们的面前。这是我们生命中的一个新起点，这是我们学习道路上的一个新的起点！起跑的枪鸣声已经打响，同学们，你的信心准备好了吗？你的快乐准备好了吗？你的努力准备好了吗？今天，我们迎来了新学期的开学典礼。

历经了高考的九九八十一难，我终于拿到了华北电力大学的录取通知书，这便是我高中三年最开心的时刻。这个通知书给我的高中生活画上了一个圆满的句号，也标志着我将迎来一个全新的大学生活。对大学生活充满好奇和期待的我在此时此刻有了很多幻想，我幻想着我会每天在大学校园里骑着自行车从一个教学楼跑到另一个教学楼，晚上找一间教室冲一杯咖啡复习着当天学的内容，睡觉前跟同宿舍的姐妹们诉说着各自有趣的故事，在双休日里去找同在北京读书的朋友，在校园的草坪上跟同学们一起陶醉在咱们男神用吉他弹唱的美妙旋律当中……

我是一个抱着各种幻想，喜欢探索新事物的新疆维吾尔族姑娘，我想要在华电的大舞台上绽放我的舞姿，想要结实很多有趣的朋友，想要到我以前只能在电视上看到的地方去游玩……可最重要的是，我想要利用在华电的四年时光来变一个模样，变成一个知识渊博、灵巧能干、善于与人交往的综合素养高、人见人爱的女孩子。所以，为了这个梦想，我一定会加倍珍惜在学校的时光，尽全力学到最多的东西。我知道，当大把大把的时间摆在面前时，生活的茫然、空虚、枯燥、乏味会使刚刚开始的大学生活缺乏驱动力。高尔基说过，"一个人追求的目标越高，他的才能就会发展得越快，对社会就会越有利"。目标能激发人的积极性，能产生自觉行为的动力。所以，我在第一时间确立了自己的学习生活目标，希望我立下的目标能够时时刻刻提醒我，让我能利用好大学里的每一分每一秒。

大家都知道，我们考大学的目的就是为了将来毕业之后能够在社会上找到一份自己满意的工作，当然我也不例外。在大学的四年当中，我的畅想是能够在老师和同学们的帮助下，在自己的不断努力下，出色地完成好对专业知识的掌握，与此同时，还想参加一个适合自己的社会团体，从而提高自己适应社会的能力，并且扩大自己的交际圈。在班级里，我希望能担当一定的职务，成为老师和同学们的好帮手。除此之外，在这四年里如果能遇到类似2+2计划出国学习的机会，我想我一定会争取。我觉得出国学习、生活是一件非常有意思的事情，在那里可以和从来没见到过的人种打交道，在一种完全不同的文化、生活习惯以及风俗习惯中生活，另外还可以与自己喜欢的明星近距离接触。大学毕业之后的畅想是，能够凭借着大学里学到的知识在自己家乡的电力局顺利找到工作，成为一个收入比较高的人，过上理想、安逸的生活，不让老年的父母亲再为我担忧，并且在自己美丽的家乡让父母过上安详的晚年生活。

在这里，我还想代表全校全体同学，向辛勤培育我们的老师说："我们愿意做同学们的榜样，用端正的学习态度加倍努力地完成我们的学业，为母校交上一份满意的答卷！祝福大家学业有成，在我们这美丽的校园里面达成我们当初的梦想。"最后，也希望大家都能来新疆游玩，我会亲自为你们做导游，去看看丰富多样的地形地貌，去尝尝那百里飘香的瓜果、佳肴，去感受新疆人的热情友爱！我的演讲完毕，谢谢大家！

工商1501　努尔叶古丽·热吾甫

2015年8月16日

握住梦想，不忘初心

我喜欢飞翔的感觉，像空气一样轻盈，像雄鹰一样自由。每一个向往飞翔的人，都渴望拥有一双美丽的翅膀，因为只有让梦想插上了翅膀，让它更高地飞翔，人生才会发出璀璨的光芒，才能成就不朽和辉煌。

春秋时期，诸侯纷争，战火连天，太阳也失了光芒，大地上到处是悲哭和苍凉，血污的现实让好多人，或是不问世事终老山林，或是得过且过苟延残喘，而孔子在这样一个人性压抑的时代，依然将梦想放飞——那就是推行礼制，宣扬仁政，还世界一个美好而合理的秩序。尽管遭遇了无数的磨难——权贵的排挤、暴力的围攻、路途的坎坷，但孔子没有放弃他的梦想，坚定地飞向前方，最终成就了一个"万世之师"的人生。清朝末年，又是一个痛苦和绝望的年代，帝国列强在中华大地上肆虐横行，天地变色，草木含悲，满目疮痍，屈辱和彷徨充斥着人心，而孙中山在中华民族生死存亡的时刻，依然将梦想放飞，与仁人志士一起，救亡图存，振兴中华。正是在这样伟大梦想的鼓舞下，他身陷囹圄而不悔，黄花岗血洒而不退，直到听到辛亥革命那划破长夜的枪声，直到看到民族完全独立，东方睡狮发出震撼世界的怒吼。

梦想是希望，是拂向寒冷大地的一缕春风，是穿过漫漫黑夜的一线光明，是荒蛮大原上的一点火种，是浩瀚沙漠中的一块绿洲。有梦就有希望，梦想有多远，路就有多远。

相反，没有梦想的民族，不会长久；没有梦想的国家，不会强大；同样，没有梦想的人生，不可想象。

如果没有一直飞扬的梦想，摩西的子孙不会在流浪世界近千年，历尽世世苦难之后，终回到耶路撒冷的热土建立起富强的以色列；如果没有一直飞扬的梦想，一穷二白的炎黄后代，不会在伤痕累累、疮痍处处的中华大地，独立自主艰苦奋斗，励精图治勇于改革，让这个古老的民族重焕生机，以大国的形象屹立在世界的东方；如果没有飞扬的梦想，毛泽东不会在人生最艰难的时刻依然坚守信仰，永不言弃，成为中国人民的伟大领袖。

将梦想放飞吧，让梦想拥有一双美丽而矫健的翅膀，让它在人生的天空飞得更高、更远。放飞的梦想之于人生，就像无边无际的深夜里一盏刺破黑暗的明灯，引导出一个光明的世界。放飞的梦想之于人生，就像广袤的大地上永不干涸的河流，慢慢向东汇聚，形成蔚蓝的海洋。

放飞梦想能温暖我们的生命。梦想是我们生命的温床和灵魂的栖息地，梦想不在，生命和灵魂便永远不能安息。梦想让每一个如风一样轻的生命，增加了存在的尊严和重量。梦想让我们的生命，在俗世中独焕斑斓，甚至让我们美丽的人性如幽兰一般升华。我们的生命所负载的心胸，因梦想而变得宽如大海、阔如天空；我们的视野，因梦想而"一览众山小"，着眼处尽是天蓝云白水碧花红芳草青青。

将梦想放飞吧，让梦想挥动长长的翅膀，在人生美丽的天空自由而骄傲地飞翔，飞得更高，更高，穿过云霄，而在耳边永远回响着，回响着……

财务 1502　　杨瑞
2015 年 8 月 17 日

懂得珍惜

大家好，很高兴见到你们，我是华北电力大学 2015 级经济与管理学院劳动与社会保障专业的新生惠钰雯。刚刚走进大学，心中那份紧张而又期待的感觉还在蔓延，但看到你们——即将在一起度过四载青春时光的同班同学，安定和踏实又慢慢涌上心头。大学伊始，这样一份字数颇多的自我介绍倒不知道要从何讲起，只希望能增加一些大家对我的了解。

我和其他同学有一个最大的不同——我是一名复读生。在 2014 年高考结束两个月后，我又一次坐在了高中的教室里，去迎接我不愿意却不得不面对的"高四"生活。

已经经历过一次高考的我，对它有了新的认识，它虽没有想象中那么可怕，但却能用最简单的方式且最残酷的形式决定一个人的未来走向。在那之前，成绩优异且稳定的我从未想过自己会在高考时跌倒，这种出乎意料的结果使我明白：未知，或许正是高考的魅力所在。这种未知，不仅体现在高考考场的心理素质和临场应变能力上，也体现出我之前高三一年的复习是有漏洞的。

认识到这一点后，我对我的复读学习生活做了认真的规划，努力克服之前学习中出现的问题。我明白自己的弱势在文综上，于是在结束了每天白天在学校的学习后，又在晚上选择和艺术生一起强化补习文综。别人都说复读苦，说复读生伟大，我不这样认为，复读生的心理压力的确远大于应届生，但比起无所顾忌的应届生，复读生更明白自己已经失去了什么，更明白自己要什么，也就会更珍惜又一次的机会。在我看来，用天道酬勤来概括我这一年的复读生活真的是再合适不过了，我抓住了这来之不易的又一次机会，可见收获永远是和付出成正比的。

接下来说说我的家乡。我来自甘肃白银，也许对许多人来说，那是个陌生的地方，甚至是并不向往的地方，我不能够唐突简单地评价它是"好"或者"不好"，然而对于我，或者对于每一个身处异乡的人来说，家乡都是特别的存在。我来自白银，一个来自四面八方的江湖。深深的家属大院，从小玩到大的玩伴，清早菜场里老一辈人蹒跚的身影和放学回家时灿烂如血的晚霞是最直接的记忆。然而十二载的寒窗，将我们每个人都带到了陌生又熟悉的远方。我们每个人都经历了紧张得令人窒息的高考，怀着一份热情相聚到这里。同样带着父母新的希望，带着朋友新的祝愿，带着自己新的理想，来到了新的地方。在这新的学期里，我们以新的语言、新的行动、新的风貌、新的一切去适应新的环境，开始新的学习。

学习虽不是我们最终目标的目的，但是我们实现最终目标的有效途径。既然我们选择了大学作为自己人生里程的加油站，那么我们就应该认真对待。回到最终现实，我们都要走向社会。立足当下，展望未来，我们应该以更高远的眼光去看待未来。所以，我们在大学里应该做好充分的准备。

大学的时光，珍贵却如白驹过隙，于每个人而言都该格外珍惜。未来纵然有太多不确定，坎坷或顺利，多舛或平坦，但我们也需要相信，努力的自己一定值得拥有那个曾经憧憬过，甚至比那更好的未来。

社保 1501　惠钰雯

2015 年 8 月 19 日

梦想本有心，须有汗水折

经过三年的努力学习，我们终于汇聚在大学这个神圣的殿堂中，我们怀揣成人、成才、成功的梦想，希望在各自的专业方向上做出成就。然而，成功必取自"汗水"两字。"汗"中有一"干"，谓苦干，踏实做事，做学问，充满干劲地去做；而三点水意味着成功需要许多的苦干，水滴干涸之土，才有生机，成功的生机。所以，我的演讲主题就是：梦想本有心，须有汗水折。

我借助了一句诗：草木本有心，何须美人折。张九龄的这句诗旨在比喻贤人君子的洁身自好、进德修业，也只是尽他作为一个人的本分，而并非借此来博得外界的称誉，以求富贵利达。追逐梦想也是这样的，有心种花花不开，无心插柳柳成荫。也许大家的梦想（抑或理想）有的偏物质，但也离不开默默无闻的准备与付出，方得正果。古有"寒窗十载苦读"，今也有同学们十二载的奋斗。现用这句诗赠予大家，不仅希望我们都在这所殿堂里静心学习，做出学问，做好学问，也希望我们能实现自己的梦想，不虚度这四年的美好光阴。

古人有语：吃得苦中苦，方为人上人。我相信大家在高中吃了三年苦后都明白了这个道理，而我们接下来要谈的就是吃对苦，选择一个正确的方向。进入大学后，有各种各样的社团活动，也有各种诱惑。此时，方向的正确就成为一个至关重要的因素。以往，我们在父母身边，老师也时刻关注我们的动态，及时为我们矫正错误。而今，我们已成人，真正到了为自己负责、为自己决定去路的年龄，站在前进的十字路口时，当三思而后行：能否？成否？对否？有了疑惑与问题，我们自可以向身边的人请教。生活本身就是一场学习。选对方向，做对事就是成功了一半。

有了对的方向，我们也要明确目标。都说"好的开始是成功的一半"，那么一个正确有效的目标就是好的开始的"开始"。目标是具体化的梦想，一步，一步，走向成功。列张梦想的成分表格，从"0%"开始，到"25%"，到……

这样的感觉难道不好吗？想梁代时彭城人刘绮，"早孤家贫，灯烛难办，常买荻折之，燃荻为灯"，发奋读书。念苏廷吹火读书，"少不得父意，常与仆夫杂处，而好学不倦。每欲读书，总无灯烛，尝于马厩中，借火照书诵焉，其苦若此"。然而环境艰苦如此，读书的明确目标使刘绮、苏廷坚持了下来，也因此取得了为当时人瞩目的成绩。此外，目标不一定是恒定不变的，可根据实际情况调整奋斗的方向：觉得自己可以再加把劲，就把目标调高点；觉得超过自己的能力时，就适当地降低，做适合自己的事，成功才不会那么遥不可及。

有了目标，汗水当不遗余力地被挥发出来。此处仅需"汗水"两字。借用刘媛媛的一句话赠给大家：你用你的一生去奋斗出一个绝地反击的故事，这个故事关于独立，关于梦想，关于勇气，关于坚忍，它不是一个水到渠成的童话，没有一点点人间疾苦。这个故事是"有志者，事竟成，破釜沉舟，百万秦关终属楚"；这个故事是"苦心人，天不负，卧薪尝胆，三千越甲可吞吴"！

工管1502　朱浩然
2015年8月17日

梦想与责任

我叫穆合塔尔江，维吾尔族，来自美丽富饶的新疆，2014年参加高考，并在当年九月在河南黄河科技学院预科学习一年，可能是因为有了少数民族预科的经历，我对大学并不是那么陌生，通过一年在大学环境中的预科学习，我对大学有了更深层的理解。

提到大学，我经常会用到这两个词语：责任、自律。

刚刚步入象牙塔的我们，对未来都充满了各种幻想，甚至有时会忘记，我们对于社会、家庭、包括自己都有责任。政府为我们提供好的学习环境，社会督促学校的教育教学质量变得更好更强，学校为我们提供完善的学习设备、资料，我们不能理所当然地坐享其成，不能让这些资源白白浪费，我们也有自己的责任。我们要通过实践锻炼自己，通过一次次的活动去发现自己的兴趣和潜力。我们每一个人都有自己擅长的东西，都是有用之材，发现自己所擅长的，并通过努力把它发挥到极致就是我们的责任，而这个发现自我、发掘潜力的过程正是大学教育存在的意义。这样的我们才能够成为对社会有用的人，才不会辜负这个国家、这个社会为我们提供的资源。

对于家庭我们同样有着责任，有一句话是这么说的：不论父母的职业是什么，不论他们取得了多么大的成就，孩子才是父母最好的作品。父母为了能够让我们受到好的教育付出了大半辈子，所以我们不能辜负父母亲人的期望，更应在大学中努力学习，完善自己，提升自己。

最后也是最重要的就是对于自己的责任，谈到这，自律是关键。

在高中时，陪我们走过最苦、最难熬的日子的那句话就是，"再熬一阵就能上大学了，在大学就可以好好玩了"。我们都是听着这样的话，抱着上了大学就能彻底解放的念头咬牙苦读，完成了繁重的高中学业。预科一年的经历让我真正认识到，这种想法真的只能在高中时用来安慰压力大的自己，不适合大学，如果在大学中还抱有这种错误的想法，只会让原本勤奋的我们变得懒散、意志消沉。

大学给了我们轻松的环境，并没有给我们随意的权利。轻松的学习环境是为了让学生学会自主学习，有更多的时间自由分配，并且用在自己感兴趣的领域，而绝不是用来堕落的。高中时父母、老师的督促与大学的自由形成了巨大的反差，无人督促对于自控力差的学生来说是很大的诱惑。在这种巨大的反差下，能不能够自律尤为关键。

虽然远离家乡，但是我们并不孤独，我们拥有最诚挚的关爱，我们一定可以在这里增长才干，用自信、勤奋、意志来武装自己，努力学习，用我们的智慧、勇气和永不服输的心，向着生命中每一座山峰，勇敢攀登，从稚嫩走向成熟，从现在走向成功！恰同学少年，风华正茂，年轻没有什么不可以，处在人生最美好阶段的我们要乐观开朗，张扬个性，富于创新，同时又要稳重内敛，慎思明辨。年轻的我们有着绚丽多彩的梦，但我们还要砥砺品格，博学笃志，发奋图强。新的学期就要开始了，我们不能辜负领导、老师和父母的殷切期望，在未来的大学生活中，我们一起努力。

工管1502　穆合塔尔江·克依木
2015 年 8 月 17 日

拥抱青春，志存高远，胸怀天下

尊敬的校领导、老师，亲爱的同学们：

大家好！

我是曾菊，15 级会计专业一班的一名学生。很高兴成为华电大家庭的一员，很荣幸作为新生代表在此发言。

寒窗苦读数十载，一朝圆梦在今夕。身在自己盼望已久的大学殿堂，此刻，你的心情是怎样的呢？硝烟弥漫的高考战场已离我们远去，暑假的自由疯玩也已经结束，你是如何思考你即将面临的大学生涯的呢？

　　大学，正如我们所期盼的那样，它应当是知识的、自由的、精彩的、激情的殿堂，因为我们拥有着最宝贵的青春，我们不似孩童般懵懂无知，不似中年人般深沉无奈。周国平把中学时代称为人生中一个发现的时代，因为求知欲的觉醒，发现一个书的世界，因为自我意识的觉醒，发现了自我，也发现了死亡。从高考的重压和约束中解放出来，我们拥有更多的是自由和活力。于是，我们可以更广泛地接触和寻觅各种各样的知识，满足我们的求知欲；于是，我们感受到一种想要支配自己生命甚至支配世界的渴望，自我意识在这时达到顶峰；发现了生命苦短，世事无常，于是我们想要拥抱青春，有所作为。我们应当感谢高考，是它让奋斗的我们进入了自己理想的大学；我们不应该忘记高考，它在我们人生那样一段黄金可塑期塑造出我们吃苦、自律、求知等有益于终身的品质。而大学的我们应当用更加丰厚的见识、更加卓越的能力来完成自己的超越，珍惜和享受青春！

　　我们已经考进了大学，同学们，我们为什么要考大学？有人说，为了完成父母的期望，为了找一份好工作，为了自己的生存，为了出人头地，也有人说为了改变社会、改变国家、改变世界等等，每一个人都有自己的理由且无可非议。我想告诉大家的是，暑假里大家应该都关注过新闻，当我们为北京—张家口冬奥会的成功申办加油喝彩时，随后又传来了天津塘沽大爆炸伤亡惨重的噩耗。这是一个飞速发展的中国，这是一个复杂的时代，当我们为国家实力增强、人民生活水平提高而骄傲和满足时，环境恶化、诚信缺失、不公、冷漠等等社会问题又让人揪心。同学们，作为当代新青年中较优秀的一批，难道我们不能做一些什么吗？你思考过生命更重要的意义吗？总有一天，这个国家、社会要交到我们手中，你怎样伸手迎接？虽然不是每个人都会成为那种站在时代的风口浪尖去改变国家命运的人，虽然我们每一个人都是这个庞大的社会机器上一颗小小的螺丝钉，但是我们每一个人的努力都有非常重要的意义，因为我们每个人生下来都有机会改变世界。所以，请不要因生存的压力和忙碌而不关心国家，不关心政治，不再有梦想，不再有伟大的志向。鲁迅曾说："我们自古以来，就有埋头苦干的人，有拼命硬干的人，有为民请命的人，有舍身求法的人……这就是中国的脊梁。"我特别希望我们都能成为那种难能可贵的年轻人，成为中国真正的脊梁！

　　同学们，你们的生命掌握在自己手中，大学生活的蓝图要由你们自己来描绘。请你们时常思考自己生命的意义，思考自己想要的究竟是什么以及肯为此付出怎样的努力。希望四年之后我们走出华电之时能够骄傲地说：我的大学生活不是苍白的，我的青春无悔，我对得起自己！

  2015，走进华电，相信华电，携手华电，青春的我们与华电、与祖国同行！

  我的发言完毕，谢谢大家！

会计 1501 曾菊
2015 年 8 月 19 日

可再生能源学院

寻梦

我从小就有一个梦想，妄想着改变农村。有人听到后嗤之以鼻；有人说我病得不轻，得看看；也有人说好好学习，然后考上大学，找个好工作。可我的梦从未改变。

父母带我来到城市扎根，可我却一直心系农村，有时回老家，看到新农村，一条条马路，不禁感慨，变化真大。其实不然，现在虽说农村发展了，但现状依然不容乐观，因为房子里都不住人，无数人选择离开农村外出打工，只留下一栋栋空房子，留不住人就说明了农村发展的不足。

我来自农村，而后父母带我在城市扎根，我家现在的一切都是爸妈一点点奋斗来的，他们有多苦我看得到。高考结束后，我在自家帮忙，知道我的天空只能由自己去拼，谁也依靠不了。我明白，想改变农村，就得先改变自己，我需要一个平台，需要一个舞台，来到了华北电力大学，我相信我会找到自己的舞台，在华电我会慢慢充实自己。有一种竹子用了四年时间仅长了三厘米，从第五年开始，却以每天三十厘米的速度疯狂生长，仅用了六周时间就长到了十五米。其实在前面的四年，竹子将根扎在土壤里延伸了数百平方米，所以我们不要担心此时此刻的付出得不到回报，因为这些付出都是为了扎根，人生需要储备，可很少有人能熬过那三厘米。正如马云所说，今天很痛苦，明天很痛苦，后天很美好，但大部分人都死在明天晚上。竹子开花，一生只开一次；人生有梦，一生一梦醒一回。小的时候每个人都有梦想，等我们越长大，却渐渐忘了，我一直想做一个追梦的人，一直牢记自己的梦想。

《老子》云,"天下难事必作于易,天下大事必作于细"。高中阶段我积极参与学校的社团活动,锻炼自己的社交能力,先后参与了学校许多活动的策划与管理,例如马鞍山二中第一届最受学生欢迎教师评选活动的策划、统筹及全国中学生生物竞赛广场活动的统筹、策划。同时,我还参加了各项社会实践活动、志愿者活动,并认识了志同道合的朋友,因此我获得了学生会干部的资格。高中生活很精彩,虽然后来有点颓废,但却包含了我最珍视的点滴。

第一次高考失利后,我选择了复读,复读的一年中付出了很多,最终进入了华北电力大学。复读的一年我经常反思、思考,从生活中的点点滴滴重新认知自己,认识自己的不足,并静心思考自己的学习轨迹和未来,算是收获颇丰吧。我妈说如果你高中能像高四那样,结果一定比现在还好,我说,如果给我一次重新选择的机会,我高中的每一个选项都不会改变,每一个决定都是我自己做出的,所以没有后悔可言,如果重新选择,或许会有更好的成绩,却不一定有更好的我。

生活中有许多挑战,有时我们可以选择逃避,这样生活会十分安逸。当我们周围都是米的时候,我们很安逸;当有一天米缸见底,你才发现想跳出去是那么无能为力。有一个陷阱叫安逸,让我们勇敢地挑战梦想,为梦想奋斗吧。或许我们无法实现梦想,但我相信我们一定可以无限接近它。

应化1501　聂恒
2015年8月18日

教师寄语

聂恒同学从一个复读生的角度叙述了自己的学习轨迹,我们从字里行间看到了他认知自我、艰苦奋斗、面对困难的决心和勇气。更难得的是,他拥有一个改变农村命运的理想,并愿意为之不断努力。希望他在大学四年的学习中通过自己的努力,为自己的梦想奋斗,也希望他发挥自己的特长,学得充实,活得精彩。

筑梦

各位老师、同学：

大家好！

时光荏苒，岁月如梭。转眼间，已经到了9月12日，当我踏入华电校门的那一刻，既兴奋而又忐忑。曾记否，三年前有着稚嫩脸庞的我们曾志存高远，实现人生跨跃；三个月前，大学成了我们拼搏的力量源泉，我们共同经历了黑色六月，体会着梦飞的时刻。而今，我们站在人生的新驿站——华北电力大学，在这里，我们将放飞希望，接受新的洗礼。

今天，我演讲的主题是：筑梦。我们曾经无数次地幻想着自己的未来。还记得小时候，我曾指着天上的飞机说："我长大后要开飞机，要去太空。"那时我的小伙伴说"我要成为科学家"、"我要成为明星"，甚至有的还说"要当国家主席"。现在看来那些似乎只是白日做梦，但那确实很美好，因为那不是幻想，而是我们儿时的梦想。

我们应重新审视自己，重新定义自己的梦想，相信我们此时的梦想更现实，更是我们想要的。我的梦想已不再是开飞机，此刻，我的梦想是创业，去开创属于自己的一片天空。大学将是我梦的起点，步入校门的那一刻，我已蓄势待发，向我的梦想奋斗。

罗曼·罗兰曾说过："一种梦想，就是一种力。"此刻没有梦想的人，一定要树立自己的梦想，梦想给予我们力量。大学的开始便是梦的开始，大学四年将为我们建起地基，未来这座大房子将在这里熠熠生辉。因此，我们不能没有梦想，有了梦想，我们才知道如何去建造它。

我们刚踏入大学，以后的一切还是个未知数。我们意识里的大学是从学长那里听来的，但每个人的人生都是不一样的，我不想重复学长们的大学生涯，我要与他们不一样。也许我们新生之间某两个人的目标是一样的，但去实现目标的方式一定是不一样的，不要刻意去模仿谁，而要坚持自己，不忘初心。希望我们不要忘却自己开学前心中憧憬的大学生活，只有不忘初衷，才有去实现梦想的动力。

纵观古今中外，成功人士都有一个共同的特点，那就是坚守自己的梦想。司马迁曾遭宫刑，但他依然坚守着"究天人之际"的梦想，最终铸就了千古绝唱。霍金全身瘫痪，只有三根手指可以动，但他坚守梦想，成为物理界的神话。南非总统曼德拉身陷监狱二十七载，始终不放弃对和平民主的追求，最终成为南非伟大的黑人总统。梦想是要坚守的，这个社会是多面的，诱惑无处不在，经得起考验的梦想才能发出耀眼的光芒。

梦想不是空谈，它需要我们去实干，为梦想拼搏过的青春才是美好的青春。大学正是青春之火燃烧得最热烈的时刻，我不想我的激情被安逸浇灭，我要去奋斗。毕业后，我们也许会考研，也许会去国企工作，也许会出国留学，无论如何，我们的梦想都应由我们自己规划。"拼着一切代价，奔向你的前程"，当我们有了梦想的那一刻，就会充满力量，会不惜一切代价去拼搏。有人说追逐梦想的道路是孤独的，但今时我庆幸的是有了你们——2015级的新生，我不再孤独，我们将会一起去实现自我，创造奇迹，我们终会让世人见到我们2015级新生的风采。

应化1501　张恩耀
2015年8月15日

教师寄语

"中国梦"怎么体现在我们年轻的一代身上？张恩耀同学的这篇题为"筑梦"的发言稿很好地为我们诠释了，作为一名大学新生，应该如何去实现自己的梦想。

活在当下

尊敬的领导、敬爱的老师，亲爱的同学们、朋友们：

大家好！

踏着清爽的秋风，吻着醉人的菊香，在这丰收的季节，我从千里之外的云南来到美丽的首都，跨进了梦寐以求的华北电力大学的大门，开始了我大学追梦的旅程。

现实生活中，有些人总是坐着等机遇，躺着喊机遇，睡着梦机遇，做"守株待兔"的人。殊不知如果是这样，机遇就会像满天星斗，可望而不可及。即使机遇真的来到身边，你也发现不了，更不用说去捕捉和利用了。

机遇只偏爱有准备的头脑，能否抓住机遇，利用机遇，关键在于人们知识、文化、思想等多方面的准备，在于勤奋努力。朋友，你准备好了吗？准备好你的头脑，去抓住机遇，利用机遇，获得成功吧！今天我们踏进了大学的门槛，这里就是给我们做好准备的地方。我想我一定要克服中学时的惰性，克服自己的任性，克服不珍惜时间的毛病。有句古诗写得好：

明日复明日，明日何其多。我生待明日，万事成蹉跎。
世人若被明日累，春去秋来老将至。
朝看水东流，暮看日西坠。百年明日能几何？请君听我明日歌！

我们要细细体会这震耳发聩的《明日歌》，认真理解它的深刻含义，牢牢把握住今天，珍惜当下的大学学习机会，把老师教授的学识和智慧的口袋统统掏空，装进我们的脑袋，成为我们牢牢抓住机遇的巨手，成为我们学以致用的利器。大学生活是多姿多彩的，但也需要我们把握和深入体会。开朗却不失内涵，野性却不失优雅，自信却不自负，张扬却不狂妄，是我追求的性格。简单冲动，意志不坚定，思想不成熟，是我要克服的弱点。"人生豪迈，年轻没有失败"，是我对青春的誓言。青春是我们最宝贵的财富，是我们胆大妄为的资本，是我们异想天开的来源。要想充分挖掘青春的宝藏，那就要好好学习，充实自己。在工作中学习，在教室里学习，在失败中学习，在别人身上学习。

既然我们选择了这所大学，就应该脚踏实地、认真地学习。有人在网络中麻醉自己，逃避现实，填补内心的空虚，但离开网吧，空虚依旧，现状并没有改变。真正能解救你的人只有你自己，药方是学会接受，没有办法改变世界，那就改变自己吧。珍惜你现在所拥有的，最大限度地利用学校的资源，不要让它掠夺你大把的青春，留给你一个大大的遗憾。要知道，大学给你的价值是你自己创造的。

当然，漫漫的大学生活也会有许多意想不到的困难和挫折。当我们面对困难和挫折时，请想想我们的父母！我们是父母的希望和未来，我们的每一步都浸透着他们的血汗。父母的爱是全天下最无私、最真诚、最伟大的爱。

他们都希望自己的子女能有所成就而成为他们的骄傲和支柱。为人子的我们，有责任、有义务让父母们安心、放心，健康快乐，安度晚年，让他们的付出得到最大程度的回报。让我们把对父母的责任感作为学习的动力！我相信，学校的老师们也会像我们的父母亲一样爱护和关心我们，我们不要让老师们失望，要让老师为有我们这样的学生而自豪！

应化1501　李光涛
2015年8月17日

教师寄语

李光涛同学怀着积极且充满期待的心态来到北京。他热爱生活，热爱自己的一切，这是现在年轻人很难具备的一种品格。然而，他也并不是空想而已，他深入思考了时间的意义，并提出了牢牢把握今天的观念。同时，他想在大学里创造属于自己的价值，改变自己，改变世界。最后，一句句对父母感谢的话，更是说到了我们心坎里。这是一个孝顺的孩子，他有着多么可贵的品格，我相信，这品质会给他辉煌的人生做出巨大的贡献。

恰同学少年

尊敬的各位老师，亲爱的同学们：

大家好！

我是15级可再生能源学院新能源材料与器件专业的王冰馨。很荣幸有机会在今天的开学典礼上说说我的一点感想。

那个被称为黑色六月的高考，就这样悄无声息地过去了。对于整个高三，也许有人会遗憾，也许有人会后悔。但无论用怎样的心情看待高三，大家心里肯定有一个感觉，那就是怀念。没错，怀念，怀念我们一起奋斗的日子。不断地吐槽着"卷子真多",却用无比认真的态度去对待每一张试卷;不断地告诉自己每次模考只要进步就好,却还是忍不住往同桌的卷子上偷瞄他的分数。令人紧张的高考,是在"提高一分,干掉千人"的环境下,从内心里给自己的一种压力,一种不拼不行的动力。回头再看高考,我只能说,高三一年的我,真的有成长,真得很充实。

虽然离开家乡,可我们并不孤独,我们将拥有来自学长学姐和老师们最诚挚的关爱。今天我们来到这里,来到了美丽的华电,将共同开启一段美好的旅程。

还记得第一眼看到华北电力大学这个名词时,脑海里闪过一个念头:上了这个大学,是不是以后就是当个爬电线杆、收电费的小电工,当然那只是我的臆想。随着我对华电的认识逐步深入,一座有鲜明特色的大学的形象在我脑海中深植。作为电力系统的最高学府,华北电力大学培养了一大批电力人才。巍巍学府,电力之光,这就是现在我对华北电力大学的认识。

大学是一个磨砺人的地方,在大学里会有各种社团和各种社会实践活动。如果你觉得高中压制了我们的个性和爱好,那么在这里,会有一个个很好的平台让我们展示。

然而我们最主要的事,仍然是学习。相较于高三,我们对待大学的课程可以放松,却不能过于放松。我们需要对自己有规划,尽快调整好心态,确定好目标并努力追求。然后要对学习有所侧重,针对自己选择的专业,确定努力方向。认真听每一堂课,争取不旷课,完成每一次作业。

我希望我们都能努力做到:

1. 团结。世界上没有两片相同的叶子,性格不同的我们来自不同的城市,我们需要学会相互尊重,团结到一起,拧成一股绳。这样不论是我们的生活还是学习,都会产生 1+1>2 的效果。

2. 勤奋。荣辱已成过去,未来一片空白,唯有勤奋才能再创辉煌。奋斗吧,少年,奋斗的青春最美丽。拼搏吧,少年,拼搏的岁月最精彩。

3. 求实。从我们上学开始,老师就一直强调要脚踏实地。虽然这四个字我们听了无数遍,但又有多少人能真正做到脚踏实地呢?做学问忌讳浮躁,希望能与君共勉,努力保持一颗踏实求实的心。

4. 创新。郎加明在《创新的奥秘》中说:"对于创新来说,方法就是新的世界,最重要的不是知识,而是思路。"我一直把这句话奉为圭臬。学习亦是如此,学习中的创新就是举一反三,开创出新的解题思路和方法。

巍巍学府,电力之光。同学们,在未来的岁月里,我们一定会成长为一个全新的自己。让我们趁着美好年华,踏上属于我们的征程,扬帆起航,在华电的这片热土上,同心,同行,共同创造全新的辉煌!

恰同学少年,风华正茂。数风流人物,还看今朝!

最后,祝校领导、老师身体健康、工作顺利!祝各位同学学业有成!

能材 1501　王冰馨
2015 年 8 月 17 日

教师寄语

学生说出了对大学生活的美好向往,并且对自己的大学生活做出了细致的规划。

用"电"闪耀璀璨人生

尊敬的领导、老师,亲爱的同学们:

大家好!

我是来自华北电力大学可再生能源学院 15 级的成思凡。很荣幸能在这个美丽的季节和你们相聚在绿草如茵的华电,和你们一起分享收获的喜悦。我们很激动,能够凭着自己的努力从激烈的竞争中脱颖而出,成为华电的一员。

昨天我们还在考场上为自己的理想拼搏,今天便为了梦想聚在华电,我们将在这里放飞梦想,扬帆起航。虽然我们远离家乡,但是并不孤独,我们拥有最诚挚的关爱、最永久的友情,我们一定可以在这里灌溉自己,为日后实现鸿志打下坚实的基础。年轻的我们有着绚丽多彩的梦,但是我们还要砥砺品格,博学笃志,发奋图强。无论我们来自哪里,都要在华电这精英荟萃之地度过人生中最璀璨的年华。

大家知道，我们的华电即原来的北京电力学院，早在新中国创立之初便已成立，半个多世纪以来，学校承载着为国家能源电力事业培养高素质人才与推进科技进步的历史使命。进入 21 世纪后，学校贯彻"学科立校、人才强校、科研兴校、特色发展"的方针，抓紧机遇，加快发展，实现了跨越式发展。可以这么说，我们华电是中国电力学院中首屈一指的大学。我，代表我们全体 15 级新生，为能成为华电这个大家庭的一员而自豪！

早在 1879 年 10 月 22 日，爱迪生点燃了第一盏真正有广泛实用价值的电灯之后，电灯便成为人们生活中不可或缺的东西。小时候的我，常常有这样的疑问：家里的电灯、电视、冰箱等电器，为什么在按下开关后就能工作呢？后来，我在学过初、高中物理后才知道：这些电器是利用一种叫"电能"的东西作为源泉而工作的。从此以后，"电"便为我打开了一扇门，一扇通往知识殿堂的大门。而我很高兴，从今往后，能在华电这个大的平台上继续探索"电"与"能"的奥妙！

现在，我谨代表全体新生宣示：我们会尽快适应新的生活，树立远大的奋斗目标，积极参加学校的各项活动，努力提高自己的实践能力、动手能力、创新能力，严于律己，树立规范意识，遵守学校的各项规章制度，共同营造一个文明优雅的校园。我坚信一份耕耘，一份收获，学习的根是苦的，但学习的果子是甜的，而经过艰苦奋斗的我们，最后一定能尝到那甘甜的成功之果！

有志者，事竟成，破釜沉舟，百二秦关终属楚；苦心人，天不负，卧薪尝胆，三千越甲可吞吴。让我们接受严冬的考验，告别初春的稚嫩，褪去盛夏的浮躁，一起迎来金秋的丰硕！让我们用青春，用汗水，缔造出属于我们的辉煌！

最后，衷心祝愿各位老师家庭幸福、身体健康，各位同学学业有成、梦想成真。我的演讲到此结束，谢谢大家！

能科 1501　成思凡
2015 年 8 月 19 日

教师寄语

该生有明确的发展目标及人生方向，对学习、生活、工作均抱有极大的兴趣和热情。作为老师，对每个孩子都会同等看待，因材施教，努力将同学们培养成对国家、社会有用的人才。希望在未来的四年中，成思凡同学能够夯实基础，步步为营，扎扎实实地向着自己的理想迈进，实现自己的人生目标。

不负自己，努力拼搏

尊敬的各位老师，亲爱的同学们：

大家好！

我是可再生学院风电专业的一员，说实话，能站在这里演讲是出乎我意料的，在这么高大上的场合，我本以为学校会选择电气专业的学霸或者怎么也会是个颜值高的，却万万没想到会是我这个胖子。

我还是有些忐忑的，不仅是因为演讲，更是因为过了今天，我们就正式从准大学生转向大学生了。这样的转变让我有点措手不及，脑海中还闪烁着高中一千多天的点滴，我们哭过，笑过，懈怠过，拼搏过。在那三年，我们都没有想象自己的未来会是怎么样、自己的前途如何、自己以后会成为怎么样的一个人。那时的我们是懵懂的，我们活在师长的安排中，我们活得按部就班，我们只有，也只能满怀着对未来大学的期待与向往。然而今天，与之后，突然宣布：我们自由了！我们获得了自己支配时间的权利，我们可以选择自己的课程，我们也可以拥有自己的课表，嗯，我们还可以通宵打游戏，可以翘课睡懒觉，可以泡吧，可以肆无忌惮地谈一场恋爱，可以放纵一切地放纵，享受一切地享受，只需要学期末突击突击，不挂科。然而，套用好声音的一句话，你的梦想是什么？成为海贼王，你得修炼霸气；想做武帝，你得拼来丹药、功法等机缘。我们，至少要对得起之前三年在台灯下伏案疾书的自己。作为高考生的身份结束了，但作为华电人的身份才刚刚开始，环境在变化，节奏在变化，但我们的努力却应当一如既往、矢志不渝！

我的演讲就结束了吗？你们想多了——专属于华电的演讲才刚开始。

当我拿到华电的录取通知书后，我爸一特好的朋友悄摸凑我身边，问我，华电是一本吗。我这一脑门子汗呀，赶紧加了新生群，学长纷纷调侃我们大华电：华北不给电不给力大学，然后什么还有家长送，最好走北门，从小南门进，家长就要留下来陪读啦。简直，我觉得未来都灰暗了。后来，我提前来学校参观，在群里找了个学长做导游，果然是没有实践就没有发言权。首先，我要郑重地说，华电是一本。然后给不给电呢？谁还没个断电的时候，嗯，华电是给力的，很给力，怎么个给力法呢？举个例子，昌25路，以后大家会常坐，从地铁站开的公交车，被亲切地称为校车，之前由于边上一个市场进出收费的缘故，不停学校南门了，学生一反映，校领导大手一挥——沟通。于是，我们的校车又回来了。还有南门的说法，那简直是我的圣地呀，出门，一流餐厅，各地吃的。还有要提一提的，这里的学长很亲切，学姐很温柔。辟谣结束，嗯，各位，请记着，华北电力大学，华是清华的话，北是北大的北！华电现在没有名气，是因为它在等着我们给他名气！

四年的时间很长，我们可以把每一天过得充实辉煌；四年的时间也很短，一转眼我们就会是往日少年。趁我们还年少，趁我们还轻狂，努力吧，不负自己，拼搏吧，华电希望！

能科1502　陈添翼
2015年8月19日

教师寄语

　　从演讲稿中可以看出，陈添翼同学是一位可爱而幽默的大学生。他用自己高中三年曾经的彷徨不安，详尽地表达了自己来到华电的不易与欢喜。放假期间的趣事，以他的口吻叙述出来，妙趣横生。对于华电一些简单的认识，有理性，有感性，可这正构成了他的性格——永远给周围的人带来欢笑。他还有努力向上的态度，期望着能进一步增大华电的名气。这样的大学生，快乐，积极，不正是我们理想中的青年吗？

今夜的繁华，昨日的奋斗

尊敬的各位领导、老师，亲爱的同学们：

大家好！

我是新能源科学与工程专业的学生樊必冲。能够作为华北电力大学2015级新生代表在此发言，我感到非常荣幸。在此，我祝愿每一位老师都能身体健康、工作顺利，每一位同学都能朝气蓬勃、积极进步。也祝愿我们的学校越办越好！

大学，对于我们来说曾经是多么美好的梦想。从小学到中学，我们每个人都在校园里勤学苦练，发奋读书。每天的生活单调而紧张，但我们因心怀梦想而不断前进。做了多少道题，熬了多少次夜，我们终于熬过来了，通过了高考的检验。我们用辛劳和汗水换来了自己的分数，在填报志愿时郑重地选择了华北电力大学，经过招生老师的精挑细选，今天，我们终于跨进了梦寐以求的校门，实现了自己的人生梦想！

从跨进大学校门的那刻起，我们就成为一名真正的大学生，将在美丽的校园里度过四年时光。华北电力大学是一所国家"211工程"重点建设高校，师资雄厚，学风优良，环境优雅。既然我们选择了它，就要热爱我们的学校，热爱我们所选的专业。我想没有一个学生会把大学不当回事，混掉四年时光。因此我们应该奋发努力，学习好自己的专业知识，最大限度地利用学校资源，立志成才，争取在未来为国家做出一番贡献，不辜负学校对我们的辛勤培育。

大学的生活丰富多彩，但时光稍纵即逝，所以大家要抓紧时间。我想每位同学都应该为自己制订计划，这样我们才能更好地利用时间学到更多的知识，我们也应该在心里为自己做一番设想。对于我来说，在大一，我将积极学习各种基础课，为自己打下良好的基础；大二，我会在专业课上下功夫，提升自己的水平；大三，我将在学习课本知识的同时，多接触社会、了解社会；大四，我会做出是考研还是工作的决定，并为之努力。

远离家乡，来到首都求学，许多事情都需要我们自己办理。我们的首要任务是学习，尽管没人督促，我们也不该在学习上有所懈怠。图书馆有着丰富的藏书，在闲暇时，我们可以找些书看看，广泛阅读对我们的成长很有帮助。学习之余，体育锻炼也很重要。良好的体质、健康的身体是学习的保障，我们应积极参加体育锻炼，跑步、打篮球、踢足球等都是不错的选择。多参加体集体活动，能锻炼我们的协调组织能力，增强集体意识，我们也能结交到许多新朋友，这些都是我们应当做的。

团结勤奋、求实创新是华北电力大学的校训，这正体现了华北电力大学每一位师生的性格。团结让我们拥有力量，足以面对各种各样的困难；勤能补拙是良训，一分辛苦一分才，勤奋是通往成功之门的金钥匙；求实是华电人的追求，脚踏实地，多做少说，才能更接近成功；创新是发展的源泉，只有坚持创新，知识才能创造更多的价值。每一位华电新生都应该秉承校训，只有这样，我们才能更好地学习专业技能，早日成为一名对社会有用的人。

同学们，"宝剑锋从磨砺出，梅花香自苦寒来"。让我们在大学这座神圣的殿堂里，认真努力，积极进取，提高知识水平，顺利完成学业，争取在不久的将来为我们的祖国做出一番贡献！

谢谢大家！

能科 1502　樊必冲
2015 年 8 月 18 日

教师寄语

樊必冲同学对自己的小学、初中、高中生活进行了回忆，道出了学习的不易，并表达了对来之不易的华电生活的珍惜。在这里，他有对自己的约束管理，有对大学生活的仔细规划，并树立了每个阶段的目标。这是一个理性上进的孩子，他的学习方法也值得大家学习。他理解了华电校训，并在此基础上不断完善自我。我们的确该对自己的人生有完整的规划，同学，加油吧，你的未来不可估量！

不忘初心，方得始终

大家好，我今天演讲的主题是：不忘初心，方得始终！

梦想，似乎是个永不过时的话题，这两个字总是萦绕在我们耳畔。小学时，也许我们的梦想是科学家、宇航员等等；初中时，我们的梦想是考上重点高中；高中时，我们的梦想是考上一所211高校。那么，大学的梦想是什么呢？阶段性的梦想无可厚非，但远大的梦想也必不可少：你想成为什么样的人？你想拥有怎样的生活？

如今，我们已然踏入大学的校门，还记得高考前每天宣誓时的信誓旦旦吗？我们的誓言响彻云霄。请问一问自己的内心：当初起早贪黑拼命地学习是为了什么，对于即将开始的大学生活，我只想说：不忘初心，方得始终！

林语堂曾说："梦想无论怎样模糊，总潜伏在我们心底，使我们的心境永远得不到宁静，直到这些梦想成为事实才止，像种子种在地下一样，一定要萌芽滋长，伸出地面来，寻找阳光。"华电给了我们让梦想萌芽的机会，而我们从踏入华电大门的那一刻起，必将"不忘初心"。

相信一些人在心中是这样定义大学生活的：轻松、自由、无压力，也有人形容"从高中到大学"就是"从地狱到天堂"。当然，高中与大学一定有不一样的感觉，但这并不意味着大学就要比高中轻松。在大学，没有人会像高中老师一样整天督促你学习，很多知识都需要你自学，你是否就放纵自己了呢？我们都是从高中走过来的，也都明白不努力就得不到自己想要的，高中三年转瞬即逝，或许你觉得高一军训仿佛还是昨日，但是你已经经历完高考了。大学四年的生活会更加飞快，而我们就更要像歌德说的那样"迎着晨光实干，不要面对晚霞幻想"。即使没有老师的督促，没有父母的唠叨，我们也要管理好自己，始终记得自己的初心，始终拥有前进的动力，让自己的所有行动都集中指向你的梦想。这样，当你想逃课时、想玩游戏时、不想写作业时，心底就会有一股强大的力量克制住这种欲望，让你继续在正确的道路上为梦想奔跑！

华电为我们提供了广阔的舞台，这里有雄厚的师资力量，有涉猎广泛的图书资源，有全面的网络资源，有各种各样的社团活动，可以满足我们所有的学习需求。我们只要充分利用好这些资源，就一定能在这方沃土上展翅腾飞！

作为2015级新生，希望我们能做到以下几点，为华电增光添彩：

1. 首先要照顾好自己的身体，为努力学习打下良好的基础。

2. 做到每节课都认真对待，想方设法将自己不懂的问题弄清楚。

3. 多去图书馆，丰富自己的知识，提高自身修养。

4. 适当参加社团活动，锻炼社会实践能力，但要处理好社团活动与学习的关系。

5. 与同学和睦相处，我们都是华电人，要共同努力，共创华电的美好明天！

让我们 2015 级新生并肩作战，不忘初心，用全心来绽放，以花的姿态证明我们的存在，让华电因为有我们而荣耀！不忘初心，方得始终！

谢谢大家！

能科 1503　许可依
2015 年 8 月 14 日

教师寄语

　　梦想从来没有尽头，在曾经的彼岸停靠之后，看到的永远是另一个彼岸。许可依同学对梦想的认知，道出了她心底最真实的感受。梦想让我们得不到宁静，只想永远向前攀登。寒窗十二年的可贵风采，不会因高考的远去而消失。她感谢身边的一切，用这样一颗感恩的心去生活，去努力，她会收获属于她的梦想里的漫天繁星。

似阳光那般灿烂

尊敬的老师们，亲爱的同学们：

　　大家好！

　　很荣幸能够作为一名新生代表发言。记得还在几个月前，一个高三的晚自习，我像往常一样排着队，在走廊等着老师批改作文。几个伙伴挤在一块儿倚靠着墙，凝神望着马路对面的东南大学。一栋栋楼里参差不齐的白色亮光混着安静路边倾注的黄色柔光，用个俗套的比喻，时间真的静止了一般。想象中大学的热闹有趣仿佛能够从灯火中离散出来，在高三苦寂者的心里留下影子，模模糊糊地逐渐明亮起来。我们受到了这莫名的感染，不由得一起发出感叹：好想上大学啊！

看起来极其简单，甚至有些幼稚的一句话却是当时的我们发出的最真诚的感慨。短短几个月，我们就这么平静地度过了高考的关卡，告别了填报志愿时的纠结、急躁与不安，也在查到被录取的消息时安心地松开紧缩的眉头。终于来到这一步了。

心里头还隐藏着不安，对新生活的好奇已突破了潜意识里的徘徊犹豫。我们在远处仔细地感受这里的氛围。急急忙忙找到了与未来生活接轨的道路，认识了可爱的新同学，向热心友好的学长学姐了解自己的学习环境和生活。现在，这个大门终于要开启了，我们等待了那么久，饱含复杂交织的情感，看着它缓缓打开。

然而在我们当中，从一开始就坚定地认为这里是未来归属的人可能并不是特别多，而仍抱着不安与犹豫心理的人，大概也存在着。拿我自己来说，从未想过在大学时会学习理工科。我一直很喜欢学习语言类的学科，学习小语种是我曾经想过很久的一个大学方向。然而有趣之处就是，每个学习阶段的完成和开始都充满了意外与惊喜，大学让我们从各个地方聚集而来，在或陌生或熟悉的城市，遇见不同的人，发现不同专业、不同领域的独特色彩，感受未曾想象过的事物与经历。

我记得，高一时班主任让班里的同学们都做了一份生涯规划。虽然现在已记不清楚自己当初所谓的人生规划了，但仍能记得自己认真琢磨未来时的满足感。修改了好几次的一份规划，虽然很稚气，但那股劲儿丝毫不比高考后琢磨志愿时来得怠慢。虽然以后的人生轨迹可能离规划远得多，但我明白了越是早有自主与设计，对自己的生活就更有掌控力。我们会在自己的规划设计中自由改变着、体悟着、成长着。所以，自主掌握的能力是进入大学的我们甚至是以后自由发展的我们所必要的。

不过，好的设计与规划源于众多体会。努力提高自己的认知水平，丰富精神与涵养，拥有人文情怀，变得理性自立，努力开阔眼界，这应该是想要变得优秀的我们的共识。理想的自己不仅存在于不断改变的规划中，更可以在生活里逐渐展现。用老套但很有意义的说法便是，正是由于我们对理想的不断追求，我们的存在才更有意义。

初入大学的我们，怀着之前的种种感悟，将从前所得的体会融入现在以及以后的生活，壮起了胆子，收起了不安与犹豫，像阳光那般能够灿烂周围、灿烂自己的生活，对着这缓缓打开的大学之门，坚定地说出自己想要的、自己将要付出的努力，以及自己愿意收获的喜怒哀乐。

能科 1504　杨阳
2015 年 8 月 19 日

写给青春的赞歌

青春是一股流动的绿色，在阳光的呵护下变得青翠欲滴。它又如一个个跳动的音符，将其独特的魅力不断地飘向无尽的远方。站在青春的边缘，我们既满怀感恩之情，同时又承担起那沉甸甸的责任。年轻的我们正书写着如诗如画的青春，在充满希望的天空下盘旋、飞翔，亘古不变……

有句话说："儿童是祖国的花朵。"那么，我则要说，青年是祖国的未来，是中华民族的脊梁和后续不竭的动力。作为中华民族的一分子，应该为我们拥有如此优良的民族传统而感到骄傲。因此，爱国之情油然而生。这是为什么呢？因为每个人来到这个世界，都要在社会中生存，都要获取生存发展的物质条件，都要寻求慰藉心灵的精神家园，这一切首先得之于祖国。没有国哪有家，没有家哪有我——这看似平常的话语，道出了最深刻的爱国理由：国家是小家的寄托，更是个人的寄托；国家是物质利益的寄托，更是精神家园的寄托。失去祖国母亲的保护，人们就是无家可归的流浪儿。青春时代的我们，更要发扬爱国情怀，这不仅是对祖国母亲的报答，更是一支响彻在中国大江南北的赞歌。一支十三亿人共同唱响的旋律，定会是青春册页上最美丽的印记。

作为大学生的我们，仅仅拥有满腔爱国热情是远远不够的。在这优美的旋律下，新一代的年轻人更要知行统一，勇于承担自己肩上沉甸甸的责任。而我们如今的责任便是学习更多的知识，培养锻炼自己的综合能力，努力适应人生的新阶段。诚然，发奋努力学习是必不可少的。在大学阶段，学习是我们的主要任务，是大学生活的中心内容。只有学风端正，才能充分利用大学期间的宝贵时光，学到扎实的知识，掌握真正的本领，培养创新精神。勤奋、严谨、求实、创新是我们必不可少的优秀习惯，所以我们年轻一代更要勇于承担属于我们自己的责任，只有这样，才能在人生路上踏得闪亮、有力，才能在青春的历史上踏出深深的生命足迹。

青春作为背景音乐，如此幸运的我们不仅要超标准地完成学习任务，同时还要心怀大志，有所追求，培养崇高信念，认识我们的使命，明确我们的目标，塑造我们崭新的形象，从各方面来不断提高我们的思想认知水平。我深信，思想的力量是无穷的，一个有思想的人才是真正有能力的人。所以，通过我们年轻一代坚持不懈的努力，自身已不再是一个个拖着所谓青春的躯壳的学生，而是一个个名副其实、全面发展的四有新人。尽管路正长且坎坷，但是我们会信心百倍，不畏惧一次次的跌倒。

写给青春的赞歌，写给我们自己的歌。在互相鼓励下，知行统一的我们会努力抓住一次次机遇，并接受挑战，在历练中不断成长，争创青春无悔的优秀业绩。

青春是一首美丽的歌，让人如痴如醉，手握青春的我们，更应该好好珍惜。亲爱的同学们，让我们一同唱响这支青春的赞歌，我深信，我们一定会在美丽的前方相会。

能科1506 王鼎
2015年8月16日

教师寄语

大学四年，正值青春，奋斗与拼搏同行，汗水与泪水同在。父母的期望是学校、班主任以及各个代课老师努力的方向，我们希望每一个孩子都能在保持青春灿烂的同时学到知识，在保证茁壮成长的同时接受世俗的洗礼，早日具备踏入社会历练的条件。进入大学，学习和生活的圈子又都扩大了半径，这就意味着有更多的机遇以及意料之外的挑战，王鼎同学已为未来做好准备，希望他不会措手不及。常言道，大学是个小社会，在这个小社会中，有竞争就会有失败，有压力就会有泪水，但同时，有信心就会有成功，有自信就会有快乐。大学生活并不是一成不变的，更多的时候要隐忍沉稳，面对失败，希望陪伴你的不仅仅是泪水，更多的是那一抹微笑和自信。相信在师生的共同努力下，在青春这首歌中，有你，有我。

作为教书育人的教师，我们不知道将要面对怎样的一班同学，但我们有信心也有爱心，会在关注你们生活的同时关注你心智的发展、思想文化的建设及身体的健康情况。你们从踏入校门的那天起就要自己生活，这就意味着你们依赖的小情绪要逐渐收起，既然如此，那为什么不去做那个独自扛起生活大梁的强者呢，加油努力！

青花长，时间短，让声音沸腾

一只沙漏里的细沙流完是一段时间，一柱馨香袅袅烧完是一段时间，一盏清茶从热到凉是一段时间，钟表的指针滴答走完是一段时间。

就在这分分秒秒之间，我们学会了消费，却不曾珍视青春。多少时刻我们端坐，房子静悄悄的，时间是一只藏在黑暗中的温柔的手，在我们一出神一恍惚之间，物转星移。活在当下，不要坐在那儿发慌，时间一直向前，世界不会等我，天地之间，我们不该一直站在原地，否则，电力之光、科技革命早已奔向没有我们的未来了。

面对未知，沉默地转身，便是放弃了发言权，让声音煮沸，才调得起安静已久的好奇心。岁月这把无情的利器，轰轰烈烈地拖着我们向前走，对所有的人、事物都应保有一半的好奇心，一半的余地。三毛曾说："若有来生，要做一棵树，站成永恒，没有悲伤的姿势：一半在尘土里安详，一半在空中飞扬，一半散落阴凉，一半沐浴阳光，从不骄傲，从不依靠，从不寻找。"虽然我骨子里喜欢做沉默的苔藓，可实际上却活成了郁郁葱葱的小树，青春本应如此，浑浑噩噩度日，未来便是万念俱灰。向未知发声，不断探索，养兵千日，待到用兵一时，便有"我已亭亭，无忧亦无惧"。

大学四年，不再有师长替我们审时度势，把握时间，我们却不能六神无主。这里给我们充裕的空间建立自我，寻找奋斗中心，只需牢牢铭记：学习是一个持续不断的过程，浅尝辄止无法长足发展，并非聊胜于无可以解释，深入便是那句"严谨治学"。

大脑活跃的时期何其短暂，即便如此，也应短小精悍。人才总会用微妙的东西记录时间：星星的行走，潮水的涨落，日影的长短，它们在春秋冬夏的不同，全是古人的时间量器，而我们用什么记录时间呢？是高唱"林花谢了春红太匆匆"，抑或是如伦勃朗一年一年地画自画像，从年少轻狂画到满目苍凉？科技革命，当然是科技！科技来源于生活中的发现与积累，正如电石碰撞出火花越需要两块石头的严丝合缝。要在电力行业做出成绩，首先要具有见微知著的洞察力，然后创造，让生活更美好。

行行出状元，不管未来我们投身于哪个系统，现在的努力便是赋予自身价值，这样未来的价值才能超越你的位置。在时光洪流中，长者眼中的风景，后人眼中的路标，自有定位，永不淹没。这四年值得奋斗！

原本你我形同陌路，相遇也是恩泽一场，与君共勉，期待未来的路上，我们一直都扬着嘴角。

水电1502　刘梓蕤
2015年8月16日

教师寄语

作为大一新生，刘梓蕤用平实的语言表达了对未来的渴望、期待以及惴惴不安。从高中走入大学，生活方式和学习模式上都会发生很大的变化，这对新生们在认知和思想高度上都是一个不小的挑战，但刘梓蕤能够从自己内心出发，把这些感情表达得淋漓尽致，实属不易。学习是一个持续不断的过程，浅尝辄止无法长足发展，并非聊胜于无可以解释，深入便是那句"严谨治学"。"严谨治学"正是大学生以及未来攻读研究生最应该养成的习惯及能力。思考目光独道、有深度，学生真的在用心思考未来。在思索未来的同时表达的豪情壮志也是振奋人心，当代中国不缺满腔热血的青年，所以我们坚信在未来的日子里，中国的经济、文化一定会因这一代热血青年而得到极大的发展，新时代对新一代大学生的要求是：为实现中华民族的伟大复兴而努力奋斗。这就要求我们可爱的大学生们努力提升自己的能力，用知识武装自己，升华自我，从而从容地面对国际局势给予我们的挑战。

同时，文字中也表达了自己希望和同学共勉的决心：共同努力，共同进步，立足现在，征服未来，成就未来。

爱与责任

今天我想说的主题是"爱与责任"。千百年来，中国人是含蓄内敛的，他们不会把爱这个字眼常挂嘴边，也不会情绪激动地紧紧相拥，但那种发自内心的爱与责任绝对不比西方稍减一毫。我想我的家人是无微不至地爱护着我的：父母亲不惜奔赴千里省吃俭用，就为了让我们吃饱穿暖；本该在儿女悉心照顾下的外婆却一直在竭尽所能地帮衬着家里，谁能想到已近耄耋之年的老人直到最后一刻还在为这个贫困的家庭劳心劳力，任谁听了她的故事都会为她竖起大拇指；我的姐姐为了减轻家里的经济负担选择了在离家近的绵阳念师范大学，我们都知道她之所以这样选择，一方面是为了离家近一点能够照顾我，另一方面是因为那个学校收费很低。关于这些，他们一直都没有跟我提及过，哪怕是一点点都没有，我也一直很配合地没有去问过，但是我一直能感受到他们给予我的深深的爱。曾经有同学跟我辩论，说这些都是他们的责任与义务，被他们照顾是天经地义、理所当然的。不，不是这样的，因为我知道，对于他来说，明白这份爱只是时间的问题，所以我也不去据理力争。

每次大小考试后都有人对我说："蔡斌，真给你爸妈争气。"甚至还有人用羡慕的语气跟我爸妈打听学习好的秘诀，或许邻里都不太相信最平凡不过的我的双亲怎么能调教出这样的我，甚至质疑一个文盲老太太怎么就能带出两个大学生。他们只知道我们家的情况不好，只知道我学习好顺利地考上了高中和大学，还是北京的，但是他们不知道，人的精神力量才是最强大的，而建构出惊人力量的精神来源于我们每个人对这个家的责任与爱，仿佛家里的每个人都是为了彼此而生的。我不知道你们能否理解这种爱，但它却深深地植根于我们家的每一个角落。

  如今，在新的征途中我又向前迈进了一大步，这里是北京，能感受到祖国活力四射跳动着的心脏；这里是华电，能听到摩拳擦掌拼搏的呐喊；怀揣着激情与梦想，背负着爱与责任，我的青春正在绽放，我们的青春正在怒放！

  谢谢大家。

水文 1501 蔡斌

2015 年 8 月 21 日

教师寄语

  作为新生，有很多想法才崭露头角，有很多心绪还处于懵懂期，但这个同学就能清楚地了解大学生活应该干什么，能树立明确的目标和远大的理想，还仿佛能以一个过来人的身份告诫新生们注意事项。这是一种非凡的品质，一种未雨绸缪，一种准备充分，一种来去自如。这份发言稿里还洋溢着对父母的爱，对未来的憧憬。现在，有很多人的大学生活可以用颓废来形容，但看完这篇文章后却充满鼓舞，让人能够依稀看到当初自己年少时求学的影子，虽不比《送东阳马生序》那般贫困，但其中的精神确实有异曲同工之妙。家长送子来求学，其中必定包含深情与期待，家长的期待也是学校和老师的期待。在新时期，新一代大学生的要求是：为实现中华民族的伟大复兴而努力奋斗，这其中每个青年人都应该履行自己的义务，所以当代大学生要认清国内外形势，努力和国际看齐，成为真正高素质的创新型人才。加油，蔡斌！

学会认知，学会做事，学会做人

尊敬的老师们，亲爱的同学们：

大家好！

寒窗苦读十二年，终换今朝喜笑颜！第一次踏进这期盼已久的大学校园，我们充满了好奇和兴奋。这里是一片凭鱼跃的阔海，这里是一片任鸟飞的高空，这里是将要见证我们成长的大学校园。父母的嘱咐还在耳边，匆匆间，四年大学生活已从老师、学长的第一声亲切问候，第一个关切眼神中开始。也许，这四年里会少了父母的亲情相伴、悉心照顾，但相信我们会收获更多感人的师生情谊和同学友谊！在我们眼里，大学就像是一次充满挑战和刺激的旅行，有几分欣喜也有几分顾忌。但如今，我们选择了华北电力大学，华北电力大学选择了我们，于是就有了这个开学典礼！

新世纪的我们，有着几千人的壮大队伍，有一个共同的目标，那就是学会认知，学会做事，学会做人。用英文讲就是 learning to know, learning to do and learning to be. 学会认知，不仅要要重视分类的系统知识的收获，而且要学会掌握认知的手段。学会认知，不仅通过考试，取得学分，而且应该有意识地培养思维能力。学会认知，不仅要深入学习本专业、本学科，而且要广泛涉猎其他领域，应该了解，在边缘，在交叉点，有着广阔的探索空间。学会做事，就是要了解现代社会越来越重视能力而不是资历，人才不仅要有专业知识，更应该具备应用专业知识的能力。学会做事，不仅要有考场上回答试题的理论分析能力，还应该具备将理论运用于实践的能力。学会做事，不仅要在毕业后具备从事专业工作的能力，而且还应该培养自己的创新能力。学会做事，还要求我们培养协作能力、交际能力和管理能力。学会做人，就是要使个人素质日臻完善，让品格丰富多彩，使自己无论是在社会还是学校里扮演不同的角色时，都成为优秀的一员，从而承担各种责任。学会做人，就是要深入了解人类的多样性，学会认识自己，发现他人，就是要理解不同民族、不同地域有着不同的文化和习俗。

同学们，让我们把生命中最宝贵的青春时光献给华电，一起奋斗，一起收获，让我们用最渴望的心在华电的沃土上吸取养料。学会认知，学会做事，学会做人，让我们用最饱满的激情感动华电，一起铸就，一起见证华电的下一次辉煌！

水文 1501　高艳宁
2015 年 8 月 18 日

教师寄语

　　该生虽还未开始大学生活，但其发言稿的字里行间处处体现出对大学学习和生活的正确认识和积极态度。优秀的人不是止步于自己已经取得的成就，而是放眼于更久远的未来，所以每当我们看见学生为自己的未来做出规划时，总是给予欣赏和鼓励的态度。作为大学生，已经脱离了懵懂和稚气，取而代之的是一种壮志豪情，想必每个学生都有自己的计划，那么就去做吧，学校会为你创造一切优良条件，做你们最坚实的后盾，不要害怕失败，不要害怕受伤，努力地向前走，为自己的梦想奋斗。

核科学与工程学院

学会珍惜

各位老师，各位同学：

大家好！

我演讲的题目是"学会珍惜"。每个人都曾告诫自己要学会珍惜，珍惜时间，珍惜机会，珍惜拥有的一切，可是又有多少人能真正做到呢？不过这样的我们还是有可取之处的，至少我们知道要做什么，只是不知从何做起。

还记得小学学的一篇文章《与时间赛跑》，文中的小男孩用的是一种非常简单的办法，如题目所体现的——与时间赛跑，不过我更喜欢称之为压缩时间。把做每件事的时间在原来预定基础上再缩短一点，做到了，便赢了。鲁迅曾说过："时间就像海绵里的水，只要你愿意挤总还是有的。""钉子是敲进去的，时间是挤出来的"，这句话和鲁迅所说的都是同一个道理。有些人会说他挤不出来或者说不会挤，可事实上我们已经学会了这项技能：我们会在课间休息时做题，我们会减少娱乐时间来学习，我们会在考试时先做简单的题目再解决难题……在生活中，我们在时不时表现出珍惜时间的举动，但我们无法时刻贯彻这一标准。要做到珍惜时间并不难，如海伦·凯勒所说的，把活着的每一天都看做生命的最后一天，这样我们自然而然会珍惜每分每秒。合理利用时间，就相当于节省时间，使我们有效的生命更加有效。只要能善用时间，就永远不愁时间不够用。让有限的时间得到最合理的利用，在最短的时间里做最多的事并把每件事都做好，就是珍惜时间的表现。

生活的一大艺术就是，当良机出在我们面前时，及时抓住并利用它们。

每个考生都竭尽全力想考进理想的大学，进了大学很多时候就代表一只脚已然迈向成功。有些学生哀叹着进了不好的大学或者选了不好的专业，却没有从内心珍惜这可以继续学习的机会。我们要知道，当我们在嫌弃学校各种不好时，贫困地区的许多孩子连上学的机会都没有。父母辛苦工作为我们创造好的物质条件，让我们不用像革命先辈那样在战壕里看书，不用囊萤映雪，也不用凿壁借光。父母的不容易我们看在眼里，若我们是负责任的人，就该珍惜这一切，唯有珍惜接受知识的分分秒秒，才能让命运与前途一片光明。因为珍惜学习的机会，"教授村"走出了67位教授；因为珍惜机会，毛遂举荐自己，胡雪岩被钱庄老板垂青。好机不可失，失不再来，珍惜每一次机会，丰富知识的田地，扩大我们的视野，让我们的生活不断完美。除了时间、机会，我们要学会珍惜的还有很多很多。学会珍惜生命，我们不能像海子等诗人一样随意放弃自己的生命。古人云：身体发肤，受之父母。珍爱生命是对给予我们生命的父母的感恩。学会珍惜粮食。当我们因饭菜不好吃而将其倒掉时，殊不知世上还有许多人正忍受着饥饿，在我们口中难以下咽的东西在他们眼里或许就是山珍海味。"谁知盘中餐，粒粒皆辛苦"，盛在碗中的每一粒米都来之不易。

　　学会珍惜亲情，亲人会包容我们的无理取闹，包容我们的自私，但这并不代表亲情可以被任意糟蹋。亲情不是牢不可破的，我们不要身在福中不知福，更不要等到失去的时候才知道珍惜。无论是什么，既然已经被我们拽在手里，就必须去珍视它们。

　　以上就是我演讲的主要内容，谢谢大家！

核安1501　曾茜蕾
2015年8月16日

教师寄语

　　懂得珍惜，心存感恩，用眼睛和心灵去发现华电之美，汲取核电之道。相信你的大学四年将是充实快乐的四年，奋发有为的四年，美好难忘的四年。

为中华之崛起而读书

如果我问大家是为什么来华电学习的，我猜有人会说，为了能有份好工作，有车，有房，有老婆；但更多人会说不知道，考了这个分，别人给建议，就报了这呗。这是一个充满竞争的社会，父母是那么务实的一群人，而我们却是如此迷惘的一代。多年前，有个少年说："为中华之崛起而读书！"在那个特定的历史背景下，周总理的个人价值与国家命运紧紧相连，不只是周总理，无数的革命人、无数的知识分子，都献身于人民的解放和祖国的发展事业，他们没有条件去想什么梦想。可时至今日，中国已然跻身大国行列，所以它给了我们每个人实现个人价值的机会和追求梦想的机会。可能我们中大多数人在经历了高考那场战争后，想舒服地过上四年；可能也有人准备好为车子、房子努力学习；而因热爱来到这里的人，总归是少数。可我想，人的个人价值应当建立在自己所热爱的事业上，建立在自己的梦想上。

《钢铁是怎样炼成的》里说：人的一生应该这样度过，当他回首往事的时候，不会因为虚度年华、碌碌无为而悔恨；也不会因为为人低劣、生活平庸而愧疚。我想说，如果我们混完了四年，抑或，为了车子、房子穷尽了一生，那我们回首往事的时候，怎么能不悔恨、不愧疚。我知道，此刻会有同学在心里笑我：你站着说话不腰疼，我活了十八年，要你告诉我我有啥梦想。说实话，我也一样迷惘，谁要是不迷惘，谁就不是 90 后。可我想周国平老师的那句话能给我们些许帮助。他说，人就像一条船，在大海上寻找着自己的港口，有时候他累了，就随便找个港口休息了，尽管这个港口他不喜欢；有时候他就一直找，一直漂，终于找到适合自己的港，并在那里抛了锚。就是说，每个人都有他的天赋和热爱，我们趁年轻不断尝试新事物，终会找到愿意倾尽一生的事业，那就是梦想吧。

我不知道各位是否喜欢自己的专业，但生活绝不只有这一种可能，各种等你参加的活动，各种能够学习的知识，会让你的生活更多彩，让一切皆有可能。我以上所说都是在个人层面上实现人生价值，可我也说是中国给了我们这个机会，但我们都明白，中国这辆高速列车，并非无懈可击，经济、民主、政治、文明等各个方面都存在不容忽视的问题。而我们作为国家的主人，对她的发展有着不可推卸的责任。如果你有钱，就可以改善国家的基础设施，改善人民的生活水平；如果你有知识，就可以发展国家的科技，提高国家的地位；就算我们什么都没有，也要有良心，讲文明，这也可以为和谐社会做贡献。总之，就是要做一个对社会有价值的人，成为一个有价值的人，这才应该是我们学习的目的。最后，希望大家大学生活快乐，祝愿我们共同实现个人价值和中国梦！

核电 1501　董源
2015 年 8 月 17 日

教师寄语

个人价值和中国梦的共同实现，是我们每个人的愿望。如果是自己的兴趣所在，又是国家的需求，那就再好不过。希望核电专业能帮你实现个人价值和你的中国梦。

脚踏实地，才能仰望星空

大学！奋斗吧！

从坠地时的第一声啼哭到现在，走过多少个春夏秋冬。如今，我们即将踏入大学的校门，那个曾经满是稚气的孩童已变成一个意气风发的少年。那个早已从孩童开始就种下的梦想，今日终于实现。为了这个梦想，我们挥洒汗水、舞动青春，抒写了属于自己的青春华章。

大学，一个丰富多彩的世界。大学生活的每一个细节都是它的经纬点。每次听着学哥学姐们诉说大学的生活，嘴角都会微微地向上扬起。每个人的嘴里都会吐出不一样的大学生活，但和谐美好是永恒的主题。在大学的校门前，我们充满着无限憧憬。

可是我曾经理解错了大学生活的真谛，理解错了成长的含义。小时候，我一直以为成长是因为年幼。学习、锻炼、劳动都是因为年纪还小，还得成长。而一旦长大，就不需要再付出任何努力，只要熬过高中三年，就可以轻松，不费力地度过大学时光，进而在社会上有所作为。知识仿佛是一种储蓄，只要存够了一定的数额，就可以坐享其成，再无旁忧。后来才明白，不是这样的。学习是一件最丰饶的事情，它是一个千面女郎。因为学习，今天的麦苗是鲜绿的，明天就会变成金黄；因为学习，今天的麦穗是饱满的，明天就躺进了打麦场；因为学习，今天的玫瑰是含苞的，明天就会娇艳绽放；因为学习，今天的花蕊是芬芳的，明天就融进了泥土的温床。不要为躺进打麦场的麦穗和融进泥土的花蕊悲伤，沉寂也是一种学习境界。生活的过程中，每一个细节都有深情。不是所有的成长都有着明朗绚丽的色调。有些成长，注定是那种深沉厚重的乐章。庄稼有一道程序叫"蹲苗"，是说天旱的时候不去浇它们，没有水，它们就不能往上长了，但是为了生存，它们就会拼命地往下扎根，用根去吸取土层里蕴含的水。这样一段时间之后，它们的根就能扎得牢牢实实的，再一浇水，就会长得又壮又稳。对我们每一个人来说，"蹲"从来就是一种必要的积蓄过程。不扎实地"蹲"，就不可能延展出发达的根系去获得最丰富的滋养；不扎实地"蹲"，就不可能在低潮之中充满爆发力地重新站起来；不扎实地"蹲"，就会因快速虚长而较早地浪费珍贵的契机和希望；不扎实地"蹲"，就会在烈日的炙烤和风雨的袭击中让较弱的花朵黯然凋落。在形式上，"蹲"是一种困难；本质上，它却是一种胜利的蛰伏。它以一种外部的低姿态，隐含着一种内部精神的拔节。"蹲"是另一种意义的成长。高中三年就好像在正午太阳底下蹲苗，也是根越难扎的时期，许多人已经熬过了最艰难的时期，但却在下一波烈日来临之时，无奈地枯萎，就仅仅是因为缺少了那么一点点深度。

　　你愿意做一棵枯死的苗吗？相信所有人都不愿意。带着父母的骄傲走入大学的殿堂，请那些还抱有大学就是享受的天堂的错误想法的同学赶快纠正过来。大学正是你扎根最深的时刻，不要因这一点错误而后悔一辈子。所以，不要让懒惰惊扰了这段最美的时光。大学生们，加油吧！国家需要你们的智慧，你们是冉冉升起的太阳，即将映红整个东方！

核电 1502 班　漆天
2015 年 8 月 16 日

教师寄语

扎实地"蹲",是为了更茁壮地成长。愿大学四年的学习和生活让你的根更扎实,无论烈日当空、骄阳似火,你依然朝着太阳,乐观、开朗。

宝剑锋从磨砺出

我是华电核电1503班学生海希龙,很荣幸有机会做此演讲。家园山路桥,华电坦途道,我们来自祖国的不同地域,有着不同的文化习俗,缘分让我们欢聚一堂,不分彼此,不论地域。

大浪淘沙,经得起风浪的才是成功者;河蚌育珠,担得起艰难困苦的才是胜利者;万里长城,挺得住千山万水的才是开拓者。我们经历了高考的厮杀,幸运地被华电录取,对我个人而言,这便是我高中生涯的完美句号,也是我大学生涯的明晰冒号。青春是人一生中最有含金量的一段,大学生活更是筑实青春的一条路。我清楚地知道大学不是一个镀金鎏彩的水月之地,它是我们完备人格的试炼地,更是我们走向更好自己的一块跳板。家境苦寒让我过早地体味到生活的不易。父母是在土里刨食的农民,每一分、每一厘都要用汗水换取。我珍惜父母的血汗,知道俭以养德,克己修心。从开始上学到现在,我深信知识是可以改变命运的。因为知识,我们能离开僻壤来到首都;因为知识,我们能成为更好的自己;因为知识,我们有能力更好地回报父母。处处绿杨堪系马,家家有路到长安。只不过有的人一出生便在长安,而我们中的大多数则需要努力方可到达。无论怎样,结果是一致的,不同的只是过程。可我们知道过程是结果的附属品。就像购物,真正让你动心的远不是赠品。因而我要说的是,坚持读书,坚持知识是可以改变命运的。只有这样我们这些长得像萝卜的土豆,才能真正变成萝卜。

三年浮夜梦,四年梦夜浮,说的正是高中的苦与大学的甜。高中的日读夜写五更起,给我们积攒了太多的压力,而大学相对宽松的环境给了我们宣泄这种压力的机会。于我个人而言，我感激如火般的高三。有人说未经历高三的人，其人格存在永恒的缺陷，我认为这是有道理的。除了高考，还有什么能让我们如此舍我求道，故而我们应正视高三，走好大学。高考永不是结束，而是开始一段新征程的号角。老话说得好，吃得苦中苦，方为人上人。当理想之光照进现实，摆在我们眼前的山远水长，太多的困苦，太多的诱惑，都是我们到达理想之岸的拦路虎，我们要做的和我们能做的就是坚守本心，努力向上。我们绝不能因走得远而忘记出发时的目标。我们正青春方年少，不问前路苦难只求脚下有路，走得意气风发，行得倜傥风华。也许我们不富裕，但青春给了我们最强势的资本和拥有一切的勇气。

核电 1503　海希龙
2015 年 8 月 16 日

教师寄语

不忘初心，方得始终。牢记自己心中的目标和理想，学会选择，学会放弃，学会抵住诱惑。吃苦耐劳的精神可贵，请继续保持你的优秀品质，在大学相对自由的条件下不放弃追求你的梦想。

人文与社会科学学院

大学新旅

尊敬的各位领导、老师，亲爱的同学们：

大家好！

我是2015级广告学专业的方萱，很荣幸站在这里与大家一起分享我进入华北电力大学的感受。

时光荏苒，岁月如梭。过去的光阴像一场梦，还记得三年前的那个仲夏，我们还穿着高中校服，作为高一新生踏入了高中的校门。三年里，我们熬夜奋战、晨起三更，为追逐自己的大学梦而拼搏努力。如今，我们终于敲开梦想的大门，怀着对理想的热情，满载父母的期待和朋友的祝福相聚在华北电力大学，以新的姿态、新的风采、新的一切去适应新的环境，开始新的学习。也许有些同学沉浸在进入华电的喜悦激动之中，有的同学因高考发挥不理想而懊恼不已，我只想对同学们说，进入华电你们没有任何遗憾。不管哪个大学，都能够实现你的人生梦想。人之一生，不如意者十有八九。重要的是我们对自我的认识和对环境的理解。环境不能决定我们的命运，相反，我们自己对环境的态度，才能真正决定我们的成功与失败。

梦想的馨香，能让我们激情昂扬；而归零，则能让我们变得平和、冷静，从而扎实。面对即将开启的大学之梦，我们应该心有欣喜之情，但不可得意忘形，始终以归零的心态开启这一段旅程，以从容平和的心态继续追逐心中的最高理想。调整好心态，用一颗平常之心去面对过去你所做的努力和现实之间的差距，不可因现实的成功而过度兴奋，以至演变成目空一切；更不可因努力与现实所存在的差距而过分低落，灰心生失望，失望生动摇，动摇生失败，人生切不可在这样的怪圈中徘徊。我们在座的同学，不可能每一个都登上高峰，不可能每一个都功成名就，但只要遵循你心中的所想，听从你心中的声音，不要总跟着别人走，不要失去你坚定的信念，有一天你会明白，人生不过是一场旅行，在乎的不是终点，而是沿途的风景和看风景的心情。

人生总是这样，一扇门关上另一扇门又打开，走过的路似曾相识又迥然不同。进入大学是一段新的路程，前程往事全部归零，往后，勤勉是唯一的行走方式。美国散文家雷诺兹有句话很有哲理，他说："如果你很有天赋，勤勉会使其更加完善；如果你能力一般，勤勉会补足其缺陷。"进入大学并不是进入了保险箱，如果我们放任自由，那等待我们的将是无底的深渊。行动证明决心，行动支撑信仰。面对大学这样一片能提供知识、提供导师、提供益友、提供机会实现自己抱负的"机会天堂"，我们应有理想，有抱负，去实践。也许，现在的你长得不美，不受关注，没有过人的资质，更没有吸引人的魅力，但请你相信地球是转动的，世界是在改变的，只要你努力了，奇迹就会出现！

年轻是一首歌，青春是一幅画，关键是如何去歌唱，如何去作画。幼小的百灵鸟并不因嘶哑的声音而放弃歌唱，沙漠的仙人掌并不因恶劣的环境而放弃生命中唯一一次开花。年轻的我们站在新的起跑线上又怎能落后？让我们告别盛夏的流火，应承金秋的丰硕，用青春诠释我们曾经的誓言，用汗水锻造我们明日的辉煌。未来的四年我们共同走过，我们有着共同的追求：四年后我们离开这片热土的时候，回望这个培养我们的地方，回眸这段难忘的岁月，我们能问心无愧地说：青春，无悔！

大一是一个适应的过程。我会改变不适应大学的学习方法，保留过去的好习惯，多与老师沟通，与同学交流，以学习为重。大一我会竞选学习委员或文艺委员，加入兴趣社团，与各种各样的人沟通交流。另外，我会加强课外对英语的学习，提高自己的英语水平，为自己打开一扇看世界的窗口。

大二是一个积累的过程。经过一学年对本专业知识的学习，相信我对基础知识会有了初步的掌握，应该多探索，了解以后我的职业世界，探索未来的发展方向。同时，参加大大小小的志愿者活动，开阔自己的眼界，丰富自己的世界。在有限的时间里准备攻克各项证书，为以后的工作做准备。

大三是一个决策的过程。我应该多与老师、学长学姐沟通，确定自己毕业的去向。争取一个去其他学校交换学习的机会，多实践，多学习，注重创新意识与能力的培养。

大四是一个行动的过程。我要考研,所以要认真计划,认真实践。多多参与市场调查,了解市场取向,将理论与实践很好地结合起来。

通过大学四年的学习,我希望在华北电力大学这个平台上,培养起正确的世界观,使我的学习能力、深入思考问题的能力和创新能力能够得到提高,为进入社会找准自己的定位,打下牢固的基础。

谢谢大家!

广告 1501 方萱
2015 年 8 月 16 日

教师寄语

  高中时光,转瞬即逝。高中时我也曾为高考挑灯夜读,也曾为考上理想的大学奋斗。刚步入大学,对熟悉的高中生活肯定会有回想,而且那是一段紧张而又美好的回忆。现在面对陌生的大学,面对一段新的人生旅程,这仅仅是个开始。

  梦想在没实现之时是梦想,实现后才是现实。许多人怀抱着梦想来到大学,希望在大学的四年中,得以蜕变,习得专业知识,熟练专业技能,提高综合实力。但是这一切都取决于你自身,如果在大学的自由生活中堕落了,那么梦想永远都只是梦想。在大学的学习生活中,自觉起到了至关重要的作用。一个自觉的大学生,可以在忙碌的社团活动和学业中找到平衡,从而实现双赢。

  年轻就是一个追逐的年龄。年轻有其特有的热情、激情、热血。有些事年轻的时候不做,可能以后就没有这个机会、这份勇气去做了。珍惜当下,放飞青春。

  大一时对大学四年有具体的规划是可取的。如果坚定了目标,就照着自己的规划走下去。如果在过程中,有了新的想法,有更适合自己的路线,可也以选择。自己选择的路,跪着也要走下去。

大学，青春，梦想

我曾就读于贵州省盘县第二中学，从小喜欢运动与挑战。初中时经过努力参加校篮球队，代表出战县篮球运动会与田径运动会。高中时寻求更加释放自己，报名足球队并通过多倍的汗水与努力最终参选校足球队，多次代表出战市县际足球比赛，在球场挥洒汗水与青春，品尝胜利的喜悦与失败的眼泪；报名参加第一届学校交响乐团，见证了它的艰辛创立与荣耀时刻，并随队多次参加省市县交响乐展演、演出与比赛，在音乐中感受风飘的世界；担任校实践交流社团重要职位锻炼自己；报名各种第二课堂学习不同技能提升自己；独自一人骑行自行车途经各种山区路上学与回家，享受风雨中的速度与自由的快乐；徒步几十公里回家，体验不同的生活……

我是一个喜欢迎接挑战与爱好自由的人，我想尝试不同的事物，提升自己不同的技能，我想去看不同的世界，即使有艰辛与无尽的黑夜，我亦想去认识。

大家好，我是15级广告学的新生任德国。今天很荣幸能在这里发表演讲，我将要演讲的主题内容是"大学，青春，梦想"。

我相信每位同学都有一个自己心中的大学，它没有任何名称的修饰，就是一个简单的名字"大学"。它无关升学率，无关就业率，无关太多太多，就是纯粹的大学。我们幻想着这个大学的未来，像条鱼自由地游荡在大海，享受大海无尽的乐趣；像雄鹰展翅高飞，无谓风雨雷电，俯视这雨与尘；像一滴水可以瞬间消失，却也可以融汇贯通整个世界。

高尔基先生曾写过一本小说《我的大学》，它是一部有着深刻教育意义和巨大艺术魅力的作品。小说以其现实主义写实风格和热情勇敢的生活态度征服了全世界无数读者的心。它问世之后产生了广泛的影响，鼓舞着无数渴望光明和知识的年轻人勇敢前进。作品叙述了少年的"我"怀着上大学的愿望来到喀山，梦想破灭之后，不得不为生存而劳碌奔波，住"大杂院"，卖苦力，与小市民和大学生交朋友。他进入了一所天地广阔的"社会大学"，在那里学到了在有围墙的大学里学不到的知识，经过痛苦的思想探索，终于成长为一个革命知识分子。《我的大学》至今仍受到读者的热烈欢迎，激励了几代人从中汲取追求光明的勇气和信念。

还没读完这部小说时,我就感觉到了我自己的梦想,有了梦想,还要做些什么呢?我已经在不断地进步,不断地往前冲了吗?为什么在心里,我觉得自己还做得不够呢?读完这部小说后我知道了,怎样才能让自己的梦想变为实现。高尔基和阿廖沙都是我的榜样,我一定要像他们一样,不断进取,不断地勇往直前,朝着我的梦想,冲吧!

大学是释放青春的地方,是燃烧激情的舞台,我要把最美好的青春献给我的大学,青春纵当无悔。董昊曾说"每一条路都有不得不跋涉的理由",大学对我们而言就是一个新的起点,告别昨日的题海遨游,告别昨日曾经年少无知的自己,我们来到了人生新的出发点。但我们似乎从未领略过一个成熟梦想的魅力,青春正是一个合适的契机,大学正是一个广阔的平台。现在,我们来到了理想的大学,如何甘心任时光匆匆而逝;现在,我们正拥抱着青春,如何忍心任她燃烧却一无所用。

珍惜大学时光,让青春之梦从这里起飞,让我们在这里放飞梦想,让梦想飞得更高更远。曾经,看见这样一句话:"这世界上的奇迹,都是比别人更能坚持、更具毅力的人创造的。"正处于大学时期的我们,是不是更要树立坚定的信念或是追求呢?我们已经长大,能独立地去担当,会比安逸在别人或者父母的羽翼下更能让内心幸福。有些事,经历了才知道,那种酸甜苦辣是你成长道路上最宝贵的财富。有些人希望成为强者,但是强者不可能永远处于巅峰,如果路太难走,那么就给自己勇气,如果委屈流泪,那泪流过后,重新再来。生活本就不该是一碗白开水,如果太平淡,我们哪会有悲伤和喜悦来品味?我们还年轻,如果生活就像海洋,那至少我们的心会随着那澎湃的浪向前。

我的大学,我的青春,我的梦想。大学我来了。每个人都有自己缤纷多彩的未来,可能美丽得如同湛蓝天空飘落的羽毛,也可能多彩得如同夏天百花盛开,郁郁葱葱;我的未来,多姿多彩,唯一的前提是需要我自己去创造。以畅想的未来为目标是我对自己未来最好的交代。

除了学习外,我需要加强自身的英语水平,争取与国外交流的机会,将国内设计与国外设计相结合,创造出独特的、个性的、新型的设计体制。

现在的努力,是为未来奠定基础。父母给予我这么多的帮助,我的成功对他们来说是最好的礼物。我不奢求自己未来要成为上流社会的黑马,只求未来能给父母最好的回报,让他们不再为我担忧。

生活是一条泥泞的道路,回头,留下的只有那一个个的脚印。未来,远在天边,近在咫尺。

科学的发展,改变了未来的行走道路。设计是给未来的一种真实感。好的家庭装修,离不开设计的独特创新思维;奇特的电影,更离不开完美、创新的设计制作。

未来不可知,我愿以自己最宝贵的青春献给我最梦想的生活。

广告 1501　任德国
2015 年 8 月 19 日

教师寄语

　　大学,的确与青春有关,与梦想有关。说实话,我并没有读过《我的大学》,但在上高中的时候,也曾幻想过自己心目中的大学,想象过自己的大学生活:坐在整洁干净、装饰优雅的图书馆里看书,阳光刚好照进来,洒在书面上;奔走于自己喜欢的社团,为了一件又一件的事情忙碌着;结交了一群志趣相投的朋友,春季踏青,秋季郊游,一起走过北京的春夏秋冬;或许拥有一段自己的校园爱情,单车、少年。一切的一切,都是美好的。前一阵子,S.H.E 的新歌《你曾是少年》唱出了多少在北上广打拼的青年的心声。"你我来自湖北四川广西宁夏河南山东贵州云南的小镇乡村,曾经发誓,要做了不起的人。却在北京上海广州深圳某天夜半忽然醒来,像被命运叫醒了,它说你不能就这样过完一生。"来到大学,每个人心目中或许都有自己的一个梦想。大学,就是你为了实现它不断积累的一个过程。四年时光,走马飞花,你要珍惜它,善待它,要能在毕业那一天有所收获,真正成长。让梦想在大学里起飞,你会拥有无悔的青春。

做自律之人，圆青春之梦

尊敬的老师们、同学们：

大家好！

今天我演讲的主题是——"做自律之人，圆青春之梦"。

古有司马光以木为枕，后有鲁迅以"早"自省。古往今来，自律乃是不变的成功要因。自己实是世界上最难战胜的人。征服了自己，方可言征服世界。步入大学，我们早已不是父母身边的温室花朵，早已没有了长辈们的耳提面命，更多的是要依靠自己，找准自我的位置，走出我们的象牙塔，实现自我的成长。

什么是自律？古希腊柏拉图回答过这个问题，自律是一种秩序，一种对快乐与欲望的控制。也就是说，自律是在没有监督的情况下，通过自我的约束，变被动为主动，约束自我的一言一行。大学四年是对我们的考验，不再有家长的实时监督，不再有老师的贴身教导。与高中时期相比，我们的选择更加自由，但就是这样的变化使得自律更加重要。

周恩来自制纸镜子，以行必端、言必正来警醒自我。周总理对自己的高要求使人望尘莫及，他的自律精神更加令人敬佩。自律就如一面镜子，清晰明净，时刻警醒自我，时刻让自己清醒，反映自身之不足并促使自我加以改正。周恩来如此，我们更应如此，那我们又该如何做到自律呢？

首先，我们应严格要求自身，不能正其身，何以正其人？刚刚从高中毕业的我们，似突然摆脱桎梏的鸟儿一般，向往着海阔天空、天高云淡。但大学并非我们享乐放纵之地。我们为了学业而来，更是为了更好地超越自我而来。四年的大学，我们必是要严于律己、孜孜不倦地汲取知识，身体力行地完成实践，实现大学的价值。

再则，我们须得抵制诱惑，坚定不移。大千世界，新奇多样的事物往往会吸引着我们。我们涉世未深，会因其他一些诱惑而分心，比如网络游戏、社会诱惑等，稍不留意便会堕入深渊，无可自拔。因此，我们必须扛起自己的责任，克服懒惰、贪婪以及其他诱惑，并专注于自己的提升与超越，学会对诱惑说"不"！

最后，我们应有过必改，有错必纠。人非圣贤，孰能无过？无论是多么优秀的人，都难免会犯错误。我们不羞于错误，而是积极地改正错误，自我约束，避免重蹈覆辙，以豁达坦然的心境去面对它。闻过则喜，试过不会，改过不惮，这不仅是自律的态度，更是做人之风度。

古人云：一屋不扫，何以扫天下？自律，更是应从点点滴滴的生活中渗透，让自律成为我们乘风破浪之推力，成为我们固有之人格，让四年的大学旅程更加完整、无憾。自律，让我们自省自知，让我们自觉自信，更让我们自立自强！

行管1501　陈诗苗
2015年8月17日

教师寄语

司马光、鲁迅、柏拉图、周恩来，诗苗同学畅谈古今中外，告诉我们一个道理：要自律自省，征服了自己，方可征服世界。

能够做到自律自省，严格要求自己，是一种修养，起码证明了敢于直面生活中的所有傲人荣誉和落败不堪，时刻提醒自己，尽善尽美。

立志"立德、立功、立言"，实现"三不朽"的曾国藩就非常注重"慎独"的修炼。曾国藩在他的家书中这样写道："慎独则心安。自修之道，莫难于养心，心既知有善知有恶，而不能实用其力，以为善去恶，则谓之自欺。方寸之自欺与否，盖他人所不及知，而己独知之。故《大学》之'诚意'章，两言慎独。果能好善如好好色，恶恶如恶恶臭，力去人欲，以存天理，则《大学》之所谓'自慊'，《中庸》之所谓'戒慎恐惧'，皆能切实行之，即曾子之所谓自反而缩，孟子之所谓仰不愧、俯不怍，所谓养心莫善于寡欲，皆不外乎是。故能慎独，则内省不疚，可以对天地质鬼神，断无行有不慊于心则馁之时。人无一内愧之事，则天君泰然，此心常快足宽平，是人生第一自强之道，第一寻乐之方，守身之先务也。"曾国藩说了那么多，就是告诉家人要洁身自好，这样就可以让内心坦荡，心中无愧疚之事，人也就可以泰然处之，这是自强之道，也是立身之本。

寸草春晖

敬爱的老师们，亲爱的同学们：

大家好！

很高兴能成为咱们华北电力大学北京校区的一员。

其实我无数次憧憬过我的大学生活，但万万没有想到会是在咱们首都。我有一哥们给我开玩笑说让我帮他带两罐北京的空气回去，让他和习大大同呼吸共命运，我也知道他是在调侃我们的距离，因为考完试，曾经的班级就散了。其实我想说不管我们在哪，都在同一片蓝天下，呼吸的都是同样的气息。因为我们一同经历了最累、最充实的日子，陪对方度过了最美好的年华，留下了最美好的回忆。我们永远陪在彼此身边。

假期中我有约同学出来聊一聊，闹一闹。我一直觉得开学以后还是那群人，同样的老师，同样的笑脸。然而这些都是幻想。

无聊的日子总这样也不是办法，我找了份工作，绝对让人羡慕——新东方的广告员。领导跟德克士谈好，让我们在德克士里用小礼物换顾客的电话号码。吹着空调，还有WiFi，40多度的室外温度，看着外面人头攒动也是够美的。两个星期的工作，我挣了七百多元，勉强赚回了假期的花销。然而工作并不是天天这么美，挨家挨户发小广告并不那么好过。汗水打湿衣服，留下白白的汗渍，我才真的体会到工作的艰辛——钱不好挣啊。

除了挣钱，考完试当然想到的是亲人。初三那年从南疆来到北疆，和家里的四个老人一年只能见到两次。分开之前没觉得这么想念，分开之后，走在路上看着一个小孩牵着自己爷爷的手，看着看着眼泪就流了下来。我想念他们。回到家里，看到四个老人明显比以前老了很多。天天在一起觉得他们还很健康，然而分开许久才发现变化很大。爷爷的腿静脉曲张，奶奶的头发没有了墨色，姥姥的牙补了一遍。因为老年痴呆生活完全不能自理的姥爷，早就没有了记忆，到现在连笑都不会了。看到这些，我真的不想离开了，离开他们就意味着少见一面。我爱他们，不论什么我都爱他们。

从那边回来的前一天夜里，我梦到大学生活的第一天因时差关系，忘记了上课时间，忘记了课表和教室，就这样旷课旷了一上午。然后，我成功地被班主任和辅导员记下了。真的越接近开学，对大学生活越期待，十八年没有真正离开过家一个人在外面生活，大学生活对我来说有无限的吸引力。我不敢说我在大学四年里会有多好的成绩、多大的成就，但是我会尽最大的努力来弥补我留在高考的遗憾。虽然高考已经是超水平发挥，但仍没能完成自己的梦想，留下了十八分的距离。这十八分的遗憾我要在这里补回来。

离开家乡，意味着这里是新的起点，我们再一次站在同一条起跑线上。看看左右的同学，他们将陪你从这里起航。

在咱们这所学校里，同学们来自全国乃至世界各地，在这里融成一个大家庭，共创辉煌。当今社会失业人数增加、下岗职工再就业率持续走低、劳动力市场供求矛盾突出、大学生竞争激烈，作为当代大学生，我们必须正视这些，有忧患意识。我对自己的未来也有过很多思考：毕业时最想进的企业？第一份工作的月薪？自己被录用的理由？被弃用的理由？还有，面试时我该如何应对？俗话说：预则立，不预则废。在机遇与竞争的社会中，我又将何去何从？不积细流，无以成江海；不积跬步，无以至千里。只有持之以恒，努力奋斗，刻苦钻研，积聚足够资本，才能沉着地面对这个社会。

进入社会，知道自己该做什么，不该做什么，在和老板的交流中，表现出自己能够胜任，保持不骄不躁、不卑不亢的态度。我一直相信：效率＋责任心＝优秀的工作能力。低调做人，高调做事，要有一个合理的心态才能在企业里常青。做人和做事往往都是相互联系的，只有与人相互配合才能在人生道路上一步步走下去。厚德载物，有容乃大。一个人成功的条件有很多，其中个人的修养往往起着决定性作用。

今天我只是一个普通的大学生，用认真的学习态度和勤奋的实际行动投入到知识的殿堂，将来我希望能成为职场之星，在丰富多彩的职业生涯里自由地呼吸。

行管 1501　赵璨
2015 年 8 月 19 日

教师寄语

龙应台在《目送》里写到"我慢慢地、慢慢地了解到，所谓母女母子一场，只不过意味着，你和他的缘分就是今生今世不断地在目送他的背影渐行渐远",于是脑海中全是漫无边际的思念,想念家里的温暖,想念亲人的唠叨。

看到新生发言稿里有个同学谈到家里的四个老人时说道,"我爱他们,不论什么我都爱他们",我似乎看到了那深情凝望着我们离去的眼神,那眼神里有不舍,有担忧,有期盼……生活告诉我们,那是爱。

上周末回家看望老人,发觉姥姥变瘦了,走路也慢了,我开始害怕起来,开始计算还有多少时间可以陪他们,不想在一次次目送中看着他们慢慢变老。"你陪我长大,我陪你变老"是一句那么美的诺言,可是却发现我们似乎做不到。其实当我们发现的时候并不晚,已经意识到我们缺席了他们生命中太多的变化,那就用剩下的时间慢慢弥补吧。

世界那么大,他们也想去看看,记得下次旅行时带上爷爷奶奶、外公外婆,而不是发一堆和朋友们吃喝玩乐的照片给他们看。记得下次回家手把手地教给他们智能手机怎么用,就像小时候他们一遍一遍、不厌其烦地教我们认字一样。记得提醒他们天气变化时及时加减衣物,别忘了他们在看天气预报时总会特别关注你在的城市。

陪伴是最长久的深情。当我们为了生活和梦想再次离家时,记得给爸爸妈妈一个最有力的拥抱。

千里之行,始于足下

尊敬的各位领导、老师,亲爱的同学们:

大家好!

我是人文与社会科学学院行政管理专业的邬玲芳。金秋九月,硕果飘香,在这丰收的季节,我们全体 2015 级新同学欢聚一堂,隆重举行开学典礼,我非常荣幸能作为新生代表在开学典礼上发言。

我小学一到五年级就读于北京市丰台区西局小学,后由于各方面原因转学到江西省南昌市进贤县梅庄镇就读,于梅庄镇完成了小学及初中的学业,后来又考入当地县城中学——进贤二中，并且于此完成高中学业。本来我在2014年便可高中毕业，可由于高考发挥失常，考试成绩不理想，于所在高中复读一年，所谓皇天不负苦心人，今天终于获得理想成绩，并且十分幸运地被华北电力大学录取，感到十分高兴。复读的一年让我收获了很多，尽管我晚了一年踏入大学的门，但却用一年的时间换来与华北电力大学的交集，我感到很值得。赌一年青春，换一生无悔。

时光似水，日月如梭。三个月前的我们还在考场上为自己的理想拼搏，而三个月后的我们为了梦想聚在一起。中学时代变成了美好的回忆，考场风云也已是岁月的黄花。今天，我们站在人生的新驿站——华北电力大学这一广阔的舞台上，我们将面临生命中一个全新的开端。大学生活的帷幕正在徐徐拉开，我们将开始新的征途。

同学们，十年寒窗终成就，一朝高中榜有名。我们从懵懂无知到学有所成，不经意间已经走过十多个求学春秋。也许，没有一段合适的话能确切表述我们这十多年的经历，因为它背负了太多的希望和期盼，也留下了无数的艰辛和汗水。无论是你们还是你的父母，都会为今天的成绩感到自豪和骄傲。

走进华北电力大学，你们将发现，这里不仅有别具特色的雄伟建筑，还有风光旖旎的学林静湖；不仅有设施先进的体育场地，还有藏书万卷的图书馆舍。我更懂得，这里不仅有鲜明的办学特色、先进的教育理念，还有一流的师资力量、浓厚的学习氛围。这里的一切告诉我们，这就是我们大学梦想的沃土，自由成长的天堂。同学们，我们刚刚告别了青春飞扬的中学时代，首要任务是顺利完成从中学到大学的过渡，尽快适应大学阶段快节奏、高强度的学习生活，培养自己成为有见识、有能力、有责任感的自主学习者和探究学习者，用激情洋溢、乐观踏实的心态去勇敢地迎接大学的挑战。

在以后生活在华电的日子里，我们不仅要知书，而且要达礼；我们要热爱自由，但不可随心所欲不守矩；要张扬个性，但不可孤芳自赏不合群；要养成大家风范，但也不可不拘小节；要学会独立思考，具有批判精神，但不可自以为是，目中无人；要有远大抱负，但不好高骛远，以事小而不为；要激情澎湃，但必须在理智的指导下选择行动；要甘于寂寞，学好专业知识，也要关注社会。

"天行健，君子以自强不息。"大学生活将是一种全新的体验，是生命中最崭新、最能展现个性的四年。在大学里可以自主选择学习和生活方式，所以我们一定要养成良好的学习习惯，把握这来之不易的学习机会。从入学起，华电已与我们荣辱与共。我们要以昂扬的姿态去迎接新的挑战，以无畏的勇气面对失败与挫折。

千里之行，始于足下，良好的开端是成功的一半。因此，我希望大家站在新的起点上，确立更高更远的学习目标和人生目标，迈出坚实而有力的第一步。

大浪淘金，方显真金本色；暴雨冲过，更见青松巍峨！在未来的求学生涯中，我们要揽万卷书籍，汲百代精华，秉承着"求真务实"的校训，认认真真学习，踏踏实实做人。

今天我们因华电而骄傲，明天华电会因我们而自豪。

最后，祝所有领导、老师身体健康、工作顺利，愿全体新生能乘风破浪，勇创佳绩！

行管 1502　邬玲芳
2015 年 8 月 21 日

教师寄语

整篇文章感受最深的就是真情流露、感情真挚，"赌一年青春，换一生无悔"这句话说得真好，复读这一年使作者收获很多。十年的求学生涯真的没有一句话能确切地表述，作者为进入华电这所大学而感到自豪，决心好好珍惜美好的大学时光。作者也对自己提出了一些期望，学知识，长见识，增加自己的修养，可见作者对未来已经有了一定的规划。整篇文章一气呵成，结构紧凑。作者对自己的大学生活有了一个较为清晰的计划，把学习放在一个主要的位置，认清进入大学更要对自己负责，珍惜学习的机会。"天行健，君子以自强不息"，大学自主学习的方式要靠自觉，现在大家站在同一个起点上，如何安排自己的大学生活是自己的选择，更是对自己提出了"认认真真学习，踏踏实实做人"的要求。最后作者对学校、老师、自己都进行了美好的祝愿。作者也是一个特别感恩父母的人，父母在陪伴我们成长的过程中付出了太多，作者希望自己能有一个美好的前程并孝敬父母，这是我们每一个为人子女者都应做的，我们的一切都是父母给予的。最后祝愿作者梦想成真！

无悔青春，多彩大学

尊敬的各位领导，亲爱的各位同学：

大家好！

我是路广鹏，今天十分荣幸能够代表新生演讲。首先祝贺新生同学，十二年寒窗，终结硕果，我们经过高考的洗礼，实现了对自身的提升，步入大学这个全新的天地。我想每个人都和我一样地清楚：大学是一个新的阶段，一个全新的起点。它将会是完善自我的机遇，决不能拿来浪费。霁月难逢，流芳易逝，我们应珍惜生命的每一秒；书山漫漫，学海无涯，我们要抓住这四载春华。

同学们，我们可以看看身边的每一个人，他无论是高考生还是自招生，我相信我们的高中经历都是不平凡的。将来我们之中会有许多的工程师甚至是科学家，因为我们一样优秀，和一群水平相当甚至是超越我们的人坐在一起，我们更应该抓住相互学习的机会，提升自我，完善自我。

到了大学，再也没有了班主任后门偷窥的身影，我们拥有了更多自由支配的时间，我们可以选择自己的课程，拥有自己的课表。这就更需要我们有自我管理、自我规划的能力。经历了假期三个月的失重状态，我们有必要告诉自己，大学不能再这样浑浑噩噩地度过。想想高中时期那一份份做不完的卷子，想想那时的汗水与泪水，大学不是一劳永逸，我们不能让过去的努力付诸东流。北大清华的学生在小跑着三点一线，他们还像高中一样早起晚睡，也在提醒我们，有比我们更优秀的人在付出比我们更多的努力，我们在为考试担忧，而他们在立志改变世界。我们没有放松的理由，更没有放松的资格。每个男孩子心中都有一个武侠梦，幻想着有一天长衫一身、宝剑一把行天下，除暴安良。然而，越长大越现实的我们渐渐明白，武力不是解决一切的办法，在这样一个高度发达的文明社会，法律才是维护公平与正义的根本。作为一名法学的新生，我希望我能够学精专业知识，在自己的工作岗位恪尽职守，为每一个受到不公正待遇，为每一个自身合法权益受到侵害的人讨回应有的合法赔偿，用自己的知识去维护公平正义。

作为一个农村孩子，我深知农民工这个弱势群体亟需法律的保护，缺乏法律知识的他们更需要专业人员的指导。我想在自己退休以后，开办一个农民工律师事务所，每到周末为他们提供免费的法律服务。我不想做何以琛，更不会成为张益达，我只想做我自己，现实的自己，努力的自己，对社会有所帮助与奉献的自己。未来可以平凡，但绝不会平庸。

法学 1501　路广鹏
2015 年 8 月 22 日

教师寄语

读完之后，不知为何有一种淡淡的伤感，可能是自己也是农村孩子的缘故，自己的高中也是这样度过的，生活被学习覆盖，社会实践几乎是一片空白，所以在刚进入大学时，迟迟不能适应，但越是农村的孩子就越要努力，要不断填补与其他人的差距并适时赶超，阶层在固化，而教育可以说是很主要的突破点。

大学就再也没有班主任在后门偷窥的身影，一切都要靠自己学习，所以进入大学后要学会自主学习和合作学习，要耐得住孤独，提高自己学习的能力。同时，不断比较会给人以动力，与同校与外校的同学比，都会有差距，有差距就要学会弥补，我们需要记住，随时有比我们更优秀的人在付出比我们更多的努力。

人之所以为人，在于其内心深处对于弱者的同情。服务社会是一名大学应有的人生目标，而法治国家很关键的就是拥有一支卓越的法律人才队伍，他们维护社会正义和公平，而现阶段的中国处于法治建设的阶段，社会公平和正义在某种程度上被破坏，尤其是农民工的工资问题，而法律援助对于他们来讲就是雪中送炭。让我们高兴的是，在党的领导下，国家已经出台并且完善了《劳动法》，越来越多的学者和高校毕业生投身于法律援助。这让看到了社会公平和正义的距离我们正越来越近。

汗水与欢笑

拿到华电录取通知书,既松了一口气又叹息一声,我为高考拼搏的每一个日夜都瞬间由灰暗变得明亮,但是从一个小县城到大城市求学,昂贵的学费和生活费会给本不宽裕的家庭增加更重的负担。父母都是下岗工人,即使自谋生计,也只是维持了一个山西小县城的生活水平,还有比我大两岁的哥哥和八十岁的奶奶需要负担,我很庆幸申请到了生源地助学贷款。这是我自己独立办的第一件大事,填写家庭情况调查表,到居委会排队加盖公章,在网站上填写首贷申请,准备各种材料,跑四个政府部门盖章。以前从未考虑过父母的不易,也从未考虑过去怎样的地方办理,找哪些人员,这一次的经历让我明白了作为一个成年人该承担的责任,该怎样自立自强并真正地成长。当收到华电的录取通知书时,我知道这一场赌注我赢了。2014年高考落榜,心痛与逃避交织,我不知道该怎样面对父母期盼的目光,也想逃开那些不绝于耳的别人家的笑声。作为一本的种子选手,那场失利就像瓢泼而来的大雨,把我从头到脚淋得彻底。我否定了以前所有的努力,一次次批判与质问自己,我也想过得过且过,但是每一次夜深人静时,内心的不甘会蠢蠢欲动,十一年的寒窗苦读后就要如此落荒而逃吗?如果再坚持一年呢?三年的努力不够,再加一年呢?这一年更努力呢?似乎是一个巨大的赌注,我坚持了一年,将十二次月考又经历了一遍,将早起晚睡又经历了一遍,一次次调节心态,一遍遍修改错题,一趟趟追击老师,用一年的时间经历蜕变。一场复读带给我的不只是成绩的提高,还有那渐渐找回的自信,那一日比一日更成熟的心态,这些让我受益匪浅。我们的人生确实没有彩排,所以在正当经历时要倍加珍惜,我以此经历和大家共勉,即将而来的大学生活不可虚度,"莫等闲,白了少年头,空悲切"。

而今作为华电的一名新生,我的内心难掩喜悦。在踏进华电校门的那一刻,我就把一草一木刻入心底,这是我即将融入的大家庭。这里有和蔼可亲的老师,在未来四年里,会对我倾囊相授;这里有可亲可敬的学长,我已感受到他们的关心,得到他们的许多帮助;这里还有我要携手四年的同伴,还有我即将挥洒的青春……这里是我人生的新起点,我要带着梦想在这里继续飞翔，牢记华电校训"团结、勤奋、求实、创新"，积极做到：

一树立远大的目标。高尔基说过："一个人追求的目标越高，他的才能就发展得越快，对社会就越有益。"目标能激发人的积极性，能产生自觉行为的动力。人一旦没有生活的目标，就会意志消沉，浑浑噩噩。我们正处于富有理想，憧憬未来的青年中期，树立目标，不断追求，努力提高自己的实践能力，是当下最紧要的事。

二养成良好习惯。好习惯使人受益终身。每天阅读，坚持学习，做好计划，今日事今日毕，保持宿舍清洁，做一个优秀的人。

三团结友爱。离开父母的怀抱，进入集体生活，需要学会理解与尊重，关怀与帮助，处理好人际关系，与人为善。

我们能够加入华电大家庭是一种莫大的荣幸，我们要严于律己，树立规范意识，遵守学校规章制度，热爱学校，努力提升自己，发展自己，争取在四年后问心无愧地说：青春，无悔。

祝大家学业有成，谢谢大家。珍惜四年大学时光，坚持阅读，拒绝浮躁，潜心修学，发掘兴趣，积极参与社会实践，争取成为高智商、高情商、有潜力、有思想、有价值、有前途并且讲诚信的中国未来的主人翁。

法学 1501　姚贝
2015 年 8 月 17 日

教师寄语

作为从高考战场上走下来的人，我一直很敬佩复读的学生，因为我没有勇气去做这样一件事，虽然自己没有落榜，但在高考后我常常想象如果 2013 年落榜我会再来一年吗？想了好久，我的答案均是否定的，所以每每遇到复读过的学生，我都不免有一种敬佩之心，因为我认为，经过复读后考上大学的学生有着过人的勇气、毅力和周密的计划，而这些品质对于他们未来的成功是大有裨益的。

国际教育学院

我的大学

今天我想谈的主题是"我的大学",经历过魔鬼六月的洗礼,每个人的身心都变得更加成熟,对于大学又有了新的、与之前截然不同的认识。上高中的时候,想到大学这两个字,总有一种解放的感觉,跟压抑的高三比起来,大学似乎就意味着轻松,所以我们憧憬着无忧无虑的生活,然而当高三真正结束了,我们真的要成为一名大学生时,我们的观念改变了。曾经无数个日日夜夜幻想过的假期生活来临了,然而放纵自己几天后,反而觉得无比空虚,分外想念高三那些个书本、卷子堆成山的日子,想念同学们围在老师身旁讨论的情景,想念图书馆齐刷刷响起的笔尖划过纸张的声音。因此,更加期待大学忙碌而又充实的生活,想在大学学习到更多高中时没有接触过的课程,尝试参加高中没有时间参与的活动。周国平说:人生就像一场旅行,意味着新鲜的人和事,意味着不一样的际遇。对于每个新生而言,步入华北电力大学无疑是一个奇妙的转折。高考前的拼搏岁月依稀,还记得当时的彻夜冥思,还记得披荆斩棘的狂放。而如今,少年幻想变成了青年哲思,豆蔻情怀变成了远大理想,我们,已在路上。

大学生活是多姿多彩的,但也需要我们把握和深入体会。开朗却不失内涵,野性却不失优雅,自信却不自负,张扬却不狂妄,是我追求的性格。简单冲动,意志不坚定,思想不成熟,是我要克服的弱点。"人生豪迈,年轻没有失败"是我对青春的誓言。青春是我们最宝贵的财富,是我们胆大妄为的资本,是我们异想天开的来源。要想充分挖掘青春的宝藏,那就要好好学习，充实自己。在工作中学习，在教室里学习，从失败中学习，从别人身上学习。既然我们选择了华北电力大学，就应该脚踏实地、认真地学习。有人在网络中麻醉自己，逃避现实，填补内心的空虚，但离开网络，空虚依旧，现状并没有改变。真正能解救你的人只有你自己，药方是学会接受，没有办法改变世界，那就改变自己吧。珍惜你现在所拥有的，最大限度地利用学校的资源，不要让它掠夺你大把的青春，留给你一个大大的遗憾。要知道，大学给你的价值是你自己创造的，这些价值也是对你今后有很大帮助的。

将来的四年我将在华北电力大学度过，除了无限的期待和憧憬外，我还应该好好规划，这宝贵的四年时光，每天都要有健康的作息时间，除了上课外，还应该多去图书馆充实一下自己，我已经计划好每个学期要读多少本书，每天还要匀出一些时间给我最爱的运动。一张一弛，文武之道。课余时间学校会有丰富的文体活动，我会把握好机会展示自我。当然，漫漫的大学生活也会有许多意想不到的困难和挫折，但是我们必须始终坚持自己的目标，为梦想不懈奋斗。

人的一生就是奋斗的一生！《满江红》里说得好，"莫等闲，白了少年头，空悲切！"从过去的努力中，我们已经积淀了一定的知识和能力，只要勇敢冲刺，就能赢得未来！同学们，我们就要从这里开启人生又一段绚丽篇章了，让我们"仰望星空，脚踏实地"地去发掘、去探索，向着自己心中的目标和肩上的责任前进。今天，让我们为进入华电而骄傲；明天，让我们骄傲地为华电续写辉煌！

电气 GJ1501　张家萁
2015 年 8 月 19 日

教师寄语

这篇演讲以"我的大学"为主题，语言生动、引用得当、逻辑清晰、结构合理、情感丰富。开篇讲起自己曾经幻想过无数个日日夜夜的高三假期生活来临后，放纵了几天，反而觉得无比空虚，分外想念高三充实的生活。高中生活是十分值得我们去怀念的，也是我们生命中很重要的组成部分。接着，热情洋溢地表达了自己对大学生活的期待与盼望，有对新知识的渴望，有对新朋友的期待，有对新校园的幻想，更有对新生活的向往。青春是一座宝藏，是我们每个人十分珍贵的部分，我们要好好地珍惜它，并且创造出属于我们自己的辉煌。大学是一本社会的百科书，有许许多多的学子在这里探索知识。大学也是一个通往胜利的地方，只要你足够努力，足够自信，那么胜利就在不远处。正如笔者所言："珍惜你现在所拥有的，最大限度地利用学校的资源，不要让它掠夺你大把的青春，留给你一个大大的遗憾。要知道，大学给你的价值是你自己创造的。这些价值也是对你今后的发展有很大帮助的。"像犹太人那样读书，像岳鹏举那样报国。梦想无论美丽与否，只要有就是幸福的。看到笔者在自己追梦的路上如此执着与坚定，作为一名教育工作者，更感到自己任重而道远。

心态决定未来

尊敬的各位学校领导，亲爱的同学们：

大家好！

今天是一个特殊的日子，我们迎来了新生入学典礼。在这个神圣庄严的时刻，请允许我问大家一个问题："大家，准备好了吗？"

有的同学或许会迫不及待地点头，有的同学则可能面无表情，但是内心却开始迟疑，自己究竟有没有准备好？又该准备些什么呢？

大学四年的时光，我们需要准备的有很多很多。除了最易想到的被褥、衣服、学习用具这些实际物品外，我们还需要准备的是：一个积极健康的心态和一个明确远大的目标。这两者不分先后，同等重要。

首先我们要来谈积极健康的心态。结束了高中三年的学习生活，尤其是高三的魔鬼训练以后，想必大家已经炼就了一颗坚强的心。不过经过三个月的自由的暑假生活后，有一部分同学开始在安逸的生活中掉以轻心，觉得踏入大学大门以后，便可以少付出努力。其实这种想法是错误的，付出与回报总是成正比，自古以来，不计其数的人想用一时的小成就来挑战这句话的权威，但他们全都失败了，无一例外。你要相信，一份耕耘，一份收获。进入校门之前，大家一定听说过许多前辈的故事。通宵自习室、图书馆……到处都是学霸们奋斗的身影。刚刚入学，空余时间有很多，希望大家在新的环境下，不要迷失自己。愿你们的耳边响起的不是刺激耳膜的流行音乐，也不是侃天说地的嬉笑怒骂，而是口音纯正的英文演讲，或是淳朴自然的鸟鸣虫叫。

其次，你要明白，一颗热情积极善良的心也会影响到身边的人。良好的心态会影响个人、团队、组织甚至社会。好的心态能助你成功，而坏的心态却会毁灭你自己。所以我们要常常三省吾身，以积极健康的心态来生活，向同学们乃至整个大学传递积极向上的正能量。另外，积极的心理暗示非常重要。曾有人做过一个实验，在做一件事时，心里一直默念我会成功，成功的概率就会大大提高。人之所以能，是因为相信能。所以当路不好走，甚至没有途径时，要给自己以积极的心理暗示，避免陷入消沉、迷茫、无助的处境。

最后，建立积极健康的心态，需要我们敞开心扉，在与朋友的交流和互动中健康成长和生活。没有谁是孤立的个体，要相信我们不是孤岛，而是群峰。接下来我们要谈的是，要有明确的目标。目标就像是箭靶的靶心，明确的目标更能让我们找到一个努力的方向。有人说，当你的目标明确时，你的辛苦便再也不觉得辛苦。所以我们要明确自己想要什么，未来的规划是什么，来到学校我们想要收获什么，提升自己哪一方面的能力，这些问题都是我们需要思考并且明确给出答案的。建议大家定下一个长远的目标和几个近期的目标，并用清晰的字体写在卡片上，贴在自己目光所到之处，每天激励自己。贝弗里奇曾言："每一点滴的进展都是缓慢而艰巨的，一个人一次只能着手解决一项有限的目标。"所以大家要懂得循序渐进，目标一个一个地来实现，切忌一口吃个大胖子，这样会乱了自己的计划。在追求目标的路途上，还希望大家不要着急。鲁迅先生曾言："不耻最后。即使慢，弛而不息，即使落后，即使失败，但一定可以达到他所向往的目标。"短暂的落后是必须的，没有谁有这个精力和实力一直保持在最前方，当你看到他人的后背时，不必惊慌，这恰恰提醒了你，你还有很大的提升空间。记住！要有健康积极的心态和明确的目标！

电气 GJ1502　田梦园
2015 年 8 月 17 日

教师寄语

开头的反问直击人心，引人入胜，发人深省。演讲的主体部分有三个段落，结构清晰、思路明确、逻辑合理。首先探讨了积极健康心态的重要性，接着解释了一颗热情积极善良的心会如何影响到身边的人，最后强调了我们要敞开心扉，在与朋友的交流和互动中健康地成长和生活。她通过观察和感受，给出了自己对大学生活的认识，论述的同时还提供了一些有可行的方法，值得学习。最后，笔者引经据典地提出了主题思想——要有健康积极的心态和明确的目标。没有谁有精力和实力一直保持在最前方，当你看到他人后背时，不必惊慌，这恰恰提醒了你，你还有很大的提升空间。综上所述，本文层次井然、结构严谨、简洁流畅、语言通俗、见解独到、入情入理。

为梦想而活

尊敬的各位领导、老师，亲爱的同学们：

大家好！

我是国际教育学院2015级新生王傲阳，非常荣幸能够作为新生代表，站在这里发言。首先，请允许我代表2015级全体大一新生向各位领导、老师以及为迎接我们到来而忙碌的师兄师姐们表达最衷心的感谢和最崇高的敬意！

不知道你们是否和我有同样的感觉，总觉得那刚刚过去的高考是一场梦。小学的记忆倍感遥远，初中的回忆懵懂模糊，高中的一切历历在目。怀念着高中课堂上老师和同学的欢笑瞬间，怀念着穿着校服时的感觉，怀念着自习时的奋笔疾书，怀念着晚上挑灯夜战补作业的匆忙，怀念着那段一心一意为高考努力的单纯时光。我感激高考，虽然为它奋斗的日子里睡觉时间都不够，但正是因为高考，我才来到了华电，这个梦开始的地方。

从初中开始我就爱上了这个地方——华电。因为爸爸和姐姐都是电力工作者，而华电是国内电力领域的顶尖大学，培养了无数的电力行业精英，为国家电力工业和社会经济的发展做出了巨大贡献。从小耳濡目染，华电在我心中是一个神圣的地方，如今我终于站在这里，零距离地碰触儿时的梦想，感受着那份梦想成真的复杂心情。

在高考前我的目标就是考上理想的大学，可是高考后，我迷茫地一时找不到方向。但我相信在接下来的大学四年中我们会明确自己想要什么，该怎样脚踏实地地实现自己的梦想。华电于我的意义，不仅是一张薄薄的毕业文凭那么简单，也不仅是求职信上的211学历，来到这是我六年的梦想，这里更是我放飞梦想的地方，梦想这两个字说起来虚无缥缈，但我相信一步一个脚印地去做，终会变成现实。

大学生活是块崭新的画布，选择不同的底色能描绘出不同的生活。经过长达三个月的暑期休整，怀揣着对大学生活的好奇与期待，我们又将开始新的征程。大学四年是人生的重要阶段，在华电，我们将从幼稚走向成熟，我们将会树立更加正确的人生观、价值观，我们将找到那个自己热爱并值得奋斗一生的事业，我们将遇见一群充满热情的志同道合的好友，我们将领略许许多多教授的魅力……想象着这一切，我就热血沸腾。还记得蔡元培先生对学生有三大告诫：抱定宗旨，砥砺德行，敬爱师友。大学与高中最大的区别是，自由很多，挥霍自由的人也很多。希望我们能利用这难得的自由，在华电努力学习，自觉维护华电优良的学风，充分把握学习时机，规划好自己的人生，树立远大的理想和奋斗的目标，在这四年里为自己将来的人生之路打下坚实的基础。

华电的毕业生曾告诉我，这里治学严谨，管理严格，人才辈出，前景广阔。我亲眼所见的师兄师姐们也是脚踏实地、勤学慎思。在我们的大学时光里，或许会有些许迷茫，但逆风的方向更适合飞翔。大浪淘沙，方显真金本色；暴雨冲过，更见青松巍峨！经过知识的磨砺，我们将更加成熟、更加稳重、更加自信。在未来的四年里，我们要谨记"团结、勤奋、求实、创新"的校训，弘扬"自强不息、团结奋进、爱校敬业、追求卓越"的华电精神，认认真真学习，踏踏实实做人，在以后更为激烈的竞争中乘风破浪，展现华电学子的真风采！

最后，祝愿所有的老师工作顺利、身体健康！

祝愿所有的同学学业有成、前程似锦！

祝愿我们的学校拥有更灿烂的明天！
谢谢大家！

电气 GJ1503　王傲阳
2015 年 8 月 16 日

教师寄语

　　开篇笔者坦言感激高考，虽然为它奋斗的日子里睡觉时间都不够，但正是因为高考，才来到了华北电力大学，这个梦开始的地方。接着，笔者讲述了自己与华电的情缘——从初中开始就爱上了这所学校，因为爸爸和姐姐都是电力工作者，所以从小耳濡目染，华电就成了心中一个神圣的地方。如今，梦想变为现实，喜悦的同时也充满了期待。大学是一次新的征程，在这里有梦想、有知识、有恩师、有挚友。笔者希望自己能利用好时间，努力学习，规划人生，树立梦想，拼搏奋斗。通篇语言流畅、结构合理、论述得当、文采卓越，也可从中看出笔者积极向上，充满斗志。和很多学子一样，经过严酷的高考洗礼，笔者进入华电学习，梦想离自己又近了一步。希望这些学子在华电度过有意义的四年生活，将来为国家做出贡献。

我心中的大学

尊敬的各位领导、老师，亲爱的同学们：

　　大家好！

　　我是 15 级国际教育学院的王佳伟。今天，我非常荣幸能够代表 15 级的全体学生，在开学典礼上发言。

　　秋高气爽，枫林尽染，相信大家都和我一样激动，我们经过了高考，从那激烈的竞争中脱颖而出，欢聚在这么一个神圣的殿堂里。我们带着父母新的希望，朋友新的祝愿，自己新的理想，来到了新的地方。在这新的学期里，我们将以新的风貌去适应新的环境，开始新的学习。

大学是放飞理想，追逐梦想的神圣殿堂，我理想中的大学校园应该是绿树成荫的，充满了诗情画意，充满了阳光雨露。一排排教学楼高大气派，一条条校园道路宽阔整洁。理想中的课堂是轻松活跃的，教师是严谨幽默的，校园是甜蜜充实的。大学生则是浪漫纯情、自由自在的，他们不受思想的羁绊，在大学的校园里放飞青春，追逐理想，描绘灿烂光辉的人生篇章。而华北电力大学则会为所有学子的成长提供宽松的环境、机会，让每一位热爱它的学子都获得更大的发展空间。

我心目中的大学生活是紧张而富有节奏的。早晨，第一缕霞光唤醒了我们甜蜜的梦，让我们心情舒畅地迎接崭新的每一天。在校园的每一个角落，都有学生在晨读。华电良好的学习氛围，让每一位学子进入大学后，更加感受到知识的重要，我也会和他们一样，投入紧张的学习中去。走进教室，映入眼帘的是一张张求知若渴的脸，以及学识渊博、谈吐优雅的师者。无论白天、黑夜，学习成为生活中必不可少的一件事情，成为生活中的一件趣事。因为在这里是青春的碰撞，是心灵的交汇，是理想的碰撞，是人生的体验，是学子们在知识的海洋里汲取养分的最佳时机。我想，在大学的校园里，我一定会珍惜学校提供给我的每一次学习机会。

我心目中的大学生活是积极向上、丰富多彩的。在紧张的学习之余，我会在图书馆里博览群书，与大师对话，与专家交流，拓展自己的知识，拓宽自己的眼界，丰富自己的内涵。我也会积极地参加学校组织的各项活动。在我的心目中，学校的各项活动应该是丰富多彩的，学子们在校园里尽情地充实自己，在活动中与老师、同学交流，与社会接轨。我可以结识更多的朋友，汲取他们的思想；我可以接触到绚烂多彩的世界，了解到更多的知识；我可以在广阔的天地里自由地翱翔；我可以在灵动的宇宙里写下我的大手笔。

我心目中的大学生活是轻松自由的，在这里可以大发感慨，也可以评古论今，去畅谈我们的理想和追求，去描绘我们美好的蓝图。教授和我们在一起，知识和我们在一起，世界和我们在一起。在思想上、生活上，我们紧密地联系在一起；在学术上、心灵上，我们交织在一起。在这里，老师和同学们一起享受着人生的乐趣，享受着大学自由的空间，享受着菁菁校园美好的时光。在结束紧张的一周学习后，我们可以自由自在地去散步，可以无忧无虑地去采风，也可以无拘无束地去野炊，还可以自在自得地去登高，呼吸户外的新鲜空气，聆听自然界的鸟语虫鸣，陶冶情操，增加内涵。年轻的生命像飞鸟一样自由自在地驰骋在大学校园。"业精于勤而荒于嬉。"我心中的大学生活应该是忙碌而充实的。趁着年轻，去为之拼搏、创造和开拓，去建设我们更加美好的未来！最后，祝大家的大学生活缤纷多彩，梦想成真！

电气 GJ1503　王佳伟
2015 年 8 月 16 日

教师寄语

你心中的大学是什么模样？是清晨的一缕缕阳光，是一排排高大的教学楼，是一位位慈爱博学的教授，还是一张张求知若渴的面庞？这篇演讲稿以"我心中的大学"为题，描述了自己心目中的大学生活。在他的眼中，大学是放飞理想、追逐梦想的神圣殿堂，大学生活是紧张而富有节奏的，大学生活是积极向上、丰富多彩的，大学生活是轻松自由的。他对自己大学生活有规划、有向往，也有要求。大学不缺少豪言壮语，然而如何能脚踏实地地过好每一天，才是真正需要每一位大学新生思考的问题。希望每个新生在向往大学生活的同时，也谨记刚刚走入大学校园时的壮志豪情，不虚度自己四年的光阴，最终通过自己的努力，成为一个对社会、对国家有用的栋梁之才，真的能够梦想成真！

与君共勉

大家好，我是华北电力大学 2015 届新生王枢雨，很高兴能有这样一个机会作为新生代表站在台上发言。

时光荏苒，岁月如梭，转眼 18 年的时光已然过去，甚至有些不相信，过去的懵懂少年今日已长大，步入了大学的殿堂。很多人在高三时对我们说，高三时苦一点，到了大学时就可以完全放松了。这话是错误的，大学正是我们刻苦学习，展现自己的特长与才华，释放青春活力的时刻。高三的生活是枯燥单调的，而大学的生活是丰富多彩的。

　　在这里，我有几点不成熟的建议想与大家分享，希望能与同在华电读大一的同学们共勉，充实地度过大学的四年时光。

　　我认为，作为一个即将步入社会的人，最重要的就是保有一颗善良的心，勿以善小而不为，勿以恶小而为之，与人为善，做一个善良的人，与同宿舍乃至同校的学生们融洽相处、尊敬师长。这不仅是为了你的大学生活着想，更是为培养你未来面向社会时的相处能力着想。

　　其次，学习是大学的主业，不可因贪玩或是个人的私事而耽误了学业，要对自己未来的发展负责。学生要以学习为主，且学习也不只限于本科学习，要涉猎广泛，拓宽自己的知识面，以应对更加复杂的未来。

　　大学生活不仅意味着学习，课余生活也是重要的一部分。我们要发展自己的爱好，积极参加体育运动，多读书等等。比如我们可以依据自己的爱好加入一些大学的社团，或者成立自己的社团。总之，在大学里不能一味地当个书呆子，要多锻炼身体，培养爱好，做个德智体美劳全面发展的学生。

　　即使身居学校，也要体会到亲情的可贵。家在北京的学生最好每周能回家一次看看自己的父母或其他长辈，家在外地的学生们要时常给家人打电话报平安。儿行千里母担忧，无论在何处，心里都要挂念着家人，要时常念亲恩。

　　以上就是我给大家的一些建议，希望华电的每一位学子都能在大学四年收获喜悦与成功！谢谢！

电气 GJ1503　王枢雨
2015 年 8 月 20 日

教师寄语

　　这篇短小精悍的入学演讲，没有过于华丽的语言，没有慷慨激昂的文字，但却有真诚朴实的建议。第一，要保持一颗善良的心，勿以善小而不为，勿以恶小而为之；第二，要把学习当做大学的主业，要涉猎广泛，拓宽自己的知识面；第三，要发展自己的爱好，积极参加体育运动，多读书，多锻炼，做个德智体美劳全面发展的学生；第四，要体会亲情的可贵，心里要挂念着家人，更要时常念亲恩。从一个人的品德修养到大学的学习与工作，再到对家人的感恩，无不流露出笔者的真情实感。由此可见，这名同学在大学对自己的未来生活不仅有期待，更有严肃的思考。他给出的四点建议，我认为对于当代大学生而言，很是受用，不仅仅值得他自己在这四年甚至以后的生活中时刻谨记，也值得所有在校青年学生学习。

数理学院

乘风破浪，扬帆远航

炎炎夏日已经落下了帷幕，在这金秋时节，我从千里之外来到这座高等学府，加入了华北电力大学这个大家庭，开始了新的征程。

大学于我们而言是一个新的起点，在这里一切都是新的。面对新的开始，或许会忐忑，或许会迷茫，但更多的是新的希望、新的梦想。大学是我们迈入社会的起始站，亦是我们为未来而拼搏奋斗、充沛羽翼的场所。我们在大学的主要任务仍然是学习，但也要学会寻找学习和兴趣的最佳结合点，发展特长。在这里有五彩斑斓的校园文化生活，学生会、学生社团是我们施展才华的天地；这里有多种多样的社会实践、志愿活动，让我们有机会充分锻炼提高组织、协调和社会实践能力。

"自强不息、团结奋进、爱校敬业、追求卓越"是传承数十年的华电精神，是我们为捍卫之而当拼搏不休的精神；"团结、勤奋、求实、创新"是沿袭数代的华电校训，是我们为践行之而当努力不止的训诫。从迈入这所高校起，从加入这个大家庭起，从成为华电的一员起，我们应最大限度地利用学校的资源，充分挖掘青春的宝藏，脚踏实地地认真学习，充实自己，发扬华电精神，谨记校训，展现华电学子的真风采！

天高任鸟飞，海阔凭鱼跃。广阔的天地带来许多新的机遇和挑战，一种全新的生活正等待着我们来创造，一幅美好的蓝图正等待着我们来描绘。

经过短暂的休整，充满激情、意气风发的我们又将开始新的征途。首先，大学第一年是化茧成蝶的蜕变期。从埋头苦学，家长包办一切到自己独立去面对生活的一些琐事；从按部就班、学校安排一切到自己自由地分配课余时间。大学是人生的重要阶段，会使我们从稚嫩走向成熟，使个人素质日臻完善，学会承担各种责任，并逐渐融入社会。其次，在四年大学生活中，我们不仅要重视分类、系统地收获知识，而且要学会掌握认知的手段，有意识地培养思维能力；不仅要深入学习本专业、本学科，而且要广泛地涉猎其他领域。最后，要不断磨砺自己各方面的能力，不仅要掌握专业知识，更应该具备运用知识的能力，以便在毕业后具备从事专业工作的能力，同时也要培养自己的创新能力、协作能力、交际能力和管理能力。我们必须在学校努力学习，充实自我，充分把握和合理运用学习时机，规划好自己的人生，树立远大的思想和奋斗目标，为自己将来的人生之路打下坚实的基础。

迈入大学意味着要首次长时间远离父母独自生活，我会努力培养独立人格，学会独立处理各种事务，独立面对生活中的琐事，学会适应陌生的环境、陌生的文化习俗，提高适应能力，并尝试逐步融入陌生的群体，与同学们相处融洽。

迈入大学也代表着成年，需要逐步承担社会责任。我会投身社会实践，主动参加社区服务等有意义的公益活动，充分锻炼提高自身的组织、协调和社会实践能力。

我也会充分利用大学内的各种教育设施来充实自己。图书馆内海量的书籍可以拓展我的知识面，实验室内的各种实验器材可以培养我的动手能力和探究能力，田径场、体育馆能帮助我提高身体素质。

我会在大学这个更高的平台上奋步向前，不断提升自己！人的一生是奋斗的一生，奋斗不息，努力不休，才能前进不止！我相信，经过知识的陶冶和生活的磨砺，我们将更加成熟、更加稳重、更加自信。我坚信，一分耕耘，一份收获，一滴汗水，一份回报。我立志，在未来的四年里，要揽万卷文集，汲百代精华，认认真真学习，踏踏实实做人，将不断提高分析问题、解决问题的能力，不断丰富实践经验，在以后更为激烈的竞争中乘风破浪，扬帆远航！

计科 1501　　陆君洁

2015 年 8 月 19 日

教师寄语

来到大学，迷茫有之、困惑有之、怠惰有之、逃避有之，偏偏笔者以通篇高昂的言语激励大家奋斗不息，字里行间显示出笔者对大学极高的期待和准备，催人奋进。

梦想，闪烁着最亮的光

小学时，我曾担任班长及大队委。我应该感谢这两个职位，正是它们培养了我的责任心和义务感。虽然我并不喜欢担任组织者，但我却很乐意参与到各种活动中去，也十分乐意支持班级组织的活动。另外，国旗班队员的身份也锻炼了我吃苦耐劳的精神，每次国歌声响起，看到那鲜红的五星红旗冉冉升起，当我的右手指尖靠紧太阳穴时，总能感到自己热血沸腾。

枯燥的高中生活并没有给我留下太多深刻的、难忘的美好回忆。记忆尤深的，也只有教学楼外那一眼望去，满是苍绿的大树，以及那棵脱颖而出、高高耸立的玉兰和那让人心醉的幽香。教室里最后一排靠窗的那盏日光灯总是暗淡无光，贴满了梦想的志愿墙总是闪闪发光，从无尽的书海中抬起无神的双眼，总能发现有人手撑着下巴、微阖上双眼，神游太虚。思来想去许久，也没找到什么新颖的主题，那就干脆来个最传统的、最老生常谈的，但却永远不会被人淘汰的主题：梦想。

其实，梦想是一个很微妙的词语，至少我自己是这么认为的。它的释义同样十分微妙，梦想既是梦中怀想，有时又等同于理想。

我们总是在谈论着梦想。你的梦想是什么？我的梦想又是什么？或许在这里的梦想，应该用理想作为替换更为恰当。虽然理想与梦想都是对未来的憧憬，对自己在将来会变成什么样的一种渴望，但在我看来，理想更侧重于对目标的确定、对将来的规划。而梦想则更像是一种支撑自己走下去的信念和心灵的支柱。

举个大家耳熟能详的例子，马丁路德金的那次演讲——《我有一个梦想》。他正是将宣扬平等、消除种族歧视的梦想作为自己行动的原动力，作为自己奋斗的支撑点。为什么他的演讲感动了无数人，正是因为他让自己的心声变成梦想，正是因为他将自己的梦想化作行动，正是因为他让自己的行动创造了希望！而正是这希望，给了无数在种族歧视重压下苦不堪言的人一个可以预见的光辉未来。

所以，梦想的力量是伟大的。我们所怀揣的梦想，不仅仅能够改变自身，甚至能够给他人、给世界带来无法预料的变化。可是梦想并不代表梦。正如古龙先生所言："梦想绝不是梦，两者之间的差别通常都有一段非常值得人们深思的距离。"二者的确有所联系。因为梦是人类潜意识的一种体现方式，它来自于我们的心灵。而梦想同样如此。可一个只会做梦的人，顶多只能算做空想主义者。而事实上，我们通常称他们的行为叫"做白日梦"。

而让梦与梦想变得不同的就是行动。雄鹰向往蓝天，所以它展翅翱翔；溪流向往大海，所以它奋力奔跑。没有行动，就算拿破仑头顶的"希望之星"再如何闪耀，也不会有未来的那个法国帝皇；没有行动，就算陈涉怀抱怎样博大的鸿鹄之志，也无法举起那杆起义之旗；没有行动，就算霍金再怎么向往那迷人的星空，也无法去探寻时空的奥妙。

有人说，年轻的时候我们总是在谈论着梦想，谈论着未来。可经过现实的浪淘，经过时间的洗礼，曾经挂在嘴边的梦想渐渐被掩藏在记忆的最深处。如今挂在嘴边的，总是过去的年少轻狂，以及现在的无奈与辛酸。他说，当你经历过后，就会懂得。所谓梦想只是小孩子过家家般的戏言，只是用以回忆过去的无知与天真的媒介。

我从不奢求在哪个领域呼风唤雨，也不会去想如何让自己名扬海内外。作为一个普通人，我想未来无非就是事业、友情、爱情、亲情几个方面罢了。事业方面我真的难以想象，它的可能性有太多太多。至于友情，我希望能有几个足够交心的朋友，我们一起欢笑，一起痛哭，一起干一些别人眼中的傻事，并在许多许多年后，捧着一杯香茗，笑谈当年的青春。至于爱情，我并不知道过程会如何，或是刻骨铭心，或是轰轰烈烈，或是平平淡淡，但我却希望能和她一直相依相伴，走到人生的尽头。最后的也是最重要的亲情，它应该是一杯香郁的清茶。入口时，或许会有或浓或淡的苦涩，但无论如何，最后留在口中的，一定是浓浓的甘甜与清香。

当然，在这个过程中，少不了拼搏，少不了奋斗。我能想象到自己那嘴上不停抱怨，却从不感到后悔的身影。这或许太过平凡，但我觉得人奋斗一生，所为的其实也就是最后那安安稳稳的幸福生活。

其实，这些只不过是未来所达到的一个结果。真正的过程，我无法想象，也不愿去想象。因为我对未来无比憧憬，我为那充满了未知的未来而战栗，也为那充满了可能性的未来而兴奋。我怀着畏惧与憧憬地希望，在那有着无限可能的未来中，找到属于自己的方向！

物理 1501　姚珂
2015 年 8 月 19 日

教师寄语

　　本文以梦想为主题，强调梦想是每个人都会拥有的，但是真正要实现它还需要付出实际行动和艰辛的努力，梦想并非遥不可及，就看你是否愿意努力。文章后半部分又介绍了学生自己未来的规划，可以看到其愿意为梦想而努力的决心。

学生，当为中华之崛起而读书

尊敬的领导、老师，亲爱的同学们：

　　大家好！我很荣幸代表全体大一新生在这里发言。

　　还记得小学时，家长对我们说，"好好学习，考上大学"。从此，我们就向着大学，孜孜不倦地读万卷书，行万里路。红了樱桃，绿了芭蕉，一晃眼便是十二个春夏秋冬：我们每周五天地上学，我们不分寒暑地奔波在去往课外班的路上，我们互相竞赛、奋力拼搏，我们在黑色高三苦熬，我们携手踏入高考考场，我们在盛夏等待，我们如愿以偿地收到了华电的录取通知书。

　　然后呢？我们迷失了方向。

　　有的人兴高采烈地欢呼解放，要把十二年欠下的玩回来，玩得昏天黑地；有的人复习、预习，计划考硕士，考博士，好像人生就应一直这样学习下去；还有人忽然醒悟：人生，就应该如此吗？

如果自己就是如此，如果大学四年还打算这样下去，我们是否应该反思：作为国家未来的中流砥柱，我们缺少什么？距离成为国家的中流砥柱，我们青年缺少什么？

我们在宿舍睡懒觉，我们懒懒散散、不紧不慢，我们拎着早点带着电脑踱到教室最后一排，我们熬通宵打游戏……我们青年，是否缺少一种无时无刻的焦急。红日初升，其道大光，青春是人生最亮丽辉煌、蓬勃向上的一段时光，它珍贵，因为它稍纵即逝，你若不抓紧，青春就会老去。焚膏油以继晷，恨不能系西飞之白日——带着这份焦急，我们要让生活变得充实：努力学习，增长知识；参加社团活动，多跟同学在一起……只有这样，当你多年以后回顾昨天的大学生活，才不会后悔。

"日月乎其不淹兮，恐岁月之不我与。"屈原怀抱着这份焦急投入了祖国明天的事业，发出"来吾道夫先路"的自信呼喊。而我们青年，是否缺少这样一份对家国的责任。我们的国家强大吗？劳动密集型产业支撑着中国现在的经济，农业普遍停留在手工业时代，资源濒临枯竭，环境遭到破坏，很多关乎国计民生的技术还不能自主。我们的人民富足吗？农民工居无定所，空心村令人心酸，中国的黑河—腾冲线以西仍旧徘徊在现代文明的边缘……只要有一个中华人民共和国公民处在朝不保夕的最危险的时候，我们的国家就还处在最危险的时候。"为中华之崛起而读书"永远不是一句口号。让我们怀着对家国的热忱而读书，心系天下苍生而读书，为中华之崛起而读书！

一百年前，我们的先辈们目睹祖国沦丧，辽阔大地上哀鸿遍野，毅然与书斋精英们决裂，在沉默的中国发出自己的声音；枪弹、饥饿、贫穷、疾病，选择最不该走的路，洒泪挥汗流血，只为国家自由富强。而我们青年，是否缺少他们的独立自主，缺乏他们的坚定意志，少有他们的勇敢、正义和气魄。在人生一个又一个新阶段，我们能否披荆斩棘、不断进取；面对社会上的种种不正之风，我们能否朝气蓬勃、正道直行；在信息化、自媒体的时代，我们又能否保持冷静，发出自己的声音……我相信，我们每个人都能给出自己的答案。

物理 1501　　晋一航
2015 年 8 月 19 日

教师寄语

　　古有修身、治国、齐家、平天下，今有当代大学生自我反思，为中华之崛起而读书。虽然这些意义对于懵懂的学生来说还不能够深刻理解，但是作者作为一名当代大学生，能够树立这样的自我意识，是很值得敬佩的。在这繁华蓬勃的多媒体时代，能够进行自我反思，亦是难得。在自我反思的过程中明白自己学习的目的，这种精神也值得我们学习。

外国语学院

以梦为马，诗酒趁年华

尊敬的各位领导、老师，亲爱的同学们：

大家好！

相约青春，回首来时岁月，可谓"痛并快乐着"。和所有正值青春的你们一样，我把绝大部分时间和精力交予学习。面对高考，我虽然没有父辈人那般千军万马过独木桥的紧张，但是仍然为此放弃了所热爱的种种美好。不过我和所有努力找自己的你们一样，但留心中方寸地，为自己的热爱坚持着。一纸书尽十二年的奋斗高考，更教我体会人生悲喜，学会从容不迫。在天南海北的我们度过了同一个假期，也离开了让我们魂牵梦萦的家乡。现在青春已给了我们回应，那就是华电！我要在华电开始新的梦想，找回曾热爱的种种美好！

以梦为马，诗酒趁年华。属于我们的故事，属于我们的梦想和爱，属于我们的锦绣年华即将在这里开始，人生中最美的时光，我们莫要辜负。虽然四年大学生活只是我们人生中的一部分，但是我们应该像呵护和期盼整个人生一样，倾注热情与心血。在此，我以王国维先生的人生三境界与大家共勉。"昨夜西风凋碧树。独上高楼，望尽天涯路。"此第一境也。在治学的道路上要高瞻远瞩，立志高远。我们已经来到了更广阔的平台，就必须以更高的标准要求自己，自问想要成为什么样的人，想要成为怎样的自己。相信我们都是充满正能量的少年，相信我们都愿意在全新的起点给梦想一个蓝图，给自己一个机会！"衣带渐宽终不悔，为伊消得人憔悴。"此第二境也。有梦就去追，我可以接受失败，但绝对不能接受从未奋斗过的自己。坚韧、刚毅、谦逊应是伴随我们的品格。以四年韶华，换无怨无悔。这是我们术业有专攻的起点，是我们事业的基石。而且这趟旅程要以书为伴，与作者的灵魂相通，去寻找另一个纯粹的世界，完成自我的修炼。第三境界即"众里寻他千百度，蓦然回首，那人却在灯火阑珊处"。在未来的某天，我们的梦想可能会在书桌前、台灯下实现，这是我们应追寻的目标，这是在足够的沉淀后生命对我们的回馈。为了这属于我们的惊喜，现在开始，追吧，少年！

在每个人拼搏向前的路上，又怎会少了你们，我的朋友。初来华电就能感受到学长学姐们的热心，老师们也和同学一样充满青春的力量。在这里我看到的是一个个自信的身影，想象着他们的生活和他们的热爱，也开始畅想自己以后的生活将是怎样的充实和快乐。华电这个大家庭将呵护我们、帮助我们，在这里我们都是嫡亲血脉！以后日夜的陪伴，快乐时的分享，艰难时的分担，将心比心的爱，团结一致、紧密相连的我们将共度岁月长河，看明天继续。真心期待每个坦诚的你让我们的校园更有爱。

有梦想，有同伴，还需要有脚踏实地的行动来构筑未来的经纬。我们应该庆幸身在北京身在华电。我辈正值祖国富强繁荣之时，就应该注重大我，随时准备着用自己的行动奉献校园，奉献国家！在未来的日子里将会有很多机会等着我们去争取，还会有更精彩的世界等着我们去发现。所以，心动不如行动。让我们用身边优质的资源，用我们的青春共同缔造华电最亮丽的风景线！谢谢！

翻译 1501　郭妍

2015 年 8 月 18 日

我的青春，我做主

各位老师、同学：

　　大家好！

　　转眼间，春去秋来，在这个美丽的九月，我们大一新生的大学生活开始了。

　　一切仿佛还在昨天，那时我们坐在高三的教室里，讲台上老师的声音抑扬顿挫，每个人都在争分夺秒；那时我们身后的倒计时一天天减少，我们眼前的未来却一天天清晰明朗；后来，高考考场上，电扇吱扭吱扭地转着，却丝毫没打扰我们聚精会神的思考，我们誓要在命运的转折点写下一笔不平凡的精彩……同学们，我们都一样，每个人都势必经过了那样一段令我们百感交集的时光，才有了今天站在这里的资格。

能够在华电度过四年的大学时光，我十分荣幸。曾经的我无数次幻想、憧憬过我的大学。我的大学，它会有种怎样的气质？在这里生活会怎样丰富多彩？我又会遇到什么样的人、经历哪些成长？如今，那些曾在梦里的期许已成为现实，我的大学生动地出现在我的面前，它冲着我微笑，向我敞开怀抱。亲爱的同学们，画卷展开，所有的美好只等我们一同去发现，一同去体会！

走进大学，人生好像翻开新的篇章。我们可以系统地学习本专业知识，更可以博览群书，广泛涉猎所有感兴趣的领域；我们可以倾听大师级教授的讲解，更可以沉浸其中，独自钻研；我们可与来自天南海北的同学交谈，可以参加各种社团活动，可以拥有独立生活的体验。我们还可以走在静谧的校园，看阳光穿过细碎金黄的树叶，闻一闻秋雨后草木的清香，望古老京城的万里雪飘。

当求知的梦想与青春碰撞，未来的大门已经敞开。在大学里，我们将面对更多的选择，学习上不再有老师的耳提面命，不再有升学的巨大压力，而是更多地依靠自主。此时，我们更应该严格要求自己，以认真积极的态度对待学业，把热情投进知识的海洋。其次，还要安排好自己的课余时间，掌握更多技能充实自己，不松懈，不颓废。而刚刚离开家，独自生活的我们，难免会面对很多诱惑，这就需要我们提升自控力，把握自己。同学们，心灵的花园只有开满鲜花才能根除杂草，在大学的起点上，要在心种播撒健康的种子，日后才能结出丰硕的果实。

集体生活对于我们很多人来说是新鲜的，面对与自己朝夕相处的同学、室友，地域的差异和不同的家庭环境会导致我们有不同的生活习惯及不同的价值选择，但我们应学会尊重与宽容。相信沟通的力量，相信心与心的交流，通过不断磨合，我们会成为彼此的依靠，会拥有一段珍贵的青春时光。

大学于我们更多的是人格的全方位提升，可让我们变成一个内心更丰盈的人。我相信，品德是一个人一生中最应珍藏的宝贵财富，它胜过所有的成就，更胜过所有名利赞誉。但愿所有人都永葆十八岁的真诚善良、谦逊乐观。相信未来不论遇到怎样的风雨，有了这些品质，我们都可以乘风破浪，一往无前！

有人说大学就像半个社会，我们将慢慢成熟，变得更适应时代的需要。的确，在大学期间，我们应更积极主动地接触社会，多参加社会实践活动，学会如何与人相处，学会灵活处事，从容应对突发状况，这会为我们将来真正走向社会打下坚实的基础。

经过军训的洗礼，我们更加坚韧。此刻，让我们一起面对崭新的未来，充满勇气与希望，好好阅读大学这本无字的书，揭开所有谜题，体悟所有奥秘。

最后，祝愿各位老师身体健康，工作顺利；祝愿所有同学大学生活顺利，青春精彩，让这四年时光成为最美的回忆。

翻译 1501　田雨晨
2015 年 8 月 16 日

大学，将你我变得更优秀

尊敬的老师，亲爱的同学们：

大家好！

我是来自外国语学院英语 1502 的张义利，十分荣幸能够作为新生代表站在这里做演讲。

我们辛勤了十二载，度过了难熬的高三，高考场上的认真作答、平时的不懈努力使我们今日站在这里，成为华电的一员。我们面临着全新的环境，可能你会略感失落或是欣喜万分，但不得不提的是，既然已经踩在这块土地上，我们就应当学会接纳它，包容它，发现它的美好。与我们相处的是来自各地的同学，或许会因生活习惯上的不同而有些小矛盾，或许会因家境的不同而不敢与之交往，但事实是，我们站在同一起跑线，而华电给了我们崭新的平台，无论你是否高考成功，是否家庭富裕，那都不重要，重要的是在接下来的四年，我们以何种心态对待学习，对待社团活动，对待游戏、小说甚至爱情。我们所做的不同选择最终会使我们踏上不同的征程。或许有些同学在四年中沉浸于学海，一路披荆斩棘，最终成功考研；或许有些同学在四年中游走于各式各样的社团活动，毕业时拥有了非凡的人脉网；或许有些同学四年中终日埋在游戏里，每天蓬着头发，红着眼睛，最后打游戏的水平在众人之上，然而除此之外一无所获。

在这里，我想问一下，站在台下的你们清楚自己真正想要的是什么吗？你们为之奋斗了吗？你们对其又了解多少呢？或许有些同学十分清楚自己的目标，也可能大部分同学都和我一样不知道自己想要什么，对未来也没有具体规划，只是跟着父母的想法或者随大流决定自己应该做什么。我们接受了12年的中国式教育，但脑海中的知识多是来自老师的填鸭式教育，我们所接受的并不是自我的选择，应该说，我们从一开始接受教育就没有选择的余地。因此，在长达19年的生命中，我竟从未想过自己真正想要的，或者说失去了思维的独立性，直到有一天突然有那么个人问"你想做什么？"结果，我们的头脑里一片空白。想要弄清楚你真正想要的是什么或许有些困难，而这正是大学四年里我们需要思考的。

大学之于我们，不仅仅意味着我们脱离了压抑的高中，逃离了唠叨的父母；没有老师的监督，我们能否自觉学习；全新的环境中，面对陌生的面孔，我们能否处理好生活问题；没有人给我们建议，我们能否选择合适的朋友；没有规划，对未来迷茫的我们能否做到未雨绸缪，为自己的未来铺好道路。换句话说，大学更深层的用意是培养我们的自我控制力、个人的独立性，以及判断是非的能力，甚至是卓越的思维力。因此，在这四年中，我们要学会的能力有很多，更应该合理分配时间。

进入大学的我们有诸多向往，忙于接触各种新鲜事物，但不要忘了生养我们的父母，他们为我们付出了许多精力。君不见，他们为我们斑白了双鬓；君不见，他们为我们皱紧了眉头。我们今天之所以能够站在这里，理应怀着一颗感恩的心，感念我们勤劳的父母，感谢他们对我们的付出！

我的演讲到此结束，感谢大家的倾听！

英语1502　张义利
2015年8月19日

挥别过去，展望未来

尊敬的各位领导、老师，亲爱的同学们：

大家好！

我是外国语学院英语1502班的学生许瀚文，很荣幸能代表全体新生在这里发言。

时光荏苒,岁月如梭,仿佛昨日还是杨柳依依、桃花满园,如今却已是朗朗金秋;昨天我们还在考场上为理想争分夺秒,今天已为梦想齐聚一堂。十八岁的人生路,诗一般的青春梦,在这个崭新的舞台上,我们扬帆起航!

身处客乡,但我们并不孤单。龙应台先生曾经说过:"所谓父女母子一场,只不过意味着,你和他的背影渐行渐远。你站在小路的这一端,看着他在小路转弯的地方,而且,他用背影告诉你,不必追。"也许每当想起机场离别时模糊的身影,你的眼角依旧湿润;也许再说起踏出家门时的不舍,你依旧会不由自主地哽咽;但是来到华电,无论是如愿以偿抑或是阴差阳错,我们都走到了一起,这一刻我们注定成为彼此最坚实的依靠。

让我们告别盛夏的流水,迎接金秋的丰硕,用青春诠释我们曾经的誓言,用汗水浇灌理想的种子,挥别过去,展望未来。

收到通知书后,我点击华电官网,开始了解华电的一点一滴,从学姐口中得知人人手中一水壶的独特景观,得知宿舍里没有我们想要的独卫,甚至没有一滴热水,更无法与朋友圈里晒出的公主楼媲美。然而,步入华电后,新修的热水房让我眼前一亮;宿舍的空调让我心中暗喜;自由设计宿舍振奋了我们的热情,让我们充分感受到华电的自由精神;图书馆前步履匆匆的学霸们渲染出浓厚的学习氛围。来到华电,老师们认真负责的态度,教官们累到沙哑的嗓音,学长学姐们的热情,让我们真切地感受到"办一所负责任的大学"不是一句空谈。

年轻允许失败,尝试便是胜利。我相信,大学是开放的,这里有丰富的校园文化生活,是我们张扬个性、发现自我的大舞台;积极参加吧,给自己更多的挑战,给自己更多一点可能。路漫漫其修远兮,吾将上下而求索。大学是我们人生路上的中转站,是我们从稚嫩走向成熟的重要一课。

青春岁月,良师为伴。华电的校园汇集了众多学术大咖。他们都是各领域的执牛耳者。走进课堂,我们要追寻这些大师的脚步;跟随他们走进知识的海洋,踏实学习专业知识,做到一丝不苟、严谨求实;走进图书馆,我们要徜徉书海,为自己加持。如果可以,在静谧的树阴下我们静静地感受东西文化的碰撞,领略鲁迅笔下的世态炎凉、人生百味,理解刘猛笔下最后一颗子弹留给我的魂魄与信仰。走进生活,我们要直面挑战,绝不轻言放弃,即使前路迷茫、方向不辨,我们追寻的脚步依然不会停歇。

耕耘不辍,家国天下。虽然今天的我们仍显稚嫩青涩,但身在华电的我们定会努力成长:志存高远、脚踏实地、刻苦求知、心怀家国。争取能够早日成为一名合格的华电人，积极投身祖国建设和电力事业发展，为实现中华民族伟大复兴的中国梦贡献自己的力量。

  同学们，人生非坦途，让我们在这所电力系统的黄埔军校共同恪守"团结、勤奋、求实、创新"的校训，承继"天生我才必有用"的信心，再续"直挂云帆济沧海"的勇气，拿出"吹尽黄沙始到金"的毅力来迎接大学的风雨洗礼！让我们一起拥抱华电，拥抱新生活！

  谢谢大家！

英语 1502　许瀚文

2015 年 8 月 19 日

辅导员、班主任篇

〈叁〉

· 心 路 ·
2015级班主任、辅导员留言

为师者，寄身于学海，更寄心于桃李。对于2015级辅导员、班主任来说，除了向学生传授专业知识和学习方法外，也与他们分享着自己的人生经验和感悟，正可谓传道受业解惑者也。世人都知可怜天下父母心，孰不知，在大学，可怜天下师长心的事情无时无刻不在发生。一张张年轻的面孔也许曾经素不相识，但一日为师，必尽一日之责。对于学生，他们不仅是学识渊博的老师，更是生活的智者、未来的指路人。因而，为师者不仅授学生以鱼，更愿授之以渔，除却授之以渔，更加授之以情。面对学生，他们毫无保留，力求奉献，针对不同情况给予不同的关怀和指导。以严谨之心，教导治学；以慈爱之心，抚平伤痛；以冷静之心，熄灭自大；以热情之心，点燃自信……

教师寄语虽然只有寥寥数句，但字里行间充满了信任与鼓励，深情与感动尽化于润物细无声之中。那么，就让我们一起回顾老师们的谆谆教诲，再次体验为师者的一片殷殷之情吧。

电气与电子工程学院

与彼共成长，花开得正好

9月，北京的暑热还未退去，华电的校园里，2015级的新生给北京的夏末增添了几分青春与清凉的气息。初见，从他们略显稚嫩的面庞和充满期待的眼神里，我看到了他们对大学生活的向往和对未来的憧憬。作为电气学院2015级新生辅导员，能与他们一起经历这次成长，一起去面对选择、体验未知、感受和分享快乐或坎坷，我心里充满了期待。一路走来，教学相长的快乐让我和同学们都在人生的道路上收获了许多。

上好第一课：磨炼意志，培养习惯

军训是新生进入大学的第一课。夏末秋初的北京，烈日依然炎炎。操场上，2015级的新生们接受着来自身体和意志的双重考验。面对高强度的身体素质训练，他们依然昂首挺胸、军姿挺拔、步伐整齐。我站在操场的一角，看着他们的汗水在太阳的炙烤下湿透了迷彩服，看到他们咬牙坚持到最后一分钟，丝毫不放弃，心里除了焦灼心疼外，更多的是几分欣慰和坚定。

在这场没有硝烟、没有对手的战争里，同学们不断战胜自己的惰性，培养自己的毅力，在集体作战中，不断地增强纪律性，培养好习惯，树立集体荣誉感。第一堂课，给新生们的是一个好的起点，更给了他们一个高的要求。未来四年甚至更长的时间里，他们需得铭记这段时光、这种感受，需要像一朵向阳花一样充满理想和希望，在困苦里依然坚定，在风雨里依然向阳，依然相信直面困难才能收获阳光。

融入新集体：适应调节，包容接纳

从只有书山书海的中学到丰富多彩的大学,从父母翅膀下的温室花朵成为独闯生活的小大人,面对来自五湖四海的新同学,面对陌生的新舍友,适应新环境,结交新朋友,也成为新生们成长路上极具挑战性的一课。

环境的变化诱发着孩子们心里微妙的躁动,或兴奋,或忐忑,青涩的情绪在空气里悄悄地弥漫。一次次轻轻敲开办公室的房门,学生们给我讲述着他们的小秘密,关于亲情、关于友情或是关于爱情。那些关于思念、纠结、原谅、抱歉、悸动的青春故事,拉近着我们之间的距离,也更加让我明白,心理疏导和心灵教育对于他们而言是这场青春战争里急需的温柔抚慰。

一次次的沟通,一次次的交流,不断开展的心理座谈、班会教育,只希望他们能在新的环境里,学会适应、学会调节情绪,懂得包容万物、接纳一切,像一朵朵野百合一样,即使是在山谷里也能自由绽放,淡淡飘香。

做好首要事:学习知识,广泛阅读

终于迎来了大学的第一课——高数,很多学生却措手不及。经历了高考的艰辛,终于过关斩将,却发现大学的课堂节奏变得更快,知识面扩展得很宽,难度也随之加大。自由自主的学习模式让有的学生开始松懈,对学习不上心,对成绩不在意。学风建设、学习态度和学习习惯的重新树立,也成为我最重要、最首要的任务。

制定晚自习制度,开展学业辅导,增加学习小组,配合学生会、高年级优秀学长学姐的经验交流会,给学生们活榜样、真事例,用真实的效果触动他们。更开展中德交流会、读书写作比赛等等,让学生们养成读书的好习惯,除了学好工科专业知识外,更要多读书、读好书,明事理、学做人。

虽然大学的生活不再只有学习,但是学习知识依然是学生们的首要任务。愿他们能在繁重的学习任务和学习压力下,做一朵四季常开的扶桑,不艳羡春夏花朵争艳的纷繁,不哀怨秋冬萧瑟单一的孤寂,接受四季阳光沐浴,品味每日斗转星移。

多样化生活:积极参与,深刻感受

青春从这里开始变得斑斓,学习、科研、文艺、体育、文学、绘画、摄影,各种各样的社团、活动和晚会,不断丰富着学生们的精神世界。从学校到学院,创业科研竞赛、运动会、篮球赛、文艺晚会、辩论赛、知识竞赛还有各种各样的课外活动竞赛,不断地为学生们提供展示自己的平台。

面对多彩的生活和多样的选择,有的学生盲目选择导致精力不足,有的犹豫选择不敢参与导致错失机会,我重在引导孩子们选择适合自己兴趣特长的活动,引导他们合理分配时间,结交朋友,锻炼能力。谈心谈话、经验交流、以老带新，一系列的活动只是希望能让这些对未来和生活充满热情的孩子能成为一朵朵满天星，在不同的经历里收获友情、增长能力、成长成才。

从2014年9月到今天，从初次见面到渐渐熟悉，不断的接触了解让我深深地被这些朝气蓬勃的孩子们感动着。军训时每日的严格训练，磨炼着他们的意志，整齐划一的步伐，展现着他们的风采；才艺大赛上，他们的才华横溢、创意十足和日夜辛苦的排练，展示着他们的花样年华；运动会上，他们积极备战，努力奔跑，在运动场上挥洒汗水，飞扬着他们的多彩青春。

做新生辅导员的这一年，我将自己完全融入到学生当中，陪他们一同适应崭新的大学生活，一起去感受沿途风景的不断变化，一起收获、共同成长。在引导他们去尽情绽放自我的同时，我仿佛也收获了属于自己的又一次大学青春。一路盛开的向阳花、野百合、扶桑、满天星，开在我的心里，更开在他们未来的蓝图上。

青春正好，花也开得正好。

2015级辅导员　肖姝

2015年8月19日

大学是一次成长的选择

——班主任给新生家长及学生的话

各位尊敬的家长和孩子们，我是电气与电子工程学院1507班的班主任徐唐棠。在我们的班主任中，有李院长这样的学术大师，刘院长这样的科研骨干，还有像我这样努力追赶他们的青年教师，但相同的是，我们都有着对学生无尽的爱。

祝贺大家考入华北电力大学，我更羡慕在座的爸爸、妈妈通过了高考这次大考并且取得了优异的成绩；作为一位妈妈，每次想到孩子要高考，我都会紧张，虽然我的孩子只有三岁。

同时作为一名教师，我更理解大家千里迢迢送孩子来学校，最关心的是孩子四年里应该朝着哪个目标奋斗——是工作、考研还是出国？要确立目标似乎只是做一个选择，可是问题来了，怎么做这个选择？谁来做这个选择？

四年做什么？从教师的角度，我建议我们同学和家长首先关注一下四年里大概要学些什么？大家看我手里的这本书——《华北电力大学2013版教学一览》，书中有四年里哪个学期开哪门课，多少学分才能毕业，有怎么评奖学金，也有怎么才能推荐免试读研究生，这些同学和家长最关心的内容都有答案。带来这本书，并不是要引起大家的紧张和焦虑，而是想以这本书为例子谈谈规则意识。大学和高中最大的不同之一，是要培养你独立思考和选择的能力，而独立思考和选择的前提是你善于收集和分析信息，规则虽然枯燥，可是信息量大，远比咨询学长甚至是老师更为权威和准确。报到的时候我们都领到了一个文件袋，里面有包书记和肖老师精心准备的材料，我看到大部分同学都没有仔细阅读，而是习惯于问，从现在起，要开始学会看、学会想，从规则中获得信息，以帮助我们做出选择并且按照规则去实现我们的选择。这是我首先要说的，树立规则意识。

四年里奔什么？会看规则获得信息，做出选择，会用规则去实现自己的目标，这是一个循序渐进的过程，大部分同学会花一到两年的时间，这是不是太久了？大学的目标无非是工作、考研还是出国？要确立目标似乎只是做一个选择，可是问题来了，谁来做这个选择？父母的意见当然非常重要，但是我更希望看到同学们自己的选择。因为做选择是困难的，更是要承担责任的！首先，你要花时间了解自己，这是你以前很少想的，可是在以后的日子里是你时刻要面对的，如发现自己的热爱——发现自己热爱的食堂，热爱的文体社团，热爱的自习室，热爱的学科领域，还有热爱的姑娘小伙，因为只有热爱才是持之以恒地为之奋斗的真正来源。这是我想说的第二点，发现你的热爱。

可能有同学说了，我就热爱打游戏、追美剧。好多学霸都玩英雄联盟，而且玩得不错，可是他们能坚持每天几个小时不带手机的自习时间，你能吗？学会管理时间是每一个大学生最重要的必修课，处理好你和手机、电脑和社团的关系就是三个最大的得分点，呆在宿舍的时间越少，分数可能越高。管不住自己刷手机？上课和自习别带；玩电脑不想睡觉，宿舍熄灯就统一关；社团事太多没时间学习，那就最多选两个，记住，不管社团给你多大的成就感，它永远只能锦上添花。大一开的高数和工程制图，个个凶险，挂科大户，不坚持认真学习挂的就是你！这是我要说的第三点，学会时间管理。

大学是丰富多彩的，不仅要像弹钢琴一样弹好学习的主旋律，也要参加社团，认识朋友，了解北京，所以别着急下决定，放下那颗时刻会浮躁起来的心，认真上课和自习，课余时间多泡泡图书馆，开卷有益，去清华学堂、网易公开课这样的在线学习网站上听自己感兴趣的名校名师课程，在多姿多彩的社团活动里增长才干，收获友情和爱情。在这样一个完全不同于高中的氛围中，保持一颗积极、进取和平和的心，树立起规则意识，学会时间管理，就能逐步找到自我，找到自己的热爱，经过一年左右的时间，大学目标三选一的多选题自然也会水到渠成地找到答案。

  这两天家长们就要陆续离开了，你们多希望时间能慢一点，再多和孩子逛逛校园，再看看他那张可爱稚气的脸。有人说，父母和孩子之间，就是看着他的背影渐行渐远。这个背影应当是一个独立的背影，需要我们扶上马再送一程。临行密密缝，意恐迟迟归，谁言寸草心，报得三春晖。孩子的成长到了大学这样一个新的起点，希望同学们能继续努力，家长们能继续关注和支持孩子，让我们一起见证同学们更加灿烂的明天！

电气1507班主任　徐唐棠
2015年8月20日

能源动力与机械工程学院

大学的选择

人生是选择的结果,例如到华电读大学,就意味着你放弃了到其他学校读大学的机会。因为你的高考志愿选择了华电,不管是你自己填报的还是父母师长建议你填报的,也不管来华电之前你是否了解它,结果都是你来到了华电,而且现在还在华电。

其实,我们一直在选择(除了出生)。我们选择和别人一起分享玩具还是自己独享;我们选择是写作业还是出去玩耍;我们的课外兴趣班选择舞蹈还是绘画;我们的寒暑假作业是选择假期开始就着手还是快开学时才去动手;我们选择对待父母的意见是听劝还是逆反;我们选择一起玩耍的伙伴是与自己兴趣相投的还是一起吃吃喝喝的;我们选择高中的学习科目是文科还是理科;我们选择……

很多事情,都需要选择。一次次的选择,有了我们的今天——你来到了华电。我相信每一个同学一开始都会对大学生活充满好奇和新鲜感,大脑也会极大限度地发挥着人特有的想象力,一点点地编织着一幅幅大学生活的美好图景,这是我们的大脑选择了对大学的美好向往。但是,大学并不都是我们想象中的那样无忧无虑,我们会遇到很多事情和困惑,往往需要去做出选择。我们要选择是好好学习还是去玩游戏,我们要选择是上课还是睡懒觉,我们要选择学习的课程,我们要选择导师,我们要选择学习方向,我们要选择如何消费,我们要选择男/女朋友……面对各种选择,我们该如何做呢?

一个刚刚成立的业余登山爱好团在一名非常有经验的登山向导的带领下

准备开始登山。这时，天空飘来了一小片乌云。于是，有一个人就问登山向导："如果我们爬到半山腰的时突然下起了大雨，应该怎么办？"

登山向导毫不犹豫地回答说："你应该向山顶走。"

众人感到很疑惑："为什么不往下跑？山顶风雨不是更大吗？"

登山向导严肃地告诉大家："往山顶走，固然风雨可能更大，却不足以威胁你的生命。至于向山下跑，看来风雨小些，似乎比较安全，但却可能遇到爆发的山洪而被活活淹死。对于风雨，逃避它，你只有被卷入洪流；迎向它，你却能获得生存！"

其实，选择往山下跑不一定就是灾难，选择往山顶走不一定就能生存。但是，至少选择往山顶走生存下去的概率更高，这种选择更加理性和科学。所以尽管每个人都有自己的选择标准，但是我们至少应该在做出选择前去比较每一种选择，看哪一种选择更加科学合理，更加能帮助我们获得快乐，帮助我们完成读大学的任务，帮助我们少走弯路，帮助我们更好地走好人生路，实现人生目标。世界不会因你而变，你能改变的是自己的选择：面对困难时选择是否放弃、面对挫折时选择是否气馁、面对错误时选择是否担当、面对诱惑时选择是否坚定、面对任务时选择是否自信、面对目标选择时是否坚毅、面对学习选择时是否坚持、面对社团工作时是否认真、面对考试选择时是否作弊、面对同学时选择是否真诚……四年里的每一次选择，造就了独特的自我，一个和别人不一样的你自己。

面临选择，我们需要做到"明是非、辨善恶"，不要让喜恶替代了是非。有的同学为人"讲义气"，遇到朋友有困难愿意出手相助，但是也要注意区分是什么事情，明明知道考试作弊不对，但是为了哥们义气毅然选择"拔刀相助"，各种"助考"，如传小条、微信群发答案甚至替考；有的同学玩游戏玩出了人生感悟，从此不再上课，选择每天悟道于各种网游，殊不知"玩LOL穷三代"，自己无法完成大学学业，领张"肄业证"回家；有的同学在处理人际关系时选择了我行我素，有了矛盾先指责别人，不反思自己的过错，甚至不惜动棒动刀，最后导致同学伤残自己赔偿了十几万；有的同学面对考试不及格选择了自暴自弃，沉醉于自己以往的辉煌，不愿意接受大学挂科的结果，承受不起挫折，破罐破摔，导致挂科门数一年比一年多；有的同学面对失恋选择了消极的态度，"只爱美人不爱江山"，做什么事情都提不起兴趣，人生从此一落千丈……

随着成长，我们要明白，大学和以前的学习生活相比，有着很大的区别。特别是远离父母，没有人再为你安排一切，你要开始学会独立，开始去选择自己的人生道路。所以，慎重选择自己的立场、态度，选择积极的、向上的，才能让自己的大学更加精彩。从大一开始，从现在开始，选择一个清晰的目标和大学规划，让自己的学习和生活有明确的方向，坚定地朝这一方向前进，成功可期待；选择养成良好的学习习惯，不迟到不早退，课后复习，及时完成作业，不明白的地方多向老师同学请教；选择真诚地对待他人，学会关心他人，学会尊重他人，我们才能赢得别人的尊重，建立起良好的人际关系；选择自己感兴趣的社团开始第一份工作的历练，多干活，能担当，培养自己的执行力、领导力、团队合作精神，不断提高自己的综合素质，这样才能胜任未来的工作要求；选择合适自己的体育锻炼项目，跑步、篮球、足球、排球、羽毛球、乒乓球、瑜伽、跆拳道、跳绳、太极、轮滑、网球、健美操、自行车、徒步、健身、游泳、毽子、舞蹈……不管你选择了哪一种，坚持下去你会发现你的生活在悄悄改变，因为良好的体育锻炼习惯，能让你身心更加健康，更加乐观向上，并能结识更多好朋友，让你信心满满、勇往直前；选择做好每一件小事，培养自己脚踏实地的精神，"千里始于硅步"；选择谨慎，涉及钱财多问问父母、老师，注意保护好自己的财务；选择凡事"安全第一"，遇到突发事件首先做到人身安全第一，钱财物没了可以再有，生命只有一次；选择勇敢面对一切挫折与困难，要相信自己能克服困难，相信父母、师长、同学会帮助我们克服困难，只要我们有信心、有毅力，就没有过不去的槛，实在不行咱就绕着走，终归能找到适合自己的路……

  不管面对什么样的选择，无论你如何选择，记住一点：这是我们自己选择的结果。勿怨天尤人，勿自暴自弃，勿妄自菲薄，自信、勇敢、坚持，我们会拥有属于自己的精彩！

能动学院党委副书记　黄向军

2015 年 8 月 21 日

最好是让人嫉妒

  那天因失眠而早起去操场跑步，看到一群群学生走过天桥，穿着意气风发的运动装。操场四周有施工的声音，阳光才刚亮起来，太阳的五分之一卡住了建筑楼的一角,它还是很美,将光芒给予这世界。奔跑的身影也很美,活力给予这世界。

不需要跨越天桥就可以到操场跑步的我的学校,清晨的操场也是美的。

世界上有很多不美的地方和人,有很多美的地方和人;美的地方,比如你的大学;美的人,比如你。

那就先说美的大学,多数人都不可避免地会陷入矛盾的怪圈,一直声讨自己的大学,教室不满意,食堂不满意,宿舍不满意,老师不满意,同学不满意,反正,对一切都不满意,直到有一天,你必须要离开大学,走向更广袤的世界,才缓过神来:呀,美好的都是回忆!

就像没有人是完美的一样,大学也不完美,它并不能给予你想要的一切。你在青春正好的四年,应该是尽全力汲取大学的养分,将它能给你的知识,它能给你的朋友,它能给你的道理,统统拿下,不负卿也不负时光。

进大学前,好多人都有宏大又遥远的梦想;进大学后,好多人的梦想就真的遥远了起来。不知道目标在哪里,只知道如何在游戏中玩得畅快;不知道规划是什么,只知道布置太多作业的老师很讨厌;不知道自我提升是什么,只知道教室离被窝太远好烦;不知道宝贵的大好时光用来干什么,只知道终于没了约束一定要肆意乱飞。

这样是不行的。

可能你会讲,哪里会人人成长得这么快,总得过一段虚无荒废的时光,才能察悟到人生中一些东西的弥足珍贵。对,是这样。可是,如果你从一开始就是很明白对错的孩子!你心中明明有清晰的对错认知,前辈和同辈也在用经验与行动告诉你如何不荒谬地过完自己最好的青春时光。所以,倘若你们有这样的大学岁月,回忆起来充实又紧张,迷茫又自豪,在这段岁月里,你们知道自己是谁,要什么,能跳多高,而且在做、敢跳,并承受住了失败之后的所有结果。

到最后你应该会是一个让自己满意的人,你敢于并乐于挑战自我,不厌倦,不紧张,不疲倦,奋力奔跑。你在跑,其他人在观望,时间滴答滴答,一个优秀的人就诞生了,就这么简单。

叙述起这样的大学岁月,你会很激动,听众会很羡慕,甚至嫉妒。

美好的大学岁月,除了要清晰有劲地往前走,除了要孜孜不倦地把浩瀚学识往脑中塞,还有一件重要的事情:一个美好的人的塑造。

有一个常常把我感动到哭的故事。

走过一盏路灯,他说,你好。我大惊:你会说话?他说:每盏路灯的一生，都有一分钟可以说话，下雪了，我戴了顶帽子，你帮我瞧下好看吗？哎呀，只剩三十秒啦，我赶紧跑到楼顶往下望，果然他戴了顶白色的帽子！我冲下面喊：真的很好看！可他不能说话了。我想，这世界上，会有多少人把最美好的时间交给你呢？

相敬如宾也好，相亲相爱也好，冷眼吵闹也好，欢笑快活也好。反正走进门的那一刹那，四年里看你吃喝，看你睡觉，看你哭闹，看你疯癫，就是眼前这帮人了，没得挑，命中注定而已。

现在说的最多的就是：一定要懂礼貌。在人格修养上，圣人是存在的，若有把自己修炼成这样的愿望，那是极好的。但是很难啊，人有七情六欲。实在做不到的话，请保留成为一个不招人厌烦的人的底线：是好人，不是坏人。

简单了，礼貌嘛，幼儿园老师就在说啦。不不，并不简单，一个人是不是真有礼貌，要看地久天长之后别人感觉舒不舒服，过了显得疏远矫情，没有则粗鲁缺修养。

社会是集体，校园亦是集体。然而对某个特定的参照物而言，任何人都是唯一，没有谁天生要对谁承让。18岁到28岁这段好时光中，几乎有一半甚至多半给了那几个没得选择听你打呼噜、月月年年见你在水房洗衣服、天天相约踩点推开教室门的家伙，所以爱玩爱闹爱吵，别忘记礼貌对待把最美好的时间给你的人。

还是通俗一点好了：可以炫耀，不要在他人失意的眼前炫耀；可以抱怨，不要祥林嫂似的抱怨；可以鞭策，不要事事泼冷水一样的打击；可以自我，不要你是世界中心一样的自私；可以放松，不要永远都是你嗨够就好；可以功利，不要过早进入忘我境界就好；可以懒散，不要让味道影响到别人就好；可以不满，不要只有你是对的就好；可以麻烦，不要总是理所当然就好。

如果上面有些并不属于礼貌的范围，那是因为好品格太多了，没办法全部列举，所以就用幼儿都知道的礼貌来囊括好了。

如果我们现在还不是如此礼貌的人，那起码要这样去努力。你可能会说，我不需要人人喜欢我，哦，好，那你需要人人厌烦你吗？

人活在世上，重要的是爱人的能力，而不是被爱。我们不懂得爱人又如何能被人所爱。

最不济，也可以先做一个好人。

青春年少，任性叛逆，言语和行为会伤很多人。时光走了就走了，疤痕消除起来好难。遇上别人的恶语相向，不一定非要绞尽脑汁地去逞口舌之快，也可以选择沉默起来。别人恶语也好，污蔑也好，那个时刻的他，必然是心中有怒气，不找你发泄，也要找别人发泄，反正要找个人发泄，你就当碰巧好了，无意中做了一次拯救者。

处处都有礼貌是难的，要做好人也是不容易的，但个人认为这是做人最温润、又最难实现的目标。因为有这样的终极目标，所以常常会为过去的言语行为懊恼，毕竟这种境界是高的，但请不要放弃，慢慢来。

通篇下来，好多话也许是废话，也许并没有多大用处。但对于美好、年轻的你们，我能说什么呢？只能是希望你们更美好。

所有优秀的人，都有一段坚韧付出，忍受孤独和寂寞，不抱怨、不诉苦的日子。这些优秀的人，他们奋斗起来很拼命，放松起来很尽兴，相处起来很舒服。我相信你们都可以成为这样的人。

已经过去的，偶尔缅怀，不要沉溺；未知的未来，开始准备，不要幻想。

而正在你们眼前的日子，最好是过成让人嫉妒的样子。

2015 级辅导员　许云燕
2015 年 5 月 16 日

世间的美好，来自于坚定不移

建环 1501 目前是华北电力大学最大的一个班集体，作为班主任，我将与全班 45 名同学共同努力，争取让每一位同学都能顺利、优秀地从大学毕业，走出迈向自己成功人生的重要一步。

如何让同学们在学习中保持兴趣和自信，并且收获学业成功和大学生活的快乐，是高校教育者们面临的挑战。在这其中，辅导员和班主任的引导和支持是非常重要和必不可少的。通过多年的观察和作为班主任的体验，我觉得以下几点非常值得重视。

1. 班委选举非常重要。一个班级是否有凝聚力，是否团结，是否共同进步，班委的表率作用非常明显，尤其是班长和团支书。如果班委成员的学习成绩较好，同学们对学习就会有足够的重视，如班委成绩较好的班级考研风气较浓，考研成绩也较好。所以，经同学们同意，我在班委选举中设定了考试成绩不低于 65 分的标准，这就意味着班委必须学习不出问题才能为同学们服务；同时，如果想成为班委，就必须先保证学习良好或提高学习成绩。希望这个标准，能充分提高全体同学的学习积极性和对学习的重视。

2. 宿舍作为一个小团体，整体风气非常重要。从已有的成绩可以看出，有的宿舍全部成员都成绩优良，而有的宿舍不及格的接近一半。我鼓励宿舍同学相互结伴一起上课或参加自习，相互讨论问题，不论是学习还是生活上的。同学之间关心的问题大同小异，共同话题多，可以通过相互聊天谈心解决一些常见疑难，增加同学间的亲密感，同时也是人际交往的初步锻炼。当然这种带动也可以是跨宿舍的，我经常鼓励成绩有问题的同学主动向学习优秀的同学寻求帮助，让学习优秀的同学能够有机会帮助别人，培养助人的主动性，这对于双方来说其实是双赢。希望通过相互带动，同学们能一起积极学习、积极生活。

3. 班主任和辅导员要成为学生们的坚强后盾。让每个学生知道有问题无法解决时一定找班主任和辅导员。大学生的年龄大多超过 18 岁，具有法定的选举权。在美国，18 岁是孩子们独立生活的开始，美国大学生的独立性很强，对自己的未来生活大多有很好的规划。鉴于中国国情，我鼓励学生们尽量学习独立解决问题，培养自己的学习习惯和做事方式，不依赖于父母和老师的敦促监督。如果自己解决不了，和同学们讨论后也解决不了，这个时候就一定向班主任和辅导员求助。我会让学生们知道，问题到了班主任和辅导员这里，基本上都会解决，即使班主任和辅导员有困难，也会向其他教师寻求解决方案。我很高兴看到很多学生会找我解决问题，甚至一些毕业了的学生有问题也会找我帮忙，为此我深感自豪，更加体会到作为班主任的重要性。

我从三十多年的学习和工作生涯中感受到，世上聪明人很多，但最后真正成功的大多是那些勤奋努力、坚定不移、踏实进取的人。成功真的是 1% 的聪明加 99% 的努力。所以，我希望同学们都能踏踏实实地努力学习和工作，为自己创造出美好的未来。"世间的美好，来自于坚定不移，耐住寂寞；时光，不会辜负每一个平静努力的人。"

能动建环 1501 班主任　张金珊
2015 年 8 月 20 日

超简短工作感悟与寄语

每个人都有优点和缺点，每个人都有得意和失意，在充分展现个性的同时应保持平常心态。

在大学期间，每个同学都是分子，全社会是你们的分母，请好好享受并珍惜现在的大学时光。同时要相信天生我才必有用，胜不骄、败不馁。我陪你们一起成长。

能动 1506 班主任　李莉

2015 年 8 月 19 日

控制与计算机工程学院

写给你们的话

成为你们口中的"潘老师"已经快一年时间了，回想起这一段时光中，和你们相遇、相处，又想到未来的三年多时间里，还会继续见证彼此的成长，共同经历每一个瞬间，这真是一种神奇又美好的缘分。

大学应该是人生中一段美好的时光，是一段再难复刻的岁月。大学的四年是最值得把握，又极易流逝的。值得把握，因为这或许是你们最后一次有机会接受长时间的系统性教育，在一个充满机会、相对宽容的环境中不断实现自我成长；极易流逝，时间的流逝就像微风划过指尖，难以察觉却着实存在。同学们，你们刚刚进入高一时的情形，刚刚认识好哥们、好姐妹的场景，是不是依然清晰地印刻在脑海里，就像昨天才发生的事情，可一个不留心，一点无所谓，四年的时间飞快地走过，匆忙地伸手也难以抓住它远去的尾巴。

七年前我来到这所学校读书，七年里亲眼见到了太多鲜活的例子。我身边的同学，有些通过对自我不断的高要求，努力学习，积极参加社会实践，认真参与社团，参加科技竞赛，发表学术论文，最终在毕业时得到了自己想要的结果。也有的同学，不愿意直面困难，把自己包裹在"考上大学就应该放松"这张安逸的暖床里，缺失方向，浑浑噩噩地让时间浪费在毫无意义的事情上，等到需要检验自身能力时，才发现当初入学时相差无几的小伙伴，已把自己远远甩在身后。

我想，此时此刻的你们，依然对大学充满着期待，对未来充满着渴望。作为你们的辅导员，我同样对你们充满渴望，这份渴望并不是遇到一群完美的学生，而是陪伴着你们每一个人，找到专属于自己的大学生活。在你们刚刚开启大学生活的时刻，还是有一些建议想让你们知道，不仅仅是作为一名老师，也是作为你们的师兄、一个大哥哥来谈一谈心得体会。

1. 融入集体，理解他人。大学的第一堂课应该是学会如何与他人相处。你们的同学、室友大多来自于不同的地方，有着不同的成长环境，在想法上、生活习惯上或多或少会有些不一致，当出现碰撞时，应懂得站在对方的角度来看待问题，多一份理解与退让，切不可凡事以自己为中心。要明白，来到这里的每一个人，也许都是高中时的佼佼者、家庭的骄傲，但是我想，越饱满的麦穗头垂得越低，越健全的人格就越是宽容。

2. 主动沟通，有效表达。中国式的教育善于培养含蓄的孩子，只是含蓄不应该和封闭划等号，很多同学拿捏不准其中的度。同学们，你们内心里都很爱你们的父母吧，可有多少人曾认真地对父母说一句："爸妈你们辛苦了，我爱你们。"一句简短的话，包含的力量却是无限大的，很多时候你不说，别人真的不知道你在想什么。家中和父母家人、学校里和老师同学、生活上和朋友，很多的误会一开始都是细微的，埋在心里积少成多，最终爆发了矛盾。主动沟通、表达可以省去这些不必要的麻烦，也唯有沟通才能解决麻烦。

3. 勇于尝试，不畏犯错。再也不会有一个像大学这样充满着机会，又充满着宽容的环境了。不管是课程的学习，还是参与科技竞赛，抑或是加入社团组织，学校都会为大家提供各种优秀的平台，你们所需要做的就是把握这些机会，不要把时间浪费在纠结和迟疑中，一百次的观望不如一次的实际行动，不用害怕失败，也许有时结果看上去并不是很出色，但在过程中你一定收获了成长，收获了更好的自我认知。

4. 学会独立思考，不盲目跟随。世界上唯一不变的就是一直在改变。大学四年中我们都将发生巨大的变化，是越变越优秀，还是越变越平庸？变化的形成都是一个漫长的过程，我们时时刻刻受着身边环境的影响，而其中的一些并不是正面的，需要你们去思考、去分辨。经常性地自我思考，及时发现当下的问题，总结过去的经验教训，早日明白自己最终想成为什么样的人。

5. 认识校园，享受校园。每一个华电的学生都是学校的一分子，充分认识这所大学，就像熟悉自己的家一样。了解学校的规章制度，明白学校鼓励什么，知道什么样的问题可以求助哪些部门，对我们的大学生活有着极其重要的帮助。校园也有着诸多便利的软硬件设施，多利用图书馆看一看书，利用操场跑一跑步，看看校园里的日出，坐坐小河旁的长凳，细心品味每一处角落的风景。

6. 学习！学习！学习！重要的事情说三遍！千万不要听信"60分万岁，多一分浪费"的歪理，就一句话，学习这件事，是终生制的。

絮絮叨叨写了许多，想说的还有更多，幸好还有足够的时间能让我娓娓道来。也许上面的话，有些你们暂时还难有体会，希望有一天当你们经历成长时，再看到这些文字，会觉得有所感悟。愿你们都能成为自己想要成为的那个人。

2015级辅导员　潘振东
2016年3月20日

螺旋式上升

铁打的营盘流水的兵，学校也是如此。每年的7月挥手告别一批"老兵"，每年的9月拥抱欢迎一批"新兵"。学校终究成为人生中的一站，安营扎寨短暂停留后又随军迁徙，转战他方。不一样的面孔，却有着高度的相似。成功的相似，失败的相似，大多是平凡的相似。每年我们都看到太多新鲜面孔，在记忆里似曾相识。他们与记忆存在诸多不同，起点不同、经历不同，却在熟识以后，发现诸多相似，抉择的相似、轨迹的相似。意识到这种相似性，在面对新生时，我们总是不厌其烦、苦口婆心地纠正他们的行为和思想，急切地希望他们快速无误地前进。但是，错误依然有条不紊地出现，连错误本身也总是相似的。反思之后的结果是，前进不能枉顾、无视事物自身的经历和特点。每个人的情况不一样，同样一句话，有的人接受，有的人无法接受，更多的人模棱两可。此外，任何事情也需要一个正确的打开方式。这是一种时机，是在充分把握事物的进展过程时的一种精准控制。然而，面对诸多不同，这显然难以实现。因此，仅有面上的说教和指导是不行的，只有与学生节奏相同才可能产生良好的结果。而在多样性背景下，自发和主观能动性成为必需。同时，说教和指导需要从实际出发，转化为有力的导引作用，并深入到群众中去。此时，班干部和先进群体就成为必需。综上，除了班主任和辅导员老师的悉心指导，一个优秀的班级需要优秀的班干部和先进群体以身作则来发挥带头作用，各班级成员可以各展所能地自发性培养自身能力。

纵观2015—2016学年第一学期测控1503班的发展情况，我认为以上两点仍存在改进空间，需要进一步强化和重视。总体而言，班风和学风良好，班干部和优秀群体表现积极、优秀，但是尚需充分重视学业；班级成员在纪律性方面有待加强。搜索记忆，学业问题和纪律性问题，似乎是所有新入学大学生的常见问题，相似度之高，无出其右。同时，这一问题积累下去最终将以分水岭形式体现，将新入学的大学生打乱划分成零零散散的孰优孰差的小群体。同样搜索记忆，这种相似度是可以预知的，但是学生并未充分意识到。正如哲学里所言的螺旋式上升，每个人的发展都存在着相似的周期性和阶段性。寓意上升，但下降同样是螺旋式的。进步，似乎也受着万有引力的掌控，进和退都同样不易。我觉得新入学的新生最容易陷入这种舒适区，好不到哪里去，似乎也差不到哪里去。正是因为差不到哪里去，大多数人心中前进的动力被磨灭了。殊不知，不进则退，不仅是绝对的，也是相对的。自己不前进，如果别人更快，自己同样是退步的。尤其是当今社会的快节奏，让很多成年人的心脏都无法承受，而待在安逸校园里以培养独立为己任的大学生，尚不可无视这种氛围。因此，危机感和竞争意识需要重新复苏，而不是如现在这般昏昏欲睡。

于是，在2015—2016学年第二学期开学之初的班会上，我特意向班级学生明确了如下几个问题：

1. 角色。在中国，大多数学生在不同时期的角色是基本相同的，容不下太多的选择。小学时期是被保护，家长和老师遮风挡雨。中学时期是被引领，家长和老师走在前面。大学时期是被独立，或者说使独立，我们期望学生与家长、老师并排走，家长和老师是辅助的。这样做的目的是使学生在走上社会以后，独立于家长和老师，能够自由行走并成长为社会的中流砥柱。在大学，我们提供安逸、安全的环境，不是供享受而是供历练。如果忽视自己的角色，那么大学会变成襁褓并使角色退化。

2. 轨迹。任何事物均存在时间轨迹，人的状态同样如此。我们从历史中走来，无法忽视自己的历史轨迹。我们走向未来，可以有期许的轨迹。没有突变、没有魔法，这是自然法则。我们的现在，是这条轨迹上的一点。我们自主地前进，或者不由自主地前进。总之，每个人都有自己地轨迹，它丈量着你与理想的距离。

3. 梦想。每个人都可以有自己美好的期许，如灯塔、明灯，提供指引和前进动力。梦想如信仰，无关大小却能量无限。梦想照进现实，我们可以有理想，用行动趋近于梦想。不管是梦想还是理想，无关大小，这提示我们应该放眼看未来。多一分对未来的思考，有助于早日确定目标并为之努力。

虽是老生常谈，但却温故而知新，在不同阶段的人生经历中会有不同的体验。记忆中的相似依然在周期性地上演，相同阶段的人们总是在螺旋式上升。

此外，这里附上《诫子书》一篇，与君共勉："夫君子之行，静以修身，俭以养德。非澹泊无以明志，非宁静无以致远。夫学须静也，才须学也，非学无以广才，非志无以成学。慆慢则不能励精，险躁则不能冶性。年与时驰，意与日去，遂成枯落，多不接世，悲守穷庐，将复何及！"

测控1503班主任　胡阳

2016年4月12日

十年

在被告知要接手一个新生班级的时候，距离我成为一名新生刚好过去十年，专业跟我当初一致。十年来，变化很多。手机从蓝屏到触控，网络从2G到4G，房价从3k到30k，而这个专业的班级也从两个增加到了四个，仿佛所有的事物都在飞速地发展。

十年之前，我根本没有听说过现在的学校，填报志愿是根据亲戚的指导完成的，至于专业也是不懂，完全靠名称来判断自己是否会喜欢。新生报到之前，我翻看了他们的志愿，三十个人当中只有两个人的第一志愿是现在的专业。我不知道他们在填报志愿的时候是否经过了一番互联网式的搜索，不过我知道越来越多的人开始这么做了，这是件好事。十年前，我没有那个条件和意识。

无论如何，我选择了那个专业，坚持了四年，然后接着读了研究生，后来留在了专业的实验室工作。

刚到学校的第一个环节是军训，那个时候开始熟悉大学，熟悉身边的同学，我们会用大脑记住彼此的电话号码。那是一段难忘的经历，每天忙碌、疲惫、发呆、聊天。而聊的最多的是高考、志愿和大学。与现在的情况类似的是，当时系里学生的第一志愿多数不是当时的专业，而跟他们分数相近的同学都去了同批次他们认为更好的大学，因此满腹牢骚便是家常便饭。当时我还不能全面地考虑这件事情，因为我不了解的事情太多，而很多同学已经有了自己的打算。他们有些人想着在大二的时候选择转专业，有些人想着既然无法改变专业，那么凭着高分光环尽力在本院系做个佼佼者。从那个时候起，他们的这些想法逐渐成为我的想法。

大学的课程很多，因此每一门的难度不会太大，只要下点功夫都不会有问题，对于有一些天赋并且愿意努力的人来说，做个佼佼者并不是件难事。一年下来，我发现有些人离他们当时的想法越来越远，而我做到了。然而真正的考验还在后面。

由于就业方向相对集中，考虑到就业环境相对来说又比较艰苦，很多人会在就业和考研之间权衡利弊。那个时候我也遇到了这个难题，不过后来被保研所化解。事后细想，其实自己在这件事并没有考虑得那么清楚，只是选择了较为轻松的一种方式，而恰巧这种方式是幸运的。毕业后，很多同学陆陆续续换了单位，他们不断寻求更好的方向，而研究生毕业后，又回到了当初那个选择——就业。由于对于研究生生活颇感无聊，我选择了提前毕业，不过找工作时又遇到了新的难题。一方面，自己想去的城市单位不多而且要求苛刻；另一方面，对于别的单位又不甚上心，因此耽误得厉害。后来机缘巧合留在学校工作，又是幸运！

后来又看过很多学弟学妹找工作，加上听说同学和学长学姐工作变动，发现除了幸运这一随机的因素外，自身的努力很重要。以一个师弟举例来说。都说现在工作不好找，可是他的简历实在太华丽，论文、科技创新、实践项目、获奖经历，完爆眼球，offer拿到手软，智商和情商表现完美。在同样的时间里，经历的更多，成长的更多，收获的更多的可能性也就更大（从科学的角度来说，只能说可能性更大）。

总是想主动跟学生去分享一些经验，不管是正面的还是负面的，希望都能对他们有启发、有帮助。我知道这些经验的重要性，尽管效果因人而异。有一个很喜欢的故事是从小学课本中学到的，叫"小马过河"。后来才知道原来的题目叫"小马过溪"，只是在收录到课本的时候才改掉的。有太多的动物跟小马说河有多深，但是它们都是从自己的角度出发来提供意见的。同样，每个人都有自己独特的经历，因而很难从聆听者的角度去分享，这需要聆听者从自己的角度去理解。

十年后的他们，和十年前的我们有很多相似之处。无论如何，希望自己和这些曾经的自己们一起努力，一起收获！

测控1504班主任　李健

2016年4月

华电：梦想放飞的地方

北京美丽的九月金秋，华北电力大学又迎来朝气蓬勃的新大学生，青春活力也再一次点燃我们班主任与教师们的激情。在新生见面会上，面对家长们期待的目光，我最想表达的还是那句话：您放心走吧，培养您的孩子是我们学校的责任。其实，孩子的意义已跨越家庭的范畴，他们是我们学校的未来，更是祖国的未来。正如刘吉臻教授设立的庄严承诺：我们要办一所负责任的国内国际一流的大学！这树立起我们广大教师为之奋斗的责任感，华电将作为承载成千上万学子的梦想之舟，乘风破浪，勇往直前，共筑华电，感恩华电，报效祖国。

大学是孕育梦想的殿堂，我们控制与计算机工程学院是理工科中最具挑战性的前沿学科，将培养国内国际一流的信息科学与控制工程人才，我们的梦想具体、辉煌又艰巨。十年栽树，百年树人，语出《管子·权修》："一年之计，莫如树谷；十年之计，莫如树木；终身之计，莫如树人。一树一获者，谷也；一树十获者，木也；一树百获者，人也。"这说明了培养人才是根本性的长远之计，是国家长治久安的基础，同时也表达了培养人之不易。作为班主任，面对众多即将成为优秀人才的新大学生，我总会发表"第一次"的激情演说，努力诠释我对大学教育真谛的理解。

首先，大学全力创造了人才成长的适宜环境，高校是各种优秀人才的聚集地；每年优秀学生们从不同家庭、城市甚至国度，带来了源自四面八方的优秀气息，取长补短，共同学习切磋本身就是最实质的"成长"；所以我嘱咐学生们：同学是一个最亲的词汇，同学是兄弟姐妹，是人生最重要的朋友，维系和谐同学关系，营造良好生活学习氛围，容百家之长，容他人之短，要以快乐健康的心态不断成长、懂事、成事。

大学由众多优秀教师千锤百炼地制订了教学课程，学生的第一责任是学习，再学习，学习是学生最本质的工作；专业是今后就业工作最重要的基础，热爱专业是树立远大理想的首要起点，"爱"才能有激情学好专业知识，变被动学习为主导学习。大学教育的实质是以各个基础与专业教育为基础，构筑通识教育；以各种不同专业培养途径，异曲同工地构筑了的通识教育，其中最重要的是培养各种人才快乐生活、勤奋学习与激情创造的能力。所以唯专业又不唯专业论，既专攻专业，又不为专业所困，博览群书，注重吸取人文科学精华，在不断顽强探索中学习、成长与创造尤为重要。诚然，大学是探索高深学问的场所，要努力在知识的所有主要领域尽量追求卓越；人的成长是不断追求细节成功，持之以恒地构筑一种卓越习惯，习惯与品格能水到渠成地指引未来的成功之路。

培养铸就大学生的科学品格非常重要。居里夫人曾激励了我们那一代人探求科学的精神，她的名言"如果能追随理想而生活，本着真正自由的精神、勇往直前的毅力、诚实而不自欺的思想而行，则定能达到至善至美的境地"道出了科学品格的真正内涵；凡是对科学、世界、人类、祖国做出卓越贡献的人理应受到崇拜与追随；两弹元勋邓稼先，淡薄名利与金钱，放弃国外优厚的待遇，毅然回到相对贫穷落后的祖国，在人生22年里参加了32次核实验，他62岁的临终话语："我虽然受核辐射而得了癌症，但我无怨无悔，因为我们成功实现了核爆炸，国家更加强大了。"祖国母亲的召唤是义不容辞的责任，新时代的大学生应该崇尚科学精神，崇拜科学英雄，艰苦创业，奋发拼搏，积聚铸造中国梦的精神力量；具备科学品格，应成为年轻一代的最高追求，为祖国科学事业而奋发学习，再创学科辉煌，这样的奉献将永远无悔！

在科学上没有平坦的大道，只有不畏劳苦，沿着陡峭山路攀登的人，才有希望达到光辉的顶点。对大学生来说，只有勤奋才能练硬飞翔的翅膀，达到自由学习与创造。有品格的科学家是严谨的，是讲公德的，是有诚信的，是尊重事实并捍卫真理的。勤奋、求实、创新是我们华电人共同的追求；梦想就是"那种让人感到坚持就是幸福的东西"，我们大学的梦想孕育在华电；梦想是最宝贵的力量所在；大学生要善于将个人梦想与祖国的梦想相统一，共铸中国梦将给予我们更高的精神追求。成就得益于坚持，希望大学生在华电种下梦想之树，勤奋学习，不忘初心，成就人生。

"我一直在想，怎样才能确切表达出我一生的主题。"大学生带着对人生的热爱与求知，已经开始探索走向成功的主题了。我们的家长细心体察孩子们的成长，希望他们有朝一日能像雄鹰一样勇敢而自信地搏击浩瀚的苍穹，走出一条坦荡宽阔的人生之路。历历往事，岁月匆匆，需要用心把握，真心感谢我们的家长、中小学老师们辛勤付出，及全社会对教育的关注与培养，把这么多优秀的大学生送到我们华电来读书，这赋予我们大学教师更多的责任与感恩；新一代大学生培养了广泛的兴趣爱好，兴趣广泛诚然重要，但人生更重要的是强烈的求知与对专业的热爱，因为人生成功更在于精确，这更需要持久的毅力与热爱，才能达到事业的顶峰，正所谓行百里路半九十；科学精神需要"热爱"与付出；"持久"的热爱与追求精致，更会带给我们成功的喜悦，"追求精致"的人生需要我们不断地学习，规划与奋斗，预祝大学生生活过得有声有色、成功精彩，进而成就人生，服务于社会。

伴随着梦想，大学生希望将人生画得阔大饱满，与更多的人结缘，为更多的人服务。我们华电将竭尽全力帮助你们成功，当然，别忘记首先要强大自己，才能容纳百川！好好学习，博览群书，诚实做人，经过千锤百炼才能修成独特文化品位、非凡才能和良好综合素质。大学生，你准备好了吗？人的一生，既要有宏大追求，也要有细微事务；要善于务小，敢于务大。不积跬步，无以至千里；不积小流，无以成江河；担当起民族国家的责任与天下的道义；树立远大理想，要将志向放得更高一些，眼光放得更远一些，将个人的梦想融入团队、集体乃至国家的梦想；同时，也要将步子迈得更稳一些，基础打得更扎实一些，在一点一滴的努力和进步中，日积月累地去实现自己的梦想。

大学是社会中相对纯净的空间，使大学生能够集中精力、专心致志地学习各种本领，积累各种正能量；大学是进入社会工作的缓冲地，工作后学习能力尽管依然很重要，但是最重要的是情商、智商、逆商和抗打击能力。所以大学生要注重培养情商和逆商，诚实守信，具有与人合作获得信任的能力；能够善意跟他人相处，保持自己阳光灿烂的个性。容易受挫的人是一个常常抱着完美心态的人，也是最容易颓废的人，所以培养逆商使你能够面对失败毫不在意，也敢于去尝试的心态。这首先需要培养各种定力，抱定宗旨，坚韧前行。大学生未来的道路还很漫长，会遇到很多未曾想到的困难，遭遇很多无法预料的羁绊，甚至忍受很多难以忍受的痛苦。艰难困苦，玉汝于成，事业的成功须经过长时间的辛苦艰难。只有经过荆棘的考验，爬过人生的坡坎，挺过风雨的砥砺，才能看到最美的风景。最后，感谢大学生成就了崭新的华电，让我们师生共同追求成功人生，共筑华电，感恩华电，报效祖国与社会。

信安 1501 班主任　祖向荣
2016 年 3 月 30 日

我的华电，我的梦

2015年9月，一群来自全国各地、怀揣梦想的青年学生相聚北京，走进曾经无数次憧憬、创造人生梦想、实现人生价值的美丽华电。开学的那天，我去自动化1501班学生宿舍看望我们班的学生，看着他们个个生龙活虎、喜笑颜开，为他们终于顺利走过高考独木桥走进梦寐以求的大学校园而感到由衷地高兴。当了解到大部分同学高考成绩普遍高于本地一本线100分以上时，为他们能考入中国电力的最高学府而喜悦，作为他们的班主任也深深感到身上责任重大、压力巨大，我有责任、有义务为他们的美丽大学生活导航，甘为人梯。作为自动化专业的教师，也要努力提升自己的专业水平和教育教学水平，为我国电力系统努力培养合格乃至卓越的自动化专业人才。

看到我们班的学生个个踌躇满志，不由得想起了我在华电的那些大学时光。我2010年9月考入华北电力大学自动化专业，当年印象最深刻的就是开学那天从北京西站坐845大巴直奔德胜门外朱辛庄，结果跑了一个多小时终于来到华电。那时候的华电很小，不到现在的1/3，教学楼只有教一楼、教二楼和教三楼，食堂只有一食堂一楼和二楼，三楼是舞厅，宿舍只有1—5号楼，上课基本上都在教一楼和教三楼，模电实验和数电实验还有平时上机会去教二楼，学校范围只包括西到图书馆、东到操场、北到北门、南到5号楼这条狭长的地方。当年最郁闷的事就是要进城去天安门看升国旗或去西单，只能去朱辛庄桥对面坐345，还得忍受小公汽售票员天天扯着嗓子喊："去北京的，去北京的。"顿时情绪要低落好久，好像我们华电不属于北京。当年跟外人介绍说我们是华电的，大多数人根本不知道有这个学校或以为在保定，华电的知名度远远没有现在这么高。

回想当年的学习生活条件，对比现在学生宿舍有空调、学生食堂有三个、教学楼有六栋，真是感到有天壤之别，我们现在的条件太优越了，教学硬件条件得到了极大的改善。我们上大学时都是拿着201电话卡抢公用电话，没有手机、电脑，要使用电脑上网得去机房且每位同学随身带着1.44MB的磁盘到处拷贝。记得大一上计算机硬件基础由于从来没见过电脑，上课像听天书一样根本不知道复制粘贴是什么含义，无法理解文件和文件夹的区别，现在科技发展日新月异,每位同学一个手机、一台电脑,上网不方便已成历史。

由于高考数学成绩比较好,我在大一军训时便通过选拔,上的是彭武安老师的高等数学 A 课程,难度很大,不过学起来也算得心应手,每次考试都是 90 多分。但因为我自身空间想象能力太差,大一上学期的《工程制图》课程不及格,补考也没通过,直到大四有重修才勉强通过。这一后果直接导致我大一没有得到任何奖学金,大二我奋发图强,努力学习各门课程,但因体育成绩较低只得了一个三等奖学金。大三后,在金慰刚老师的影响下,我深深地喜欢上了自动化专业的核心专业课程《自动控制原理》。他行云流水的讲课风格、倒背如流的讲课内容、滴水不漏的解题方法、无懈可击的板书内容,深深地吸引并打动了我,也坚定了我从事控制理论研究的决心。我认真学习各门专业课程,取得了各门课程都在 90 分以上的好成绩,综合测评排名专业第一。大三下学期就要考虑将来的毕业去向了,为了将来从事自动化专业的研究工作,我下定决心考研,经过一年的艰苦自学准备,结果考出了当年第一的好成绩(413 分,第二名 372 分),顺利攻读硕士学位。硕士读了两年后,直接提前攻读博士学位,并于 2010 年博士毕业留校,从事火电厂热工自动化方面的教学和科研工作。

回顾我自己的大学时代,曾经经历过非典的洗礼,感受到人生的无常,也经历过学习成绩的逆袭,深刻体会到付出才有回报,努力才有机会。"问渠那得清如许,为有源头活水来",虽历经很多挫折痛苦,但始终抱着"乐观向上、积极进取"的坚定信念,在华电这十六年来我努力开拓自己的新天地。开学给我们班召开第一次班会时我就把这八个大字写在黑板上,衷心地希望我们班的全体同学在华电都能茁壮健康快乐地成长,无论遇到什么困难挫折,都不要轻言放弃;告诫大家努力才有机会,奋斗才有希望,不忘初心,年轻时就要勇于承担责任,做一个乐观向上的华电人,牢记华电人的荣耀和责任,爱岗敬业,追求卓越,在学习和生活中积极进取,保持平常心,不因一时一事而停滞不前,做一个堂堂正正的人,做一个合格卓越的自控高手,努力把自己培养成优秀的自动化专业人才,为我国电力系统事业的兴旺发达添砖加瓦,贡献自己的力量!

大一上学期期末考试结束后,我通过 qq 单独了解了全体同学的考试成绩,除极个别同学有未及格课程外,绝大部分同学考试成绩都非常高,远远超出我的预期,常常为大家热火朝天的学习热情、热情似火的生活态度深深感动,深深感到每位同学背后都是望子成龙的父母乃至大家族。为了让大家少走些弯路，在人生的道路上能走得更高、飞得更远，平时不厌其烦地给大家强调要注意一些事情，也不怕他们嫌唠叨，还专门开班会介绍我接触到的一些国外教授，介绍外国专家的趣闻轶事，鼓励大家学好英语和各门课程，总是希望他们能够做得更好，不辜负家里的希望，在华电实现他们的人生梦想！

华电兴盛，我有责，每一位同学都有责任维护好、发展好华电的教育事业！

莘莘学子，相约华电；巍巍学府，电力之光；自控才子，于斯为盛！

亲爱的同学们，让我们携起手来，全力以赴抓住今天阳光灿烂的日子，珍惜大好青春年华，不虚度一寸光阴，为了自己的梦想努力拼搏，一起努力创造更加美好辉煌的华电未来！

自动1501班主任　黄从智

2016年4月2日

漫谈班主任

班主任，这个词对中国学生来讲并不陌生，从幼儿园开始就有班主任。

小学班主任以严厉著称，对行为习惯管理得最严格，比如站、立、坐，学习习惯也是一点点地教。中学的班主任进一步对学生加强管理，逐步引导学生的思想，强化学习的重要性，告诉你除了学习别无出路，让你除了学习甚至都想不出自己还能干啥。大学班主任肯定会开大学期间的第一次班会，对大学学习和生活有简要的指导，同时选出班委，在其他有困难的时候也会出现。

从事学生工作后，逐步对班主任工作有了认识，我们学校聘请名师和优秀的青年教师担任班主任，资深的班主任老师有空也会给我们讲带学生的故事，如巧妙开导失恋的同学、引导迷失的学生找回自己、帮助困难学生找工作……年轻的班主任与学生分享个人成长经历、奋斗历程、学习方法等等。班主任老师在思想、学习和生活都给予学生指导，陪伴学生成长。如果可以把这些故事拍成电影，不知道会感动多少人，学生心里最清楚班主任的用心。记得2013年有篇文章发表在校报上《教育首先是一种爱》，记述了一个班主任用心唤醒心的故事。

  很有幸，2015 年我担任了学院自动化五班的班主任，做这项工作的初衷就是不想离学生太远，想知道当下学生的所思所想。今天上午担任监考老师，看着一张张年轻的面孔，奋笔疾书的样子，便会想象他们毕业后的样子，谁会读研究生，谁去某某单位工作，谁会出国，还有谁一毕业就和自己的大学恋人结婚（以往的学生确实有呵呵）。大学毕业后，大家由青涩的 freshman 变为一个有责任、有追求、有担当的社会人，能够找到自己的位置。过程中谁没有几个青春故事、几份青春冲动，但坐在毕业典礼的座位上时，貌似一夜之间就长大了。想象还没结束，下午又参加了班会，班会上有魔术、心理测试、唱歌等多种活动，同学们讲述了自己半个学期的感受，大部分不满意自己的学习现状，表示自己这半年玩得很开心，但是下个学期要有选择地参加活动，花更多的时间在学习上。还分享生活趣事，有位同学说这半年洗衣服的技能显著提高，还有励志哥讲自己勤工助学的收获，淘宝购物多次失败的经历，买的衣服一会大一会小，但是他表示喜欢这种独立自主的生活。这一天几乎都和他们搅在一起，看到新鲜事，听到有哲理的想法，很开心。我想，班主任不仅是项思想政治教育工作，也像是一个档案库，留下心和心交流的记录。

自动 1505 班主任　王璐
2016 年 3 月 29 日

经济与管理学院

以我之行,助你成人

时间总是催促着我们前行、成长,但节奏、冷暖自知。就像知道要成为经管学院15级辅导员的消息仿佛就发生在不久前一样,那时候的我刚刚结束了求学生涯,十分欣喜地继续留在了寒窗九载的母校,甚至留在了自己成长学习的学院。这样一份特殊的情感,让我十分迫切地想倾注更多的心血在这些后来的孩子们身上。我能做什么,我又应该做什么,成了我最常思考的问题。

一个最简单朴实的想法,就是不希望学生走弯路。我在读本科的时候,周围的同学中有认真学习的学霸,有特长突出的大神,有经常参与志愿活动的工艺爱好者……当然,也有着爱游戏爱宅宿舍不求进步的同学……每个人走出了不一样的大学生活,若干年前我身边的这些同学就是之前或者之后一个个班级的缩影,折射出百态大学生活。

所以,我必须正视,在一个接近500人的大集体中,不可避免地会发生不积极、不正面的行为。而单纯地利用校规校纪的约束性,只能从某种程度解决问题,这就引发了我的思考,大学是什么?大学生应该做什么?我作为辅导员又应该做什么?

在我看来,大学是一个学生获取知识的黄金成长期,丰富的课堂学习保证了学生接受的知识量和学习时间,锻炼了学生的思考能力和学习能力,从这个角度来说,严格遵守学校规章制度,实行严格的考勤制度对于保证学习参与度、积极性极为重要。基于这一点,学校在军训期间就在同学们中组织成立了纪律监察小组，促使良好习惯的养成，打下按时参与、重视学校活动的基础。这个做法一直延续到现在，在后来开展的日常学习中，同样组织了年级学风督察小组，每周保证一定查课量，将学风督察常态化。

但是，大学与初高中在学习要求、目标等很多方面都是不同的，这也是我与很多家长沟通时经常探讨的问题。大学生大多已然成年，有着自己的判断和学习习惯，有着独自思考的能力。给予学生足够的自主性和发展平台对于发挥学生的主观能动性是极有帮助的。除了学校的日常授课和晚自习之外，鼓励学生参与到班级管理事务中，参与到学校组织的各种活动中，参与到各种科研项目和调研中。大学生所应该做的绝不仅仅是学习，而是发展自己，锻炼多方位的能力，形成良好的思维模式，积累更多的实践经验，培养自己的能力与素质。

所以，我开始思考怎样做才能起到良好的引导作用。首先在年级里营造民主氛围，给予学生干部更大的发挥空间，培养学生干部的管理能力，培养学生的自律意识。建立起一个优秀的年级，形成一个团结的集体，就必须有一批品学兼优、关心集体、愿意为同学服务，并有一定威信、一定工作能力的人担任重要职务，根据每个人的能力、爱好和特长分配适宜的工作，让学生自主、民主、科学管理。要想形成一个优秀的学生干部团队，就要要求他们以身作则、各守其位、各司其职、各尽其责。针对这一问题，我会定期召开班团干部会议，对已经发生的问题进行探讨和研究，对已经结束的工作进行总结和讨论，对出现问题的责任人进行批评和指正，对表现优秀的个人进行表扬，同时针对下一段阶段的工作学习任务，部署下一步的计划。

在这一过程中，我只起到统筹安排的作用，对于事项的具体实施指挥起到一定的协助作用。明确责任人，明确任务目标，剩下的一切就交给学生自行完成。在这近一年的工作中，我明显地发现学生的想象力和创造力是惊人的，给他们自由和信任，他们会交给你一份令人惊喜的答卷。通过这样的方式，同学们不仅能够拥有自由的感觉，感到自己是被尊重的，还能获得一个培养自己能力的平台和机会。

同时，我更加注重年级纪律管理和学习氛围的营造。马卡连柯曾说："纪律是集体的面貌，集体的声音，集体的动作，集体的表情，集体的信念。"纪律是评判一个集体好坏的重要标准之一。注意院内学生做事自觉性、自律性的培养，通过老师督促、同学监督、违纪处罚的方式，标本兼治、惩防并举，使同学们明白良好纪律的重要性，从内心自觉遵守纪律。在各个班级里注重班级干部的选举、任用和评价机制，通过学生干部的管理维持各个班级的良好纪律和基本稳定。同时，通过"先进"带"后进"，多种鼓励惩罚措施共同运用等方法，使年级向"人人要学习、人人爱学习、人人会学习"的方向改变，营造"安静、和谐、舒适、便捷"的学习环境，增强年级的凝聚力、自信心、自尊心。

在年级文化建设方面，经济与管理学院 2015 级宣传组已初具规模，组内共有 25 人，原创微信公众平台"华电经管 2015 级快乐成长"关注人数为 1400 余人，固定推送板块有"经管之星""风采新苑""新闻动态""体坛风采""图说经管"等，推送文章阅读量均在 200 份以上，其中推送的《经管之星评选活动》阅读量达到 21136 人次，公众号的影响力还在稳步上升。通过这一平台，院系内的许多活动通知、一些学生关注的实时资讯都可以及时传达给院内的每一个学生，此外还可刊登学生自己的作品，给学生一个全方面展现自我的空间。

同时，在日常生活中，我会用一种更加适合大学生的方式引导孩子培养良好的习惯和美德。对于同学们的错误，我会用让他们知晓道理，用宽容去对待每一个犯了错误的孩子，让他们明白什么是对的、什么是错的，明辨是非。在解决学生之间的冲突时，致力于做到公平。这样处理问题的方式使我能够拥有学生的信任，能够让学生敞开心扉，将他们内心的想法告诉我。

我认为老师与学生的关系应该像朋友一样，能够在日常的生活中向对方倾诉自己的想法，能够信任对方，能够向对方提出自己的想法和建议。同时，我认为这个世界上的每一个孩子都是未来的人才和栋梁，我们要通过自己的努力，传授给他们知识，让他们懂得做人的道理，让他们拥有美好的品质。我会利用晚自习和学生的课余时间，和同学们进行一对一的交流，了解他们在学习生活中遇到的种种问题，了解他们的心理动向，了解每一个学生正在经历的困难和困境。走进课堂，走进班级，走进宿舍，是看清工作方向的重要途径。

美国著名教育学家杜威认为，学校就是制造一个让人逐步形成生活劳动能力、逐步适应社会的环境。从另一个角度来说，学校更像是一个社会的"体验室"，一个微型的"模拟舱"。一方面，我们应该让孩子们得到足够的保护，让他们免受社会上的黑暗、不公的伤害；另一方面，我们还要让他们形成保护自己的意识，形成"世界中存在阴暗面"的概念。到了大学，脱离了高考的束缚，就业往往代替高考成为那一条红线。现在大学无用论盛行，许多人都认为上大学还是找不到合适的工作，这也成为很多学生进入学校就开始迷茫的重要原因。基于这种现象，学期初，我通过搜集各专业就业、升学途径及数据，充分利用各种与学生接触的机会，一定程度地解除了同学们对此的疑惑。此外，让他们与本专业的学长学姐，与其他专业的师兄师姐进行交流，这样不仅能够让他们认识到自己应该做什么，有一个十分明确的行动目标，也能知道哪里是重点，少走些弯路。通过多种形式的讲座和交流活动，让同学们了解考研、出国、就业都需要什么，让更多同学从大一开始就能着手准备，不至于到大三、大四在临时抱佛脚。

对我来说，每一名学生都像是我自己的弟弟妹妹一样，我希望他们在大学里能够学习到更多知识，培养更多能力，有更多的经验和阅历。作为老师，作为一名辅导员，我们的每一个决定都有可能影响到一个学生，我们的每一项"改革"，每一个想法的实施，都将对学生产生巨大的影响，因此我必谨慎严谨，不负于人。

此生但无他求，唯愿以我之行，助你成人。我愿用全部的心血和青春，帮助学生在大学里战胜困难，砥砺自我，奋勇拼搏，成就辉煌人生。

2015 级辅导员　丁宁
2016 年 3 月 21 日

闪亮的日子

亲爱的同学们：

能够在你们最美的花样年华与你们相识、结缘，成为师生，我感到十分荣幸和幸福！

同学们，你们是一群优秀的青年，怀着对未来的美好希望来到了华北电力大学校园。在班级第一次见面会上，我看到了你们的活泼开朗、青春洋溢；在奥森公园秋游的活动中，我感受到了你们的集体责任感、团队精神和浓浓的爱心；在新年晚会上，我惊讶于你们的多才多艺和风趣幽默。你们是一群勇敢奋斗的青年，当你们在第一个学期末实现了全部科目及格的目标时，我看到了你们辛勤的汗水、努力的付出！当你们在寒假活动的汇报会上，用辛勤劳动所得为爸爸买一副温暖的手套、为妈妈买一件心爱的首饰；用自己笨拙稚嫩的双手为父母做一个生日蛋糕，或者做一顿香喷喷的饭菜时，我被你们打动了。你们是可爱的天使，是有担当的英雄！谁说 90 后是被宠坏的、只懂得享乐的一代，我从你们身上看到的是勤劳、勇敢、担当和爱心！

同学们，作为班主任，我祝福你们，希望你们在未来的大学岁月中，继续发扬金融1501班的优良作风，德、智、体、艺全面发展，不断创造新的好成绩！来吧，孩子们，让我们用自己的双手，创造自己的五彩生活。让我们的每一个学期，都有难忘的快乐回忆；每个学期，都能在学业上获得满满的收获！当十年、二十年后我们回忆大学时代时，看到的是一个又一个闪亮的日子！

永远祝福你们，亲爱的金融1501班全体同学！

金融1501班主任　沈巍
2016年4月11日

努力在当下

"学贵以恒，教贵以专。"日常的勤奋与松懈，未必能显示任何利害关系；长期的积累与沉淀，必定能展现成长的盈亏。人生的舞台上，努力不一定有期待的丰硕，懒惰却只能是注定的平淡。营销的核心是"交换"，本质是"平等、公正"。与其日后在失意中抱怨上苍的不公，不若趁当下的青春年华，奋力拼搏，为自己"换"得灿烂的未来……

营销1501、1502班主任　刘杰
2016年4月15日

可再生能源学院

用心铺建学生成长之路

高校辅导员所面临的环境和工作对象决定了辅导员工作的特殊性与多面性。辅导员是高校学生工作最基层的领导者、组织管理者和协调者，肩负着传达国家方针政策，营造健康校园文化，引导大学生成长成才，维护校园秩序稳定的重要责任。辅，是帮助，是陪伴，须建立起平等朋友的关系；导，是引导，是教育，须发挥好师长的指引作用。因此对学生而言，辅导员是亦师亦友的关系，是可以问东问西、闲话家常的师兄师姐，也是在彷徨无助时陪在他们身边给其依靠的亲人，更是四年里帮助其树立成长目标，答疑释惑，鼓励他们不断自我超越，规划人生轨迹的引路人。在从事辅导员工作近一年的时间中，我作为可再生能源学院15级的辅导员，在忙碌的工作中体会到什么是责任意识，在身边的领导和同事的言行中感悟到什么是敬业精神，自身对于辅导员这份工作的认识也在不断提升。

回顾自己这一年的辅导员工作，感慨良多。在大学生活中，辅导员对学生来说，是他们最"亲"的人，遇到疑问的时候，他们第一反应就是找辅导员，因此辅导员必须以一份"爱心"、一份"细心"和一份"耐心"来处理这些纷繁而又复杂的工作。我始终认为要使一个班级有良好的班风，有强大的凝集力，一直不断前进，辅导员除了要做好常规工作外，还应有爱心、细心与耐心，把自己真正融入学生中间，多理解他们，从而获得学生的信任，以便于开展后续的各项工作。

1. 融入学生，用心服务，做学生信赖的朋友

平等对待学生，保持有效沟通，做学生的知心朋友，可以为工作开展奠定良好的情感基础。关心学生，就要真正拉近与他们的距离，掌握他们的需求，了解他们的心理，熟悉他们的兴趣，融入他们的生活，这从根本上体现了以生为本的学生工作理念，也是做好学生工作的前提和保障。

1.1 深入课堂，做好教与学的润滑剂。定期深入到课堂中，一方面了解学生的听课情况，另一方面了解老师的授课方式。同时通过定期开展与学生及任课教师的座谈等活动，将学生反馈的信息及时与任课教师沟通，帮助任课教师提高课程的把控性，增加课程趣味性，再将任课教师的建议及时传达给学生，帮助学生增加课程认知，消化老师对课程的相关要求，保证学风建设的有效落实。

1.2 进驻生活，建好开展工作的大本营。坚持定期走访宿舍，掌握学生的思想动态，了解他们的喜好及作息规律。和学生闲话家常，交换对不同问题的看法和意见，分享自己成长的经历与故事；利用多种机会，多方面掌握学生的生活状态，拓展和他们兴趣的交叉点，及时帮助那些在经济上和交际上有困难的学生，让他们感受到集体的力量和友情的温暖。

1.3 有效沟通，发挥好信息渠道的作用。网络 3.0 时代，辅导员必须具备相应的信息素养，充分利用网络平台，搭建微信（博）、QQ、飞信等沟通平台，和学生保持良好的互动，及时发布各类通知，解决学生的各种困惑，充分发挥网络新的思想教育阵地作用。同时通过积极参与学校组织的绿色氧吧、心里团体辅导等活动，以个别谈心、团体辅导等形式扩大与学生的交流，融入思政教育，拓展教育载体。

2. 量体裁衣，开拓创新，用心铺筑成长之路

用心对待学生，引导他们合理规划大学生活，教会他们为人处事，是辅导员的职责所在。用心工作，就是要在学生的整个成长过程中，充分发挥引导、教育的作用，这也是以生为本的根本要求。

在这一年的工作中，我根据学生不同阶段的特点和需求，积极开展颇具特色的主题教育活动，并响应学校号召，积极投身于社会主义核心价值观主题 MOOC 的制作中。在入学阶段，组织设计新生入学适应教育系列活动，帮助学生顺利完成从高中到大学的过渡，通过专业新生家长见面会、专业介绍会、新生第一课主题班会、新生适应性教育等活动，引导学生适应大学生活，尽早思考自己的生涯规划并勇敢迈出第一步。同时，积极开展书画摄影大赛、科技创新比赛、新老生经验交流会等活动，鼓励学术积极参与学校的

各项活动，并拓展学术视野。

在这一年的工作中，从迎新、军训、新生入学教育、各类班会，到学生证注册、新生档案整理，再到涉及学生相关利益的活动通知与组织，我始终坚持亲力亲为，并参与到学生的每一次活动中，见证学生的成长成才；始终坚持用自己的行为赢得学生的尊敬与拥护，在工作中陪伴学生共同成长。

3. 刻苦钻研，自我激励，不断增强综合素质

辅导员需要在日常工作中积极探索，加强对学生教育途径的创新、实践、研究。例如，当前我就在积极开展以社会主义核心价值观为主题的MOOC的拍摄，希望通过视频的形式，让学生更加深入地了解、认识并践行社会主义核心价值观。

通过近一年的工作，我深深体会到辅导员工作的责任与甜蜜，也深深地爱着这份工作。看着学生从青涩一步步走向成熟，我心中充满了喜悦和幸福。辅导员工作是一项细致的工作，需要辅导员有正确的理想信念和工作态度。用心服务，平等相处，就能营造良好的师生关系，就能成为学生亲密的朋友；量体裁衣，开拓创新，就能引导学生健康成长；注重积累，刻苦钻研，就能不断提高自己的工作能力与综合素质，更好地服务于学生。用心描绘学生成长之路，必将收获学生的尊敬与爱戴，也一定能培养出全面发展的学生。

2015 级辅导员　靳周

信任、发现、专注、成长

自 2015 年 7 月进入华北电力大学环境与化学工程系工作至今，已半年有余，有幸承担了应用化学 1502 班班主任的工作。半年多的实践经验告诉我，做一名合格的班主任并不是一件容易的事。下面结合我自身的感受谈几点对班主任工作的认识和理解。

当学生认可班主任、信服班主任的时候，就会将班主任的话记在心里，并付诸行动；当学生认可班主任、信服班主任的时候，就会将他的困惑与快乐同你分享。班级管理不是老师来约束学生，而是倡导学生自我约束和自我管理，对待学生要尊重、要理解、要关心、要信任。要允许学生犯错误，在

这个年龄段不犯错误是不正常的，但不允许知错不改，再次犯同样的错误。学生有明辨是非的能力，但是他们的自控能力差，给予学生一定的权利、一定的空间、一定的时间，会更好地提高学生的责任感，会让他们感受到自己的成长。

孩子是父母的心头肉，他们大多数从小到大都是温室的花朵，禁不得风霜，受不了挫折，是家庭的核心，容不得受到忽视。这么多孩子的大家庭，如何才能让每一位学生都感到受重视，让他们知道在老师的心中占有一席之地，这需要老师真心地关心他、了解他、认可他，并善于发现他的优点，及时给予肯定，每一次真诚的表扬都会给学生一份自尊和自信。多与学生交流，不同性格、不同事件、不同时间采取不同的交流方法，除了面对面交流外，更多可采用 E-mail、qq、微信等方式间接与学生交流，与学生分享成长的喜怒哀乐，了解他们内心深处的想法。

要求学生要学习好、能力强，两条腿走路。引导学生参加院系和学校的各项活动，引导班干部组织各种形式的比赛，为学生提供各种展示的舞台。要求学生在认真学习的同时，还要积极参加学校举办的各项活动，锻炼文字书写能力、语言表达能力、管理能力、组织能力等。

在班级管理中，教师要引导班委关心每一位班级成员的生活和学习，不抛弃、不放弃任何一位同学。权利下放，是为了培养班干的管理能力，提高学生的自控能力。学生自己能做的事情，自己做；普通学生不能做的事情，班委做；普通班委不能做的事情，班长做；班长不能做的事情，班委会讨论；班委会解决不了的事情，我来做。分工明确，权利下放，每一位学生都有自己的事情，每一位班干都明确自己的职责，班主任在班级与不在班级一个样。

我要感谢我的学生，是你们让我感受到在工作中不断成长的快乐和对自己逐步建立的自信；是你们让我找到作为教师进行专业发展的支撑点——基于实践的学习与反思；是你们给予了我很多关于教育、关于人生、关于学习、关于生活的思考的火花。我要感谢学校和学院的领导和同事们，是你们兢兢业业、认真负责的态度给了我榜样的力量，是你们每一次班主任会议语重心长的嘱托，让我深深感受到班主任工作的重要与伟大。

"师者，传道授业解惑也。"本人始终认为，在学校里，学习是第一位的，大学不是"大概学习"，学习仍然是我们同学来到大学应该解决的"主要矛盾"。所以，我经常告诫同学们要培养良好的学习习惯，做好终生学习和持续学习的准备，拓宽自己的知识视野，博览群书；鼓励同学们要勇于思考，突破自己的"视窗"去想问题，什么事情都要尽量考虑周全。了解他们在学习方面遇到的困难，以自己的经历或一些故事，勉励同学们刻苦、认真。

通过对同学们内务的观察，和他们谈心，了解各位同学的家庭经济状况以及在学校的生活状况。讲述搞好内务工作的重要性，有利于创造良好的生活环境，有利于自身的身心健康，有利于给人留下良好的印象。通过观察和谈心，了解各位同学特别是贫困生的生活状况、家庭收入的主要来源、有无特殊困难需要帮助，把问题争取第一步解决。特别是对于励志奖学金和国家助学金的评议，希望能获取第一手的数据，使得评议时能最限度地公平。

要求学习委员每周上交一次晚自习签到表，了解他们每个阶段的学习情况，强化班级的日常管理，使班干部了解自己的职责，培养良好的工作习惯，团结一致，加强班级管理工作的规范化和程序化。在学期中，请同学们对班干进行考核；在学期末，要求班干部做年终总结汇报，对下学期的工作做出计划，并请同学们提出意见，给予强有力的监督。把班级管理工作责任到寝室长，这样有利于班级活动的开展，更能深入人心，也能调动寝室管理的积极性。

班主任工作是细微的，真的努力了，学生一定会受益。平日里学院领导对本人工作进行指导和帮助，对于特殊的学生则采取个别交流的方式，及时解开他们思想上的疙瘩，做好心理辅导。我爱我的学生，我与学生相互信任、相互欣赏。除了学习方面严格要求，思想生活方面主动关心外，还着重培养学生的自信、能力，狠抓学风，培养学生学习的兴趣，传授学习方法，注重与学生沟通，从多方面关心他们。

民主选拔品学兼优的班干部，使其成为师生间的桥梁；同时建立竞争机制，班干部轮流上岗，全班有实力的学生都有机会参与。经常保持与班干部的联系，抓学风，抓学习质量。向学生灌输知识的价值、就业的压力、大学四年的重要性。通过与学生们的共同努力与积极配合，我班学风一直比较向上，每学期补考人次较少。同时，我班有一批成绩优秀的学生，他们现已做考研准备，这进一步带动了全班的学习风气。

心里始终装着学生。我注重与学生沟通，和他们进行平等的交流，从学习上关心他们，在课堂上对学生们的表现给予肯定和鼓励，增强他们的自信。在授课的同时，不仅仅传授书本知识，并且经常结合自己的体会与学生交流做人的道理及对生活的感悟，教书的同时做好育人工作。我很少批评或抱怨学生，在我眼里每个学生都有闪光点，我从心里爱护并关心他们。让我欣慰的是，我的学生绝大部分能与我配合好，理解老师的用心。

尽力帮助学生解决一些难题，做他们的知心朋友。面对学习、生活的压力，我班少数学生真的不容易，这些学生容易产生心理问题，他们非常需要老师的指点。我也清醒地意识了这一点，也尤为关注这些学生，定期找他们谈心，给他们一些精神上的鼓励，请心理老师给他们指点。

增强班级凝聚力。我班少部分学生集体观念淡薄，以自我为中心，为此我展开了几次班会及活动就这话题与大家讨论，然后再个别交流，目前整个班级都较团结、友善。

积极参加班主任例会，及时把相关信息传达到学生。鼓励及支持学生参与一切院系活动，通过参与活动，锻炼他们的能力及自信。与任课教师保持联系，了解班上学生的情况，发现问题及时解决。此外，也与部分家长取得联系，把他们子女的情况做一反馈。

一再向学生强调如何做人，培养学生乐观向上的人生态度，这是我认为极其重要的。当然，由于教学和科研任务繁重，我的班主任工作还有不周到之处，我会在今后的工作中不断加以改正，争取做得更好。

化学 1502 班主任　侯静
2016 年 4 月 3 日

尊重接纳，助力成长

我是可再生能源学院水电 1502 班班主任，任这个班班主任有 8 个月的时间，对班级每位同学都有了一定的了解，我们这个班集体的特点是积极向上、活泼主动。大一开学时，水电 1502 班共有 27 名同学，其中有 2 名同学在开会后转到国际班，因此目前水电 1502 班有学生 25 名，其中 7 名女同学、18 名男同学。在担任水电 1502 班班主任的时间里，我和同学们一起成长，对班主任的工作也有了一定的体会和总结。下面对所做的主要工作以及工作中总结的与学生交流的心得做一总结：

所做的主要工作：

1. 对班级同学进行针对性的熟悉、了解、帮助

担任水电 1502 班班主任以来，通过学生资料、班会、座谈等方式，基

本掌握了全班25名同学的基本情况。效果比较明显的方法为与学生进行一对一的谈话。第一学期已近尾声，针对全班同学存在或者可能存在的问题，逐一与班内每一个同学进行了一对一的谈话，从谈话中了解同学的精神状态、思想变化等情况，并根据发现的问题，对同学进行疏导、安抚、鼓励等。

对于学习成绩比较落后的学生，针对其存在的问题，对其提出可行的建议，比如帮带、辅导等方式，努力让其迅速提高学习成绩，养成良好的学习习惯；对于寝室中同学关系存在的隐患，首先了解情况，逐一进行了解，找出问题所在，并帮助其进行解决，以助力在班级中形成一种和谐、愉快的生活、学习氛围；对于担任一定学生工作的学生，了解其学习情况，对于在各项工作中表现突出的学生进行鼓励、表扬，并请他们带动班中思想松动、自制力薄弱的同学一起进步。

与学生有针对性的谈话，获得了非常有效的效果，表现在生活、学习等各个方面。例如，某同学之前经常沉溺于电子游戏，对自己的学习十分不上心，不过他从内心里面是希望自己能够变得更好，但由于习惯于中学时期老师管理的被动型，不能对自己形成有效的约束。通过与他进行一对一的谈话，他也吐露了该问题，作为班主任对他充分信任和尊重，帮助他寻求解决的途径。该同学主动提出要将自己的笔记本电脑放在老师这里一段时间，以帮助自己摆脱游戏困扰，形成良好的学习习惯。可以看出，有效的谈话能够帮助学生找到关键的问题，并有利于其解决该问题。

2. 班级民主选举班委会，以自主管理为主

开学伊始便组织了班级的第一次班会，选举了班委成员。采取民主选举的方式可以让有意愿服务同学、有意愿提高自己的学生担任班级的班委，并且由学生自己选出的干部，在同学中也比较容易树立起威信，能够有效地开展班级工作。因此，民主选举的方式比较适合刚刚成立的班集体的班委选择。

大学的生活自主性比较强，因此在班级管理过程中，主要采用让学生自主管理、班委带头、班主任引导的模式。在具体的工作当中，逐渐地学会和掌握"具体的指导和放手工作的"关系。目前，学生每天大部分时间都在上课、自习，我主要通过班级QQ群里同学的动态、班委和个别学生的座谈来了解整个班级日常的学习状态和生活情况。从入学到现在，和班委、同学进行单独谈话，了解其自身学习生活情况和班级的整体情况，做到对每个宿舍、大多数同学的动态和学习状态心中有数。

3. 关注班级同学的心理健康问题

一个学生能够充实、快乐地度过大学的时光，除了在学业、能力方面有所成就外，心理上的成熟和健康也非常重要。现在 90 后绝大部分是独生子女，性格上比较自我，在面对陌生的大学环境和同学时，相处模式建立得不好，很有可能出现心理问题，因此应通过以下方式了解、掌握和疏导学生的心理问题。

（1）走访宿舍，近距离地了解学生在学习、生活上的最真实状态，了解他们的生活习惯，掌握性格和特点，同时争取在本学期结束之前，与每一位同学进行一次面对面的谈心；

（2）及时与家长、同学自身以及班委沟通，及时发现问题，防患于未然；

（3）在开班会时，多次和学生交流关于"感恩、尊重老师和同学、尊重他人生活习惯"等问题，希望他们能够懂得感恩；

（4）平等对话。班级大部分学生已经是 18 岁的成年人了，师生之间像朋友一样平等地对话更容易让他们接受，他们每个人很有自己的想法，和他们沟通需要平等对话。

通过班主任工作总结的与学生交流的主要心得：

1. 以学生为中心，尊重接纳学生。作为老师，首先要尊重学生，与学生平等交流，真诚交谈，民主讨论，才能赢得他们的信任。谈话时常常会遇到涉及学生个人或家庭隐私和其他人的隐私的问题，对隐私问题和学生不愿公开的问题，绝不能予以泄露。其次要接纳学生，班主任要相信学生是一个有价值的人，并想尽一切办法让学生相信他自己是一个有价值的人；帮助学生相信他的老师即使对他的某些行为和想法不认同，但他在老师眼中仍然是一个有潜力和价值的人。此外，班主任要设身处地为学生解决问题，千万不要高高在上，以势压人，这容易伤害与学生的感情，让他们产生对抗情绪。让学生感到老师是理解自己的，学生接受了老师，才可能把老师当成知心朋友。

2. "学生找"与"找学生"相结合。"学生找"是学生主动找班主任交谈，或反映情况，或交流思想，或寻求帮助，都是基于学生对老师的信任，辅导员应该感到高兴并真诚热情地接待或帮助学生。"找学生"是辅导员找到学生谈话，或出于关心，或询问情况，或交流思想，是履行辅导员的职责。

3. "听"与"讲"相结合。班主任在与学生谈话时不能一个人喋喋不休地讲，学生俯首帖耳地听，更重要的是善于倾听，听出重点，听出问题，听到心声，特别是对于内向、自卑、害羞的学生，更应鼓励他们讲出自己的心声。倾听不只是用耳朵听，更重要的是用心去听，不仅要听懂已经表达出来的，还要听懂没表达出来的，特别是身体语言表达的涵义。

4. 讲究交谈的方式方法，因人因时因事而变。根据学生的性别、性格、心态，以及谈话的时间、内容、环境等因素，具体问题具体分析。学生的个性千差万别，要善于针对不同的学生，采用不同的谈话方式。例如，对领悟快、自尊心强的学生，言辞要含蓄、委婉；对害羞、内向的学生，应用幽默的语言、平和的态度、平缓的语调消除其紧张心理；对个性强、脾气犟的学生，要刚柔并济，既不能让其任性，又要防止学生对着干；对缺乏自信心和上进心的学生，应多肯定他们的长处，引导他们克服自身的缺点。

水电 1502 班主任　张丹

2016 年 3 月 19 日

核科学与工程学院

路漫漫其修远兮,吾将上下而求索
——谨以此文献给我深爱的核学院 15 级所有孩子

蓦然良久,才开始动笔,我想聊聊你们,聊聊我,聊聊我们一起走过的这一年,聊聊这一年里我们走过的心路历程。

2015 年 6 月刚刚从核学院毕业的我,满怀欣喜和期待,开始了从学生到辅导员的角色转换。你们的欢声笑语也就是在那个秋天跨越千山万水,在校园里激荡,萦绕在我耳旁。感谢那个秋天,那是我第一次以辅导员的身份,在这个熟悉的校园里经历最美的遇见。

迎新过程是欣喜的、充实的,但也是忙碌的、辛苦的。刚刚从高中校园走出来的你们,大多数离不开家长的呵护,也很难摆脱对家庭的依赖。家长们因对孩子殷殷关切而细致入微地询问每一个细节,这殷殷关切汇聚成一种坚实的责任感与无名的压力。当然,初来乍到的你们由于对大学校园缺乏理解,闹出了不少笑话。我本以为我的辅导员生涯应该伴随着和你们精神的交流、成长的见证,可是接踵而来的琐事改变了我的看法。你们有人没整理好自己军训的着装,有人在来到北京的第一个夜里想家,有人还没能解决好自己的行李,还有人因不习惯集体环境而闹点小矛盾……

我看着你们手忙脚乱的样子忍俊不禁,就像看着小自己好几岁的弟弟妹妹,回想自己大学的成长经历,我开始经历心理上的第一次转变。我本以为辅导员工作更多的是与你们凯歌高楼、把盏言欢,讨论着诗与远方,不愧对风华正茂。可是你们出现的那些完全在意料之外、此起彼伏的小情况,让我第一次感到些许枯燥和无聊，但是这个时候我想到了你们的笑脸，想到了你们家长的不舍与背影，想到了自己曾经宣誓时的激情与信心。这着实枯燥，但确实是有意义的，我这样劝慰自己。我开始把对你们的要求与期待，随着时间一点点转换成对你们的呵护与鼓励。我在手忙脚乱的你们身上，看到了从大学里走出的每一位华电学子成长之初的缩影。这是一种奇妙的感受，你们现在肯定不会知道。

迎新时的喧嚣与疲惫，就这样伴随着喜悦和热忱悄然度过。我要为我才华横溢的学生们，也为我阳光可爱的弟弟妹妹们做些什么。迎新时的接触让我们对彼此有了第一印象，但是我应该更快、更好、更仔细地了解你们，于是我走进一间间教室，参与了你们的第一次班会。

你们的天才创意就这样显现在我面前，如雨后彩虹，带着泥土的清香，给人希望与未来。

我就这样在班会上记录着你们给我的印象，你们聊未来，聊发展，聊目标，聊过去的自己，聊梦想的大学生活。你们有人才华横溢，有人内敛淑均，有人阳光灿烂，也有一部分人选择了沉默与围观。我忙碌地在笔记本上记录着你们的发言和你们试图传达给我的东西。在欢声笑语的班会结束后，我一个人开着台灯坐在床上，伴随着柔和的灯光看着自己白天记录的文字，思考着怎样与你们更好、更友善、更亲切地交流。你们的性格各不相同，充满着个性与不稳定。孔子曰："因材施教。"我看着薄薄的一册笔记本，感觉它又是那样沉重，沉重得让我感觉这是架起与你们沟通的第一块砖石，上面刻满了责任、信任与希望。零零散散的工作记录，以时间为线索，记录着我们一起成长的脚印，又说不清是沉重还是喜悦。我只是觉得，在我接下来的工作中，多了一些说不清楚是责任感还是自信心的东西。那难以言状的感觉始终伴随着我，让我鼓励你们能够充满活力地去营造，去拥抱你们梦想中的大学生活。

生活总是充满惊喜，就在我依旧把你们当做孩子的时候，你们如同雨后春笋一般，不声不响却又快速地生长着。很快，一场高数期中考试让略显聒噪、穿梭于社团活动之中的你们安静下来。我开始注意到，学业辅导时候，喜欢玩手机的你开始对着极限的证明过程思考，之前赶着最后一分钟跑到教室的你早早地坐在了座位上，期中成绩不理想的你拿着一沓草稿纸问着学业辅导员问题。我站在后门五分钟，竟没有一个人注意到我，我微笑着，拍下了你们用心学习的照片。这是怎样的一种喜悦，看着自己的学生们找到学生的主旋律，开始去认真学习知识，体验生活，缔造友谊，享受快乐。

你们就是这样有趣，在我看到你们幼稚可爱的一面时，你们总会用全神贯注刷新我对你们的印象，可是当我觉得你们成长了好多时，你们的孩子气又在提醒着我不能对工作掉以轻心。

也许是期中考试后学风的改善让你们对校园生活更加专注，也许是离家万里的情结开始随着时间发酵，也许是后青春期的困惑开始困扰你们，你们觉得校园如此新鲜，充满太多未知与选择。你们星星点点、三三两两地找我谈话之后，我意识到你们开始了迷茫时期。

成长是有通性的，我开始思考怎样疏解这种潜在的迷茫和不安，正苦于怎样和你们沟通的我就这样迎来了贫困生认定工作。而这次工作又带给我全新的体验与经历，也让我进一步加深了对你们的了解，同时让我更加热爱我的工作，更加珍惜面带笑容的你们。

记得你们来到学校开始军训的那一日起，就有人抱怨着自己不习惯。那时我对你们说："大学是你们最美好的人生阶段之一，你们要相信一切都能变得更好，也要确保自己有能力让一切变得更好。"我自己对这一点深信不疑。

2015年的贫困生认定工作从线下转为线上，我焦急地催促你们抓紧时间提交材料。我开始和你们的同学聊天了解情况，对着电脑屏幕翻看着你们填写的家庭信息，一次次和班长、支书联系。这次对你们的了解让我开始尝试从更多方面帮助你们，你们来到办公室想和我聊天解决困惑时，抑或是你们遇到什么生活困难时，甚至是你们的人际关系出现裂痕时，我很庆幸你们对我如此信任，但是你们不知道我是怀着怎样的心情战战兢兢地尝试解答你们的疑惑，我必须注意自己的观点、看法对你们的影响，我希望你们更有辩证能力和创造能力，能够用自己的方法解决问题。心理的沟通是一个长期的过程，我希望能够用心理沟通帮助你们学会在未来的挑战中游刃有余。"授人以鱼不如授人以渔"，看着你们和我谈心后推门离去的背影，我想着。

每次收到假期返校统计的汇总表时，我心里就像一块石头落了地。十一假期，刚刚来到学校一个月的你们很多选择了待在学校，而仅仅两个多月之后，元旦离校统计上那一长串的名字催促我再三告知班长、支书一定要把安全注意通知到位。班委们可能觉得我太过啰嗦，大多数同学可能对这事情没什么印象，但是那种担心和放心交替的感觉，如同漫漫长路两旁的灌木，总让我战战兢兢，觉得稍有不慎，就似乎会扎出血来。

但是，这份工作仍带给我莫大的幸福，而这幸福在于相信自己正在做的事有意义。

很快，你们用一份份优异的期末考试成绩证明了你们的大学校园生活充满了青春的张力与正能量。邮寄成绩单时，看着你们每个人的名字，想着这一个学期以来你们学习上、生活上、思想上更加独立、更加稳定、更加成熟，我心中有说不出喜悦。我竭尽所能地呵护你们，引导你们成为一个高素质的、对社会有价值的人。你们纷纷离校，就这样匆匆忙忙地结束了自己来到大学之后的第一个学期。

……

一个不长不短的假期之后，我发现你们成长得太快。一个学期的忙碌之后，你们似乎在假期思考了很多很多，明显能从你们的言谈举止之间感受到你们的成熟与成长，我很欣慰，也很快乐。一切都是有意义的。

每次在校园里看到的你们的身影，或去学习，或去运动，或去游玩，你们都在享受着有意义的大学生活；每次动摇或者疲惫时，想着自己的一切努力都是为了让你们的大学生活更有意义，便有了继续前行的动力。辅导员的心路历程还没结束，但是我已经收获了太多太多，路漫漫其修远兮，吾将上下而求索。诗人说："当你把你的时间投入到一件你所热爱的事情上时，这件事便成为你生命中的一部分。"

你们，就是我生命中的一部分。

2015 级辅导员　王悦

2016 年 3 月 3 日

人文与社会科学学院

如果青春不散场

我是人文学院 2015 级辅导员崔灿，当听说要写一封给 15 级学生的信件时，我内心真的很激动。也许有人会想不通，不就是工作吗，有什么好激动的？又不是你的第一届学生，不就是正常安排吗？有什么好激动的……也许有很多个没什么好激动的，我只需要平静地接受工作安排就好了，但有些事情只有我和 15 级懂得。

事情还得从缘起开始讲，2014 年 7 月我刚休完产假回来，还沉浸在每天都要回家喂奶，在高速路上来回奔波的苦恼中，同时担忧着 2012 级——我的第一届学生——就业去向及未来发展的问题。虽说有打算要带新生，心理也曾经打起小鼓，我能行吗？

随着开学日子的临近，身上的压力也越来越大。时不时有家长带着孩子提前办理入住手续。正式开始报到的前一天晚上十点，接到了一个陌生的电话，"崔灿老师吗？我是××的亲戚，××本应是今天晚八点和来北京上学的同学一起到达北京西站，但是我一直都联系不上他，带队老师也没联系到"。后续交流才知道××由当地教育部门统一安排，在当地老师带队下来北京，但是从北京下车后，手机无人接听，亲戚也无法联系上带队老师，两个小时过去了，特别着急。不得不说我当时的状态是蒙圈的，怎么办？冷静冷静，先找组织。对，查档案，联系教育部门的老师，找到带队老师是关键。走！去学校！摸黑开车到学校后已经快十一点了，幸运的是顺利地在他的档案中找到了高中班主任的通讯手机。电话打通了，也比较巧，北京方向的带队老师就是其所在高中的任课教师，所以班主任为我们提供了带队老师的联系方式。电话打通了，同车来北京的，除了北京的学生还有天津的。下车后，北京的学生各自找校车返校或由一名老师统一安排带领。天津的学生统一乘坐大巴去往天津。我的学生××就坐错了方向，去了天津，而且手机没电了。带队老师答复说，安顿好天津学生，会把××一起带回北京。呼，同亲戚联系好了后，搞定，还好虚惊一场，希望她明天能顺利回到学校。

　　迎新结束的那天周六晚上七点，我们定在教三 C101 开始第一次年级会。这次的新生除两人未来报到外，共计 175 人，4 个专业。他们来自全国各地 X 个民族。晚上六点半，我以为经历了 12 级的历练成长自己不会紧张了。但是看着 101 的门口，小心脏还是在扑通扑通地跳着，随着人越来越多，手心开始出汗。哎，真讨厌，紧张又来找我了。深呼吸，站上讲台，看着台下热切又满是期待的小眼神，突然发现那句"希望我们可以在这四年里一起成长"现在可以再用一次。希望我们的这个四年，都成长成自己希望的样子。

　　见面会结束后，去宿舍转了圈，回到办公室准备收拾东西回家。在教四连廊处看到两个侧身休息的身影，地面用报纸铺了下，把背包当做枕头，也没有被褥。虽说 9 月初的北京白天依然酷暑难耐，但晚上还是有阵阵凉风。"是新生家长吗？"我低声问，紧了紧身上的外套，向里面走了走。一人转头起身，用着浓浓的家乡口音说："是啊，是啊。""没有安排住的地方吗？""来的时候不知道学校周边的住处这么紧张，没有提前托人预订，现在不好找了。想想就先凑活一宿吧，明天孩子开始军训了，俺们就回家了。""大哥大姐跟我走吧，我是学校的老师，我们学校在体育馆还有报告厅都给咱们没订到住宿的家长安排了临时床铺和休息的地方。我送你们过去吧。"大哥大姐一路上都在用方言询问着我"北京是不是天气变化比较大啊，这晚上还挺凉啊，还好我家孩子带的衣服多"，"听接我们的学生说北京雾霾比较严重啊，要给孩子准备好口罩，要不然会不舒服"，"学生一般生活费多少啊，也不知道每个月给孩子那些钱够不够生活啊，这在外千万不能让他委屈自己"……陪着大哥大姐到了体育馆，领了被褥，简单安顿下了。在回家的路上，我的思绪一直在飘，想到了十年前，我来学校报到的时候，爸妈也像大哥大姐这样，围着来接新生的学长问个不停，又带着我逛遍了校园，走遍了城北市场，临走的时候还陪着我去学校食堂吃饭，妈妈满意地说，"不错，食堂和咱家口味差不多，自己在外不要不舍得"。那天送走爸妈后，仿佛丢了魂一样。虽然现在自己已然为人母，但每次想起父母分开前吃的那顿食堂菜，鼻子总是酸酸的。

送走了家长,迎来了你们,我们的大学生活开始了。大一的核心是适应,适应新同学,适应新环境,适应新学科,适应新的学习方式。为了让大家更快地融入学校,融入集体,在大一的第一学期咱们开始了宿舍座谈,借此机会想和大家说说关心的六大问题。

问题一:高数怎么学?形式逻辑会不会挂科?专业课太多,考试重点在哪里?

大学不同于高中,大学给大家一个宽松自由的环境。我们没有了高中固定的教室,也没有做不完的模拟卷。大家可能都听说过大学自由,好好学习,等上了大学就彻底放松了。来后发现,大学生活一是上课,二是参加各种活动,上课的时候任课老师讲得巨快。同是一节课,高中老师讲一节,大学老师讲一章。对学生学习的自主性要求高了,学习不仅仅是上课听讲的问题,课前预习课后复习是必须的。这样才能在快节奏、高效率的学习中跟上节奏。所以为了督促大家学习,学校组织学业辅导,由大四已经保研的、成绩优异、具有责任心的学生担任学业辅导员。针对大家的重点科目,比如高数和形式逻辑等,每天晚上自习都有学业辅导员答疑,并定期安排课堂讲解。

结合专业特点,要有针对性地开展课程预习。第一学年课程较多,新生刚入校,又想参加各种活动,实话实说,在有限的时间里预习很难做到全面铺开。必须强调的有两点:第一,对于学起来觉得吃力的课程一定要提前预习,比如在学习高数和线代的初期会觉得老师讲课特别快,跟上节奏很吃力,这时候预习就是最好的办法,提前把书看一遍留下初期印象,带着疑问去听课,这样就不会觉得课程很枯燥了;第二,课前要回顾一下上次课的内容,有的课程一周才一节,可能这次上课会把上次课讲的忘得一干二净,所以学起来吃力的课程要做到课前预习课后复习。如果你有充足的学习时间每科都做到,那就妥妥地做学霸啦。

问题二:社团工作和学习能兼顾吗?保研有什么要求?外推保研有什么要求?

《华北电力大学推荐优秀应届本科毕业生免试攻读硕士学位研究生工作实施办法》中关于保研推免学生申请的条件如下:1. 必须为我校纳入国家普通本科招生计划录取的应届本科毕业生(不含专升本、第二学士学位、独立学院学生)。2. 具有高尚的爱国主义情操和集体主义精神,社会主义信念坚定,社会责任感强,遵纪守法,诚实守信,无任何考试作弊和剽窃他人学术成果以及其他违法违纪受处分的记录。3. 理论基础扎实,具有一定的学习能力、创新能力、科学研究能力和良好的发展潜力；前三学年必修课和必修实践环节全部取得学分，并累计平均学分成绩排名原则上在专业前15%—25%以内（北京、保定两校区视情况自定）。4. 非英语专业学生原则上通过全国大学英语六级考试；英语专业学生必须通过专业外语四级考试且成绩一般不低于70分。5. 对有特殊学术专长或具有突出培养潜质者，经三名以上本校本专业教授联名推荐，经学校推免生工作领导小组严格审查，可不受综合排名限制，但学生有关说明材料和教授推荐信要进行公示。6. 具有健康体魄，达到大学生体质健康标准。凡欲到校外培养的学生，自行联系培养学校。培养费事宜由外培学校确定。

对于社团生活是这样的，世界这么大，总要多看看。社团可是认识朋友、扩展能力的不错选择。参加社团与参加活动虽然在时间上会与学习有冲突，但是它们并不是零和博弈，是共同促进的关系。不能做个书呆子！个人建议参加1—2个社团，最好包含一个兴趣社团。在大学生活中参加一个兴趣社团如果发展好的话会影响你的一生。不过你要是那种参加5、6个社团的神人，我就真心不建议这样，过犹不及。

问题三：宿舍有没有开撕的情况？人际关系不和谐怎么办？

宿舍有没有不和谐的情况，确实有。一般大一和大三是爆发的高峰期。大一的时候大家刚聚到一起，发生矛盾的原因多数是生活习惯的问题。分享给大家一个案例，之前有个宿舍，大家刚开始在军训期间，彼此关系还不错，经常宿舍六人一起行动。军训结束后没多久，宿舍五位同学找到我吐槽宿舍小A的情况。槽点一：军训结束后就再也没有叠过被子，宿舍安排值日也从来不履行。军训的时候要求和检查都比较严格，还能拖拖地、倒倒垃圾。开始上课后，就懒散了，现在轮到她值日了宿舍就会脏一天，导致宿舍卫生检查被扣分。槽点二：休息时间和其他人不一致，自己休息时舍友不能有任何动静，舍友休息的时候却仿佛入了无人之境。而且在宿舍用电脑看视频声音特别大，不戴耳机。槽点三：自己不会洗衣服，内衣袜子外衣一起洗，关键晒衣服的时候从来不拧干水，阳台就像水帘洞……之后与小A单独聊，小A情绪不好，特别苦恼，虽然现在大家上课都坐在一起，也会帮忙占座，但是其他舍友军训结束后都迅速结成了小对子，经常两三人结伴而行，自己感觉被排挤了，希望能尽快摆脱这种被排挤的状态，融入大家。我又约了宿舍六人坐在一起，大家相互说说自己的需求，并共同探讨拟订舍规，共同签名承诺要遵守舍规，相互包容。两个月后，在校园偶遇了其宿舍的同学，小A状态不错，和舍友有说有笑地准备去上课，看着宿舍六人行的背影，多好啊，这样的生活才是大学！其实在这个案例中小A是典型生活自理能力欠缺的表现。之前是自己一人有独立的空间，洗衣服打扫卫生等日常生活由父母打理。来到大学之后，开始集体生活，没有了父母的忙东忙西，之前隐藏的问题就都暴露了。大学生活不仅是求学还是生活，所以在面对集体生活、面对生活自理，小A就有些力不从心。面对这种情况，我们需要的是小A的成长，所以可以通过共同制定舍规，集体组织参加班级活动等方式慢慢将小A带入集体中。

问题四：有多少证需要我们考？

在我看来，考证是一种检验学习的方式。如果把证书分为必过和选过的话，在必过这一栏里只有英语四级，因为英语四级与学位证挂钩。选过这一栏可就多了，比如英语六级、计算机等级证书（二级、三级）、人力资源证书、教师资格证、法律资格证、普通话考试等级证书等等。因为在找工作的时候有很多单位对证书技能有所要求，所以我们就应尽自己所能在大学期间充实自己。考证不易，以我们法学学生的司法考试为例。很多学生都会抱怨司法考试难，通过率低。以2015年为例，司法考试的报名人数逾48万人，较2014年大为增加。北京考区较上一年增加10%，其他地区均有不同程度的增加。但具体参考率为77%，有部分人都没有走进考场。参考人中社会人员占很大比例，他们学习时间和精力都无法与我们在校生相比。而且在我们法学专业的教学安排中，大部分专业课程都是在大三学年开设的。知识学习印象深刻，且有专业老师详细解读，有效地提高了我们巩固知识的效率。以法学专业一名学生小B为例，小B来自偏远地区，本身基础相对其他同学比较薄弱。到大学后，由于时间管理不善，对自己要求不严格，他大一学年结束后挂科两门。大二学年开始他调整状态，但成绩依然不是很理想，分数徘徊在六七十分之间，专业排名不佳。大三学年专业课开设后，他跟随专业课老师认真学习专业课，并通过法律援助活动，将专业课知识学以致用。在法律援助解决案件的过程中，他发现自己的不足，并请教专业老师，积极学习专业知识。通过参加法律援助活动，小B在加深专业课学习的同时，也明确了自己的求职目标：成为一名律师，帮助更多需要帮助的人。大四学年小B就展开了学霸模式，由于受家庭经济条件所限，他没有报辅导班，遇到疑难就求助专业课老师。凭借自己的努力，他以380分通过司法考试，并顺利签约律所。小B说考证的路上很艰辛，每天早起晚归，但很有成就感，这算是为自己找工作准备的一份嫁妆。

问题五：如何看待大学生谈恋爱？

这也是在座谈过程中被问到次数较多的话题。学生多数已年满十八周岁，认为自己有追求爱人的权利。在这个比较私人的问题上，个人观点是不反对也不鼓励。我们不反对是因为每个人在任何阶段，都有追求爱的权利，更何况正值青春的你们。我们不鼓励是因为你们还太年轻，很多事情把握不了度也承担不了责任。每个人都可以享受爱情，但同时也要学会保护自己。百度百科解读谈恋爱是一种社会活动，是培养爱情的过程或在爱情的基础上进行的相互交往，主要是双方的交流与沟通。一般来说如果是真心接触，会以结婚一起生活并生育培养下一代为目的。谈恋爱的道德要求主要体现在以下几个方面：第一，尊重人格平等；第二，自觉承担责任；第三，文明相亲相爱。大学生在交往中，第一点比较容易做到，第二点第三点就有些难度。在之前的学生案例处理中不乏两人性格不合，分手之后相互指责，大有老死不相往来之势的情况。曾经有对情侣分手，闹着来找到我，各自指责对方不是，甚至动手。指责内容离不开钱和物，我花了多少买了什么东西，我对感情如何如何，他现在怎样怎样。也有情侣像在青春电影里放的那样，因意外怀孕而去堕胎，之后引发了一系列生理心理的不良反应，归根结底都在责任和文明相爱上。我知道你们现在肩膀还稚嫩，承担不了太多，所以请在一段感情中保护好自己。我知道你们现在情绪来得快走得快，所以请找个三观与自己一致的人，你认为对的事情他会赞同，你认为错的事情他不会去做，俩人一起笑一起哭，一起长大。

问题六：怎样能过好自己的大学？

每个人都会以自己的方式上大学，有人专注学习学霸四年；有人热衷活动穿梭在各类活动中；有人积极拓展第二兴趣爱好，学习之余生活更充实。大一适应，大二成长，大三感恩，大四收获，我们都会以自己的方式上大学，每个阶段都会收获独特的喜悦。我只想说不要虚度自己的光阴，用大学四年成为你之前希望成为的人。

这六个问题可以说是你们关心最多的，在未来三年的大学生活中，你们还会遇到更多形形色色的问题，我会一直陪在你们身边，帮助你们解决，更好地了解自己，更好地发现自己，成为最精彩的自己。

2015级辅导员　崔灿

为了随时的惊鸿一现

一、说不说？

岁月不饶人，转眼就到了可以发感慨的年龄了。一个人有了一些经历，自然就可以根据所见所闻，说些语重心长的话。这些过往事情的感想如果写出来，被别人看到，产生联想或者共鸣，并且变成调整当下自己思考或者行动的激励，当然是上了年纪人的期望。

但是，毕竟也有担心，因为新鲜的体验总是必须的。年轻人，总要面对他们自己特殊时代和环境的挑战，所遇到的困难和艰辛也许是我们所没有体认的。

在大学里当班主任已经是第三次，第一次是在二年级就交给了别人当，第二次是当研究生年级班主任，这次被安排担任班主任，我还不在学校，游学在加拿大。其实，不太同意做这个事情的，总觉得事情多、头绪杂乱、压力大。回想起以前当班主任的经历，也愈来愈觉得很惶恐。

大学有班主任这个制度，目的是什么呢？在中国的体制下，就是做好学生的思想教育和生活指导工作，意味着自己的艰辛付出，此项工作既关乎学生学业，更关注学生的身心健康、全面成长。因此，班主任就有了这些自我的要求。第一，班主任应热爱教育事业，忠诚于教育事业，有很强的责任心，并愿意为下一代的成长付出自己的精力。"捧着一颗心来，不带走一根草"，热爱和忠诚于教育事业是班主任做好一切德育工作的前提。其次，尊重和珍爱每一个学生。每个学生都有自己将来的发展，不能习惯性地重视那些学习好、听话的乖孩子，还要观察、关注、关爱那些看似问题比较多的孩子，不可以忽略，更不可以忽视。班主任要"以爱为本"，把爱心像阳光般无私地撒向学生，把慈爱的微笑带给学生，温暖每一个学生的心灵。"爱的力量是无穷的"，凭着这种无私的、不求回报的爱，与学生建立和谐融洽的师生关系，当学生的知心人，做他们的良师益友，使学生更好地完善自我、发展自我。第三，班主任需要无私和舍得，肯付出时间，舍得下功夫，花费精力。

另外，还有人认为，班主任应该更加注重为人师表，加强自身的道德修养，身教重于言传，用自己的模范行动感染学生、影响学生、教育学生，使学生的道德情感得到进一步升华。"其身正，不令而行；其身不正，虽令不从。"我其实不同意这样的说法。

大学里的班主任未必是社会价值看来的成功人士，也不需要让自己成为学生学习的对象或者榜样，教师只要自己具有开阔的胸襟，处理涉及到学生的事情公正有理，对待学生善良热情、比较周到全面，实时处理学生的个别特殊问题，不带着"各人自扫门前雪，莫管他人瓦上霜"的态度，让学生感觉到班级环境的平等和谐就很好了。

在一个中立的价值场中，让一个人自己去感受竞争与压力，比一个总是惺惺相惜、温暖呵护的温室更让年轻人靠近社会的真实度。

二、难以辞却的困境

考上重点大学，其实孩子都是好孩子。家长也根据中学教育的惯性，对班主任期望很多，希望班主任能够把学生管起来，延续中学时期那种全包的状态或者代行家长在学校的管理职责。这当然是良好的愿望，也是做班主任的艰难和困惑。其实管理本身就是目标性或者任务性质的过程控制，在中学阶段，可以说比较具体而单一，就是升学。而到了大学，要确定管理的目标就比较难，专业学习与技能培养散布在各个课程和各个教师的课堂中，班主任无能为力；为人处事，学生在大学校园的人际交往和社团组织，彼此之间影响非常大，而且是同辈直接相互观摩、碰撞和行为改变，比长辈或者隔代的不了解却苦口婆心、隔靴搔痒更有现实感和说服力。班主任能对学生的人生目标有什么作为呢？

更重要的是，我们不能以自己的体验来为未来生活的新人限定他们的选择！我自己是非常警惕那种好心或者善良的错误诱因出现的。可是这样，是不是不符合家长的预期呢？

那么，班主任能为家长们做点什么呢？既然不能达到令人满意的全方位教管学生的期望，面对远远观望而显得更无助的孩子家长们，班主任可以做到的事情应该是提供信息，交流看法，商讨对策，特别是针对具体事件，这种合作是必要的。对于行为的塑造，以往的性格和习惯当然也可以通过这种互动来增加了解，必要时可以协同对学生做出调整。当然，这还是针对那些比较开明、愿意沟通的家长，而对于那些对孩子将来安排和现在教育比较有把握的家长而言，这些信息也许都可以忽略不计。

三、放手不放？

实际上，给大学生做班主任，总有一个放手任其发展和严格规范管理的矛盾。前者也叫做"放羊式管理"。意思就是寻找到一片草地，把羊赶出去，任羊自己去寻找水源和青草。聪明的羊膘肥身圆，迟钝点的羊瘦骨伶仃。万物生存法则是"适者生存"。这种管理模式比较适合那种积极主动的学生，他们在广阔的校园和校外生活中能够大施才干，获得很好的发展。

有些班主任喜欢这种放任自流的管理作风，挂在嘴边的口头禅是"是驴是马，拉出来溜溜"。班级权力大幅度下放，让学生自己组织，让班集体的干部执行更多管理责任，采用"无为"管理的模式。这种管理的缺陷是缺乏对日常事务及其过程的监控，会导致班集体风气散漫，偏离正确的轨道以及学生对一些事情显得无能为力，最后的结果也并不好。

也有进行严格管理的，对日常生活、学习规范、活动参与都做出规划，严格执行和考核，对所有学生进行个别了解和谈话，为其制定发展目标和路径，要求学生在每个阶段完成相应的任务。这种积极干预学生的态势，可能有益于那些常年来依靠家长和老师的乖乖生，但是对于培养和激发学生的积极性、主动性和适应力，就是一种非常错误的做法了。为了让学生领略大学具有一种广谱的知识背景或者体系，一些好心的班主任自己喜欢读书，就自己拿出经费，建立班级书库，要求学生完成必读书目，精选中文英文经典背诵篇目，规定学生必须按时完成阅读和背诵，把大学生当做中学生来对待。后来看到学生学习课程较多，参与各类社团也耽误时间，这无形中增加了学生的工作量，仿佛并不妥当，渐渐地就没有了当初培养学生的雄心和计划。

于是，在这种徘徊犹豫当中，渐渐形成了一种等候心态，如果学生有需要，他们总会来寻求帮助于是把日常的管理交出去给学生自己，把尖锐的问题接过来，然后就是等待着，在他们需要的时候服务。

所以，我暂时认为，做班主任，就是关注、等候和服务。

行管 1502 班主任　贾江华
2016 年 3 月 15 日

自主　思辨　践行　共赢

各位尊敬的家长：
　　你们好！
　　我是法学 1501 的班主任陈波老师。很高兴在这个美丽的春天给你们写这封信，这是第一次给家长写信，希望以后经常沟通。我本人是广告学专业的教师，做法学专业的班主任，听上去似乎有些不恰当，我最初对这个安排也有顾虑，但是换个角度看，因为不是专业课教师，所以我不会将班主任的身份与讲课教师的身份混淆，更容易关注学生专业学习之外的思想、生活。或许对初入大学的新生来讲，适应大学生活与学习专业知识同样重要。经过近一年的相处，我已经与法学1501班的同学们建立了越来越深厚的感情，同学们也接受了我这个"非专业班主任"，希望与学生们共同努力，也希望我的工作能获得家长的认可。

对中国家庭来说，孩子是未来的希望，家长对孩子的爱护和期许都是殷切的。从小学到中学，每个学生都经过了无数次考试，全力以赴考入大学。与中学不同，大学已经是"小社会"了，可能在家长眼中，他们还是那个需要照顾的小孩子，但是在老师和就业单位眼里，大学生已经是成年人了，社会对大学生的期待是：独立思考、生活自律、处事得体、有专业技能、有高度的责任感。下面就我从教以来的个人经验，来谈谈大学生要注意的几个方面：

一、自学、思辨、研究、践行

由于应试教育思维的普遍存在，学生在中小学阶段大多是被动学习，学习之外，学生被要求最多的是"听话"，也就是"执行命令听指挥"。进入大学后，老师不再每天留作业，不再强制学生做什么，考试也只有很少的几次，面对学习和生活，更多的是让他们自己独立思考，然后做出选择。从教育角度来看，大学教育模式的设计是针对"准成人"的，预设学生是能够充分自制的。遗憾的是，经过多年的被动教育，我们的许多学生不具备足够的自制能力和自学能力，进入大学后，他们一下子放松下来，逃课、沉迷游戏、追星、追剧，甚至无所事事地睡大觉……不少学生直到毕业前，仍然对未来感到"茫然"，没有明确的人生目标和职业定位。同时，大学里有各种社团活动、同乡会、文艺演出等等课余生活，在丰富了学生课外生活之余，也容易使部分自制力较差的同学分散精力，甚至疲于奔命。

自学、思辨、讨论、实践……大学是架构自己的学习体系，形成价值观，塑造完整人格的关键期，也是培养职业素质的最佳时期。而学生把握大学学习方向的关键期，正是前两年。高考后的放松早该结束了，应进入研究性学习状态。我们的学校是"研究型"大学，就我个人的理解，这里所指的"研究"并非仅限于教师做科研项目，其效果也不能只用研究成果的数量来衡量，更重要的是培养学生的研究精神、求真精神，这才是我们求学的意义之所在。这就要求学生有求真的动力，有了动力才能有行动。

人生是由一个一个的坐标构成的，这些坐标帮我们明确了不同阶段的努力方向，每一个坐标都是我们的短期目标。"上大学"曾经是家长和孩子共同的目标，现在这个目标实现了，站在新的起点，我们也要调整前进的方向了。进入法学1501，不论我们是否意识到，毋庸置疑的，法学专业的学生就在某种程度上代表了法律，"你如何做"，在别人眼里就是"学法律的如何做"。法学专业的学生肩负着更多责任，因为你们现在所学习的专业，未来将从事的工作，不仅关系到你的个人成就，而且关系到我国的法制建设，关系到人民的生活质量，是我们的国家实现"现代化"、"国际化"的关键之所在。因此，法学专业的学生不能仅以一个"学生"的标准要求自己，而应以"法律工作者"的标准塑造自己、要求自己。相对于其他专业的同学，我们需要更加成熟、更加理性地对待生活，对待所接触的人和事。

二、自我与团队共赢

大多数同学在上大学之前是生活在家庭中的，没有住校经验，生活上也多是由长辈照顾，有的同学甚至不会洗衣服。如果连自己的生活都照顾不好，洗衣服、整理内务都不会，这样的人以后要如何生存？住在集体宿舍，要与他人共同使用一个相对狭小的空间和公共设施，对于初入大学的一年级学生来说，既新鲜有趣，又矛盾四伏。在自己家里，家庭成员之间非常熟悉，了解各自的性格、习惯、喜好等等细节，在新集体中，每个人都要面对陌生的生活同伴，生活习惯的差异会造成一定的困扰，那么是否与室友相处融洽，就成了家长特别担心的事情。其实这种集体生活是一段不可多得的人生经历，学生们在这种相对紧密的同学关系中，会遇到未来生活中将会面对的人际关系问题，也会观察到别人处理问题的方式。学生们迟早会进入社会参加工作，生活上懒惰，人际关系不能理顺，那么在事业上也很难有起色，相信这一点家长们体会很深。

我们鼓励学生有个性，但要分清个性与任性的差别。不尊重他人，不会换位思考，不能叫做"有个性"或"自我"，而是自私和不成熟的体现。希望家长在日常生活中，向自己的孩子传递正确的价值观，以身作则，在做人与做事上给予正面引导，多为他人着想，在体现自我的同时，具备"同理心"，建立团队意识。近年来，大学生因人际关系处理不好而导致极端事件发生的情况越来越多，家长认为孩子上大学了，就不用像以前那管着了，这种观点是不可取的。对于大学生来说，有很多问题都是第一次遇到，特别是人际关系的处理上，他们经验很少，需要老师与家长及时开导与帮助。当他们遭遇失败时，不要指责埋怨，要与孩子一同分析解决。

三、明确人生目标与职业定位

对于未来应该尽早规划，从大一就应该思考毕业后是继续升学深造，还是就业。建议家长提供建议，但让孩子自主选择。生活方式的多元化让我们的世界更精彩，不必用社会上流行的所谓"成功"为标准来要求孩子，只要他们能过上自己想要的生活，感觉幸福就好。但是无论想过怎样的人生，都要具备相应的条件，自身都需要努力。未来社会的发展很难预测，各种改变在所难免，今天在大学学到的知识可能很快就会更新，所以学习意识、计划能力、行动力的形成，才是大学期间要培养的最重要的素质。

职业定位需要学生通过实践来明确。法学专业的专业性极强，对某一法律领域特别感兴趣的同学更易明确职业定位，没有明显倾向的同学可以通过实习等方式接触实际工作，在工作中找到自己的兴趣点，从而尽早做出适合自己的职业规划。需要注意的是，年轻人的兴趣可能会发生变化，建议家长每年都与孩子探讨一次有关话题，及时了解孩子的想法并提出自己的建议。

四、几点提示和建议

1. 希望家长抽时间与孩子交流关于防骗防盗等人身、财产安全问题。如果您接到任何关于孩子的异常消息，请第一时间与辅导员老师、班级同学、学生本人或我联系，不要轻信，以防被骗。

2. 大学英语国家四、六级考试，计算机水平考试，一些著名的认证考试的证书有相当的含金量，对学生素质的体现和找工作有较大帮助，建议您支持学生努力学习，投入考试。从业资格证是打算进入这一职业领域的"敲门砖"，对于应届毕业生而言，有一职业资格证可以增强就业竞争力。

3. 对于孩子的恋爱问题不要强行规定。我在工作中见过许多这样的例子：家长规定大学期间不能谈恋爱，孩子一直遵守规定，但是到了毕业前夕，家长又要孩子马上带恋爱对象回家，搞得孩子不知所措，觉得家长的要求莫名其妙。恋爱是青春期最美好的事，让年轻人享受这份美好吧！

法学 1501 班主任　陈波
2016 年 4 月 19 日

国际教育学院

任重道远，不忘初心
——一名国际教育学院2015级新生辅导员的思考

2015年9月，在新生报到现场，我见到了2015级的新生们。他们稚气未脱的脸上充满朝气，看到我有的腼腆地笑着，有的好奇地问这问那，但是无一例外，在他们的眼中，我看到了对大学生活的憧憬和青春独有的无所畏惧。这是我带的第二届学生，虽然没有了第一次带学生的惶恐不安，积累了一些学生管理的经验，但是每当翻看新生信息表时，我都在思考，未来几年的大学生活，我和我的学生们将如何度过，作为80后辅导员的我该如何肩负起自己的责任？带着紧张、兴奋、期待与幻想，我开始走近2015级新生，并在工作中不断摸索与总结经验，也对自己的工作有了更多新的体会与思考。

一、"授人以鱼，不如授人以渔"

我和我的学生们迎接的第一个挑战就是军训。由于军训期间有选拔考试，等我正式接手时，军训进程已经过半，几天后就要正式汇演。我的学生多是家庭条件优越的95后大学生，习惯了娇生惯养的生活，父母更是对他们呵护备至。第一次训练集合，我们连比原计划集合的时间晚了20分钟。每天都有学生丢帽子、腰带的情况出现，导致我们连的着装总是难以整齐划一。每天学生请假，基本上都是通过他们的父母来传达的。一次有一对父母专门在烈日炎炎的训练场门口等我，只因为训练的鞋子太硬，希望我能同意他们的孩子穿自己的运动鞋。

为了改变他们依赖心理太强、缺乏自我管理能力的问题，我耐心做父母的思想工作，着重培养一批学生骨干，从日常管理开始，不放过任何一个教育的机会。先是从思想上引导学生们学会独立。俗话说"授人以鱼，不如授人以渔"，如果他们遇到问题总是等待老师们来解决，那就很难在大学期间学会自主与独立，更难在社会的人才竞争中立足。于是我开始注重在思想上对学生们进行引导，从小事做起，告诉他们处理问题的方法与经验，帮助他们快速成长并适应大学的学习与生活环境。接着和学生们约法三章，将学校和学院的规章制度向学生们逐一传达，并且针对他们每次集合迟到的问题制定了"每次集合迟到一分钟，集合时间提前五分钟"的制度，让他们明白"无规矩不成方圆"的道理和学校老师的良苦用心。最后从学生骨干抓起，对他们进行培训和引导，让他们可以帮助同学们解决大部分的日常生活问题。遇到相对复杂的问题，我还会制作解决攻略给他们，让学生们学会自己寻找问题的解决办法。经过一段时间的积累，我惊喜地看到他们的成长与进步，他们开始独立地思考问题与解决问题，为人处事也不断成熟起来。

二、"注满一桶水，不如点燃一把火"

《论语·子张》中，子夏曰："博学而笃志，切问而近思"，意思是说要博览群书，广泛学习，坚守自己的志向，同时要具有质疑精神，恳切地提问，多多思考。我也常常在思考教育的初衷，简单的说教与绝对的顺从培养出来的学生是否还具有创新精神与质疑意识？统一的要求和严格的管理是否还能满足学生的个性化发展需求？在国际化高水平人才培养的目标下，这样的培养方式是否真的能够做到与世界接轨？国际教育学院一直以来面临生源两级分化、培养要求较高的问题，因此学生们的学习压力也比较大。特别是对于大一的学生来说，每学期除了要完成比其他学院同年级学生更多的学分以外，还要尽快过语言关以准备出国留学，因此学风建设工作也成了我的工作重点。在开展学风活动的过程中，我始终记得爱尔兰诗人叶芝说过的话："教育不是注满一桶水，而是点燃一把火。"也就是说，教育不应该只是一味地灌输知识，更应该点燃学生对学习的兴趣和热情，让学生们树立自信、主动迎接知识，因此我会特别注重发挥学生的主观能动性，将工作的重点由传统应试教育下的"提要求"，转变为深入学生群体"听需求"。例如，在学业辅导工作中，强制要求他们参加晚自习往往遭到很多同学的反感与抵触，不仅给工作的开展带来了很大的困难，学习的实际效果也大打折扣。为了调动起他们的学习积极性，我广泛征求同学们的意见，由他们自主决策，并民主选出了全新的"选课制"晚自习方案，让不同学习需求的学生可以根据实际情况有选择地参加不同科目的学业辅导，让他们成为学习的主人，而不是被动地成为应试教育的机器，大大提高了同学们的学习热情。

三、"生活在友爱中，世界充满包容与美好"

傅雷说："如果一个孩子生活在批评之中，他就学会了谴责；如果一个孩子生活在敌意之中，他就学会了争斗；如果一个孩子生活在友爱之中，他就学会了这世界是生活的好地方。"欣赏别人，是一种气度，一种理解，一种智慧，一种境界，作为一名辅导员，我深刻地体会到欣赏与爱的力量，并力图将爱的力量传递，让学生们学会友爱、感恩、理解与包容。特别是对于95后的大学生而言，他们更渴望得到老师与其他长辈的欣赏与赞扬，并且渴望获得成年人的尊重与平等的沟通。一味的批评否定不见得会起到教育的作用，反而是来自师长的一句赞美、一句肯定，对于他们而言，却是莫大的鼓励。在工作中，每天都会遇到学生们犯各种小错误的情况。一次一位大一新生逃课，恰巧碰上我点名考勤。课后，他小心翼翼地给我发信息道歉，来到办公室找我时，也惴惴不安。我叫他坐下，并没有跟他聊逃课的问题，而是聊起了他最喜欢的篮球。聊了一会儿之后，他不安地问我："老师，为什么你不批评我逃课，而是跟我聊打篮球呢？"我回答说："因为你的学长们经常跟我称赞你，说你篮球打得好，是球队的主力。而且我相信他们对你的欣赏一定有他们的道理，你也一定能够处理好自己的问题，不再犯类似的错误，不辜负大家对你的期望。"自那以后，每次上课考勤时，我都看到他坐在教室的第一排，笑着看着我。

四、"播种一颗种子，收获一片森林"

辅导员的工作繁琐、复杂，有时不被理解又责任重大。但是，繁忙劳累的工作中总有学生们的小举动让你感动、感慨，并为自己能够见证他们的成长而骄傲。我曾和一位性格一直有点内向的女孩子说，她参加话剧比赛时，我在台下如何被她的才华所惊艳，希望她以后继续开发自己的潜力。后来她给我发短信，感慨作为老师的我，竟然会记得她这样一位默默无闻的学生，也万分感激我的支持给了她鼓励与信心。新生刚入学时，一个身材微胖的男生找我，他很担心因为身材的缘故，体能测试的长跑难以通过。我告诉他，跑步需要持之以恒的训练，如果从现在开始，他能每天坚持跑步，积少成多，最后肯定可以通过考试，而且还能有个健康的身体。从那以后，他真的每天坚持去操场跑步。期末体能测试后，他兴奋地告诉我自己高分通过了考试。现在，他已经报名参加了半程马拉松比赛……虽然我的学生们才刚刚开始大学生活，但是留给我的感动却很多很多。他们总是对学习充满热情，为一分之差而懊恼不已；交给他们的工作，他们丝毫不会马虎；校园奥斯卡的舞台上，他们捧起奖杯露出笑脸；篮球场上，他们挥洒汗水为荣誉而战……春天播下一颗种子，秋天收获一片森林。当你付出一片真心，你会看到学生的成长、进步，回报给你的也是满满的感动与成就感。每当这时我会一时忘了工作的疲惫，由衷地体会到作为一名辅导员的骄傲与光荣。

　　作为一名2015级辅导员，虽然与新生们接触只有不到一年的时间；虽然我也很年轻，有时也会心急上火，但我总是希望把更多的经验、更多的方法传授给自己的学生们，让他们在成长的路上少一些烦恼，少一些坎坷，让他们的大学生活可以更丰富多彩、意义非凡。在教育的路上，我也是一位新人，我常告诉学生们，未来的路，我们一同探索。带着一颗谦逊求索的心，我们一直奋斗在路上……

2015级辅导员　周爽

2016年4月12日

数理学院

教育根植于爱

2015 的金秋,数理学院迎来了又一级的新生,我有幸担任了新生 1502 班的班主任。在新生及家长见面会会上,我看到学生们一张张青春的脸庞和家长们充满期待的眼神,感到了沉甸甸的责任。

大学阶段是人生的重要阶段,这个阶段既是学生学习的重要阶段,也是学生人生态度和价值观念形成的重要阶段,因此班主任工作就显得至关重要。班主任是学生大学四年的陪伴者,同时也是学生学习生活、心理健康、人生态度和价值观念的引导者。

鲁迅先生曾说过"教育根植于爱",作为班主任,我爱学生,也热爱这份工作。我会带着这份爱,尽自己的诚心和努力去做好班主任工作,并以自己的人生经验去帮助学生。

我主要做了以下几方面的工作:

一、建立良好的交流通道,了解学生,并提供最及时的帮助

班主任的一切工作都要基于对班级情况的了解,我通过线上和线下两种方式建立了和学生交流的通道。

(1) 搭建学生之间、师生之间互动的平台

新生从中学步入大学,从熟悉的环境步入一个完全陌生的环境,在学习、生活和心理等方面都会出现一定程度的不适应,好的沟通与交流会帮助他们缓解这种不适应。

在第一次和新生及家长见面会的当天,我们便建立了班级同学的 qq 群

和微信群。通过群内交流，同学之间在很短的时间内便有了一定的了解，也因为这些交流，第一届班团干部选举更为顺利。在组建好班团干部之后，我们立即建立了班团干部的微信群，班级的一些重要问题可以在这里讨论。

互动平台不仅方便了学生之间的交流，也是师生之间有效快捷的联络通道，老师能够随时了解学生的学习和生活动态。

至今，班级同学群和班团干部群依然是同学之间、班主任和同学之间交流、分享、发布通知的一个重要平台。

（2）和学生一对一谈心，切实了解和解决学生的具体问题

学生在学习和生活中会遇到各种不同的问题，只有一对一深入地交流，才能发现他们的问题并为其及时提供帮助。

比如班里一个学生学习遇到了问题，在和该生谈心后，了解到该生当前的困惑：物理试验课后的数据处理很棘手，公式很复杂，每次算得很麻烦。询问得知该生是采用手算或是计算器计算。我建议他可以编制一段程序，既练习了编程，又让计算变得容易，而且还可以改变不同的参数计算，这样可以分析参数的灵敏度，学生觉得这个办法好。

班里有一个学生上课有迟到甚至旷课现象，在一对一的谈心中，发现原因是社团事务过多。我肯定了该生对于社团工作的认真负责，同时指出作为学生，学习是第一要保证的，要协调好学习和社团工作的关系，建议可以适当减少社团活动，我们达成约定：不再迟到缺课。

其实每个学生都是独一无二的，可能有这样的缺点，但有另外的优点。作为班主任要爱每一个各具特色的学生，肯定他们的闪光处，指出不够好的地方，用真诚的爱心帮助和鼓励他们做更好的自己。

在班主任工作中，还会遇到班级各成员工作之间的配合和协调问题，以及个人和集体之间关系等各种问题，通过一对一的谈心，可帮助学生解决他们面对的一个个问题。

二、鼓励学生参加集体活动和比赛，培养集体意识，激发学生潜能

我鼓励学生参加各种集体活动和比赛，这既丰富了同学们的课余生活，又可以提高班级凝聚力，培养集体意识，还可以激发学生的潜能。

在上个学期，我们班参加了外国语学院的"英语戏剧文化节"。由我班十多位同学参与演出、自编自演自导的英语话剧"白雪公主和七个小矮人"进了"英语戏剧文化节"的决赛，并取得优秀的成绩。他们以实力证明了他们的团队精神和创作能力。作为班主任，我很为他们骄傲和自豪！

上学期我们班级还组织了"12·9"红歌歌唱比赛。这次比赛是以寝室

为单位举办的一次班内活动。活动伊始，学生们先通过自己精心制作的PPT回顾了"12·9"历史，然后各寝室带来了红歌合唱。各寝室各出心裁，有的采用说唱方式，有的用情景形式，普通的歌唱比赛变得新颖生动。学生们真是才情飞扬，青春无限。

我们还组织了元旦包饺子、春天户外春游烧烤等活动，同时参加了新生杯篮球赛、新生乒乓球赛、院内班级篮球赛等体育类赛事。这些活动增加了同学们对班级的归属感，增强了班级的凝聚力，培养了同学们的集体意识。

三、引导学生建立自己大学四年的目标

引导学生建立自己大学四年的目标，实行目标管理与时间管理是班主任的重要工作。

首先，要求每个学生根据自己的情况制定目标，目标要具体、可达到。比如有的同学准备考研，有的同学计划出国，有的本科毕业就准备工作。

然后，将目标分解成若干个小目标，并给自己制定一个时间表。比如要出国的学生，就要制定自己的小目标：每门课不低于多少，什么时候准备英语；考研的学生，也要制定考研的目标时间表，同时确定专业和学校的选择，了解报考学校专业的教材是什么……毕业工作的同学，要了解工作需要掌握的技能，并制定完成技能学习的时间表。

四年大学有了目标，大学四年就不会盲目；四年大学有了目标，未来就在自己的掌控之中。

四、制定班级规章制度，让班级工作更加高效率、规范化

为了班级工作更加有效地展开，提高班级工作的规范化，我们还制定了班级的班规。

班规的初稿是借鉴其他优秀班级的班规拟出的，初稿发到班级群，每个同学可以提建议。一周后班团干部在班团委会议上根据建议逐条进行修订与完善，修订后的班规再次发到班级群听取同学的意见，最后召开班级会议，投票通过。

班规对班团干部的任职资格、选举、职责、测评都有明确的规定，强调了学习成绩的重要性，确保班团干部要引领良好的学习风气；班规还确定了班级财务公开、学习互助制度。班费数额虽少，但是让学生学会财务的规范管理是有必要的，学习互助由优秀生带领差生一起前进，培养学生集体意识和助人意识。班规还规定：在有本班学生的课堂上，要为老师擦黑板，保证老师上课之前黑板必须都是干净的。这个虽然是点滴小事，但作为规定，让学生养成习惯，形成自觉意识，学生是会终生受益的。

我在担任班主任工作时，得到了学校学生处及学院领导的很多指导和帮助。我也在不断摸索，在摸索的过程中总结经验，提高自己。我也在努力做好班主任工作，努力做到和我的学生之间既是师生，也是朋友。祝愿我的学生大学四年愉快而充实，祝愿我的学生未来的人生幸福美好！

计科1502班主任　何凤霞
2016年4月13日

放飞青春，成就自我

大学，一段充满新奇而有趣的旅程。在路途中，同学们会遇到各种新鲜事物，只有勇于尝试，在尝试中获取知识和经验，才能在积累经验中获得成长，才能够承担起自己应负的责任。

一、一切从"零"开始

大学是人生成才、成就事业的新起点。学习、工作、生活、社交等各方面都需要从这里开始去摸索、去思考、去实践。也许你在中学时期是佼佼者、昔日的高材生，但是这个校园是由全国各地处在同一个水平的佼佼者组成的，所以在这里，以前的辉煌都将被抹去，所有的人都站在了相同的起跑线上。

值得注意的是，大学与中学的学习、生活方式截然不同。这些会使你感到困惑、迷茫、空虚、无所适从，一时无法找到新的目标，无法对自己进行准确的定位，甚至可能造成对过去自我、理想的自我否定，导致生活和学习都无法适应；亦有可能由于环境和角色的变化，先前对大学生活所怀有的所有美好幻想被打破了，从而信心丧失、斗志全无。但是这些负面情绪对于你们以后的大学生活只有坏处没有好处，只有勇于将所有事情都"归零"，从新的起跑线上重新出发，才会有更加美丽的风景等待着你们。

初入学校，每个同学之间都是陌生的，为了使大家尽快熟悉起来，让物理1501变成一个团结的集体，我班组织了一系列活动，增进同学们之间的友谊，经过一个学期的相处，整个物理班已经成为一个和谐和睦的大家庭。

在军训结束后不久，我班进行了班级聚餐。在聚餐的路上，大家边走边聊，每个人的朋友圈从最开始的同一宿舍发展成整个班级。聚餐中，大家畅所欲言，分享着自己的故事，分享着别人的快乐。通过聚餐，班级的整个气氛都活跃了起来，同学们增进了对彼此的了解，每个人也更愿意去融入这个集体中。

同学们离开家乡到了一个陌生的地方求学，当你们用激情拥抱这些新鲜事物时，其实开始了人生的又一次征程，也有了新的起点。大学不是激情和梦想结束的地方，而是同学们又一次扬帆起航的地方！生命不息，奋斗不止！

二、进行自我规划

一个没有计划的人生就像一场没有球门的足球赛一样索然无味。一个好的大学规划就像一面旗帜，会引领同学们前进的方向，避免少走弯路。对于新生而言，有很多事情要去思考：怎样学好自己的专业课程、如何提升自我综合素质、是否考研、是否出国留学；大学毕业后到哪里工作、从事什么样的职业；人生如何发展、如何提升生命的层次等等。为了实现这些目标，现在应该去做些什么、学些什么、体会什么、克服什么、拒绝什么……有些是近期目标，有些则属长远规划，每一学期都应该为自己制订一些目标，要善于根据自己的实际情况给自己定好位置；然后开始制订行动计划，选择恰当的方式和途径，并落实在行动上，这样的大学生活将会特别精彩，也不至于四年之后回首大学生活时，遗憾却比收获还要多。

学生的天职是学习，大学的学习和高中区别很大：高中只学习具体的知识，而大学则应该学习一种思维方式。学校丰富的人才资源是最好的知识来源，图书馆和互联网是培养学习与研究本领的最好途径，大学里的老师是最好的引路人。

经过班主任以及班委的工作，学生们普遍度过了高中到大学的适应期。作为一个物理班，基础学科学习会花费大量的时间，我经常会看到同学们在图书馆、自习室努力学习的身影。就上学期而言，一些同学对大学生活估计乐观，旷课现象较为严重，学风不是特别浓，这应该与高中学习留下的习惯有关，同时反映出之前的学习态度，这也是15级学生的整体问题。正是以上这类不重视学习的行为导致上学期期末挂科的人数较多。这学期有很大改观，同学们认识到大学生活并没有想象中那样安逸，也认识到期末考试的困难性，目前来看学习态度还是不错的。面对"爆炸式"发展的信息，我们要从学习知识的过程中学习多角度思考问题，要努力做到"勤、恒、问、思"。培养自己的质疑意识，不要让自己成为课本或经验的奴隶，要自主地学习、探索和实践。最重要的是，根据自己所学专业找到合适的学习方法。同时，还要给自己制定目标，目标要小要细，这样你才会不断有成就感，才会对学习始终保持一种激情。明确学习第一，合理安排时间，你的大学生活就会很充实。

三、学会独立面对

一个优秀的人，不仅具有渊博的知识、卓越的能力，还应当具有高尚的情操、健全的身心、强烈的社会责任心和正义感。要诚实守信、勇于奉献，承担起对自己、对家庭、对他人、对社会的责任。大学相当于一个小小的社会，在这里每个人都是一个独立的个体，我们要学会为人处事，学会真诚待人，勇于承担自己应负的责任，使自己真正地成长起来，才能承担更大的家庭责任以及社会责任。

其次要有一种对生命、对生活的爱。只有对生活充满爱，才能有激情去完成生活所赋予的挑战。虽然我们仍然处在学校里，但挑战却时刻存在，我们要以积极乐观的态度去面对所有的挑战。一个人只有热爱生活、热爱生命并且将这份热爱付诸于行动，他的人生才会更有价值。

要学会做一个具有团队精神的人，学会与人合作。大学毕业之后就意味着要踏入社会，而社会是由许许多多的人组成的，所以必不可少地要与他人合作，这就要求我们要有与他人合作共赢的团队精神。大学期间应该积极参与学校组织的各项实践活动，在实践活动中展示自己的优势，弥补自己的不足之处，不断提高自己的能力和本领。在团日活动期间，我班组织同学们参观了国家博物馆，由于路途比较远，要乘坐公交车去参观，但是途中大家都井然有序，这体现了班级的凝聚力以及同学们的团队精神。这次活动主要参观了《复兴之路》，其以鸦片战争以来一百多年的重大事为视角，用生动详细的历史资料，向我们展示一幅幅振兴图强的全景画面，使我们在历史长河中体味百年祖国的沧桑巨变，体味民族的奋斗历程。大家对这段历史感慨万千，都深知先辈们为了实现中华民族的伟大复兴而经历的艰难困苦。通过这次活动，大家提高了集体意识，明白了何为班集体及凝聚力，虽然每个人都是独立的个体，但在整个班集体里每个人都扮演着不一样的角色，缺少哪一个都不能算是完整的班集体。

大学不可能一帆风顺，不管遇到什么样的困难，同学们都应以积极的心态去面对。大学里的机遇是均等的，不要抱怨为什么自己没有机会，机遇只为有准备的人提供，如果你没有做好充分的准备，机会就会转身消失。机会降临时我们应该主动出击，彰显自我是大学生活的必备条件。

四、成就真正自我

许多人喜欢崇拜伟人，盲目地模仿别人，但他们可能忘掉了最重要的一点——成为真正的自己。因为在这世界上不会有两个完全相同的人，任何人也不会是其他人的影子。如何才能成为真正的自己呢？就是按照你的个性、特点和优势以及社会所欣赏的气质去塑造自己，把社会导向与个性化发展完美地结合起来。

世界上不可能有完全相同的两朵花，更不可能有完全相同的两个人，每个人都有自己的特点，这也成就了每个人的价值，作为刚刚接触大学的新生，同学们需要明确的就是"自己"。

首先明确未来的自己。即思考自己将来想"成为什么样的人"，这是成为自己的基础，一个未来的合格人才，让自己努力成为一个明德尚美、遵纪守法、学会思考学习、学会做人做事、学会团结合作、学会生存发展的人，一个能够适应社会变化的人。

其次认识现在的自己。作为一名大学生，你的角色定位在哪里？该怎样看待自己所在的大学和相应的生存环境。

再次发掘可能的自己。这就要求你着眼于自己的个性和社会所需，善于从思想境界、道德情操、学习修炼、身心健康、人文素养、人际交往等个方面发掘自己、培养自己。

最后规划将来的自己。这就要求你深思熟虑地去规划人生、谋划职业。人生的道路很漫长，但关键的就是几步。每一个人都应该有勇气对自己说："放飞青春理想，我相信我自己，我要成为我自己！"

物理，万物之理，物理1501班的同学们处在人生黄金时期，青春的风帆也正在扬起，相信在这个融洽的班集体能够为同学们的扬帆前行提供助力，最终成就真正的自我，成为对社会有用的一分子。

物理1501班主任　黄海
2016年3月26日

春风化雨，润物无声

花红柳绿随春风，雏鸟春蝉喜春雨。三月春风四月雨，悄然而至的春雨使人突然意识到，已是新的一年了，已是该抖擞精神好好绸缪的时候了，也已是每一个人应回望去年的收获，并发现自身成长的时候了。学期伊始，

2015级新生的学习生活也逐渐步入正轨，我们惊喜地发现他们已然适应了大学生活，完成了从中学生到大学生的角色转换，也逐渐融入了数理学院这个大家庭当中。这一切无疑都是对作为数理学院辅导员的我，过去一年所做的工作最好的印证以及褒奖。今而回首顾曾经，方知来年悲喜，"思想引领，行动示范，文化传承，服务同学"这十六个字已深深地印刻在数理学院这风雨十三年的每一任辅导员以及每一次的思考和行动中——

雏鹰羽翼丰，只待乘风扶摇——如何实现新生的角色转换

新生们历经高考残酷的洗礼，迈入大学校园，迈出他们人生的一大步，正当踌躇而满志。大学校园生活纷繁多彩如万花筒般，初初面对，难免陷入迷茫、彷徨的境地。我深知，这么一个重要的阶段，一旦引导不当，其后果将无法估量，甚至可能影响这些孩子的一生。如何帮助他们，成为托举这些新生的雏鹰初飞的风呢？我想，再没有比集体的感染力更能使人进步、成长的了吧！思及此，各类集体参与的文、体活动和比赛的筹备及举行，便成了我脑海中常有、桌案上常备的计划。

十月金秋，我们组织了一次"新老生交流会"，使各年级的学长学姐们曾有的困惑和经验不至荒废，成为新生们前进的助力。融洽的交流氛围，亲切的学长，可爱的后辈，各得其所，各有所进，我眼见着这些，愈发坚定了开展更多活动的决心。打铁便要趁热，紧随其后"思辨杯"辩论赛、校园奥斯卡情景剧大赛、英语文化节——英语戏剧大赛、校园秋季运动会、和谐杯新生篮球赛、红叶杯院系篮球赛以及师生乒乓球联谊赛等等活动和赛事，在紧锣密鼓而又有条不紊的筹备下，接踵而来，使人目不暇接。而在我和学生干部们积极的带领和动员下，数理学院学生的参与率满点，仅"思辨杯"一项，新生中就有一半以上的人参加。若不是这金秋十月，何去歌那钵满仓盈？集体的意识凝聚汗水，集体的力量激人奋进，在英语戏剧大赛的决赛上，我院勇夺大赛三等奖！同学们的激扬有了去处，努力结了硕果，然而此时成绩已不重要，新生们在此中的收获和成长，将是怎样地使我高兴和感动啊！

没了困惑的缠绕，有了集体的意识，他们也将没有顾虑，展翅而上，我只备风吹不歇，助他们扶摇而上，鹏程万里。

扬帆将起航，巨浪破沧海济——如何帮助树立人生理想

何处驶风帆？没有指南，再老练的船长也会不知此处何处、今夕何夕，最终迷失在广阔的大海上。纵使山高入云霄，纵使水深不见底，纵使鸿沟无边际，青春的心要有理想的承载，稚嫩的学子们才能扬起理想的翅膀，跨越

困难,飞越极限。新生们理想的树立是极其重要的又一课题,羽翼渐丰,帆也扬起,但向何处飞,帆往哪里驶?没有理想,这些问题都将无法被回答。作为辅导员,怎样从旁帮助他们树立起人生理想,培养出专业精神呢?我也有自己的见解——导师座谈、外出参观、新老生交流,甚至可以具体到辅导员与个别同学的单独谈话。我认为,这些都是有助于新生们找到未来发展的目标,厘清前进道路的雾霭的很好方式。

如何将这一想法付诸实践?我们筹备组织了考研与就业交流会,邀请应届毕业生中考研与就业的优秀代表,为大家解答疑难困惑,在帮助大家明确前进道路的同时,促进学院纵向年级之间的交流。我们还开展了特色学业辅导,为此学院专门成立了学业辅导小组,专事专办,以学生学业为主,对于学生在学习过程中存在的问题采取个别问题个别解答、集体问题统一解答的方式,帮助学生解决学习上的实际困难。本院特别在2015年加大了对挂科学生的补习工作,通过安排他们统一自习的方式,提高他们的学习能力。还有导师座谈会的开展,使学生们对"学术"、"专业"这些词汇的理解也更为深刻,有利于他们建立起长期自身学术培养的信念。我想学生们在此中的进步和收获将是对"如何帮助树立理想,如何培养学术精神"这一疑问的最好解答。

风帆已扬起,航向也已经明确,不管前方多少艰难险阻,相信学生们此时都已坚定自我,长缨在手,只等苍龙。

专行有专攻,状元非我莫属——如何加强学生专业信心

数理学院历经十三个春秋,早已不可与当时当日的境况同语。数学是裁剪百科的工具,物理是衡量万物的基准,我们要加强同学们的专业自信,在心理上不落下风,才能进一步在学术上抢占先机。

这十三年来,我们数理学院从不曾停下科研和创新的脚步。其中本科生所获科创成果就有,2015年北京市大学生机器人大赛中,1人获得北京市一等奖。还有我院重点品牌活动——数学建模大赛,更是收获极丰,2015年全国大学生数学建模大赛中,共有7人通过校选,其中5人获得国家二等奖,1人获得北京市二等奖。再者是研究生科创成果,2015年科技交流年会,本院参赛人数30人,一等奖3名,二等奖5名,三等奖7名,获奖率达到50%;在论文发表方面,据统计已发表cssci6篇,EI-45篇,加上其他文章一共23篇,发表率达到50.8%。研究生数学建模竞赛成果同样不输本科,共有3人获得校内二等奖,6名获得三等奖,11名获得参赛奖。科创成果累累的同时,我们同样没有放松就业、创业模块。在创业方面,我们单独开辟了创业

空间，供创业人员查询资料。同时积极开拓就、创业市场，极大地提高了数理院学子的就业率以及创业率。

如此硕果置于案前，任谁也无法说没有作为数理学子立身的自信了吧？在我们的筹谋下，持续开展中的导师座谈，也在教导新生们如何养成搞学习、做学术的好习惯。还有就业辅导时，我也会与有疑问的同学进行单独会谈，解除同学们对于毕业后去向的担忧和困惑。我们数理学子当有专业自信，立人前，争人上，争取做一个不输前辈的优秀数理人！要相信，状元花落当在我家。

百家齐争鸣，传承数理文化——如何营造文化传承氛围

文化之于国，是灵魂，是骨血；文化之于家，是财产，是希望；文化之于个人，是信心，是未来。那么文化之于我们数理学院呢？我相信其重要性不下于国、家以及个人。数理系早有自己独特的文化及其传承方式，从我院特刊《鸢飞》便可见一斑。如今院刊《鸢飞》的运作虽已趋成熟，但数理学院壮大之速，其刊载数页何能承载一角？不光这里，我院还建设了独立运作的网媒及各类网络平台，撰写、发表各类稿件百计，访谈数十，摄影作品亦不胜枚举。对数理文化的记载和传承，早已不单是我——数理学院的辅导员，所惦记和思考的事情了，这使我欣慰而又惆怅，就像悉心浇灌的杨木如今参天，庇荫众人。

文化氛围的维持和营造，谈何容易？这不但要用思想去引领，要有行动来示范，更要具体到事物中去，不空谈，不画饼，要让新生们从学习及日常生活中体会到，数理文化无处不在，数理精彩与时俱进，要让他们自发参与到这个传承的行动中来，有兴趣地、积极地成为一个数理文化人。基于此，我们开展着一系列人文、文体、工艺以及科创相关的活动和竞赛，无不都是希望为数理文化的传承和发展奠一块基石，添一笔色彩。

文化氛围的维持和营造，谈何容易，而且要体现核心价值观，使同学们深刻认识到，组织思想上的带领，更是不易。以党建带团建的方式开展的一系列活动，例如"温抗战岁月，习先辈精神"暨纪念反法西斯战争胜利70周年纪念活动、"中老年人智能手机安全教育"活动、"抵制白色污染，同让绿色沸腾"环保宣传活动等，皆是我于此一问题的思与解。以正确的核心价值观带领新生，带领各个年级的同学，这一任务，我责无旁贷。

我愿似春风，化雨悄然润物——将领新年望旧年记初心

2015年倏忽而过，转眼便是新的学期，应有新的思考、行新的计划了。展眼过去的一个学期，伴随着同学们成长，我愈发清晰地认识到自己的位置

和角色——应如这春雨般，默默地陪伴在他们身边，与之亦师亦友，同进同乐，见证他们的成长、成人，并最终成为一个于社会有用的人才。这是我的使命，是我的责任，也是我选择的为这些雏鸟般稚嫩的孩子们付出的方式，如这春雨无声润泽着万物，催其生芽，养其成长，终其成才——"自闭桃源称太古，欲栽大木柱长天"！

任华　廖珩璐　张佳丽
2016 年 3 月 13 日

外国语学院

关于2015级新生学业辅导的思考

为了严格把关新生的学习,从给2011级新生开放固定自习教室起,经过不断探索,学校决定为大一班级全面配备学业辅导员,在晚自习期间辅导、督促同学们学习,同时也为大家答疑解惑,及时解决学业上的问题。响应学校号召,我们英语系为2015级每个班级都安排了一名研究生担任学业辅导员。作为英语系本科生辅导员,我对新生学业辅导员制度也进行了一番思考。

1. 开展学业辅导的意义

进入大学之前,不少老师和家长都给学生们灌输了这样的思想:高考前要拼了命好好学,等上了大学就可以放松了。自然有一部分学生相信了这道"圣旨",一进入大学就散了心,放下了高考的压力,也不再有铺天盖地的作业,学习似乎成了"副业";还有一部分学生,怀有一颗热忱的学习之心,却找不到着力点,尤其是英语专业的学生,学校不再安排早读,老师也不会每天留作业,学生们一下子摸不到正确的学习方法,"心有余而力不足"。

面对这样的学生,学业辅导的作用就体现出来了。首先,研究生学业辅导员都是刚走过大学阶段的学生,会有自己的学习经验分享给学弟学妹;其次,他们也都刚刚经历过考研,系统地复习了相关专业知识,辅导大一新生的学习应该是得心应手;再有,研一的学生与大一新生年龄相差不大,沟通起来也比较顺畅。因此,学业辅导制度成为助力大一新生学习的重要力量。

当然，在该制度推行之初也会听到一些新生的抱怨，学生们不能理解上大学了还需要上晚自习，晚自习还要听辅导课，认为这大大占用了他们可以自主支配的时间。然而这两年的数据表明，学业辅导对于提高大一新生的整体成绩有着较为明显的作用，尤其是在降低挂科率方面，学业辅导功不可没。学业辅导员一方面帮助大一新生尽快完成从高中学习到大学学习的过渡，养成良好的学习习惯；另一方面对班级整体学业水平也有所把握，能够有针对性地关注学习较吃力的同学，帮助他们跟上进度，打牢基础。

2. 英语系学业辅导的特点

我们英语系会安排学业辅导员负责相应的班级，一个辅导员对应一个班级，起到了"学业班主任"的作用；同时与该班级的精读老师定期谈话，了解精读课程进度，适当地在晚自习时安排听写生词等内容，将学业辅导与大一新生最重要的精读课程有机结合，课上课下双管齐下。

同时，我们希望学业辅导过程更注重互动性，不要单纯使用上课的模式：学业辅导员讲，同学们听。上了一天的课，同学们对于这种模式已经疲倦了，晚自习再这样进行只会加重同学们的抗拒心理，应该将答疑与讲解相结合，给同学们自主学习的时间。学业辅导员要主动了解同学们学习的难点，有针对性地讲解、练习，偶尔也给同学们创造自己讲题、讲课的机会以加深理解，这样才能真正发挥学业辅导的效果。

除了学校每学期会对学业辅导员进行考核外，我们也有系内考核标准，设计谈话记录表记录学业辅导员与授课教师的谈话内容，并同步提交学业辅导工作计划，实时跟踪学业辅导员的工作，也便于出现误区及时更正。希望学业辅导员在这一过程中也能有所成长，跟新生们一起进步。

3. 与"党员导师制"配合实施

号召全系党员同志参与的"党员导师制"活动也是英语系特色活动之一，通过党员导师与学生"一对一"结对子的形式，组织师生一起阅读一本经典文学作品英文原著，鼓励党员导师深入到学生的学习生活中。系里也给每位大一新生配备一名党员导师，希望导师帮助同学们尽快适应大学生活，进而在专业学术领域有所引导，激发学生的学习兴趣，尤其是在相关领域的探索精神。

党员导师与学业辅导员一点一面，两相结合，全方位关注大一新生的学习情况：鼓励学习优秀的学生再接再厉，并积极分享自己的学习方法与心得；对于学习处于中游的学生，要适时提醒鞭策，及时补缺补差，迎头赶上；对于一时难以适应大学学习，学习比较困难的同学，要趁早发现，将厌学、懒散等状态扼杀在萌芽状态，激发其学习的自信与兴趣。我们期待这种"课堂＋学业辅导＋党员导师"的立体模式，可以从源头上提高新生成绩优秀率，减少甚至杜绝挂科现象，在大一阶段为同学们养成良好习惯，夯实学习基础，从而提高整体专业素养。

2015级辅导员　卜叶蕾

2016年4月19日

"党员导师制"：党员发光，学生成长

一、导言

"党员导师制"是英语系号召全体党员开展的一项活动，原本是为响应学校"一个支部实现一个目标、一个党员完成一个任务"而布置的一项活动，但英语系通过教师与学生"一对一"的"党员导师制"形式，通过阅读一本经典文学作品原著的活动，将这项活动深入到学生的所学专业，成为学生在校学习与生活的一项不可或缺的辅助活动。由全体党员参加的这项活动，针对一年级新生，每一个新生配一位党员导师。此项活动已经持续数年，受到师生好评，成为英语系教育特色的标志。每位党员都以自身的光辉，照耀身边的幼苗，使其茁壮成长。合抱之木，始于毫末；栋梁之才，源于教育；大学育人，在于新生教育。英语系"党员导师制"活动，给了党员导师可以发光的机会，受惠的是全体学生。

教育是什么？教育不是学校，不是教师，也不是教育领导者。教育是受教育者心灵之敞开，愿意聆听与领悟万物与人类社会之理。教育者的施教并不能自行成为"教育"。教育之本在于"育"，"教"是"育"之条件，"育"是"教"之根本。"教"的效果取决于对"育"的尊重。"育"首先要尊重被培育的"幼苗"的成长规律。"愿意聆听与领悟"，就是学生能够敞开心扉，愿意领受"教"与"育"的内容与方式。如果心扉关闭，强行施教，只能适得其反。

中国的教育大多所指的是"教学"。"教学"指向"知识"与"技能"，即万物之理与生活之技能；而"教育"则指向"成人"。社会越来越人性化，教育就是使人"社会化"，"成人"就是让受教育者成为"社会化的人"。人

之"成人"与"社会化"是有程度之分的，这主要是因为，一方面人之个性心理特征具有遗传因素，另一方面人之个性心理特征是社会文化环境或特殊人生事件的结果。"教育"是一种特殊的"社会文化环境"。这种社会文化环境形成了学生的经验，而学生的经验积淀形成了其个性，这种个性支配着其价值观与行为方式。

大学教育既有显性的政治思想与人生修养课程，也有隐性的教师教学过程的"身教"、学生行政管理的教育与学生班级组织的自我教育。党员导师制是一种特殊的教育形式，这种形式将政治思想教育通过具有专业素养的教师，采用一对一的交往方式，与学生已有的经验、现实的生活、学习与思想动态相结合。一对一的交往空间、真诚的交往方式、针对学生亟待解决问题的交往内容，是教育个性化的最佳方式。英语系"党员导师制"所取得的成就，充分说明了这一点。

近三年，我作为一名党员导师，每年带一名学生，共带了三名学生，阅读分享了三本经典名著。现将所带学生的点滴经验与同仁分享，以期共勉。

二、因材施教、有的放矢地解决学生的特殊问题

与学生初次交往，就要从学生的家庭、生活与学习情况入手，了解学生，只有了解了学生，才能有针对性地给予其个性化帮助。与学生甲（本文分别使用学生甲、学生乙与学生丙代表所指导的三名学生）初次见面，得知其家庭、学习、生活等各方面都很好，但她却很羡慕其同学考上广东外语外贸大学。于是，她产生了本科毕业后报考研究生的想法。我支持鼓励其报考，并为其指出准备研究生考试的路径：注重课业学习、平时多做翻译、复习阶段侧重、考前突击复习。目前学生甲已经进入三年级，正在按照复习计划胸有成竹地积极备考，希望毕业时实现夙愿。

学生乙的家庭背景稍有特殊，生活态度略显消极，与家人沟通有些障碍。针对学生乙这一特殊情况，有的放矢地实施心理疏导，使其形成正确的人生观、价值观与交往观。学生乙的反馈是：与老师交谈，启发很大，端正了生活态度，拓宽了思考问题的视角与广度，学习与生活积极向上，主动与家人沟通，学会了关心与感激家人，关心他人。

学生丙在学习策略与方法方面有些问题，特别是语音课程，经过一段时间的练习，语音语调不见改观。我让学生阅读了一段英文，诊断出其问题所在，有针对性地纠正她十几年形成的语音语调问题。利用一段音频资料，治好十几年形成的语音语调顽疾。学生告诉我，与老师交流，解决了学习上的困惑，老师自己语音语调练习与提高的实践与方法，对她有很多的启发，有

针对性的训练收到了很好的效果。

"党员导师制"的最大优势，就是教师对学生一对一的指导，弥补了班级授课之不足。学生个体差异性，就是学生的特殊性。教师的责任是根据学生存在的特殊问题施教，有的放矢地进行指导，以爱心长者与知心朋友的身份与学生相处，让学生意识到教师的爱心、善心与关心，让"教育"形成"爱"的暖流，流向学生的心间，感化与领悟就成为自然。

三、欣赏名著，与名家对话以修身

名著之所以成为名著，是历史评说的结果。名著都是作家的代表作，不仅代表着作家的文学艺术成就，也代表着其思想的高度与深度。因此，经典名著阅读，就是欣赏名著，与名家对话，在艺术与思想的欣赏中，提升自己的品味与人格。

（一）学生甲与林语堂的《生活的艺术》

我与学生甲共同欣赏了林语堂的名著《生活的艺术》（The Importance of Living）。此书名的中文翻译是意译，因英文"importance"不是艺术，而"living"也不等于"生活"。林语堂选择动词"living"，而没有选择名词"life"，所强调的是生存状态下的生活过程本身。林语堂先生告诉我们，生活过程本身是重要的。"生存"是延续"活"的过程，而"生活"则是享受"活"的状态，满足生存者的身心追求。百度百科这样评价《生活的艺术》：林语堂在书中谈论了庄子的淡泊，赞扬了陶渊明的闲适，诵读了《归去来辞》，讲解了《圣经》故事，以及中国人如何品茗，如何行酒令，如何观山，如何玩水，如何看云，如何鉴石，如何养花、蓄鸟、赏雪、听雨、吟风、弄月等等，被誉为中国现代休闲文学的代表之作。

"生"是有"命"的，生之命不仅是自然意义界定的"生命"，而且是朝向"命"的生之态度与"生"之"活法"。林语堂意欲告知读者，朝向"命"的"生之活法"是重要的，人应该如此这般地活。林语堂从绵延数千年的中国文化中寻找到中国人生活的根、中国人的命，以及中国人生活的意义。作为英语学习者，我们的跨文化交际都是基于中国文化的跨文化交际，而中国文化基于中国人数千年的生活与文化，了解了中国文化的"生"与"命"，才能懂得作为中国人的个体的"生"与"命"。

学生甲通过名著阅读，悟到了半个多世纪之前林语堂所论述的中国人的"生活哲学"，撰写了读书报告——"《生活的艺术》：人类本性的伟大之光"。作为一年级的学生，不仅能够读完林语堂的原著，而且还能领悟到这样一个题目，确实难能可贵。

(二)学生乙与梭罗的《瓦尔登湖》

经典文学，所关乎的不是自然界的万物之理，而是人之理。人死，物将不在，这里的"不在"，不是不在外在世界，而是不在你的世界，因为你的精神世界将不存在。然而，人之一生，是向死而生，我们必须严肃思考向死而生的"生"应该如何"生"？毛泽东的话大家都记得，说刘胡兰是"生的伟大，死的光荣"；在纪念张思德时毛泽东引用了司马迁的话语，"人固有一死，或重于泰山，或轻于鸿毛"。当今社会，许多党的干部，贪污腐败，权钱交易，醉生梦死，追求奢靡，没有了人格底线，兽性与物欲无度。人是动物，但不是一般动物，是具有人性与品位的人。因此，我们必须修身、修身、再修身。《大学》开门见山告诉我们"古之欲明明德于天下者，先治其国；欲治其国者，先齐其家；欲齐其家者，先修其身；欲修其身者，先正其心；欲正其心者，先诚其意；欲诚其意者，先致其知，致知在格物"。明代哲学家王阳明因此提出"致良知"的哲学理论。

美国作家梭罗的代表作《瓦尔登湖》，就是一部"致良知"的伟大作品。伟大的作品对任何时代都有现实意义，因为它所讨论的问题是人类与社会永恒而普遍的问题。现代社会文化环境形成了这代年轻人所存在的特殊问题：缺乏独立意识、缺乏精神追求、缺乏生命敬畏。缺乏独立意识，形成了"拼爹文化"与"拼爹心态"。我们应以父辈的荣耀而骄傲与自豪，但也应以"啃爹"思想与行为而羞愧。缺乏精神追求，指年轻人过度追求物质与外表，缺乏精神个性。有了独立意识，我们就有责任感；有了精神追求，我们就会心理充实；有责任感与心理充实的人，就一定会敬畏生命。

在讨论过程中，学生乙认为，梭罗独居隐遁瓦尔登湖畔与中国古代陶渊明退隐桃花源是有区别的。我很高兴她能想到这一点，于是鼓励其展开对比研究。我们每个人都或多或少存在遁世思想与情绪，进而厌世。但作为喜爱群居的社会之人，其进化的基因决定人应该乐世，而非厌世，厌世之情绪一定根源于处事与处世之哲学。

梭罗是美国超验主义创始人爱默生的挚友，其思想深受爱默生思想的影响。超验主义（transcendentalism）的核心观点主张，人能超越感觉和理性而直接认识真理，强调直觉的重要性；认为人类世界的一切都是宇宙的一个缩影。"世界将其自身缩小成为一滴露水"（爱默生语）。超验主义者强调万物本质上的统一，万物皆受"超灵"制约，而人类灵魂与"超灵"一致。这种对人之神圣的肯定，使超验主义者蔑视外部的权威与传统，依赖自己的直接经验。"相信你自己"这句爱默生的名言，成为超验主义者的座右铭。这种超验主义观点强调人的主观能动性。

梭罗通过其独居瓦尔登湖这一行为告诉世人，人是通过观察审视自然界发生的事实来理解世界的。自然万物自有灵性，而这种灵性是需要人的灵性加以理解的。灵性来自于自然之物，更确切地说是来自于人之"事"。"事"不同于"物"，因为"物"在人之外，而"事"与人有缘相遇，天地人神成"事"。当我们亲近自然的时候，不仅亲近了外在之物，而且将外在之物通过天地人神化为我们自己，感受到自然的魅力。人属于自然，应该归于自然，生活于自然之中。

梭罗的时代与我们现在的时代有许多相似之处，处在城市化与工业化时代。人类的异化追求，究竟会走向何方？梭罗用其独居瓦尔登湖的做法警示世人：你们已经脱离了人的本真生活，进入了一种异化状态。

学生乙对比研究了中国古代隐士与瓦尔登湖独居者梭罗的区别。这种区别是中国文化与美国文化的区别，是封建意识与民主思想的区别，是俗人与哲学家的区别，是消极被动行为与积极主动行为的区别。梭罗曾经因抗税而被捕入狱，出狱后写了《论公民的不服从》，这对马丁路德·金与印度的甘地都有影响。梭罗用自己的行为和著作告诉世人，人应该怎样活着。

人要追随自己的心，而非落入世俗。我们现在有多少人能够这样有思想而有品位地超俗？我们有些年轻人确实追求个性，但大多所追求的是外表、表面与形式的时髦与奇异，而非有思想与品位的特立独行，更不是精神与思想的生活实践。梭罗以其实践和行动，传播崇尚生命、自然、自由和独立的精神。

（三）学生丙与《苏菲的世界》

学生丙是我正在指导的一名一年级学生，正在阅读《苏菲的世界》。《苏菲的世界》是挪威作家乔斯坦·贾德创作的小说形式的西方哲学史，或者说是以西方哲学发展史为内容的小说，揭示了西方哲学史发展的历程，被誉为20世纪经典著作之一。

中国的教育不缺少哲学课程，但缺少对于哲学基本问题的深度思维。《苏菲的世界》以苏菲收到一封信为开篇，信里只问了一个问题：你是谁？这是哲学最根本的核心问题。你，不是外在的你，也不是社会关系的你，你就是你的历史与你的经验。你的历史与经验是如何获得的呢？你的经验本身是外在客观的吗？真理如何从经验中得出？我们所谓的"是（存在）"是什么？"是"的本质是什么？"你""是""谁"？"你"就在此处，这就是"你"，但我们所问的是你的本质，不是站在这里的"你"。"是"作为系动词,一定指向"你"的"本质"。当我们追问"这是什么"的时候,我们所追问的不是这个事物外在表象本身,我们所追问的是其本质。如何获得事物本质的理解与知识呢?我如何"知"(know)?"知的能力"(the capacity of knowing)哪里来的?"知的过程"(the knowing process)又是怎样的呢?这些问题都是哲学的基本问题,是贯穿哲学发展史的核心问题,也是所有哲学大家都必须首先面对且回答的问题。

像指导其他两位学生阅读名著一样,为了帮助学生丙顺利阅读《苏菲的世界》并能够读有所获,我让其为读书报告准备三个方面的内容:(1)阅读过程中将好的词语与句子摘抄出来(学生已经向我展示所摘抄的笔记,英语学习者应该将语言欣赏放到首位);(2)通过网络与学术检索工具,阅读一些他人的评述与研究论文(学生告诉我,她已经着手做,并准备写一篇小论文);(3)阅读过程形成三个表格:哲学术语读音、汉语翻译对照表,哲学家名字读音、汉语翻译对照表与西方哲学思想发展历史简表。

四、结束语

党的任何工作都需要具体化,需要落地生根。英语系的"党员导师制"活动之所以能够取得好结果,就是因为这项活动找到了落地生根的土壤。党的活动,只要找到了落地生根的土壤,就不会流于形式。形式本身也是"教育",任何流于形式的活动都是一种隐性教育,这种教育的结果可能有悖于教育的初衷。

每个学生都是一颗心所支配的世界,要想进入学生的世界,就必须找到开心的钥匙,这把钥匙就是另一颗心,心心相印,以诚相待,教育以心为载体,以爱为动力,以交流为机制,以活动为外在形式。活动形式是重要的,经典名著阅读这种形式,将名家思想引入活动与交流内容,将党员导师与所指导的学生引向名家思想所关涉的人类与哲学问题。

戴忠信
2016 年 3 月 22 日

小荷才露尖尖角

最初从领导那里接到翻译 1501 班主任的任务时,心脏顿时停跳了一拍,紧张的心情不言而喻。首先，来到华电也不多时，自己也在适应环境中。另外，一直专注学术的我对于班主任工作的了解也只限于自己本科时班主任忙碌而模糊的身影。更为重要的一点是，翻译本科1501是我校招收的第一届翻译专业的本科生，即大家所戏称的"黄埔一期"，因而从哪个角度来说，都是责任重大、压力山大。只能在能力范围之内尽可能地做好班主任的工作，希望能够在同学们成长的道路上做一个小小的助推力，盼望才露尖尖角的小荷们未来能够光荣绽放！

翻译1501的同学在高考各省份的排名中基本上都是前百分之五的同学，基本素质较好，认知能力较强，整体精神面貌、品格毅力、沟通能力都有较为不错的表现。

印象最为深刻的是竞选班干部的班会，这让我对同学们的面貌有了一个比较深刻的印象。参加竞选的每个同学都展现出对于所竞选职位的理解，并且突出自己在哪个方面非常适合这一个职位。这说明同学们在心理上相对比较成熟，不仅仅说明了自己擅长什么、想要展示什么，更重要的是找到了自己与竞选职位之间最佳的契合点。还有一些同学说出了自己对于这个职位有什么样的工作计划、如何为同学们服务等等，展现出较好的服务意识。

因为我在第一个学期同时也给翻译1501上《英语语音入门》这一门课程，因此对于他们的学习能力和态度有一点个人心得，希望在这个方面分享一些内容。

1. 在学习上，同学们的整体素养不错，因为已经有了一定的学习基础，尽管多数同学远离自己熟悉的环境，来到了新的陌生环境中学习，需要各种适应过程，但是同学们的学习意愿比较强烈。因此，在第一个学期中的学习效果较好。

但是，问题同样存在。首先，在大学以自主学习为主导的学习方法的认识与适应上，出现了两种不甚相同的情况。部分同学适应较好，还有一些同学仍有进一步提高的空间。举个例子来说，在《英语语音入门》课上，有一个作业是每周做一份英语广播，每次在课堂上轮流选择几组进行点评。这个作业的目的是以英语广播的形式，提高同学们对于英语语音学习的兴趣。而课堂上通过点评，希望同学们能够意识到自己发音的问题，在接下来的学习中进行有针对性的纠正。可以看到，在反复强调了作业的目的后，有的同学能够领会到老师作业的用意，并且根据点评有针对性地进行课下自主练习。遇到困难时，会找老师来进行讨论，以便更好地解决发音中的问题。能够经过老师点评进行自主学习的同学，在经过课程的学习后，暂且不论英语语音的发音基础如何，往往提高是比较明显的。除了在英语发音技能上获得了明显的进步以外，经过认真的练习、反复的思考、英语发音的自省、唇形与舌头的配合，克服了以往发音的不足。在这个意义上，产生了突破自我的效果，因此在心智上也得到了成长，变得更加成熟，使得教育的效果获得了更好的体现。在另一个方面，也有一小部分同学对这项作业的意义的认识，有待进一步提高。他们做作业的目的，应付老师检查的成分较多，对于自我成长的意义认识不足。因此，在数次作业后，进步比较有限，其归因往往是高中时期没有得到较好的语音训练。这说明部分同学在学习态度上需要进一步端正，以便能够提高学习效率，获得较好的学习效果。

2. 方向感。这里说的方向感，其实就是学生们对于未来自己从事专业的认识。在第一个学期整个学习的过程中，有部分学生提出这个问题，个人觉得可能有一定的代表性，在此提出来做一个分享。无方向感就是不知道自己努力的方向是什么，感到比较迷茫。这个问题的部分原因是，在大学一、二年级中，暂时还没有翻译专业的课程，主要是中英双语的基础课程。而学生们对于翻译具体的工作了解程度有限，中英双语知识有待进一步提高，加之刚刚成年，心智上需要进一步发展，有时不太容易建立现在所学习的中英双语知识与未来从事的翻译专业工作之间的关联。学校整体的氛围和环境中，学习氛围虽然浓厚，但是主流的工科专业与翻译专业在学习内容和学习方法上存在一定的不同，在学生互相交流经验上，以及就业、前景等方面也有较大差异。所以，在缺乏一定信息资源的情况下，产生一定的迷茫也是比较正常的现象。

在这个背景下，系领导为学生们联系了到中译公司见习的活动项目。作为班主任的我，也被领导指定为见习活动的带队老师。中译公司的相关工作人员为学生们准备了内容丰富的讲座。其中包括中译公司为联合国等相关机构服务的具体案例，以及遇到困难的解决方法等内容，开拓了学生们的视野，明确了未来的发展方向，获得了学生们良好的反馈。中译公司对于学生们的面貌、在问答与自我介绍中的风采也有较为深刻的印象。

在未来的学习中，可以逐步引导学生们将未来的大目标分解为相对较为短期的、操作性较强的目标。一方面，明确了阶段性的学习任务，另一方面，正如古训所言"千里之行，始于足下"，一步步为未来奠定坚实的基础。

3. 家长与学校的配合。即学生们跨越山水，离家来到学校，在大学这个进入社会之前的"过渡阶段"，家长教育与学校教育的配合仍然非常重要。这里有我班的例子可以说明这一点。在第一个学期中，有一个宿舍的两名同学先后出了水痘，家长领回家隔离。回家后家长还特别打来电话询问在家要如何跟上学校的学习进度等，体现了家长对于学生学习的关心，以及与学校配合教育的意愿。当然，生病仍然是要以先养好病为主。

另外一个例子是在开学初期，一名同学因受伤没有参加军训，伤好返校后已经正式上课一周。由于之前缺少与同学们相处的经验，加之性格较为内向，她与同学们不太熟悉。另外，缺少了第一周上课的经验，对于大学学习方法上缺乏认识，加上之前的英语听说基础较为薄弱，该学生产生了比较大的心理压力，产生了厌学情绪。家长晚上打来电话说明了这个情况。作为班主任，我立刻找班级同学了解情况，向辅导员老师反映情况，并且直接给该同学打电话，与她进行了长谈。但当时她与我也不熟悉，加上情绪化比较严重，沟通不是非常顺畅。

当然，后来老师们也进行了比较多的努力，同学们对她增加了关心，加上逐渐开始适应了学习的节奏，该名同学也较好地融入了集体，目前学习状况良好，与同学关系融洽。但是，在这个事件发生的时候，家长有夸大问题，给老师施压的倾向，虽然可以理解家长的心情，但是在这个问题上，家长本应与老师更好地配合，更好地解决问题。而且在当时的状况下，老师与同学对于该名同学而言都是陌生人，最能够稳定学生情绪的正是家长。家长平时处理问题的方法与态度可能也是该同学最初比较任性的来源之一。

学生的集体生活，正是大家互相熟悉、互相学习的过程。在这个过程中，学生需要学会与人相处，变得务实与成熟。

经过了一个学期的学习，同学们开始逐渐地适应了大学的学习与生活，开始增加了各方面的能力，参加学校各种活动，把班集体当做他们的家，同学们也成为彼此的家人。现在看到的同学们，面庞仍然稚嫩，但是逐步增加了一份成熟、一份自信。期待看到他们未来绽放光彩！

翻译 1501 班主任　王海若
2016 年 4 月 11 日

图书在版编目（CIP）数据

都是情话：三封书信言华电，都是情话只为你/卜春梅主编．—北京：时事出版社，2017.6

ISBN 978-7-5195-0070-2

Ⅰ.①都⋯　Ⅱ.①卜⋯　Ⅲ.①书信集—中国—当代　Ⅳ.①Ⅰ267.5

中国版本图书馆 CIP 数据核字（2016）第 318867 号

出 版 发 行：时事出版社
地　　　　址：北京市海淀区万寿寺甲 2 号
邮　　　　编：100081
发 行 热 线：（010）88547590　88547591
读者服务部：（010）88547595
传　　　　真：（010）88547592
电 子 邮 箱：shishichubanshe@sina.com
网　　　　址：www.shishishe.com
印　　　　刷：北京市昌平百善印刷厂

开本：787×1092　1/16　印张：25.5　字数：450 千字
2017 年 6 月第 1 版　2017 年 6 月第 1 次印刷
定价：98.00 元

（如有印装质量问题，请与本社发行部联系调换）